# FOGO MORTO

# JOSÉ LINS DO REGO
# FOGO MORTO

São Paulo
2021

© **Herdeiros de José Lins do Rego**
81ª Edição, José Olympio, Rio de Janeiro 2018
82ª Edição, Global Editora, São Paulo 2021

**Jefferson L. Alves** – diretor editorial
**Gustavo Henrique Tuna** – gerente editorial
**Flávio Samuel** – gerente de produção
**Juliana Campoi** – coordenadora editorial
**Tatiana F. Souza e Deborah Stafussi** – revisão
**Mauricio Negro** – capa e ilustração
**Ana Claudia Limoli** – diagramação

A Global Editora agradece à Fundação Gilberto Freyre pela gentil cessão do texto "Dois livros", de autoria do sociólogo pernambucano, presente nesta edição.

Obra atualizada conforme o
**NOVO ACORDO ORTOGRÁFICO DA LÍNGUA PORTUGUESA.**

**DADOS INTERNACIONAIS DE CATALOGAÇÃO NA PUBLICAÇÃO (CIP)**
**(CÂMARA BRASILEIRA DO LIVRO, SP, BRASIL)**

Rego, José Lins do
  Fogo morto / José Lins do Rego. – 82. ed. – São Paulo : Global Editora, 2021.

  ISBN 978-65-5612-075-1

  1. Ficção brasileira I. Título.

21-54579 CDD-B869.3

**Índices para catálogo sistemático:**
1. Ficção : Literatura brasileira    B869.3
Aline Graziele Benitez - Bibliotecária - CRB-1/3129

Direitos Reservados

**global editora e distribuidora ltda.**
Rua Pirapitingui, 111 — Liberdade
CEP 01508-020 — São Paulo — SP
Tel.: (11) 3277-7999
e-mail: global@globaleditora.com.br

(g) globaleditora.com.br   (🐦) /globaleditora
(●) blog.globaleditora.com.br   (📷) /globaleditora
(▶) /globaleditora   (in) /globaleditora
(f) /globaleditora

 Colabore com a produção científica e cultural.
Proibida a reprodução total ou parcial desta
obra sem a autorização do editor.

Nº de Catálogo: **4414**

# Sumário

**PRIMEIRA PARTE**
O mestre José Amaro .................................. 11

**SEGUNDA PARTE**
O engenho de seu Lula ........................ 175

**TERCEIRA PARTE**
O capitão Vitorino .................................. 263

Fogo morto, *Mário de Andrade* ............ 371

Dois livros, *Gilberto Freyre* ................... 377

Cronologia ................................................. 383

# FOGO MORTO

A João Condé Filho

**PRIMEIRA PARTE**

# O mestre José Amaro

# 1

— BOM DIA, MESTRE ZÉ – foi dizendo o pintor Laurentino a um velho, de aparência doentia, de olhos amarelos, de barba crescida.

— Está de passagem, seu Laurentino?

— Vou ao Santa Rosa. O coronel mandou me chamar para um serviço de pintura na casa-grande. Vai casar filha.

O mestre José Amaro, seleiro dos velhos tempos, trabalhava na porta de casa, com a fresca da manhã de maio agitando as folhas da pitombeira que sombreava a sua casa de taipa, de telheiro sujo. Lá para dentro estava a família. Sentia-se cheiro de panela no fogo, chiado do toicinho no braseiro que enchia a sala de fumaça.

— Vai trabalhar para o velho José Paulino? É bom homem, mas eu lhe digo: estas mãos que o senhor vê nunca cortaram sola para ele. Tem a sua riqueza, e fique com ela. Não sou criado de ninguém. Gritou comigo, não vai.

— Grita, mas é bom homem, mestre Zé.

— Eu sei. A bondade dele não me enche a barriga. Trabalho para homem que me respeite. Não sou um traste qualquer. Conheço estes senhores de engenho da Ribeira como a palma da minha mão. Está aí, o seu Álvaro do Aurora custa a pagar. É duro de roer, mas gosto daquele homem. Não tem este negócio de grito, fala mansa. É homem de trato. Isto de não pagar não está na vontade dele. Também aquele Aurora não ajuda a ninguém.

— Muito trabalho, mestre Zé?

— Está vasqueiro. Tenho umas encomendas de Gurinhém. Um tangerino passou por aqui e me encomendou esta sela e uns arreios. Estou perdendo o gosto pelo ofício. Já se foi o tempo em que dava gosto trabalhar numa sela. Hoje estão comprando tudo feito. E que porcarias se vendem por aí! Não é para me gabar. Não troco uma peça minha por muita preciosidade que vejo. Basta lhe dizer que o seu Augusto do Oiteiro adquiriu na cidade uma sela inglesa, coisa cheia de arrebiques. Pois bem, aqui esteve ela para conserto. Eu fiquei me rindo quando o portador do Oiteiro me chegou com a sela. E disse, lá isto disse: "Por que seu Augusto não manda consertar esta bicha na cidade?" E deu pela sela um preção. Se eu fosse pedir o que pagam na cidade, me chamavam de ladrão. É, mestre José Amaro sabe trabalhar, não rouba a ninguém, não faz coisa de carregação. Eles não querem mais os trabalhos dele. Que se danem. Aqui nesta tenda só faço o que quero.

— É verdade, mestre Zé. Ouvi outro dia, na feira do Pilar, um figurão de Itabaiana gabando o seu trabalho.

Lá de dentro da casa ouviu-se uma voz:

— Pai, o almoço está na mesa.

— Espera que já vou – gritou o velho. — Não estou mouco. Seu Laurentino, não faça cerimônia. A casa é sua.

— Muito obrigado, mestre Zé, tenho que ir andando.

— Fique para comer com a gente. Tem pouca coisa, mas dá.

O pintor Laurentino aceitou o convite. O velho José Amaro foi já dizendo para dentro de casa:

— Sinhá, tem gente para o almoço.

Enquanto se ouviu rumor de vozes no interior da casa o mestre foi falando.

— Estou velho, estou acabado, não tive filho para ensinar o ofício, pouco me importa que não me procurem mais. Que se danem. O mestre José Amaro não respeita lição de ninguém.

Dentro de casa o cheiro de sola fresca recendia mais forte que o da comida no fogo. Viam-se, por toda a parte, arreios velhos, selas arrebentadas, e pelo chão, pedaços de sola enrolados. Uma mulher, mais velha do que o mestre, apareceu.

— Bom dia, seu Laurentino. O senhor vai desculpar. O Zeca tem cada uma! É almoço de pobre.

— Nada, dona Sinhá, só fiquei porque não sou homem de cerimônia. Pobre não repara.

O mestre José Amaro, arrastando a perna torta, foi se chegando para a mesa posta, uma pobre mesa de pinho sem toalha. E comeram o feijão com a carne de ceará e toicinho torrado. Para o canto estava a filha Marta, de olhos para o chão, com medo. Não deu uma palavra, só falava o mestre:

— Sou pobre, seu Laurentino, mas não faço vergonha aos pobres. Está aí minha mulher para dizer. Aqui nesta minha porta tem parado gente rica, gente lorde, para me convidar para isto e aquilo. Não quero nada. Vivo de cheirar sola, nasci nisto e morro nisto. Tenho esta filha que não é um aleijão.

— Zeca tem cada uma... Deixa a menina.

— O que é que estou dizendo de mais? Tenho esta filha, e não vivo oferecendo a ninguém.

A moça baixou mais a cabeça. Era pálida, com os seus trinta anos, de pele escura, com os cabelos arregaçados para trás. O mestre José Amaro olhou firme para ela e continuou:

— Não se casa porque não quer. É de calibre, como a mãe.

— Cala a boca, Zeca! A gente não está aqui para ouvir besteira.

— Eu não digo besteira, mulher. Se não quiser me ouvir que se retire. Estou falando a verdade. É só isto que me acontece, ouvir mulher fazer má-criação.

Aí o mestre José Amaro levantou a voz.

— Nesta casa mando eu. Quem bate sola o dia inteiro, quem está amarelo de cheirar sola, de amansar couro cru? Falo o que quero, seu Laurentino. Isto aqui não é casa de Vitorino Papa-Rabo. Isto é casa de homem.

As mulheres foram se levantando da mesa. E o mestre saiu da sala. Havia um pé de bogari cheirando na biqueira. A sombra da pitombeira crescia mais ainda sobre a casa. O mestre José Amaro olhou para a estrada, para os fins da várzea muito verde.

— É o que lhe digo, seu Laurentino. Você mora na vila. Soube valorizar o seu ofício. A minha desgraça foi esta história de bagaceira. É verdade que senhor de engenho nunca me botou canga. Vivo nesta casa como se fosse dono. Ninguém dá valor a oficial de beira de estrada. Se estivesse em Itabaiana estava rico. Não é lastimar, não. Ninguém manda no mestre José Amaro. Aqui moro para mais de trinta anos. Vim para aqui com o meu pai que chegou corrido de Goiana. Coisa de um crime que ele nunca me contou. O velho não contava nada. Foi coisa de morte, esteve no júri. Era mestre de verdade. Só queria que o senhor visse como aquele homem trabalhava na sola. Uma peça dele foi dada pelo barão de Goiana ao imperador. Foi pra trás. Veio cair nesta desgraça. É a vida, seu Laurentino. O mestre José Amaro não é homem para se queixar. Estou somente contando. Aguento no duro.

— Mestre Zé, me desculpe, mas tenho que ir andando.

— É cedo, homem, deixa o sol quebrar.

Pela estrada passou um matuto, com uma carga de farinha. O cavalo levantava lama no chão ensopado.

— É o Chico Cabeça. Homem de bem. Já teve até recurso. Depois que uma filha morreu das bexigas, deu para trás. Quinca Napoleão tomou um sítio que ele tinha no Riachão e o pobre vive hoje do serviço de carga. Deu a macaca nele. Se fosse comigo, Quinca Napoleão não cantava de galo. Ia com a faca no bucho dele. Ah!, lá isto ia! Então, seu Laurentino, um homem tem a sua terra, suou em cima dela, gosta da bicha de verdade, e vem um sujeito ganancioso como Quinca Napoleão e toma? Comigo era na faca. É por isto que eu não quero nada.

Lá para dentro ouvia-se um gemer de voz, um cantar de ladainha. O mestre Zé Amaro parou um instante, como se prestasse atenção à cantiga.

— Para com isto, menina! Para com isto. Não quero ouvir latomia de igreja na minha casa.

— Deixa a menina, Zeca. Vai bater sola.

— É o que sabe dizer esta vaca velha.

E levantando a voz num grito:

— Para com isto. Não quero ouvir latomia de igreja. Na minha casa manda o galo.

Fez-se um grande silêncio. Parou tudo lá para dentro. Apenas um choro baixo se ouvia, chegando surdo, dos fundos da casa.

— Vai ser assim o dia inteiro. Vai ser este choro, esta peitica até anoitecer. Seu Laurentino, o senhor tem filha? Pois é isto que o senhor vê. Não pode um pai fazer nada, que não venha a mãe tomando as dores.

Sentado no seu tamborete, o velho José Amaro parou de falar. Ali estavam os seus instrumentos de trabalho. Pegou no pedaço de sola e foi alisando, dobrando-a, com os dedos grossos. A cantoria dos pássaros aumentara com o silêncio.

Os olhos do velho, amarelos, como que se enevoaram de lágrima que não chegara a rolar. Havia uma mágoa profunda nele. Pegou do martelo, e com uma força de raiva malhou a sola molhada. O batuque espantou as rolinhas que beiravam o terreiro da tenda. Pela estrada passava um comboio de aguardente. O matuto chefe parou para conversar.

— Deus guarde a vossa senhoria, mestre José Amaro. Estamos na demanda do sertão. E sucede que se partiu uma cilha do meu animal. O mestre pode me dar uma ajuda?

O mestre José Amaro olhou para o homem, como se o quisesse identificar. Depois foi lhe dizendo:

— Você não é o Alípio, no Ingá?

— Sim senhor, mestre José Amaro. O senhor sabe, me sucedeu aquela desgraça. Tive que me mudar com o meu povo. Felizmente, com a proteção de Deus, e do capitão Quinquim, me livrei.

O mestre José Amaro tomou a cilha partida, fez a emenda e o homem quis puxar dinheiro para lhe pagar.

— Não é nada, seu Alípio. Não é nada.

E quando o comboio se sumiu no fim da estrada, o mestre falou:

— Bicho homem, este Alípio. Avalie que quase menino se espalhou na feira do Ingá que foi aquela desgraça. Gosto de homem assim. Ele fora com o pai vender milho-verde na vila e o cabo do destacamento achou de desfazer do velho. Foi aquela desgraça. Alípio se fez na faca, espalhou a feira. O cabo ficou para um canto de bofe de fora, e um soldado que se metera a besta não ficou para contar a história. Foi no júri. Encontrou homem para livrar ele. Se fosse aqui do Santa Fé, morria de podre na cadeia. Nem é bom falar.

O pintor Laurentino levantou-se para sair.

— Bem, mestre Zé, muito obrigado, mas o sol está caindo.

— Já quer ir mesmo, homem? Aqui a casa é sua. Passando pela estrada, pare aqui. Sinhá, seu Laurentino já se vai!

Apareceu a velha na porta.

— Desculpe por tudo, seu Laurentino, mas o Zeca é impossível. Vá com Deus.

O bater do martelo do mestre José Amaro cobria os rumores do dia que cantava nos passarinhos, que bulia nas árvores, açoitadas pelo vento. Uma vaca mugia por longe. O martelo do mestre era forte, mais alto que tudo. O pintor Laurentino foi saindo. E o mestre, de cabeça baixa, ficara no ofício. Ouvia o gemer da filha. Batia com mais força na sola. Aquele Laurentino sairia falando da casa dele. Tinha aquela filha triste, aquela Sinhá de língua solta. Ele queria mandar em tudo como mandava no couro que trabalhava, queria bater em tudo como batia naquela sola. A filha continuava chorando como se fosse uma menina. O que era que tinha aquela moça de trinta anos? Por que chorava, sem que lhe batessem? Bem que podia ter tido um filho, um rapaz como aquele Alípio, que fosse homem macho, de sangue quente, de força no braço. Um filho do mestre José Amaro que não lhe desse o desgosto daquela filha. Por que chorava daquele jeito? Sempre chorava assim sem que lhe batessem. Bastava uma palavra, bastava um carão para que aquela menina ficasse assim. Um bode parou bem junto do mestre. O animal era manso. O mestre levantou-se, sacudiu milho no chão para a cria comer. Depois voltou para o seu tamborete e começou o serviço outra vez. Pela estrada gemia um carro de boi, carregado de lã.

O carreiro parou para conversar com o mestre. Estava precisando de correame para os bois. O coronel mandara encomendar no Pilar. Ele gostava mais do trabalho do mestre José Amaro.

O mestre olhou para o homem. E lhe falou, com a voz mansa, como se não estivesse com a alma pesada de mágoa.

— É encomenda do Santa Rosa? Pois, meu negro, para aquela gente não faço nada. Todo mundo sabe que não corto uma tira para o coronel José Paulino. Você me desculpe. É juramento que fiz.

— Me desculpe seu mestre – respondeu o carreiro, meio perturbado. — O homem é bom. Não sabia da diferença de vosmecê com ele.

— Pois fique sabendo. Se fosse para você, dava de graça. Para ele nem a peso de libra. É o que digo a todo mundo. Não aguento grito. Mestre José Amaro é pobre, é atrasado, é um lambe-sola, mas grito não leva.

O carreiro saiu. O carro cantava nos cocões de aroeira, com o peso das sacas. Foi de estrada afora. O mestre José Amaro sacudiu o ferro na sola úmida. Mais uma vez as rolinhas voaram com medo, mais uma vez o silêncio da terra se perturbava com o seu martelo enraivecido. Voltava outra vez à sua mágoa latente: o filho que lhe não viera, a filha que era uma manteiga-derretida. Sinhá, sua mulher, era a culpada de tudo. O sol estava mais para o poente. Agora soprava uma brisa que agitava a pitombeira e os galhos de pinhão-roxo, que mexia nos bogaris floridos. Um cheiro ativo de arruda recendia no ar. O mestre cortava material para os arreios do tangerino do Gurinhém. Estava trabalhando para camumbembes. Era o que mais lhe doía. O pai fizera sela para o imperador montar. E ele ali, naquela beira de estrada, fazendo rédea para um sujeito desconhecido. Calara-se a sua filha. Uma moça feita, na idade de parir filho, chorando como uma menina desconsolada. Era para o que dava filha única. Sinhá tinha a culpa de tudo. Parou na sua porta um negro a cavalo.

— Boas tardes, mestre.

— Boa tarde, Leandro. Está de viagem?

— Nada não, mestre Zé. Vou levando um recado para o delegado do Pilar que o seu Augusto do Oiteiro mandou.

— Houve crime por lá?

— Duas mortes. O negócio é que havia uma dança na casa de Chico de Naninha, e apareceu um sujeito da Lapa, lá das bandas de Goiana, e fechou o tempo. Mataram o homem e um companheiro dele. Vou dar notícia ao major Ambrósio do assucedido.

— Este Ambrósio é um banana. Queria ser delegado nesta terra, um dia só. Mostrava como se metia gente na cadeia. Senhor de engenho, na minha unha, não falava de cima para baixo.

— Seu Augusto não é homem para isto, mestre Zé.

— Homem, não estou falando de seu Augusto. Estou falando é da laia toda. Não está vendo que, comigo delegado, a coisa não corria assim? Onde já se viu autoridade ser como criado, recebendo ordem dos ricos? Estou aqui no meu canto, mas estou vendo tudo. Nesta terra só quem não tem razão é pobre.

— É verdade, mestre Zé, mas o senhor deve dar razão a quem tem. Seu Augusto não vive se metendo nos negócios da vila. Ele não deixa é que cabra dele sofra desfeita. Homem assim vale a pena. O doutor Quinca do engenho Novo era assim. E assim é que deve ser.

— Não estou caducando. O que eu digo, para quem quiser ouvir, é que em mim ninguém manda. Não falo mal de ninguém, não me meto com a vida de ninguém. Sou da minha casa, da minha família, trabalho para quem quiser, não sou cabra de bagaceira de ninguém.

— Não precisa ofender, mestre Zé.

— Não estou ofendendo. Eu digo aqui, todos os dias para quem quiser ouvir: mestre José Amaro não é um pau-mandado. Agora mesmo me passou por aqui um carreiro do coronel José Paulino. Pergunte a ele o que foi que lhe disse. Não aceito encomenda daquele velho gritador. Não sou cabra de bagaceira, faço o que quero. O velho meu pai tinha o mesmo calibre. Não precisava andar cheirando o rabo de ninguém.

— Mestre Zé está zangado, eu vou saindo.

— Não estou zangado, estou dizendo a verdade. Sou um oficial que não me entrego aos mandões. Quando a gente fala nestas coisas vem logo um pobre como você dizendo que estou zangado. Zangado por quê? Porque digo a verdade? Sou eleitor, dou o meu voto a quem quero. Não voto em governo. Aqui me apareceu outro dia um parente de Quinca Napoleão pedindo o meu voto. "Votar em quem, seu Zé Medeiros?", fui lhe dizendo. "Quinca Napoleão é um ladrão de terra. O Pilar é uma terra infeliz; quando sair da mão do velho José Paulino, vai parar na bolsa de Quinca Napoleão." O homem se foi danado comigo.

Ouvia-se um gemer vindo de dentro da casa. O negro Leandro perguntou para o mestre:

— Tem gente doente na família, mestre Zé?

— Não tenho doente nenhum.

E parou a conversa.

Apitou um trem, muito de longe.

— É o horário do Recife que vem passando. Já está tarde. Mestre Zé, mande as suas ordens.

— É cedo.

A cara fechada do mestre José Amaro se abriu num sorriso para o negro que se despedia.

— Não quer nada da rua, mestre?

— Nada não, muito obrigado. Dê lembrança ao banana do Ambrósio. E diga que se quiser um cabresto eu faço para ele, de graça.

O negro saiu, de estrada afora, esquipando o cavalo arrudado. O mestre José Amaro voltou outra vez para dentro de si mesmo. A faca afiada cortava a sola como navalha. Chiavam na ponta da faca as tiras do couro que ele media, com muito cuidado. Trabalhando para um camumbembe do Gurinhém. Não tinha um filho que falasse alto com os grandes, que tivesse fibra para não aguentar desaforo. Então, muito de longe, começavam a soar as campainhas de um cabriolé. O mestre José Amaro se pôs de pé. Vinha passando pela sua porta a carruagem do senhor de suas terras, do dono de sua casa. Era o coronel Luís César de Holanda Chacon, senhor de engenho de Santa Fé, que passava com a família. Tirou o chapéu para o mestre José Amaro. As senhoras do carro olharam para ele, e cumprimentaram. Pedro Boleeiro nem olhou para o seu lado. Era o cabriolé do coronel Lula enchendo de grandeza a pobre estrada que dava para o Pilar. A velha Sinhá correu para ver passar o carro. O mestre José Amaro olhou para a mulher, com os seus olhos amarelos, com uma raiva mortal nas palavras que lhe saíram da boca:

— A maluca já parou de chorar?

— Cala a tua boca, homem infeliz, cala a tua boca. Deixa a desgraçada da tua filha sofrer quieta.

O mestre Amaro sentou-se outra vez. O martelo estrondou na paz da tarde que chegava. Ouvia-se já bem distante as campainhas do cabriolé, como uma música que se consumia. Culpada de tudo era a sua mulher Sinhá. O negro Leandro saiu danado com ele. Negro só servia mesmo para o cativeiro. Ninguém queria ser livre. Todos só desejavam a canga. Bem em cima de sua biqueira começou a cantar um canário cor de gema de ovo. O mestre Amaro já estava acostumado com aquele cantar de um pássaro livre. Que cantasse à vontade. Batia forte na sola, batia para doer na sua perna que era torta. Que lhe importava o cabriolé do coronel Lula? Que lhe importava a riqueza do velho José Paulino? As filhas do rico morriam de parto. O canário não se importava com o martelo do mestre. Um silêncio medonho envolvia tudo, num instante, como se o mundo tivesse parado. Parara de bater o mestre José Amaro, parara de cantar o canário da biqueira. Um silêncio de segundos, de vertigem do mundo. O mestre José Amaro gritou para dentro de casa:

— Sinhá, bota este jantar, faz alguma coisa, mulher dos diabos.

Vinha chegando a noite para a casa do mestre José Amaro. Ele já botara para dentro da sala os seus petrechos de trabalho. Havia barulho de galinha no terreiro. A velha Sinhá tangia a criação para o poleiro.

— Bicho desgraçado, só este – dizia o mestre. — Só faz barulho, só dá trabalho.

# 2

Pedro Boleeiro chegou na porta do mestre José Amaro com um recado do coronel Lula. Era para o mestre aparecer no engenho para conserto nos arreios do carro. O mestre ouviu o recado, deixou que o negro falasse à vontade. E depois, como não tivesse gostado, foi se abrindo com o outro.

— Todo o mundo pensa que o mestre José Amaro é criado. Sou um oficial, seu Pedro, sou um oficial que me prezo. O coronel Lula passa por aqui, me tira o chapéu como um favor, nunca parou para saber como vou passando. Tem o seu orgulho. Eu tenho o meu. Moro em terra dele, não lhe pago foro, porque aqui morou meu pai, no tempo do seu sogro. Fui menino por aqui. Para que tanto orgulho? Não custava nada chegar ele aqui e me perguntar pela saúde. Me contava o meu pai que o barão de Goiana não tinha destas bondades. Era homem de trato com os pequenos. E o barão de Goiana tinha razão para goga, era dono de muitos engenhos, homem de muito dinheiro na caixa. Sou pobre, seu Pedro, mas sou um homem que não me abaixo a ninguém.

— Mestre Zé, não tenho culpa de nada não, o homem mandou chamar o mestre, estou somente dando o recado.

— Eu sei, não estou dizendo nada de mais. Falo, como falo com todo o mundo. Eu não posso ver é pobre com chaleirismo, como este Vitorino, cabra muito do sem-vergonha, atrás dos grandes, como cachorro sem dono. O coronel Lula quer que eu vá consertar os arreios do carro dele. Pois eu vou.

— Está tudo podre, mestre Zé. Não posso fazer força que se estoura tudo. Aquilo é coisa de muitos anos.

— É que vocês não têm cuidado com as coisas dos outros. Quebram tudo.

— Não é não, mestre Zé. É que a coisa está mesmo nas últimas.

— O coronel Lula é homem de opinião. É um homem soberbo. Nunca vi senhor de engenho de tanto luxo. Nunca vi este homem, a pé, correndo os partidos. Veja você o coronel José Paulino. Não sai de cima dum cavalo. E é rico de verdade. O coronel Lula, não. Vive montado naquele cabriolé como um rei.

— É de gosto, mestre Zé, é de gosto. Já o velho Costa de Mata de Vara não anda a cavalo para não gastar os cascos do animal.

— Estou falando é de gente, seu Pedro. Não me venha com o exemplo daquele bicho. Aquilo é um bicho. E bicho muito ordinário. Aqui me chegou ele, uma vez, para me encomendar uma sela. Era um falar que não acabava mais. Falou, falou, e no fim me ofereceu uma miséria. Eu fui logo lhe dizendo: "Capitão Costa, eu vivo disto, eu não estou em condição de dar presente a rico não." Ah!, disse nas ventas dele.

— O coronel Lula não fica atrás, mestre Zé. Ô homem somítico danado.

— É de raça, seu Pedro, é de raça. Dizem que o pai dele era a mesma desgraça. O pai dele esteve corrido, por causa da revolução de 1848. Dizem que morreu no mato. O meu pai falava desta guerra de 1848. Mataram um primo do barão de Goiana, um tal de Nunes Machado. O pai do coronel Lula andou com este povo. Acabaram com ele. A mulher ficou amalucada, o filho é isto que o senhor conhece.

— É verdade, mestre Zé, aquele homem não regula bem. Não quero falar não, mas digo aqui ao senhor, tenho até medo de viver com aquela gente.

— Qual nada, seu Pedro. É porque o senhor é novo. Conheci o antigo boleeiro de lá, o velho Macário. Nunca vi tanta dedicação por um homem como a dele pelo coronel. Morreu de velho. Contam que Macário viera de Pernambuco para trabalhar com o coronel por causa do pai. Fora cabra do velho Holanda na guerra de 1848. E era macho de verdade. Na questão que o coronel teve com Quinca Napoleão, o velho Macário, um dia, foi ao safado do Quinca e lhe disse: "Olhe, seu major, a minha vida não vale nada, mas a do senhor vale muito. O coronel não pode ser desfeiteado." Gosto de homem assim como este Macário.

— Mas mestre Zé, o senhor não paga foro?

— Meu pai não pagava. Estamos nesta terra desde a vinda do sogro do coronel. Aqui fico. O coronel Lula nunca me falou nisto. E eu lhe digo: não é mau homem. Eu não me acostumo é com a soberba dele. Para que tanta bondade, para que tanto luxo? A terra come a gente mesmo... Pois diga ao coronel que vou amanhã fazer o serviço dele.

Quando o boleeiro Pedro se foi, o mestre Zé Amaro ficou com o coronel Lula na cabeça. Conhecera muito senhor de engenho, trabalhara para toda espécie de gente, mas para falar a verdade, o coronel era como ninguém. O que era o Santa Fé comparado com os engenhos vizinhos? Uma várzea de massapê de primeira, uns altos de mata fechada. Terra boa, coisa pequena, mas que daria para um homem viver muito bem com a sua família. Ali vivera o capitão Tomás, pai de d. Amélia, sogro do coronel Lula.

Conhecera-o ainda menino, mas o seu pai falava dele como de homem reto, de trabalho, de ação decidida. Era até político de importância no Partido Liberal e dono de boa escravatura. Depois viera o coronel Lula de Holanda. Vivia com ele há mais de trinta anos, e era aquilo mesmo desde que chegara para tomar conta do engenho com a morte do capitão Tomás. Viera com aquele carro, coisa de luxo, e assim vivia. O mestre José Amaro não sabia explicar, não sabia compreender a vida do senhor de engenho, que era dono de sua casa, da terra que pisava.

Lá fora era um dia bonito de maio. Tudo era verde e o sol quente enxugava a estrada coberta de poças. As cajazeiras davam sombra e pelas estacas as flores das trepadeiras enfeitavam de azul e de roxo o pequeno curral onde a velha Sinhá criava os seus porcos. Os bichos chiavam na manhã clara. O mestre José Amaro deixou o coronel Lula, e a mulher, que atravessava pela sua frente com um feixe de lenha nas costas, tomou conta dele, outra vez. Quis falar com ela, mas parou no meio da palavra que lhe saíra da boca, e para corrigir-se bateu com mais força na sola que trabalhava. Era a sua mulher Sinhá e não podia esconder o seu ódio por ela. Agora viu a filha sair de casa com uma panela na cabeça, caminhando para o chiqueiro dos porcos. Era de fato a sua filha, mas qualquer coisa havia nela que era contra ele. O mestre José Amaro viu-a no passo lerdo, no andar de pernas abertas e quis falar-lhe também, dizer qualquer coisa que lhe doesse. Martelou mais forte ainda a sola e sentiu que a perna lhe doeu. Com mais força, com mais ódio, sacudiu o martelo. Era a sua família. Uma filha solteira, sem casamento em vista, sem noivo, sem vida de gente.

— Bom dia, mestre Zé.

Era o pintor Laurentino que voltava do Santa Rosa.

— Acabei os serviços ontem de tarde. Foi trabalho muito. O coronel vai dar festa de arromba. Dizem que vem até governador. Também casa a última filha.

— Pintaram a casa toda?

— Tudo está um brinco. Está lá o mestre Rodolfo, botando água encanada para o banheiro. O coronel José Paulino, quando gasta, gasta mesmo.

— Tenho visto passar muito troço. Há quinze dias, quando você passou por aqui, eu lhe dizia que o velho do Santa Rosa não conta comigo para coisa nenhuma. E não me arrependo. Você passa por aqui para contar grandeza da casa dele. Está muito enganado, não me bota água na boca.

— Nada, mestre Zé, o senhor desconfia de tudo. Eu sei que o senhor não vai com o coronel, mas não é para chegar a este ponto.

— É bom parar, seu Laurentino; sou homem pobre, sou um oficial sem nada. E estou contente, não me lastimo. Pode o senhor ir dizendo por aí afora: "O mestre José Amaro não tem inveja de ninguém." Quem tiver o seu dinheiro que meta no rabo.

— Mestre, não vim aqui para brigar.

— Não estou brigando, homem de Deus. Isto não é briga. Então eu não posso falar a verdade?

— Está certo, mestre Zé, está certo. O senhor me desculpe.

— Não tenho que desculpar coisa nenhuma. Se eu quisesse, estava em Goiana, bem rico de meu. Riqueza de ninguém me faz sofrer.

Houve um pequeno silêncio. O canário cantava na biqueira, com todo o fôlego. E rugia na sola a quicé do mestre José Amaro.

— Seu Laurentino – foi ele dizendo —, um homem vale pelo que é e não pelo que tem. Você esteve comendo na mesa do coronel José Paulino e veio para a minha casa me meter inveja.

— O senhor está enganado, mestre Zé, não sou homem para isto. Não é a primeira vez que como em mesa de rico.

— Não estou enganado não. Eu não me engano.

Estalou na lama da estrada um cavalo esquipando. Os dois olharam e passou num ruço ligeiro o velho José Paulino, de chapéu do chile, grande, de rebenque na mão.

— Bom dia – falou ele, de longe.

O pintor Laurentino levantou-se para tirar o chapéu. O mestre José Amaro grunhiu por entre dentes um bom-dia de raiva. Pararam de falar. A manhã brilhava por todos os lados. Chiava lá para dentro da cozinha o toicinho na frigideira de barro.

— Bom, mestre Zé, vou andando.

— É o que lhe digo seu Laurentino, estas mãos que estão aqui não cortam sola para aquele homem.

— Está direito, mestre; até outro dia.

Velho danado, foi pensando o pintor Laurentino; que natureza de cobra. Que é que tem ele com a vida dos outros? Se se fala de qualquer coisa ele tem sempre o que dizer.

Vinha andando pela estrada, para o Pilar, e em direção contrária viu um sujeito a cavalo, em marcha vagarosa. Pensou que fosse o padre José João, que gostava de andar assim como se não tivesse pressa de chegar. Era Vitorino Papa-Rabo, na sua égua arrudada. Quis passar por fora, pelo atalho, mas Vitorino deu logo um grito:

— Está com medo de quê?

— De nada, capitão Vitorino.

— Vocês todos pensam que sou bicho. Sou homem para ser respeitado.

— Não estou dizendo o contrário.

— Pode dizer capitão. Sou capitão, como o Lula de Holanda é coronel. Não me faz favor.

O pintor Laurentino, na beira da estrada, ouvia o velho Vitorino nos seus arrancos. A égua arrudada mostrava os ossos, a sela velha, roída, a manta furada, os freios de corda.

— Sou homem de respeito. Passei por ali e os filhos duma cabra saíram para a estrada para me insultar. Isto é um desaforo. Sou homem branco como o José Paulino. É meu primo. E estes canalhas não me largam. Está ouvindo, seu Laurentino? O Lula de Holanda anda de carruagem para ver se arranja uma besta que case com a filha dele. Não esteja pensando que sou um camumbembe, seu Laurentino.

A égua vazava água por um dos olhos e a brida arrebentada enterrava-lhe de boca adentro. O pintor quis despedir-se, mas Vitorino queria falar mais. A cara larga do velho, toda raspada, os cabelos brancos saindo por debaixo do chapéu de pano sujo, davam-lhe um ar de palhaço sem graça.

— Boa viagem, capitão Vitorino, tenho que chegar cedo em casa.

— Diga a estes cachorros que o capitão Vitorino Carneiro da Cunha é homem para o que der e vier.

E esporeou a égua com fúria. O animal pulou de lado, quase que deitando por terra o cavaleiro. Vitorino, aprumando-se, gritou:

— Bando de cachorros!

Um moleque escondido atrás duma moita de cabreira apareceu de repente na frente do animal para espantá-lo.

— Papa-Rabo, Papa-Rabo!

Vitorino sacudiu a tabica que golpeou o vento com toda a força.

— Papa-Rabo é a mãe, filho da puta.

E o moleque a gritar, quase que nas pernas do velho enfurecido. Vitorino queria que a égua tivesse força para atropelar o atrevido; fincava as esporas, e nada; era aquele passo preguiçoso, aquele se arrastar de ossos velhos. Lá mais para longe gritou outro moleque:

— O rabicho caiu.

A figura de Vitorino era toda de indignação, de um desespero terrível.

— Cambada de cachorros. Eu sou Vitorino Carneiro da Cunha, homem branco, de respeito.

Falava só, gesticulava como se mantivesse um diálogo com um inimigo. Sacudia a tabica com uma fúria de louco.

— E o diabo desta besta que não anda!

E castigava a égua com impiedade. Pela estrada silenciosa o pisar mole da montaria espantava as lagartixas. O capitão Vitorino Carneiro da Cunha atravessava as terras do coronel Lula de Holanda, do Santa Fé. Ali era a grande aroeira que dava mal-assombrado. Ele não acreditava. Ele não tinha medo de coisa viva, de coisa morta. Passou a pé uma mulher de saia vermelha.

— Bom dia, seu Vitorino.

— Dobre a língua, não sou de sua laia. Capitão Vitorino. Paguei patente foi para isto.

— Me desculpe, seu Vitorino.

— Vá se danando. Vá atrás dos seus machos.

— Cala a boca, velho debochado.

Vitorino quis levantar a tabica agressivamente. A mulher correu para cima do barranco e abriu nos desaforos:

— Velho mucufa. Quem é que não te conhece, cachorro velho.

— Papa-Rabo – gritaram mais adiante.

— É a mãe.

A mulher deixou a estrada e o capitão Vitorino foi continuando a sua viagem. Com pouco mais era a casa do mestre José Amaro. Sim, era o José Amaro da Silva, eleitor de voto livre, o seu compadre José Amaro. Pelo seu gosto o padrinho do seu filho Luís seria o primo José Paulino. Mas a sua mulher tomou o seleiro. Mulher teimosa, de vontade, de opinião. Queria era chamar, encher a boca com um "meu compadre José Paulino". O diabo da mulher escolhera o outro.

O seu filho Luís estava na Marinha. Seria homem de comando. Os passarinhos cantavam pelas árvores que davam sombra ao capitão Vitorino, de volta para a casa. Todos que o viam lá vinham com deboche; não era homem para debiques. Era o capitão Vitorino Carneiro da Cunha, de gente muito boa da Várzea do Paraíba. Tivera um primo barão no governo da província. Antes de chegar em casa ia dar uma conversa com o compadre José Amaro. Não era de família como a sua, mas era homem branco, o pai fora filho dum marinheiro de Goiana.

E assim foi chegando na porta do mestre seleiro, o seu compadre Vitorino, pai daquele menino Luís que ele batizou nas missões do frei Epifânio, no Pilar.

— Bom dia, compadre – foi gritando o cavaleiro na porta.

— Bom dia, compadre; não vai se apear?

Vitorino saltou da égua, amarrou o cabresto na cerca e chegou-se para perto da tenda. O mestre José Amaro olhou-o com desprezo. Sempre lhe causava mal-estar aquela companhia de um pobre homem que não se dava ao respeito. Era demais aquela vida sem rumo, aquele andar de um lado para o outro, sem fazer nada, sem cuidar de coisa nenhuma. Era padrinho do filho daquele Vitorino, e quando lhe deram a notícia de que o menino tinha entrado na Marinha, ficara satisfeito. Pelo menos não se criaria assim como o pai, como um bobo pelo mundo afora.

O velho Vitorino olhava para o compadre como para um inferior. Era um seleiro, um mestre de ofício que gente branca como ele não devia levar em conta.

— Muito trabalho, compadre José Amaro?

— Como de costume, compadre Vitorino. Como de costume.

— Eu também ando que não tenho mais descanso. O diabo desta eleição não me deixa parar. Era até para lhe falar, compadre, preciso do seu voto. O major Ambrósio me botou na chapa de conselheiro. Conto com o seu voto. Eles sabem o que vale o capitão Vitorino Carneiro da Cunha. Vou fazer um figurão, meu compadre. O José Paulino desta vez vai ver o que vale o primo Vitorino.

Apareceu na janela a mulher do seleiro.

— Boa tarde, compadre Vitorino; como vai a comadre Adriana?

— Boa tarde, comadre Sinhá. A velha não vai indo bem, não. Anda numa ciumeira danada. Como se eu fosse um pai de chiqueiro. Mulher danada, comadre, anda me botando vigia por toda a parte.

— O compadre também não cria juízo!

— Mais do que tenho, minha comadre, só mesmo se fosse monge. – E deu uma risada estrondosa.

O mestre José Amaro, de cara fechada, era como se não escutasse nada da prosa do velho.

— Meu compadre, só queria que você visse a figura que fiz na festa do Maravalha. Olhe que havia uma rapaziada de chifre apontando. Pois eu, assim velho, não dava conta do moçame. Era capitão Vitorino para aqui, capitão para acolá. Posso dizer que estou nesta idade, mas não tenho medo desta mocidade que anda por aí.

— Ora, compadre, e o senhor não quer que a comadre Adriana tome cuidado?

— Quero lá saber de cuidado de mulher velha! Cavalo velho, capim novo, comadre Sinhá.

José Amaro, de cara fechada, não fazia sinal de aprovação para aquela conversa. A mulher compreendeu e foi se despedindo:

— Pois compadre, diga à comadre Adriana que apareça. Tenho uns frangos para castração. E só ela é quem sabe fazer estas coisas.

Depois que a mulher se retirou, José Amaro olhou firme para o animal amarrado na cerca:

— Está nos ossos, compadre.

— Não é por falta de trato. Capim não lhe falta, dou-lhe milho, faço tudo o que é possível. É velhice. A diaba nem rincha mais para os pais-d'égua. E quando animal estanca nestas coisas, está nas últimas. Mas meu compadre, eu suspendi a conversa. Eu estava falando na eleição, não é verdade? Conto com o seu voto. Vamos botar o José Paulino para fora de uma vez da política. O Ambrósio conhece o meu prestígio. Ele sabe que sou homem para levar duzentos votos às urnas. Estes meus parentes da Várzea estão enganados. O capitão Vitorino Carneiro da Cunha tem amigos. Conto com o seu voto?

Pela estrada passava um moleque, a cavalo, e quando viu o velho Vitorino, parou e largou a boca no mundo:

— Papa-Rabo, Papa-Rabo.

Vitorino levantou-se com o corpo mole, pegou de uma pedra e saiu correndo atrás:

— Papa-Rabo é a mãe.

E correu com tanto ímpeto que tropeçou nas raízes da pitombeira e foi ao chão como um jenipapo maduro. O mestre José Amaro levantou-se para ampará-lo. O velho quase que não podia falar. Estava branco como algodão, de corpo mole. Depois que se refez com o copo d'água que bebeu, disse com a voz ofegante:

— É isto que o senhor vê, meu compadre. Me perseguem deste jeito.

Chegara gente da casa para animá-lo.

— Caí com o corpo todo. Muito obrigado. Estes cabras me pagam. Isto é coisa do Juca do Santa Rosa. Estas desgraças me pagam. Corto a cara do safado de rebenque.

O mestre Amaro falou manso para o compadre:

— Compadre Vitorino, eu não quero dizer nada, mas o senhor é culpado de tudo isto.

— Culpado de quê? Não está vendo que isto é perseguição política? Estão com medo do meu eleitorado. Cabras safados. Vou mostrar a todos quem é este velho Vitorino Carneiro da Cunha. Não enjeito briga. Se querem no pau, vamos no pau.

Calou-se o mestre José Amaro, e o capitão Vitorino, já refeito do choque, não parava mais de falar:

— Vou dar com o José Paulino no chão. Vem aí o coronel Rego Barros, é militar, é homem de dar razão a quem tem. Vai ser governador. Ladrão com ele é na cadeia. Dantas Barreto está em Pernambuco. Franco Rabelo no Ceará. O Lula de Holanda devia chefiar o partido aqui no Pilar. O pai foi homem de mando em Pernambuco, ouvi falar que esteve na guerra de 1848. Gosto do povo do sertão por isto. O meu pai teve terra no Cariri, tinha trinta homens de rifle. Ali é na bala, meu compadre. É do que gosto.

Vinha já escurecendo e um cachorro latia com desespero lá para as bandas do rio. Depois, escutou-se um tiro seco, no silêncio.

— É Manuel de Úrsula, caçando preá – disse o capitão Vitorino. — Este canalha é dos tais que não me respeitam. Pode ficar certo, meu compadre, que uma desgraça eu faço nesta Várzea. Boto as tripas de um no chão. Bem, vou-me embora. – E gritou para o interior da casa: — Comadre, até mais.

— Vá com Deus, compadre.

— E, compadre, posso contar com o voto? – O mestre José Amaro quase que não respondeu à pergunta.

— Posso contar?

— As eleições estão longe, compadre.

E Vitorino, montado na pobre égua, de pernas abertas nos estribos de ferro:

— Mande as suas ordens.

E saiu, no passo do animal cansado. O vulto cresceu na tarde que se punha. Parecia um gigante, aos restos de sol que cobriam as cajazeiras. A égua pulou para um lado, como se fosse se arrebentar. O capitão meteu as esporas e sumiu-se por trás da moita grande de cabreira. O mestre José Amaro ainda o viu na curva da estrada. Ia gesticulando, sacudindo a tabica no ar como se golpeasse inimigos. Ouviu-se então um grito vindo de longe, numa voz fina de menino:

— Papa-Rabo, Papa-Rabo.

E uma gritaria de cachorro cobriu o brado rouco do capitão.

— É a mãe.

Do outro lado o eco respondia abafado. O mestre José Amaro tratou de botar os troços para dentro de casa. Viu a filha que chegava com um pote d'água na cabeça. A mulher tangia as galinhas para o poleiro. Uma guiné gritava como gente no terreiro. A voz da velha Sinhá enchia tudo:

— Chi, chi.

O mestre Amaro andou um pouco para a beira da estrada. As tanajuras voavam rasteiras, em bando, e caíam no chão sem força para se levantar. Estavam gordas demais. Passou por ele o negro Manuel de Úrsula, de espingarda ao ombro, com dois cachorros amarrados numa corda comprida.

— Boa tarde, mestre. Está tomando a fresca da tarde?

— Vendo o tempo.

— Os moleques, lá em cima, deram com o velho Vitorino no chão. Amarraram uma corda na estrada e o animal do velho tropeçou e deu com o pobre em terra. São uns moleques dos diabos. Botei seu Vitorino no animal. E ele foi descompondo a Deus e ao mundo. Me disse, até, que tinha tido uma briga com o pintor Laurentino, e que tinha dado no homem. Este seu Vitorino não cria juízo.

Os preás mortos deitavam sangue pelo bornal do negro. O mestre José Amaro ficou calado.

— Se gosta, mestre, está aí um preazinho para o senhor. Gordo assim como está, é mesmo que galinha.

E tirou um preá e deixou em cima da relva.

— É comida carregada. Para quem tem ferida é o mesmo que veneno.

O mestre José Amaro agradeceu o presente. E o negro se foi com os cachorros grunhindo. Era quase de noite. Agora na casa não se ouvia uma voz. As galinhas no poleiro se aquietavam para o sono.

— Menina, leva isto lá para dentro.

O capim ficou melado de sangue. Aquele sangue escuro fazia mal ao seleiro. Teve náusea; não podia ver sangue de bicho. E com terra molhada cobriu as manchas. Sinhá já havia botado a criação toda para dormir. Os porcos no chiqueiro fossavam o chão, roncando. O bode, deitado no copiá do lado. Aquele sangue fizera mal ao mestre. Não teve coragem de botar aquele bicho fora. Sinhá faria um guisado e no outro dia nem mais pensaria naquele sangue imundo. Uma luz de querosene enchia a sala de claridade mortiça. Cheirava mais ativamente a sola nova que viera de Itabaiana. O mestre, então, teve vontade de falar com a família, de abrir-se com os seus, de sentir um agrado de sua filha. Era raro aquilo que sentia naquele instante. Era duro demais, era como um cardeiro cheio de espinhos. Nisto passou pela estrada o cabriolé do coronel Lula. Com as lamparinas acesas, com as campainhas tocando, encheu a boca da noite de vida.

— Dona Amélia vai para o mês de maio – falou a mulher.

— É a vida que eles querem – retrucou o seleiro.

Ainda se ouvia como do fim do mundo as campainhas tocando.

— É por isto que não vão para diante.

— Cala esta boca, herege.

— Não acredito em homem que vive em pé de padre.

A casa voltou ao silêncio.

— Pobre do compadre Vitorino, a comadre Adriana

é que vive naquele sofrer. Você não imagina, Zeca, o que ela passa.

— É sina daquela pobre. Nasceu assim e morre assim.

Entrava um vento bom da noite para a casa do seleiro. Cheiravam as flores do bogari, cheiravam as cajazeiras, o jasmim-do-céu se abria para a lua que botava a cabeça de fora.

— É lua cheia hoje?

— É. Você não viu o compadre Vitorino como estava?

Foram os dois para a porta da casa. E viram o céu estrelado, e a paz do mundo, do grande mundo calado. Um cachorro começava a latir, latia com desadoro, e por fim lançava uivos de uma dor profunda.

— Aquilo é para a lua.

— É para a lua. Está sofrendo muito.

Uma nuvem cobriu o céu e tudo ficou escuro. De repente o mundo se clareou outra vez, em luz branca.

— Zeca, olha o sereno. Isto vai dar tosse.

O mestre fechou a janela.

— Está entrando muito mosquito. Vou andar um pouco.

E saiu.

— Toma cuidado com o sereno, Zeca.

O seleiro estava possuído de paz, de terna tristeza; ia ver a lua, por cima das cajazeiras, banhando de leite as várzeas do coronel Lula de Holanda. Foi andando de estrada afora, queria estar só, viver só, sentir tudo só. A noite convidava-o para andar. Era o que nunca fazia. Vivia pegado naquele tamborete, como negro no tronco. E foi andando. Mais para perto da casa de Lucindo Carreiro, parou um pouco. Vinha vindo um vulto de branco. Esperou que ele passasse. Era um portador do Santa Rosa, o negro José Guedes.

— Boa noite, mestre Zé; procurando alguma coisa?
— Andando, estirando as pernas.

O negro se foi. Na lagoa, a saparia enchia o mundo de um gemer sem fim. E os vaga-lumes rastejavam no chão com medo da lua. Tudo era tão bonito, tão diferente da sua casa. Quis andar para mais longe. E se deixasse a estrada? Ganhou pelo atalho que ia para o rio. E deparou com a negra Margarida, que ia pescar.

— Que faz por aqui, mestre José Amaro?

Deu uma desculpa qualquer e voltou para o outro lado. Cheirava toda a terra. Era cheiro de flores abertas, era cheiro de fruta madura. O mestre José Amaro foi voltando para a casa como se tivesse descoberto um mundo novo. Quando chegou, a mulher já estava com medo:

— Que foste fazer a estas horas, Zeca? Sei quem está aluado!

Calou-se, fechou a porta de casa e foi para a rede com o coração de outro homem. Não dormiu. Ouvia tudo que vinha lá de fora. Ouviu o ressonar da filha. O que é que havia com ela? Lembrou-se então do sangue do preá, sujando o verde do capim. O cheiro de sola nova enchia a casa. O mestre José Amaro via a lua muito branca entrando pelas telhas. E dormiu com as réstias que lhe pontilhavam o quarto. Sinhá roncava como os porcos do chiqueiro.

No outro dia corria por toda a parte que o mestre José Amaro estava virando lobisomem. Fora encontrado pelo mato, na espreita da hora do diabo; tinham visto sangue de gente na porta dele.

# 3

— Pode deixar o tabuleiro aí mesmo. Já estava com fome.
— Sinhá Mariana manda dizer ao senhor para desculpar. Hoje é dia de guarda, e o povo da casa-grande está no jejum.
— Este povo vai todo pro céu. Estão pensando que Deus Nosso Senhor gosta de gado magro. Deus gosta é de ver gado de sedenho abrindo. O que foi que a velha mandou hoje? Esta história de bacalhau não é comigo.
— Todo mundo está no bacalhau, mestre Zé.
— Não venho trabalhar aqui para comer isto.
— Os brancos estão comendo, mestre.
— Quero lá saber de branco. Quero é a minha barriga cheia.
O moleque abriu os dentes numa risada gostosa.
— Mestre, o velho anda com essa leseira de reza que não acaba mais.
— É o que eles querem. Estão pensando que oficial é cachorro. Pensam que me machucam, não me chamando para comer na casa-grande. Não sou o pintor Laurentino que vive por aí contando prosa. O mestre José Amaro, menino, tem a sua bondade, também. Tenho trabalhado para senhor de engenho de muitas posses, gente de mesa de banquete, e nunca vi este luxo aqui no Santa Fé.
O moleque ouvia o seleiro, de boca aberta. E enquanto o mestre comia no tabuleiro reparava no olhar duro, na boca grande, nas mãos grossas. Era aquele o homem de quem o povo falava tanto. Diziam que pelas estradas, pela beira do rio, alta noite o velho virava em bicho perigoso, de unha como faca, de olhos de fogo, atrás da gente para devorar.

E o moleque por mais que olhasse não via nada daquilo. O mestre José Amaro de fato não era como todos os outros. Gostava de ouvi-lo, ali vinha-lhe trazer o tabuleiro do almoço, e ali gostava de ficar, reparando no trabalho, no jeito com que o mestre cortava a sola, enrolava o couro, metia a brocha, cosia as correias. Pedro Boleeiro ficava ajudando-o, e de vez em quando o mestre levantava a voz para reparar num malfeito. Os olhos amarelos, a cor de um branco de preso de cadeia, davam ao seleiro um ar diferente dos outros homens que o moleque via nos eitos, nos trabalhos de enxada.

— O coronel Lula – continuava o mestre — está muito enganado comigo. Já trabalhei para muito senhor de engenho aqui da Ribeira, da Várzea de Goiana, e só encontrei homens de tratamento. Ele não; passa por aqui e nem se demora para saber do trabalho, para dar uma opinião. É metido na gravata de manhã à noite, como um juiz de direito. Ora, pobre é gente.

Depois se levantou, foi até a porta que dava para a casa do engenho, olhou firme como se quisesse descobrir uma coisa, e continuou:

— Aí está em que dá o luxo dele. Está aí o engenho num atraso danado. O major Tomás, o que deixou está aí no mesmo pé. Engenho de bestas num tempo deste!

— O mestre já trabalhou em usina?

— Nunca. O José César de Goiana, que foi patrão de meu pai, uma vez me mandou chamar. Não fui, não. Já estou velho, vou ficando aqui mesmo por esta desgraça.

Ouviu-se então um grito de chamado:

— Ó Floripes!

— É o velho gritando? – disse o seleiro.

— É, ele tem um pegadio danado com o Floripes.

Floripes é afilhado dele e é também da reza. Está todo dia de tarde e de noite no oratório com a família nas ladainhas.

Ali na casa do carro o mestre Amaro ficava o dia inteiro no serviço. Os arreios do cabriolé estavam em petição de miséria, tudo podre, levado do diabo. A princípio, quis voltar para casa. Não havia material para o serviço. O velho não dava sola, não tinha nada para o conserto da carruagem. Afinal ficara. No fundo, o coronel Lula agradava. Parecia-lhe um homem aluado. Ficou, trouxe de casa o material necessário e estava ali, botando ordem no luxo do coronel Lula. Pelo menos, o carro do coronel Lula cantaria pela estrada, seria mais alguma coisa que o cavalo ruço do coronel José Paulino. O cabriolé consolava um pouco o seleiro da mágoa que lhe dava aquele senhor muito rico, muito cheio de terras, que lhe dera gritos como se fosse um negro cativo. Gostava de ver o coronel Lula no cabriolé, enchendo a estrada com a sua parelha. O diabo era aquele orgulho do velho, aquela soberba. O moleque se fora e agora, sozinho no trabalho, os pensamentos enchiam a cabeça do mestre e começavam a sair, a criar asas. A vida daquele povo da casa-grande ninguém podia compreender. D. Amélia tocava piano. Era outra satisfação do seleiro. Em casa do coronel Lula havia piano. Era o único que existia por ali. Em Goiana havia senhora de engenho que tocava piano. Por ali, só d. Amélia. O velho José Paulino fora casado com uma filha do major João Alves de Itambé, mulher que perto de d. Amélia fazia vergonha. D. Amélia quando saía de cabriolé era como se fosse dona de todas as terras por onde ela passava de carro. As negras não gostavam dela porque não vivia na cozinha, ouvindo enredadas, metida nas conversas dos camumbembes. Com o cabriolé, d. Amélia era outra força que o seleiro tinha contra o coronel José Paulino. Mas como seria aquele povo por dentro? O velho Lula só andava de gravata, não saía de casa a pé, a filha estivera com as freiras no Recife, e havia aquela doida, andando dentro de casa sem parar, a irmã de d. Amélia. E havia aquele piano. Era tudo o que o povo sabia. A sala de visitas tinha muito quadro, tinha um espelho para o corpo inteiro, tapetes no chão. O velho Lula não abria as janelas da sala de visitas; vivia ela fechada, com o piano de d. Amélia para um canto. E de que vivia aquele povo? As safras do Santa Fé não davam cem pães. Diziam que o velho todo ano ia ao Recife trocar moedas de ouro que o capitão Tomás deixara para a filha.

— Ó Floripes, ó Floripes!

Era o coronel Lula chamando o negro que fazia as coisas na reza. E o mestre Amaro, sem saber por que, pensou na sua filha, naquela sua Marta, toda esquisita, com trinta anos, como se fosse uma menina. Era a sua vida que se ligava à vida do povo da casa-grande. Tinha uma filha que se parecia com aquele povo. O carro do coronel ficaria um brinco com o trabalho que estava fazendo. Daria uma mão de tinta nubian nas rodas, poria tudo da melhor forma. O sol já devia estar muito baixo. Vinha chegando do pasto o gado do coronel Lula. O mestre Amaro levantou-se para estirar as pernas e chegou para fora da casa. Viu o gado do senhor de engenho. Eram umas três vacas, uns dez bois de carro, uns poucos novilhos. Era tudo que o coronel Lula tinha de criação. Fosse comparar aquilo com o gado do Santa Rosa! O mestre foi então se preparar para sair. E estava na porta, de chapéu na cabeça para a viagem, quando chegou o negro Floripes:

— Boa tarde, seu mestre. Está de saída?

— É, já vou pra casa.
— É, seu mestre, que o coronel mandou lhe falar sobre uma questão do capitão Vitorino.
— Que negócio é este, seu Floripes?
— O capitão Vitorino anda dizendo que o mestre vai votar contra o coronel José Paulino, e o meu padrinho mandou falar com o senhor para tomar cuidado.

José Amaro parou um instante. A cara amarela ficou mais lívida ainda.

— Seu Floripes, pode dizer ao coronel que o mestre José Amaro não é escravo de homem nenhum. Eu voto em quem quero. O meu compadre Vitorino me falou neste negócio de eleição, e eu nem sei mesmo o que é que ele quer. Não vou atrás de cabeça de doido.

O sol se punha. O negro Floripes ficou quieto, meio triste. Ouviu-se um toque de sino.

— Está na hora das ave-marias, seu mestre. O meu padrinho vai tirar o terço.

E foi-se. O mestre Amaro parou um pouco junto ao paredão do engenho, e reparou nos estragos que a chuva fizera nos tijolos descobertos. Pareciam feridas vermelhas. O bueiro baixo, e a boca da fornalha escancarada, um barco sujo. Lembrou-se dos tempos do capitão Tomás de quem o seu pai lhe contava tanta coisa, das safras do capitão, da botada com festas, das pejadas, com a casa de purgar cheia de açúcar. Pela estrada iam passando os dez carros do coronel José Paulino carregados de lã para a estação. Enchiam a tarde de uma cantoria de doer nos ouvidos. Vinte juntas de bois, dez carreiros, cinquenta sacas de lã. Era o Santa Rosa na riqueza que fazia mal ao seleiro. Lá na casa-grande do Santa Fé estava escrito uma data: 1852. Ainda do tempo do capitão Tomás. Mas, afinal de contas, o que era que tinha que ver com tudo aquilo? Tinha a sua família para pensar nela. E saiu de rota batida para casa. A casa-grande do Santa Fé já tinha luz acesa quando dobrou na estrada. Tinha a sua casa, e tinha aquela filha para cuidar. Havia pela estrada a trilha funda aos carros do Santa Rosa. Muito de longe cantavam ainda uma cantiga que agora era tristonha. Por debaixo das cajazeiras foi indo o mestre desconsolado. Pensar na filha era tristeza para ele. Depois pensou no recado do coronel Lula. Por que não lhe viera falar, não aparecera na casa do carro para lhe indagar? Mandara aquele negro com um recado. Velho luxento. Nunca lhe pedira para dar o seu voto, nunca lhe mandara falar nestas coisas. E agora, dando ouvidos às histórias dum maluco como Vitorino. Não voltaria mais a trabalhar no Santa Fé. Mudaria de terra, mas ninguém pisaria por cima dele. Quando foi chegando perto da casa do seu Lucindo, apareceu-lhe pela frente o Salvador, o bicheiro de São Miguel.

— Boa noite, mestre Zé, deu cobra. A velha Adriana, mulher de Vitorino, pegou quarenta mil-réis. Hoje foi dia safado para banqueiro.

José Amaro não quis parar, mas o homem insistiu.

— Mestre Zé, o negócio da eleição está pegando fogo. Estão dizendo que o coronel Rego Barros vem por aí para botar tudo que é rico na cadeia. Acho difícil. Seu Vitorino só fala nisto. Está nos azeites. Sinhá Adriana me disse que ele só se aquieta quando meter-se em pau.

— Não sei de nada não, Salvador, estou voltando do Santa Fé.

— Está obrando lá, mestre Zé?

— Servicinho de conserto no carro.

— Servicinho? O bicho está caindo de podre. Eu ouvi dizer que o doutor Juca do Santa Rosa, o filho do homem, comprou um carro em Recife que é de primeira.

— Vou andando, Salvador.

— Mestre Zé, passo lá amanhã, para um bichinho.

Esta história de eleição, do coronel Rego Barros, não interessava ao mestre Amaro. Iria aparecer pela estrada carro bonito do Santa Rosa. Podia ser invenção de Salvador. Era já noite fechada. 1852. Por este tempo era menino, tinha o seu pai vivo, não poderia nunca imaginar que seria aquele José Amaro de hoje. Sabia que a sua mulher Sinhá se casara com ele porque não encontrara outro. Estava ficando no caritó e aparecera ele com promessa de casamento. Fingiu que gostava dele para não ficar moça velha, como agora ia ficando a filha. Uma moça velha. Com pouco, nos dias de quaresma, iam aparecer os engraçados para serrar caixão na sua porta, altas horas da noite, como faziam com as moças de seu Lucindo. Serrar moça velha, caçoarem da desgraça dos outros. Não aguentaria, na sua porta não parassem com a brincadeira, que ele faria como o capitão Gila do Itambé, que disparou um clavinote carregado de sal em cima da rapaziada. Pai de moça velha. Já ia perto de casa. Lá encontraria a mulher e a filha, toda a desgraça de sua vida. Era preciso que tivesse mais fibra para aguentar tudo aquilo, para não lhe dar vontade de fazer uma coisa ruim.

# 4

— COMADRE ADRIANA, o povo está falando muito do mestre José Amaro.

— Falando de quê, comadre?

— Estão dizendo que ele está virando lobisomem.

— Não vou atrás disto. Onde já se viu uma coisa desta? O meu compadre José Amaro é homem de trabalho, de juízo acertado.

— Estão dizendo, comadre, que aquele amarelão dele é que faz o mestre correr de noite como bicho danado.

— Comadre, eu lhe digo uma coisa: todo este falaço é de gente que não tem o que fazer.

Conversava a velha Adriana com uma negra da cozinha do Santa Fé. Trabalhava a mulher de Vitorino na castração dos frangos de d. Amélia. Só ela por aquelas bandas tinha mão e ciência para aquele serviço. Vivia de engenho a engenho à espera da lua nova, ou do quarto minguante, para operar com sucesso. Ali estava ela desde manhã, como uma cirurgiã que confiava no seu talho. Com ela não morria uma cria. Tinha boa mão, tinha força de verdade para fazer as coisas. D. Amélia viera-lhe falar, somente para lhe dizer que acabados os serviços queria lhe dar duas palavras. Era a senhora de engenho mais delicada da Ribeira. Nunca ouvira uma palavra feia naquela boca, nunca a vira aos gritos com os outros, metida na cozinha para ouvir conversa de negras. Falavam dela, por isto, falavam do gênio esquisito, de viver calada para um canto. Era assim desde que a conhecera. Quando fora em 1877, a velha Adriana chegara, moça feita, com seu povo morrendo de fome, no Santa Fé, e d. Amélia já era casada, e era aquilo mesmo.

Era moça de prendas, de educação muito fina. Lembrava-se dela naquele mesmo carro que ainda corria pela estrada, com o seu ar de rainha, aquela beleza tão mansa, tão quieta que o povo chegara a desconfiar. O povo estava acostumado com as senhoras de engenho que davam grito, que descompunham como a d. Janoca do Santa Rosa. D. Amélia era assim, de natureza. Tocava piano. Lembrava-se bem dos primeiros dias da sua chegada, com a lembrança ainda lhe doendo do sertão na pior seca do mundo. A família estava aboletada na casa do engenho, e de lá ela ouvia d. Amélia tocando no seu piano. Tudo era bem diferente do que via hoje. Tudo era tão mais cheio de alegria. O coronel Lula era moço bonito, com a barbicha preta, todo bem-vestido. Parece que ainda escutava o som do piano nos ouvidos. Todos eles estavam na desgraça, comendo a carne que o imperador mandara para o povo. Tudo magro como rês na retirada. D. Amélia fora um anjo, naqueles dias. Quando ela entrava na casa do engenho, era como a providência, uma bênção de Deus. Agora era aquela velha, muito mais velha do que a idade que tinha. O coronel era aquele homem que ninguém entendia, metido dentro de casa, cheio de tanta soberba. Tinham aquela filha que estudara nas freiras do Recife. Era moça de mais de trinta anos, tão cavilosa, enterrada no quarto, lendo livros, com medo de gente. Parecia-se com d. Olívia, aquela irmã de d. Amélia que andava sem parar, da sala de visitas para a cozinha, o dia inteiro, com a cabeça branca como de lã de algodão.

A velha Adriana cosia as partes dos frangos que gritavam nas suas mãos. Passava limão no corte, e os ia deixando para um canto com as pernas amarradas para que não estrangulassem os pontos. A negra Mariana voltou a falar:

— Comadre, o mestre José Amaro esteve aqui trabalhando no carro, e eu tive até medo de ir falar com ele. Me contou o moleque que lhe levara o tabuleiro, que ele disse o diabo do coronel e do povo da casa-grande.

— Qual, comadre, é tudo figuração. Ele fala assim de todo o mundo. É um homem de muito falar. Quisera eu que o meu marido Vitorino fosse como ele. Não estou me lastimando, não. Vitorino é homem de bom coração mas vive uma vida que dói na gente. Não tem jeito, não! É aquilo mesmo, quer chova quer faça sol.

— Seu Vitorino é assim mesmo, comadre Adriana. Mas tem um coração que é um torrão de açúcar.

Ouviu-se um grito que vinha lá de dentro:

— Ó Floripes!

— É o velho chamando Floripes. Nunca vi pegadio igual. O diabo do negro não quer outra vida. Quando toca as ave-marias, dão para rezar. Reza todo mundo da casa. Eu é que não vou nisto. Não é que seja herege, não, comadre. É que não vou com aquela reza. Não está vendo que não acredito em reza deste moleque safado!

Calaram-se. D. Olívia chegava na cozinha, sem que visse coisa nenhuma, e voltava.

— E vive esta velha, como uma carretilha de máquina, sem parar. Dá até agonia na gente.

— É doença, comadre Mariana. É doença. A mulher do doutor Joaquim Lins do Pau Amarelo deu para andar a cavalo que foi uma desgraça. Vivia em cima dum cavalo até que quebrou a perna numa queda. E morreu desta queda. Doença é o diabo.

— O velho daqui está doente, também. Só pode ser doença. Agora está com este pegadio com Floripes. Quando é de tarde manda tocar sino. E queimam incenso de igreja no quarto dos santos. Olhe, minha comadre, vou lhe dizer com toda a franqueza d'alma: eu tenho até medo que aconteça uma desgraça aqui nesta casa.

A velha Adriana acabara o serviço.

— Comadre Mariana, dona Amélia quer falar comigo, a senhora pode chamar ela?

Aí apareceu d. Amélia.

— Sinhá Adriana, venha até cá. – E entraram. A sala vazia cheirava a mofo. As cadeiras grandes estendidas em filas que davam para dois sofás, os quadros na parede, o espelho grande do tamanho da parede.

— Sinhá Adriana, o seu marido anda por aqui botando coisa na cabeça do Lula. Lula acredita em tudo. Eu ouvi a conversa do seu Vitorino quando ele esteve aqui pela última vez. Lula não deve se meter em política. A senhora sabe do gênio dele.

— O que foi que Vitorino contou ao coronel, dona Amélia?

— Ouvi uma história de eleição, com o mestre José Amaro no meio. Este José Amaro é homem muito malcriado. O meu pai dizia que o velho Amaro, pai dele, tinha um crime de morte em Goiana.

— Dona Amélia, a senhora não tenha cuidado, eu vou dar cobro a isto. Vitorino não se emenda. Leva a vida neste fuxicado dos diabos.

— Sinhá Adriana, leve duas galinhas para a senhora.

— Não precisa não, dona Amélia. Não está vendo que não quero pagamento?

— Não, sinhá Adriana, leve as galinhas, a senhora precisa.

Quando saiu da sala e chegou lá fora, no ar livre, a velha Adriana era como se tivesse fugido de uma prisão. Agora ia de volta para casa. As duas galinhas do pagamento de d. Amélia vinham quietas na cesta que trazia na cabeça. O sol estava quente, mas por debaixo das cajazeiras a sombra era um refrigério. Vinha pensando na casa-grande de d. Amélia. Ela não era de se impressionar com as coisas, mas sempre que voltava de lá não sabia explicar o que sentia. Que povo era aquele que era tão diferente de todos? Nunca poderia compreender aquele povo. Lembrava do negro velho Macário que fora escravo do capitão Tomás e que morrera servindo na casa. Até aquele negro era diferente dos outros. Parou para falar com as velhas do seu Lucindo. Gente boa, quieta, que vivia de fazer renda.

— Entre, dona Adriana. Lucinda anda doente, com uma dor, lá nela, que não para mais. Está com a perna inchada.

A velha Adriana entrou para a sala, onde estava deitada numa esteira a sua amiga doente. Parecia um cadáver, com os olhos fundos e uma cor de terra na cara murcha.

— É a dona Adriana? – perguntou, como se não enxergasse.

— Sou eu mesma, dona Lucinda, vim lhe trazer duas galinhas para o seu resguardo.

A velha quase que não pôde agradecer. As outras irmãs contavam da doença.

— Não é para falar mal não, dona Adriana, mas Lucinda se queixa do mestre José Amaro.

— Mas como, dona Mariquinha?

— Eu lhe conto. Lucinda estava na beira da estrada, ali, no lado da aroeira grande, quando o mestre José

Amaro vinha vindo da banda do Santa Fé. Lucinda disse que quando viu aquele homem de andar de cão, sentiu um não sei quê nela. Pois o mestre José Amaro parou para falar com ela, coisa que ele nunca fez. E perguntou pela saúde. E ela lhe disse: "Com as graças de Deus vou indo, mestre José Amaro!" E o mestre botou aqueles olhos amarelos em cima dela e foi lhe dizendo: "Com a graça de Deus ou com a graça do diabo, dona Lucinda?" Lucinda disse que era como se tivesse visto o demônio na frente dela. E desde este dia que lhe deu esta dor que não passa.

— Isto é cisma, dona Mariquinha. Não está vendo que uma criatura não tem força para uma coisa desta?

As duas velhas não se deram por vencidas. Para elas o mestre José Amaro botara coisa na irmã.

Sinhá Adriana ainda se demorou na conversa. Depois se despediu. Estava ficando tarde e queria chegar em casa ainda com a luz do dia. Lá na estrada sentiu-se livre como se tivesse saído outra vez da sala de d. Amélia. Andou um pedaço sem encontrar ninguém no caminho, mas para perto da casa do mestre José Amaro apareceu-lhe a negra que fazia pescarias de noite. Teve intenção de não parar, mas a outra dirigiu-lhe logo a palavra.

— Sinhá Adriana, fale com os pobres. Seu Vitorino agorinha passou por aqui, numa pressa desadorada. Me disse que ia pro Pilar. Tem tido notícia de seu filho Luís, sinhá Adriana?

Teve que falar, que fingir satisfação para a negra.

— A senhora já sabe, sinhá Adriana? Pois não é que o mestre José Amaro deu para correr de noite? De vez em quando encontro ele aqui pela beira do rio, todo esquisito. Não sei não, mas tem coisa dentro dele.

Não quis falar mais daquilo, achava aquela conversa um despropósito.

— Sinhá Margarida, não gosto de falar nestas coisas. Gosto muito do meu compadre, a comadre Sinhá é uma santa.

— Não estou dizendo nada de mais. Eu vi ele, mais de uma noite, por aí, feito um leso; o que é que quer um homem assim de noite, sinhá Adriana?

— Eu vou indo, senão escurece.

E saiu irritada com a cabra. Era só o que faltava imaginar o seu compadre solto pela noite, como um bicho com o diabo no corpo. Lembrou-se então do seu filho Luís que o mestre José Amaro apadrinhara nas missões. Estava longe daquela vida, da desgraça do pai. O menino era tão diferente de Vitorino, tão calmo, tão cheio de carinho para com ela. Quis que ele fosse para a Marinha para que não sofresse com o pai que tinha. A saudade do filho apertou o coração de sinhá Adriana. Já devia andar ele de mar afora. Escrevia de vez em quando, mas nunca mais que voltava para a casa. Fora-se para a escola de grumetes do Rio, devia já ter o seu posto. Luís fugia do pai. Não era por ela não. Era pelo pai. E o andar vagaroso, com a estrada quase no escuro, ia ela pensando no seu filho querido que se fora, que nunca mais veria. Luís sofrera muito com a vida do pai. Não era para menos. Um pai com um apelido, um pai mangado, servindo de graça para todo o mundo. Pobre do Vitorino! Ela às vezes perdia a paciência, era bruta para com o marido. O mestre José Amaro, o seu compadre, lhe dizia: "Comadre Adriana, um homem como o seu marido dá dor de cabeça." Mas o que fazer para mudar a vida de Vitorino? Tudo que uma mulher de paciência podia fazer ela fizera. Tinha que trabalhar para sustentar a casa.

Vitorino levava dias sem aparecer, sem dar notícias, correndo o mundo, dando desgosto. Só em pensar que o filho crescesse com aquele exemplo doía-lhe a alma. Botara o coração de lado mas mandara o menino para a Marinha. Ouvira muita censura, muito agravo por isto. Como era que se mandava um filho único para a Marinha! Chorou muito, perdeu noites, ficou velha, mas mandou o menino. Agradecia ao povo do Santa Rosa pelo que fizera para a entrada de Luís na escola da Paraíba. Não se arrependeria nunca. Deus e a Virgem Maria protegessem o seu filho por este mundo de perdição. Lá estava o compadre José Amaro, na sua tenda. Tinha que parar para falar com o povo da casa. A pitombeira quase cobria o telheiro. O mestre quando a viu levantou-se.

— Boas tardes, compadre.

— De viagem, comadre Adriana?

— Estou voltando do Santa Fé. Estive fazendo serviço para dona Amélia. A comadre não está?

— Ela saiu com a menina, lá para a vazante do rio. Como vai a saúde?

— Como a Deus é servido.

— O compadre Vitorino passou aí pela porta. Me disse ele que ia com recado do coronel Lula para o doutor Samuel, o juiz do Pilar.

— Que sina, compadre! Dona Amélia me falou numa história de eleição que Vitorino anda falando com o coronel Lula.

— Eu não sei quem regula menos, minha comadre, se o compadre Vitorino, se o coronel. O diabo do velho deu agora para a mania de reza, como se tivesse virando padre. Estive lá trabalhando duas semanas, no conserto do carro. Era bacalhau todo o dia. Me dizia o moleque que era por causa de dia de guarda. Naquela casa todo dia é dia de guarda. O velho está de miolo mole.

Apareceram do fundo da casa a velha Sinhá e a filha. As comadres se festejaram. Marta foi para dentro e o mestre José Amaro continuou na conversa:

— Comadre Adriana, eu todo dia digo aqui a minha mulher: "Aquele coronel Lula não anda bom do juízo." Lá eu estive duas semanas e nem uma vez ele teve a pachorra de aparecer para saber do serviço. Tem um negro Floripes que é mais do que feitor. Eu sei lá! Este Santa Fé do velho capitão Tomás vai de mal a pior.

A velha Sinhá levou a comadre para conversar para o interior da casa. O mestre José Amaro escutava o sussurro das vozes em conversa baixa.

De repente lhe veio uma vontade de dizer o diabo àquelas mulheres. Para que aquele falatório, um bate-boca que não tinha fim? O mestre José Amaro dera agora para sofrer de ímpetos, de desejos violentos.

A tarde chegava com a mesma tristeza de sempre. Marta saíra para tanger as galinhas, e os cachorros latiam muito de longe. O latir dos cachorros fazia-lhe mal. Era como se fosse um agoiro. E à boca da noite as suas ideias ruins apertavam-lhe mais. Vinha-lhe um nó na garganta, um frio de lado, um medo que não sabia do que era. Medo de quê? Medo da morte não tinha, nunca tivera. Lá estava a sua filha fazendo os serviços da mãe. As galinhas fugiam, não davam atenção ao piado de Marta. Corria ela de um lado para outro, e a criação cada vez mais se espantava. Tudo aquilo foi crescendo no desespero do mestre. Quase que abria a boca para mandar tudo para os infernos. Refreou-se na violência que tomava conta de sua vontade. Ouviu, então, uma voz que o arrastou para a vida. Era o bicheiro Salvador.

— Boa tarde, mestre Zé. Dona Sinhá hoje pegou quatro mil-réis no coelho. A banca hoje aguentou um repuxo dos diabos. Só o major João José pegou cem mil-réis.

O mestre José Amaro ouvia o bicheiro, como se não ouvisse nada.

— Mestre Zé, podia chamar a dona Sinhá?

Nisto apareceu a mulher do seleiro com a visita.

— Boas tardes, dona Sinhá, tenho uma boa notícia. A senhora pegou no coelho.

— O quê, seu Salvador?

— Foi sonho, comadre?

— Não foi não. Foi palpite.

— Outro dia, comadre, tive um sonho para tigre e seu Salvador neste dia não passou.

— Vi o seu Vitorino no Pilar, sinhá Adriana. Estava fazendo um barulho medonho na porta do velho Quinca Napoleão. Aquele seu Vitorino não tem papas na língua. Ouvi falar que o doutor Samuel vai fazer dele oficial de Justiça.

— Deus me livre, seu Salvador. Vitorino não é homem para estas coisas.

— Por que não, sinhá Adriana? Não é homem direito? Só tem mesmo umas besteiras que faz graça ao povo. Amanhã passo aqui para o pagamento, dona Sinhá.

E voltando-se para o mestre José Amaro:

— Ouvi falar, mestre Zé, que o senhor está contra o governo. É o que me contou o pintor Laurentino.

O seleiro fez cara feia para Salvador.

— Venda os seus bichos, seu Salvador, e deixe a vida dos outros.

— Me desculpe, mestre. Só fiz perguntar. Laurentino estava conversando isto com o carteiro, na estação. Estava até gabando o senhor.

— Eu não preciso de Laurentino para coisa nenhuma. Que vá à merda, ouviu, seu Salvador? Voto em quem bem quiser, voto até no diabo.

— Cala a tua boca, Zeca. Isto é coisa que se diga?

— Compadre, não abra a boca para dizer uma coisa desta!

— Dizer o quê, comadre Adriana? Então este negro passa aqui na minha porta para bater língua, para contar lorota e a senhora ainda acha que eu não tenho razão?

— Não disse semelhante coisa, compadre.

O bicheiro deu mais uma palavra e foi-se, alarmado. Sumiu-se na estrada. Houve um silêncio desagradável no grupo. A velha Adriana despediu-se. Já estava na estrada e ouvia a fala, aos gritos, do mestre José Amaro.

— Que se danem todos. Que se metam nas profundezas do inferno.

O que é que tinha de verdade o seu compadre? Que raiva era aquela? Nunca o vira tão amarelo, com os olhos como se fossem de gema de ovo. Devia ser que a doença estivesse apertando. E Vitorino? Ficou com medo. Quando o marido dava para implicar com uma criatura ficava uma coisa impossível. Fora assim com o capitão José Medeiros, e deu no que deu. O capitão enraivecido partira para Vitorino como uma fera, só não tendo feito uma desgraça porque pegaram o homem. Agora estava com o major Quinca Napoleão. Admirava-se que houvesse gente que desse ouvido às tolices de Vitorino. Tivera mais de uma vez de se valer do povo do Santa Rosa, para tirar Vitorino de embrulhadas. Quando ele brigara com um moleque do Engenho Recreio e quebrou a cabeça do infeliz com uma pedra, o juiz de direito botara processo para prender Vitorino. Não deu certo porque ela saiu de engenho a engenho, pedindo pelo marido. O dr. juiz fizera o diabo. Só porque Vitorino andava dizendo besteiras sobre a vida dele, fazendo aquelas graças bobas.

Já era quase noite escura quando avistou a sua casa. Viu a égua de Vitorino amarrada no pé de jucá. A luz da sala já estava acesa, e quando se chegou para o terreiro viu que tinha gente na casa. Então o que viu quase que a punha fora de si: Vitorino, todo molhado de sangue, deitado na rede.

— O que foi isto? – gritou ela para os dois homens que falavam num canto.

— Foi uma besteira do seu Vitorino, sinhá Adriana. Ele estava na porta da loja do major Quinca Napoleão dizendo o diabo. E um caixeiro saiu armado de um côvado para espantar ele. Aí, seu Vitorino se fez para o homem para tomar o côvado. E o homem sacudiu o pau na cabeça dele.

— Isto é uma miséria desta gente. Não estão vendo que Vitorino não faz mal a ninguém?

— Cala a boca, vaca velha – gritou Vitorino. — Sou homem para toda aquela cambada. Só não matei o cachorro porque me pegaram. Vitorino Carneiro da Cunha não corre de pé-rapado.

Os dois homens caíram na risada. Sinhá Adriana procurou o marido para ver o ferimento de perto. Era um talho pequeno sobre o olho direito.

— Isto não é nada. Quando o safado levantou o côvado, eu mandei-lhe um murro nos chifres que deu com ele no chão. Cabra mofino.

— Cala esta boca, velho bobo.
— Quem é velho bobo?
E levantou-se com um esforço tremendo. Não pôde ficar de pé. Estava pálido, quis dizer qualquer coisa e arriou o corpo com uma vertigem. Sinhá Adriana correu para ele, os homens levantaram-lhe as pernas bambas para dentro da rede. Corria um suor da cara de cera do capitão Vitorino Carneiro da Cunha. A mulher aflita trouxe alho para ele cheirar. Aos poucos voltava a si. Os seus olhos azuis perdiam a névoa da morte. O capitão olhou em redor, fixou na mulher a sua primeira mirada.

— Sucedeu alguma coisa, minha velha?
— Nada, Vitorino, você precisa tomar um cafezinho.

Os dois homens se prepararam para sair. Aí o velho falou, com um timbre de voz de doente:

— Diga àquele cabra safado que vou arrancar-lhe os ovos.

Os homens não sorriam. Falaram com tristeza com a sinhá Adriana.

— Faz pena, coitado de seu Vitorino. Não sei como se dá num homem deste.

Quando eles saíram, a velha Adriana lembrou-se do filho e chorou. O marido gemia na rede.

— Já vou, Vitorino.

Enxugou os olhos e foi para a cozinha preparar o café. Gemia o seu pobre Vitorino. Se Luís estivesse ali, o pai não sofreria uma desfeita daquela. Desejou que o seu filho aparecesse no Pilar, fardado, forte, e fechasse a rua como um furacão. Desejou que ele vingasse o sangue de Vitorino, do pai ofendido, batido como um cachorro.

— Adriana, vem cá.

Correu para perto do marido. Corria um fio de sangue de seu rosto. Era um homem branco, era um homem bom, uma criança sem juízo, e um desgraçado fazia aquilo com ele. O coronel José Paulino não era seu parente? Por que deixava que fizessem aquilo com Vitorino? Não, ninguém, ninguém vingaria o seu marido surrado. Só Luís, o seu filho que era marinheiro, que era forte, que sabia brigar, poderia dar um jeito. Só Luís lavaria o seu peito da grande mágoa. Vitorino dormia como um justo. Foi buscar um lençol e cobriu o pobre marido. Era um menino de cabelos brancos. E devagar, como se fosse ninar um filho para dormir, começou a balançar a rede, onde o corpo grande de Vitorino Carneiro da Cunha repousava como num berço.

## 5

A velha Sinhá não sabia mesmo o que se passava com o seu marido. Fora ele sempre de muito gênio, de palavras duras, de poucos agrados. Agora, porém, mudara de maneira esquisita. Via-o vociferar, crescer a voz para tudo, até para os bichos, até para as árvores. Não podia ser velhice, a idade abrandava o coração dos homens. Pobre da Marta que o pai não podia ver que não viesse com palavras de magoar até as pedras. Por ela não, que era um resto de gente só esperando a hora da morte. Mas não podia se conformar com a sorte de sua filha. O que teria ela de menos que as outras? Não era uma moça feia, não era uma moça de fazer vergonha. E no entanto nunca apareceu rapaz algum que se engraçasse dela. Era triste, lá isto era. Desde pequena via aquela menina quieta para um canto e pensava que aquilo fosse até vantagem. A sua comadre Adriana lhe chamava a atenção:

— Comadre, esta menina precisa ter mais vida.

Não fazia questão. Moça era para viver dentro de casa, dar-se ao respeito. E Marta foi crescendo e não mudou de gênio. Botara na escola do Pilar, aprendeu a ler, tinha um bom talhe de letra, sabia fazer o seu bordado, tirar o seu molde, coser um vestido. E não havia rapaz que parasse para puxar uma conversa. Havia moças mais feias, mais sem jeito, casadas desde que se puseram em ponto de casamento. Estava com mais de trinta e agora aparecera-lhe aquele nervoso, uma vontade desesperada de chorar que lhe metia medo. Coitada da filha. E depois ainda por cima o pai nem podia olhar para ela. Vinha com gritos, com despropósitos, com implicâncias. O que sucederia à sua filha, por que Deus não lhe dera uma sina mais branda?, pensava assim a velha Sinhá enquanto na tenda o mestre José Amaro batia sola. Aquele ofício era doentio. A cor de Zeca não era de outra coisa, era do cheiro da sola, daquele viver constante pegado em couro. Ela mesma, no começo de casada, sofrera muito para se acostumar com aquele cheiro dentro de casa. Quando o marido se chegava para ela, sentia como se fosse nojo. E lembrava-se quando ficara grávida de Marta o quanto padecera para poder aguentar a companhia de Zeca. Era o cheirar da sola, a inhaca medonha de que não podia se separar. Por fim acostumou-se. Teria que viver ali, mas custou-lhe um pedaço da sua vida. Dentro de casa, fazendo o almoço, a velha Sinhá passava pela cabeça os pensamentos que não se separavam dela. Por mais que procurasse fugir deles, eles estavam na sua convivência, doendo-lhe no coração. De vez em quando parava o mestre de martelar. Tudo ficava num silêncio de paradeiro. Ouviam-se o fossar dos porcos e o bater das patas dos cavalos que passavam pela estrada. Depois o martelo voltava a castigar, e ela não se libertava dos pensamentos. Por que Zeca andava com os modos de agora? Por que tanto chorava a sua filha? Ouvia o bom-dia dos viajantes que cumprimentavam o seu marido. E ouvia a resposta de Zeca, o tom áspero de sua resposta. Não lhe falava para não sofrer as suas más-criações. Tudo devia fazer conquanto que ele não tivesse que falar, senão se saía com gritos. Naquele instante Marta fora à beira do rio buscar água. A casa assim sem ela, só com o marido no trabalho, parecia-lhe vazia de tudo. Só a sua filha prendia-a ao mundo. Só ela ainda lhe dava coragem de viver. Tudo sofrera calada, como escrava, sem direito a levantar a voz, a dar uma opinião para resolver uma coisa. Às vezes tinha até inveja de sua comadre Adriana, fazendo tudo, dando ordens pela sua cabeça. Apesar de tudo, o compadre Vitorino era humano. Zeca não tinha coração, não tinha alma, era aquela secura de pau, aquele falar de raiva, desde que o conhecera. E depois para tudo tinha a sua opinião, de tudo sabia, só ele é que tinha razão. Marta chegou, deixou o pote na sala e veio para a cozinha. Olhou para a filha e sentiu que a pobre se acabava sem ter vivido. Estava magra, tinha os olhos como amortecidos, e a boca com um jeito de quem sofria uma dor nas entranhas.

— Estás sentindo alguma coisa, menina?

— Sentindo o quê, minha mãe?

Estava assim, com umas maneiras ríspidas de responder. Com o pai não levantava os olhos, para Zeca que lhe dizia o diabo era um cordeiro tão manso que nem parecia gente; com ela, era no entanto como se lhe guardasse rancor. Destino, tudo do destino. Nada poderia fazer contra os desígnios de Deus. Lá de fora vinham rumores de vozes. Era gente conversando com o seu marido. Chegou-se para ver quem era e reconheceu o negro Floripes, do Santa Fé. Ouviu a conversa:

— Mestre José Amaro, o meu padrinho soube de umas coisas, e ficou zangado. Ele é aquele coração que o senhor conhece. Mas foram contar que o senhor anda falando da casa-grande. Dona Amélia chegou até a chorar.

— Falando de quê, seu Floripes? Sou homem de meu trabalho. O que eu digo, não escondo de ninguém. Estou nesta terra há muitos anos e nunca tive que me rebaixar a ninguém.

— Não é isto, mestre; foram dizer a dona Amélia que o senhor encheu a cabeça do moleque que lhe levava o tabuleiro a tal ponto que o bicho deu para falar de dona Neném.

— Eu não sou menino, seu Floripes, não sou Vitorino Papa-Rabo. O que eu digo, digo em qualquer parte. O que é que o coronel Lula quer de mim?

— Não quer nada. Eu é que vim até aqui para lhe prevenir.

— Eu agradeço, mas uma coisa eu lhe digo, seu Floripes, comigo não vai esta história de disse que disse. Comigo é no verdadeiro. Este negócio de fuxico, de galinhagem de mulher, não é para homem do meu quilate. Estou na minha casa, no trabalho, e quem quiser saber o que pensa o mestre José Amaro, que me pergunte, que digo na cara. É ali na focinheira. Está ouvindo, seu Floripes? Este homem que está aqui não tem medo de careta. Não tenho medo nem dos grandes nem dos pequenos. Tenho uma mulher e uma filha. É tudo o que tenho. Mas quem quiser saber o que vale mestre José Amaro que se meta com ele. Está ouvindo, seu Floripes?

— O mestre parece que se alterou. Sou homem de religião, mestre José Amaro.

— De religião coisa nenhuma. Conheço a sua sabedoria.

Aí o mestre José Amaro levantou-se. Os olhos amarelos criaram uma chama de olhar de gato bravo, tinha na mão a quicé de cortar sola. O negro Floripes não teve nem coragem de levantar-se do tamborete.

— Olhe, seu Floripes, se veio a esta casa com a intenção de me fazer medo, pode ir embora, pode deixar esta casa.

— Mas, mestre, eu não estou aqui para isto.

Tremia o negro. A fúria no seleiro crescia.

— Pode ir saindo, negro.

Apareceu a velha Sinhá:

— O que é isto, Zeca?

— Não é nada não. Eu digo todo dia que ninguém pisa por cima de mim. E este negro me chegou aqui com atrevimento.

Floripes já estava de pé.

— Dona Sinhá, o seu marido está impossível. Eu não disse nada. Eu só vim prevenir.

— Não quero saber se disse ou se não disse. Estou lhe dizendo que vá pra puta que o pariu.

E foi andando para o lado do negro. A voz do mestre era trêmula, e Floripes, quase que correndo, foi fugindo da fúria desencadeada. Lá de longe, no fim da estrada, gritou para o mestre José Amaro:

— O meu padrinho vai saber disto.

O mestre, sentado, estava lívido, corria suor do seu rosto inchado. Tinha passado por ele um demônio.

— Mulher, me dá um copo d'água.

O canário cantava na biqueira, na mansa manhã de sol enublado. Um bando de rolinhas corricavam por cima da grama. O bode espichado por debaixo da pitombeira, quieto. Tudo quieto, tudo na paz, menos o coração do mestre José Amaro que batia com arrancos de açude arrombado. Quando a mulher apareceu com o copo d'água, ele lhe disse:

— Antes de sair daqui eu faço uma desgraça.

— Não diga uma coisa desta, Zeca.

— Eles pensam que fazem comigo o que fazem com Vitorino. Estão muito enganados. Ninguém pisa por cima de mim. Sou homem pobre, mas sou homem de não fazer vergonha.

Depois calou-se. A mulher voltou para dentro de casa. Cheirava o almoço no fogo. O mestre José Amaro tinha a boca amarga. E pegando do martelo voltou a trabalhar com fúria. De longe ouvia-se o bater seco do metro do italiano das miudezas. A velha Sinhá chegou à janela.

— É o seu Pascoal Italiano. Estou precisando comprar uns novelos de linha.

Com pouco, parava na porta o mascate, montado num cavalo carregado com as suas malas de mercadoria.

— Como vai, seu José? Muita coisa barata para vender.

— Bom dia; a minha mulher é que quer umas coisas.

E voltou ao trabalho. O italiano, porém, queria falar, puxar a sua conversa. E contou a história da surra em Vitorino. O juiz, o dr. Samuel, tomara as dores do pobre homem e ia fazer processo. O mestre indignou-se:

— Dar num homem como aquele é o mesmo que bater em cego.

O italiano estivera no Santa Rosa e contara que o coronel José Paulino estava aborrecido com o fato.

— Esta é muito boa! Por que não tomam conta do parente? Deixam o pobre do Vitorino solto pelo mundo, e quando acontece uma coisa desta é que vai ficar aborrecido. Mas ele está muito ferido, seu Pascoal?

— Não sei não senhor, falaram-me que lhe quebraram a cabeça.

O mestre, de cabeça baixa, cortava a sola espichada no chão. O italiano punha embaixo da pitombeira as suas malas.

— Marta, vem ver o sortimento do seu Pascoal.

A moça apareceu na janela, olhou com interesse para tudo:

— Minha mãe, compre a linha para o bordado de dona Neném.

— Bordado de quem?

— De dona Neném, do Santa Fé.

— Não admito. Filha minha não trabalha mais para aquela gente. Não faz bordado não.

Marta abandonou a janela e dona Sinhá, como se não tivesse ouvido nada, foi fazendo as suas compras.

O italiano olhou espantado para o mestre:

— Então, seu José, já soube do novo governo que vem aí?

— Que governo?

— O coronel Rego Barros.

— Seu Pascoal, eu vou lhe dizer uma coisa. Este homem que o senhor vê aqui sentado, batendo sola, sabe o que está fazendo.

E parou arrependido de ter falado. O italiano regateava no preço das linhas, dos botões, mas a sua atenção estava voltada para o mestre José Amaro.

— O senhor não vai votar, seu José?

— Olhe, seu Pascoal, pode dizer aí, por toda parte, que o mestre José Amaro só vota num homem. É no capitão Antônio Silvino.

— Está falando sério, seu José?

— Mais do que sério.

— Não vá atrás de brincadeira de Zeca, seu Pascoal.

— Brincadeira o quê? Estou dizendo que vou votar no capitão Antônio Silvino. Por que não voto nele? Porque é cangaceiro, porque anda por aí com o seu grupo atacando os ricos? Os bichões da Ribeira dão banquete a ele como governador, andam cheirando a bunda dele.

O italiano media a fita para dona Sinhá, de vista baixa. Estava com medo da fala do mestre José Amaro. O nome de Antônio Silvino perturbava o mascate. Uma vez ele ia pela mata do Rolo quando se viu cercado. Era o bando de Antônio Silvino. Os cangaceiros mandaram que abrisse as malas e lhe tiraram todos os anéis de ouro americano. É verdade que pagaram, mas lhe fizeram tanto medo. O capitão o chamou de parte para saber se não tinha encontrado tropa de soldado pelo caminho. Era um homem branco, bonito, de bigodes pretos. Gritou para o mascate, ameaçando de surra se não quisesse contar o que sabia sobre os soldados. Quando o mestre falou em Antônio Silvino, Pascoal calou-se, foi tratando de arrumar os seus trastes. A mulher do seleiro pagou-lhe e ele arrumou-se para sair quando apareceu na estrada José Passarinho, velho negro que vivia constantemente embriagado.

— Bom dia, pessoal do bom Deus.

E voltando-se para o mestre:

— Então, mestre Zé, está enchendo a barriga deste gringo?

O italiano enfureceu-se:

— Cala a boca, porco.

— Porco é a tua mãe, filho de uma égua.

Mas Passarinho não se deu por achado:

— Quem me vinga é o capitão Antônio Silvino. Estão dizendo por aí que tu anda dando aviso à tropa.

— Peste, negro miserável.

— Eita, que o bicho está brabo.

O italiano pegou num pau para correr o negro.

— Está fazendo coisa de menino, seu Pascoal? Dando ouvido a Passarinho?

O cavalo carregado ia deixando o terreiro e o mestre José Amaro gritou para o mascate:

— Se encontrar o capitão, diga que voto nele.

José Passarinho sentou-se no chão. Tinha os olhos vermelhos, um trapo imundo como roupa, os pés comidos de frieira.

— Mestre Zé, a coisa no Pilar está pegando fogo. Seu Vitorino já andou ontem por lá, com uma praça atrás dele como ordenança. Está dizendo que o doutor juiz quer botar o major Quinca Napoleão na cadeia, por causa da porrada que deram na cabeça do velho. Ô velho doido, danado! Ele estava dizendo na porta da cadeia que cosia gente na faca. Está de punhal, mostrando a todo mundo.

O mestre José Amaro trabalhava silencioso. José Passarinho parou de falar. Com pouco mais, dormia estirado na sombra da pitombeira. O bode chegou-se para perto, cheirou a cabeça do negro e foi andando. Pela estrada de vez em quando passava gente que dava o seu bom-dia ao mestre. Na sua frente o negro, estirado de papo para cima, roncava. Moscas vinham pousar por cima dele como em couro verde estendido. O mestre escutava o choro de sua filha lá para dentro. Chamou pela mulher. Queria saber por que era tudo aquilo.

— Tu ainda pergunta, homem de Deus? Tu não gritaste para ela sem precisão?

— Eu dei pancada naquela pamonha? Diga, mulher, eu bati naquela leseira?

A velha Sinhá não lhe deu resposta. Sumiu-se, e com pouco mais chamou-o em voz alta:

— Zeca, vem comer.

À tarde o mestre escutava o canário da biqueira abrindo o bico nos estalos. Tudo era mansidão em redor de si. O sol brando, o vento calmo, e as folhas da pitombeira bulindo com a brisa. O negro Passarinho roncava. Foi então que apareceu, na égua velha, no passo manso, o capitão Vitorino Carneiro da Cunha:

— Muito bom dia, meu compadre.

— Por que não apeia, compadre Vitorino?

— Estou com pressa. E a obrigação como vai?

— Tudo no mesmo. Pode amarrar a besta, compadre.

Nunca se vira tamanha delicadeza do seleiro para o compadre. O outro chegou-se para a tenda, sentou-se no tamborete. Estava com a marca do ferimento ainda aberta. O olho direito inchado, com derrame vermelho nas pupilas.

— Pois seu mestre – foi falando Vitorino —, os cabras não podem com o velho. O Quinca Napoleão pensava que eu tinha medo de careta e mandou me agredir. O cabra que abriu luta comigo tinha vindo do sertão com fama de valente. Mas com estas mãos que o compadre está vendo, dei com o bicho no chão. Ainda acertei uma tapona na cara. Vitorino Carneiro da Cunha acode a todo chamado. Estão muito enganados comigo. O doutor Samuel abriu processo. Eu disse a ele: "Seu doutor, não precisa nada disto. Um homem do meu calibre não precisa da lei para se impor." O diabo é que ele quer. O Quinca Napoleão já mandou aquele cachorro do Manuel Ferreira de Serrinha falar comigo para abrir mão do processo. Eu disse a Manuel Ferreira: "Conheci o seu pai, seu Manuel Ferreira, era homem de palavra: dizia a todo o mundo que não pagava a ninguém e nunca pagou conta mesmo." Ele quis falar grosso comigo. Mas comigo é ali na direita. Fui logo botando para fora tudo o que sentia. Compadre sabe que Vitorino Carneiro da Cunha não espera para falar. E disse para ele: "Manuel Ferreira, diga ao Quinca Napoleão que eu não estou roubando terra. Tenho um filho na Marinha, e tenho este punhal para furar barriga de cabra safado."

O mestre José Amaro ouvia o compadre sem uma palavra. Parou de trabalhar. Aquele velho era como se fosse uma criança grande, um menino levado dos diabos. No fundo, naquele instante, ele admirava Vitorino. Vitorino dizia tudo o que ele desejava dizer. Tudo que lhe ia na alma sobre os grandes da terra era o que aquele velho desbocado gritava aos quatro ventos, na cara dos poderosos.

— Compadre foi muito ferido?

— Coisa ligeira, botei muito sangue. A minha velha ficou com medo, queria me levar ao doutor Chico de Itambé: "Olha, minha velha, se quer me matar, me mate logo. Este doutor Chico não me pega desprevenido."

Apareceu na janela a velha Sinhá.

— Bom dia, compadre Vitorino; como vai a comadre?

— Bom dia, comadre Sinhá. A velha não anda muito

bem não. Deu agora para chorar por causa do filho. Isto veio depois da minha briga lá no Pilar.

— Deram uma surra no compadre?

— Alto lá, dona Sinhá, surra em Vitorino Carneiro da Cunha ninguém dá. Ainda não apareceu homem para esta bravata.

Os olhos de Vitorino se arregalaram. Levantou-se, e com os punhos cerrados:

— A senhora não sabe quem eu sou, dona Sinhá. Sou homem que não pede para fazer, faço eu mesmo. Estes safados que andam por aí estão enganados.

E puxou o punhal:

— Tenho isto para enterrar no bucho de um cachorro. Não tenho isto para limpar as unhas não.

— Nada, compadre, a Sinhá não soube falar. Mulher é isto mesmo.

José Passarinho levantou a cabeça. Era como se tivesse voltado de muito longe. Os olhos vermelhos fixaram-se no velho Vitorino. Fez um grande esforço para prestar atenção no que via.

— É o capitão Vitorino?

— Cala a tua boca, negro cachaceiro.

— Capitão não ofenda. Eu sei que o senhor é brabo. Brabo também eu sou. Se vem para mim de punhal eu vou de pernambucana.

O capitão Vitorino não deu ouvidos. Pela estrada passava naquele instante, enchendo o mundo do tilintar de suas campainhas, o cabriolé do coronel Lula. Fizeram cumprimentos da carruagem. O mestre José Amaro não se levantou como de costume. Vitorino tirou o chapéu de pano, e o negro José Passarinho, já de pé, falou:

— O velho Lula anda agora na reza que nem penitente. Me disseram que na casa dele até cachorro sabe padre-nosso.

O capitão, como se o negro não estivesse presente, voltou a falar:

— Este Lula de Holanda está brincando comigo. Soube que a dona Amélia chamou a minha mulher para falar de mim. Tenho lá medo de Lula de Holanda? Aquilo é boi de cu branco.

— Credo, compadre, o senhor também maltrata demais.

— Comadre, isto é conversa para homem. Negro e mulher não têm que se meter.

O mestre José Amaro riu-se. O negro José Passarinho resmungou:

— Ô homem brabo! Por que não vai para o bando de Antônio Silvino, capitão?

— Cala a tua boca, moleque sem-vergonha.

E levantou-se com a tabica em ponto de sacudir nas costas do negro.

— Cala a tua boca, senão eu te dou um ensino.

— Seu José – falou a dona Sinhá —, deixe o compadre.

— Que diabo, não pode um homem de bem conversar descansado!

— Pode falar a vida inteira, seu Vitorino.

— Seu Vitorino, não. Dobre a língua, já ouviu? Não sou da sua laia.

José Passarinho foi andando, e quando chegou na estrada voltou-se para tenda, e com todas as forças gritou:

— Papa-Rabo!

E deitou a correr. Lá de longe ainda se ouvia a gritaria do negro. "Papa-Rabo!" O mestre José Amaro olhou para o compadre e descobriu na cara dele uma mágoa. Era a primeira vez que ele sentia aquilo no velho. Estava triste o capitão Vitorino Carneiro da Cunha. A égua batia com as patas no chão duro e as moscas que tinham dormido em cima de José Passarinho cobriam o lombo feridento da montaria do capitão. E o mestre José Amaro, para quebrar aquele silêncio:

— Está mais gorda!

— É, estou até pensando em negociá-la. Tenho em vista um cavalo do seu Augusto do Oiteiro. Ele gosta muito desta égua e quer apanhá-la à força. Sempre que chego lá, seu Augusto me fala em trocar os animais. Tenho estimação pelo diabo desta égua. Não troco ela por muito cavalo de fama que anda por aí. Ela tem um baixo, compadre, que parece de seda. – E depois, como se voltasse de um pensamento que não havia concluído: — Compadre, as eleições estão aí. O Rego Barros é homem para botar ordem nesta nossa Paraíba. Veja que quem lhe está falando é homem que conhece política como a palma da mão.

— Compadre, eu não estou pensando nestas coisas. Vivo aqui nesta tenda, e quero sair daqui para o cemitério.

— Besteira. O compadre tem o seu voto.

— O que é um voto, meu compadre?

— Um voto é uma opinião. É uma ordem que o senhor dá aos que estão de cima. O senhor está na sua tenda e está mandando num deputado, num governador.

— Compadre Vitorino, eu só quero mandar na minha família.

— É por isto que esta terra não vai para diante. É por isto. É porque um homem como o meu compadre José Amaro não quer dar valor ao que tem.

— Não tenho nada, compadre.

Marta apareceu com o pote na cabeça.

— Moção, meu compadre. Moção para casar.

O mestre fez que não ouviu. Apareceu a d. Sinhá com duas xícaras de café.

— Está temperado, compadre.

Vitorino agradeceu:

— Bom café! É da lavra?

— Não, este veio do Brejo de São Vicente. O aguardenteiro Alípio deu para Zeca.

— Papa-Rabo! – gritou uma voz fina na estrada. Era o moleque do Santa Rosa, que vinha da estação com os jornais. Vitorino levantou-se e sacudiu o rebenque como se fosse uma pedrada. O pau sumiu no ar como uma flecha. E mais de longe ouviu-se ainda:

— Papa-Rabo!

— E possa um homem de bem viver assim com esta canalha. Isto é coisa do Juca do Santa Rosa. Estão enganados com o capitão Vitorino, meu compadre. Estão muito enganados. Bem, vou indo.

O mestre José Amaro não insistiu para que o compadre ficasse. Chegou-lhe de repente uma vontade incontida de ficar só, de refugiar-se nas suas conversas íntimas. E quando o velho Vitorino foi desaparecendo na estrada, ao passo tardo da besta arrasada, uma pena, como ele nunca tinha sentido por ninguém, enchia-lhe o coração. O compadre Vitorino não era, naquele minuto, o bobo que lhe causava repugnância, era um homem que ele amava, que ele queria defender do motejo dos outros, da impiedade dos moleques, da ruindade dos homens. Era como se fosse seu filho. Levantou-se do tamborete e andou um pouco para a beira da estrada. As flores de um cardeiro eram como duas chamas que o vento balançava. Soprava uma ventania forte nos galhos das cajazeiras. Era vento da tarde, o nordeste da boca da noite. Quis sair, mas ouviu a mulher chamando por ele. Era um chamado de aflição. Apressou o passo e quando chegou na sala viu a filha estendida, grunhindo como num ataque. A mãe estava com um olho de alho no nariz dela. E a pobre d. Sinhá chorava como uma desenganada. Aos poucos Marta foi saindo da crise. E parou de grunhir, ficou num silêncio de muda, com o olhar vago. Levaram a moça para o quarto e a mulher foi dizendo para o seleiro:

— Estava lá dentro, na cozinha, quando ouvi um grito e corri para ver o que era. Quando cheguei aqui e que vi esta menina estendida, batendo com o corpo no chão como um bicho, não soube mais o que fazer. Eu bem que desconfiava de que Marta tinha qualquer coisa. Ela não me enganava.

O mestre José Amaro não deu uma palavra. Foram depois para a mesa da janta, e ele não falava. Comia devagar, e a mulher com aquela cara de desolação:

— Pobre da menina. Todo dia com aquela agonia, até que deu nisto. Direitinho como a filha do Joca Marinho. É doença de moça. Eu sei como é isto.

O mestre, no silêncio em que estava, ficou. Ouviu o choro da filha abafado, como de um fio de água pingando no chão. Levantou-se. A noite havia chegado. Uma lua enorme, vermelha, aparecia por cima da capoeira do alto. Ali estava a sua vida, toda a sua vida. Bem reparando, mais feliz do que ele era o seu compadre Vitorino. Não sofria assim como ele estava sofrendo, não tinha aquele frio no coração, aquela boca amarga, aquela vontade de desespero, de fazer o que não sabia o que era. Passava um grupo de matutos pela porta. Ouvia o chicote tinindo, e o grito do homem comandando os animais. A mulher chegou-se para mais perto para lhe falar da filha. Aquilo lhe doía fundo. Teve ímpeto de mandar que se calasse que o deixasse na sua dor terrível.

— É isto, Zeca. A gente é culpada de tudo.
— Culpada de quê, mulher?
— Disto que tu viste.

Não deu uma palavra. Ficou quieto, numa mansidão que não era de seu feitio. Sinhá deixou-o naquela postura de homem sem ação. Teve pena do marido. O mestre seleiro, sem chapéu, assim de camisa por fora das calças como estava, foi andando pela estrada. A luz da lua ainda não clareava o escuro da cajazeira. O vento frio que corria agradava ao mestre. Não parou, andou de rota batida uma meia hora. Ouviu gente falando para os lados da casa das velhas do seu Lucindo. Era rumor alto de vozes e havia choro, gritos de gente no pranto. Quis parar para saber o que era, mas a curiosidade não venceu a sua ânsia de andar, de andar o mais possível. Os pés inchados doíam nas pedras do caminho. A sua alpercata batia forte no silêncio da noite. Por debaixo da aroeira gigante parou um pouco. Ali vinham almas penadas pedir a misericórdia dos vivos. Almas penadas pedindo missa. Não acreditava em coisa alguma. Diziam que o capitão Tomás chorava como negro cativo nas noites de escuro. Era tudo mentira. Quem chorava de verdade era a sua filha Marta. E aquele pensamento foi como uma cutucada de vara de ferrão no seu lombo. Foi andando para os lados da beira do rio. Ia pelo corredor que o velho José Paulino fizera para o gado descer da catinga para o bebedouro. A imagem do velho cresceu na sua memória. Lembrava-se do dia, na casa do engenho, quando ele consertava polias de máquina de algodão, dos gritos que o velho lhe dera. No outro dia não voltou mais para trabalhar para aquele homem. Lá embaixo era o rio. Desceu mais, não queria que o vissem assim como estava. Tomariam por doido. E quanto mais andava mais tinha vontade. E foi assim que se viu com um tipo bem perto dele parado. Quis correr para que não o visse, mas não o fez, chegou-se mais para perto.

— Boa noite.

— Boa noite. É o mestre José Amaro?

— Às suas ordens.

— Não é nada não, mestre, mas estou aqui a mando do capitão Antônio Silvino. O bando está acoitado na Fazendinha, e o capitão me mandou por aqui para saber da tropa do tenente Maurício. Falaram que os macacos passaram o dia de ontem no Santa Rosa.

O mestre estremeceu com a palavra do homem. O nome de Antônio Silvino exercia sobre ele um poder mágico. Era o seu vingador, a sua força indomável, acima de todos, fazendo medo aos grandes. Quando o homem parou de falar, ele reconheceu o aguardenteiro Alípio.

— É você, Alípio?

— Sou eu mesmo, mestre Zé. Eu gosto do capitão. Não vou para o bando dele por causa da minha mãe que ainda tem filha para casar.

E os dois foram andando para o refúgio de um pé de juá que era como uma camarinha no meio da noite.

— Alípio, para lhe falar a verdade, eu não sei nada a respeito da tropa do tenente Maurício. Soube que ele teve um bate-boca danado com o doutor Quinca do Engenho Novo, por causa do capitão Antônio Silvino. Da estada dele no Santa Rosa, para lhe falar com toda a franqueza, eu não sei de nada.

— Pois é isto, mestre Zé, estou procurando ver se acho uma notícia dos macacos.

E se despediu do seleiro. Aquele encontro encheu o vazio que atormentava o mestre. Havia um homem no mundo que ele podia ajudar. A lua deitava-se pelo mundo. Era um mar de leite por cima das coisas. O mestre sabia que o tenente Maurício era homem de verdade. Jurara matar o capitão e agora não parava com os seus soldados, dando batida por toda a parte. Ele porém era do capitão. Ele faria tudo para que o cangaceiro do povo resistisse ao tenente do governo. Parou um pouco no corredor que as ingazeiras ramadas escureciam. Depois subiu para a estrada. E não sabia como dera de cara com o bicheiro Salvador.

— Boa noite, mestre Zé Amaro. Tomando fresco?

— É verdade, estirando as pernas.

— Estou voltando do Pilar. O telegrama com o bicho só chegou agora. Dizem que o capitão Antônio Silvino cortou os fios da estrada. E o serviço se atrasou. O tenente Maurício está no Pilar com um tropão. O homem está com carta branca do governo. Não respeita grande nenhum. O doutor Quinca do Engenho Novo andou aos gritos com ele e só não foi preso por causa do seu Augusto do Oiteiro que correu para o engenho do tio e acomodou o tenente.

O mestre José Amaro ouviu calado a conversa do bicheiro.

— Então, adeus, mestre. O doutor Juca do Santa Rosa pegou duzentos mil-réis na borboleta. A dona Adriana tinha sonhado com o capitão Antônio Silvino e jogou no tigre. Eu jogava no veado: ninguém pega ele no andar, mestre. – E se foi.

Se pudesse voltar para prevenir Alípio da história da tropa no Pilar! Ainda fez tenção de voltar para a beira do rio.

Já devia ser bem tarde e havia deixado a filha doente com a mulher acabrunhada. Era a sua mulher Sinhá a única culpada. Que podia ele fazer com uma filha que nada tinha dele, que era um outro ser, sem coragem para vencer todos os medos? Ele não tinha medo de ninguém. Marchava devagar. As suas alpercatas batiam alto no calcanhar. Estava só naquele mundo, sem uma pessoa, sem um ente vivo. Viu a luz da casa das velhas do seu Lucindo como um farol vermelho na luz branca da lua. Aproximou-se mais e ouviu choro de gente. O que seria aquilo? Pensou em entrar no atalho que dava para a casa. E estava pensando em procurar saber o que podia ser aquele choro, quando um canto de reza subiu ao ar. Era quarto de defunto. Entrou no atalho e se foi chegando para a casa que se escondia atrás de um juazeiro enorme. Só podia haver muita gente dentro da casa para dar aquele volume enorme de canto de morte. E quando ele se chegou na janela e botou a cabeça para olhar o povo rezando, um grito estourou como uma bomba.

— É ele, é o lobisomem.

Correu gente, mulheres gritaram.

— É o mestre José Amaro, gente – falava um homem que estava na porta.

— É o mestre Zé Amaro, povo besta.

Pararam de rezar. Estendida na esteira estava a velha Lucinda amortalhada. Olhavam para ele as mulheres apavoradas. Não pôde ficar por mais tempo por ali. O homem que acomodara as mulheres veio falar com o mestre.

— Estão com medo do senhor.

— De mim?

— É verdade. Este povo é besta mesmo.

E já lá de fora, o homem falou mais:

— É que está correndo que anda solto um lobisomem. Muita gente já viu o bicho. Viram o senhor nestes trajes e correram com um medo danado. Mulher é bicho mofino mesmo.

De longe da casa, voltou outra vez a ouvir o canto triste. E sem poder explicar, começou o mestre a pensar no lobisomem. Apalpou o rosto, olhou para as unhas. O que tinha ele para fazer medo às mulheres? Viu luz acesa na sua casa. Sinhá estava com a filha, dando força de vida àquela criatura que era mais do que morta. Encontrou a mulher esperando por ele.

— Tu está fazendo coisa de doido, Zeca? Com este tempo frio, sair de casa deste jeito?

Não lhe deu resposta e foi direto para a sua rede. A sola nova que viera de Itabaiana cheirava com intensidade, enchia a casa inteira. Não pôde dormir. Tudo ouvia, tudo sentia como uma agonia de morte. Por que aquelas mulheres correram dele? De fato, chegara à janela de repente, de surpresa, e elas tomaram susto. Lembrava de ter visto há um mês atrás a velha Lucinda e até lhe falara. Viu-a morta, estendida na esteira, na mortalha branca. Não tinha medo da morte. Bem que podia ter voltado para o rio e contado a Alípio da estada do tenente Maurício no Pilar. Ouvia bem o ressonar fraco da filha no quarto de junto. Sinhá não dormira ainda. Sentia que havia gente acordada dentro de casa. Não era ele sozinho que imaginava na vida. A mulher também estaria àquela hora pensando na doença da filha. A lua entrava-lhe pelas telhas-vãs, enchia o chão de manchas brancas que se moviam. As mulheres correram dele. Ouviu na estrada o vozerio de muita gente. E devagar abriu a janela. Era uma tropa de polícia; seria a tropa do tenente Maurício? Encheram a estrada com o barulho das alpercatas, com a conversa em voz alta. Lembrou-se do capitão Antônio Silvino a duas léguas dali. E teve receio de um encontro com o tenente. Ainda ouvia as vozes no silêncio da noite quando a sua mulher o chamou:

— Zeca, não posso dormir. Vou fazer um chá de malva, tu queres também?

Quis ficar calado, mas respondeu:

— Não, não quero nada.

Todo o mistério que o abafava se sumira com a voz da mulher, ali do outro lado da parede de taipa. Na cozinha Sinhá mexia nas panelas. Tudo daria para poder se ver livre de sua casa.

— Zeca, tu soubeste que sinhá Lucinda morreu?

— Passei por lá e tinha gente fazendo quarto à defunta.

— Devia ter ido para lá, mas deu este negócio em Marta.

Calaram-se. Ele não queria ouvir voz de ninguém. Queria ser só neste mundo que não lhe dava alegria. Agora percebia-se bem a voz da cantoria que o vento trazia. Aqueles diabos tinham corrido com medo dele. Por que tinham medo dele? A sua mulher teria também medo dele? Estaria assim tão monstruoso que espantasse o povo? Acendeu a luz do candeeiro e foi procurar um espelho que tinha na mala. Olhou-se bem. Viu os seus olhos inchados, de pálpebras como de peixe, a barba grande.

— O que foi, Zeca?

— Nada, tinha aqui o diabo de uma barata roendo um pedaço de sola.

Apagou a luz e mergulhou num pavor que nunca tivera. Estaria, de fato, em ponto de atemorizar o povo? Não era possível. Ele, o mestre José Amaro, homem de sua casa, de respeito, com fama na boca da canalha. Os galos já cantavam no poleiro. Passava gente para a feira de São Miguel. Era a madrugada que chegava para a noite indormida do mestre José Amaro. Abriu a porta, e ficou de pé, por debaixo da pitombeira. Os cargueiros trepados nos seus animais olhavam para o mestre. Muitos davam um bom-dia em voz baixa, como se tivessem medo de acordar o povo da casa. O mestre José Amaro não olhava para coisa nenhuma. Havia dentro dele uma noite soturna. Os porcos fossavam no chiqueiro, e o bode batia as patas no chão. Névoas cobriam as cajazeiras e começavam a cantar os passarinhos. Aurora por toda a parte. No céu rubro, nas árvores orvalhadas, no chão úmido. Onde estaria o capitão Antônio Silvino? Para onde teria ido o tenente Maurício?

— Zeca, vem tomar um cafezinho.

Culpada de tudo era Sinhá, sua mulher.

# 6

A TROPA PEGARA PASCOAL ITALIANO e fora com ele a um banho de facão. O tenente tinha sabido que o mascate fazia serviço de espia para o bandido e dera com ele na cadeia do Espírito Santo. O tenente estava disposto a pegar o cangaceiro de qualquer jeito. O negro Salvador fora preso também para interrogatório e contaram que saíra da cadeia com as mãos inchadas de bolos. O mestre José Amaro ia sabendo destas coisas com ódio violento contra a tropa. Enquanto isto, correra a notícia de um encontro de Antônio Silvino no Ingá de Bacamarte com a força da polícia. Aquela notícia aliviara o povo da várzea das batidas do tenente. José Amaro continuava desesperado. Já não era por causa da filha, que desde aquele dia do ataque melhorara muito. A sua mulher Sinhá estava contente como criança. De tudo se esquecera, para só falar na saúde da filha que milagrosamente parecia outra. Atribuíra à promessa que fizera a São Severino dos Ramos. Era mais um milagre do padroeiro dos pobres. Mas a cara do marido era mais triste, mais amarelos os seus olhos, mais inchadas as pernas. Que doença seria aquela de Zeca? Devia ser mal do coração. Assim morrera o seu pai, de barriga grande, sem ar, com o corpo que parecia uma saca de lã.

Uma tarde, porém, a velha Sinhá estava no rio batendo roupa e lá estava também uma mulher da catinga que ela não conhecia. Era uma cabra ainda nova, de feições muito bonitas. No princípio estiveram caladas mas aos poucos a mulher começou a falar à vontade. Ela era do Riachão e filha de Marcolino Viegas. O pai estava preso por causa duma briga na feira do Sapé. Tinham feito uma desgraça num homem e botaram para cima dele.

— Lá em cima chegou notícia de que está aparecendo lobisomem por aqui. Minha mãe até me disse: "Menina, volta cedo, toma cuidado com o escuro." Este povo tem cada besteira... Também falam da caipora que pegou um sujeito na estrada, um tal de Pepé, caçador de lambu. Tudo mentira deste povo.

A velha Sinhá ia concordando, enquanto batia nas pedras as suas peças de roupa. A cabra mostrava a carne morena das coxas descobertas, os seios duros que rompiam do cabeção de algodãozinho.

— E estão dizendo que é um tal de mestre José Amaro que deu para virar bicho...

— Isto é mentira, menina – falou a velha Sinhá, num tom de voz angustiada. — Isto é mentira desta canalha da Ribeira.
— Lá em cima chegou a notícia, e até dizem também que este homem tem uma filha que ele faz coisa com ela.
— Faz o quê, menina?
A velha sentiu uma nuvem nos olhos. Parou de bater roupa, sentou-se na pedra, e com a voz mansa, como de uma doente de morte, foi dizendo para a companheira:
— Menina, tudo isto é mentira. Este homem é o meu marido.
A moça baixou a cabeça, ferida de vergonha.
— Me desculpe, minha senhora.
E continuaram em silêncio no serviço. A água do rio corria quase que num fio, os juncos cobriam o leito de um verde-escuro. O vento zunia nos juncos que caíam para um canto como um partido de cana. Ouvia-se a cantoria de um homem mais para o lado do Santa Fé. Era Passarinho, no serviço de uma vazante, no trabalho que para ele era um fim de mundo. A cantoria era triste, como de quarto de defunto. O negro largava a alma na beira do rio:

> *Quem matou meu passarinho*
> *É judeu, não é cristão,*
> *Meu passarinho tão manso*
> *Que comia em minha mão.*

A voz do cachaceiro tocara os corações das mulheres. A velha Sinhá batia com força na pedra branca. A moça deixava cair os seios do cabeção desabotoado. Não podia falar. José Passarinho gemia na toada:

*Quando eu vim da minha terra*
*Muita gente me chorou*
*E a danada de uma velha*
*Muita praga me rogou.*

— Tem até sentimento a cantoria dele – disse a moça.
— Coitado de seu José, que vida ele tem – respondeu-lhe dona Sinhá.
E depois, como querendo corrigir-se:
— Pode ser até mais feliz que muita gente.
O sol já ia quebrando. A moça estendera os seus panos para enxugar. Brilhavam os encarnados, os azuis, os amarelos, pelos juncos, pelas cabreiras, estendidos como uma festa. Havia uma dor tremenda no coração da velha que batia furiosamente os seus panos. Não olhava para a moça que, deitada na areia, escondia o rosto do sol. Era um corpo sadio, uma energia de carnes rijas. José Passarinho cantava porque era feliz, porque o mundo para ele não tinha mágoa para lhe dar. Bebia e cantava. E o seu marido, e a vida, a cara, os arrancos, as esquisitices do seu marido? Por que inventava o povo uma coisa daquela? Até de sua filha, da sua pobre Marta, inventavam uma desgraça daquela. Já tinha acabado de bater os seus panos. Podia estendê-los por ali mesmo como fazia sempre. Mas teve vergonha de ficar junto daquela moça. Era como se fosse culpada de um crime, de um ato mau. Arrumou a roupa molhada e fez a trouxa. A moça levantou-se para ajudá-la.
— A senhora me perdoe, eu não sabia.
José Passarinho, quando a viu com o peso na cabeça, correu para ela.
— Dona Sinhá, eu levo.

— Não precisa, não, seu José.

— Eu levo, não senhora, eu levo.

E o negro tomou a trouxa e saiu na frente, com os pés cambados, o corpo banzeiro. No fundo, ela bem que queria ter aquele peso na cabeça. A roupa molhada era como chumbo. Andaram um pedaço calados, até que Passarinho falou:

— Sabe, dona Sinhá, o negro Salvador está de mãos estouradas. Foram dizer ao tenente que ele vendia bicho para o capitão Antônio Silvino. Quero ver agora é a cara daquele negro farofeiro.

Já estavam na porta de casa. Lá estava o mestre José Amaro que nem levantou a cabeça para olhar quem chegara. Parecia entretido num serviço caprichado.

— Boa tarde, mestre Zé. Trabalho muito?

Olhou para Passarinho, que havia botado a trouxa no chão, e sem responder continuou no serviço.

— Já soube da desgraça que a tropa anda fazendo por aí, seu mestre?

Ficou calado. Passarinho conheceu que não estava para muitos amigos e foi lá para dentro a chamado da mulher do seleiro.

— Não precisa, dona Sinhá.

— Ora, seu José, fazendo cerimônia.

Era um prato de feijão com batata-doce. Passarinho passou-o nos peitos, e de seu canto ouvia o bater do martelo do mestre. Sem dúvida ele estava nos seus azeites. Passarinho sabia que o povo falava do seleiro. Por toda a parte corria aquela história de lobisomem, aquela fama de andar ele correndo de noite para beber sangue de gente. Passarinho não tinha cabeça para medir as coisas. Ele via o mestre com aquela cara aborrecida, e tinha medo. Sim, medo de chegar-se para perto. D. Sinhá conversava com a filha em voz baixa. Ouvira também falarem mal da moça da casa. A língua do povo não tinha tamanho.

Parou um cavaleiro na porta. Era o velho Vitorino que não se apeou. Ia de rota batida para o Oiteiro a chamado do primo Augusto. Estava furioso com o tenente Maurício.

— Passei ontem um telegrama ao chefe de polícia. Não admito violência, isto aqui não é cu de mãe joana.

— Deram mesmo no italiano, compadre?

— Vi o homem que faz pena, meu compadre. Polícia de bandidos. É por isto que o povo está com o capitão Antônio Silvino. É, mas este chefe de polícia vai conhecer a minha força. Gastei quatro mil-réis num telegrama danado. O povo desta terra não é cachorro vadio. Bem, compadre, seu Augusto está esperando por mim. E eu sei o que é. Esta gente fala, fala do capitão Vitorino, mas termina indo atrás dele. O Augusto está fazendo uma obra na casa-grande. Eu, como o compadre sabe, entendo de obras. Garanto que ele quer o meu voto. O primo Augusto é homem progressista. Tal qual o pai. Lembrança à comadre.

E foi-se. Mas antes de dobrar na estrada voltou-se para o seleiro:

— Já soube do encontro do capitão Antônio Silvino com a tropa no Ingá? Morreu muita gente. Eu quero ver é este tenente Maurício correr da bala.

Sumiu-se e lá para dentro de casa José Passarinho levantava a voz numa cantiga. O seleiro não escutava o negro. O capitão Antônio Silvino voltava a tomar conta de seus pensamentos. Admirava a vida errante daquele homem, dando tiroteios, protegendo os pobres, tomando dos ricos. Este era o homem que vivia na sua cabeça. Este era o seu herói. Era já de tarde e sombras pesadas caíam sobre as coisas. Um boi urrava de muito longe. Era o gado do velho Lucindo que comia na corda. Toda a tarde, quando o velho descia com as suas reses para o bebedouro, era aquilo mesmo.

Ouvia a voz de sua mulher falando baixinho. Não podia mais suportar aqueles cochichos. Tudo parecia que era uma trama contra ele. Teve vontade de gritar. A voz do negro, na cozinha, enchia a tarde de uma tristeza que tocava no coração do mestre José Amaro. Quis gritar para que parassem com aquela lamúria, mas se conteve. Não o irritava, era como se fosse uma mão amiga pela sua cabeça, numa carícia que nunca sentira. O velho seu pai era duro, e a sua mãe quase que não se lembrava dela. O negro Passarinho quando não bebia dava para cantar. Era por isto que pegara aquele apelido.

Agora o que cantava era uma história triste:

*Filho que faz isto ao pai*
*Por sete carros de lenha*
*E por mim bem atiçados.*

*Filho que faz isto ao pai*
*Bem merece ser degolado,*
*Por sete folhas de navalhas*
*E por mim bem afiadas.*

Era a história de dom Carlos e d. Branca, a filha do rei. Passarinho sabia de tudo. Vai d. Branca para ser enforcada. Mas o namorado salva a coitada da fúria do pai. Vestido de frade, dom Carlos de Monteval arrebata d. Branca para os seus palácios:

> *Tende mão, minha justiça*
> *Minha justiça real:*
> *Esta princesa que vedes*
> *Meus palácios vai gozar.*

Doía no mestre a história do negro. Era ele que estava naquilo, era a sua fúria, o seu desespero que se parecia com a crueldade do rei. Agora estava cantando a mandado de sua mulher. Quis levantar-se para gritar, para obrigar que todos se calassem e não pôde. Os olhos do mestre José Amaro estavam molhados de lágrimas. D. Branca chorava aos pés do pai. O filho que tinha na barriga era de dom Carlos de Monteval. Uma rola-cascavel arrulhava à boca da noite como um suspiro. A estrada escura e o negro na sua cozinha machucando a sua alma. Por fim criou coragem:

— Sinhá, manda este negro se calar.

A mulher já estava tangendo as galinhas para o poleiro. Marta falou bem alto para que ele ouvisse:

— Seu José, papai não gosta de cantoria.

Era para que o ofendesse, era para que doesse na sua carne aquela história de que não gostava de cantoria. E ele gostava. Cantasse aquele canário o dia inteiro que lhe agradava aos ouvidos. Não gostava era dos cantos da igreja, dos benditos que Marta sabia. A voz de Sinhá chamava a criação para dormir. Uma guiné pulava de lado, corria para a estrada, arrancando como se quisesse voar, a velha, com um punhado de vassourinhas, batia no chão, e chiava, chamando as galinhas para o poleiro.

O negro Passarinho apareceu com os olhos vermelhos, para lhe falar:

— Mestre Zé, estou com tenção de lhe encomendar um par de "aparagata". O senhor faz?

Não lhe deu ouvido. Continuou no seu refúgio, na sua gruta de pedra, com o escuro da noite, com o frio da noite no coração.

— Mestre Zé – insistiu o negro.

Aí acordou. Era como se tivesse visto pela primeira vez o negro, como uma criatura estranha que tivesse surgido para lhe falar.

— O que é que você quer, Passarinho?

— É um par de "aparagata". Daquela dos cangaceiros.

Não lhe disse nada e levantou-se para botar para dentro da casa os seus petrechos de trabalho.

— José Passarinho, onde foi que você aprendeu esta história que estava cantando?

— Com um cego de Itambé, mestre Zé. Andei com este homem feito guia um tempão. Depois me pus homem e ele não me quis mais.

— Ah! Já sei, era aquele cego de nascença que mataram para roubar, no Oratório? Era um homem malcriado, cheio de novidades.

— Não era mau, mestre Zé. Meu pai me deu a ele, quando eu tinha sete anos. Eu digo ao senhor, foi homem bom que me ensinou muita coisa. A gente aprende muita coisa, mestre, mas só enxada é que dá feijão e farinha. Dei para beber, mestre Zé, para me ver livre duma negra que o senhor conheceu, aquela Luzia do Santa Rosa.

Pararam de falar. A velha Sinhá já estava dentro de casa

e conversava outra vez com a filha. Passarinho se despediu e ganhou a estrada. Agora um vento frio soprava do sul, vento que agitava as cajazeiras, que sussurrava nas folhas miúdas da pitombeira. Podia ser sinal de chuva. O mestre Amaro ficou com a história de Passarinho.

Nunca pensara que aquele negro imundo, de cara de cachaceiro, tivesse tanta coisa dentro de si, aquela história, aqueles amores, aquele dom Carlos, aquela d. Branca. Tilintaram as campainhas do cabriolé do coronel Lula. As luzes das lâmpadas do carro se aproximaram. Parou a carruagem na sua porta. Pedro Boleeiro veio para falar. Tinha se partido a correia do varal, logo que saíra de casa. O mestre José Amaro, com o candeeiro na mão, foi para fora. Viu a família do senhor de engenho, e deu um boa-noite respeitoso.

— É o mestre José Amaro? – falou o coronel.

— Sou eu mesmo, coronel.

— Estamos com pressa para a novena.

As mulheres nos assentos não se mexiam. O mestre com o boleeiro fizeram a emenda. O senhor de engenho tossia no sereno da noite.

— Bote o fichu no pescoço – disseram lá de dentro.

O boleeiro já estava no seu canto e o coronel Lula deu o seu obrigado ao mestre.

O cabriolé tilintou outra vez na estrada. A luz branca perdia-se pelos matos. Quando o mestre José Amaro voltou para a casa, a mulher lhe perguntou se a d. Amélia passara no carro, pois corria que andava muito doente.

— Zeca, estão falando no casamento de dona Neném com o doutor Luís Viana.

— Não perguntei por isto.

— Credo, ninguém pode falar com este homem que não venha feito um bicho.

Pouco depois o seleiro saiu de casa. E a mulher ficou com o pensamento na moça do rio. Nunca podia imaginar que o povo estivesse fazendo de seu marido um lobisomem. Era, sem dúvida, por causa daquele gênio azucrinado de Zeca, por causa de sua cor, do amarelo dos seus olhos. Disseram o mesmo, por muito tempo, do pobre Neco Paca que era um homem de tão bom coração. Somente porque ele andava de noite, com medo do sol, que lhe fazia mal à saúde. Zeca dera agora para fazer aqueles passeios à noite. Era homem de manias. Quando procurava fazer uma coisa, tinha que fazer mesmo.

E depois, o que havia de mais na vida dele para fazer medo ao povo? O que não podia ela suportar era que lhe falassem de sua filha. E do jeito que falavam era mesmo para matar um ente de desgosto. Podia ser que fosse cavilação da moça. Pobre Marta, que já lhe ia enchendo a vida de alegria com as melhoras, com a saúde que lhe voltava. Vinha uma língua miserável e inventava uma desgraça, com infâmia. Zeca gostava de sair de noite, de passar horas esquecidas, andando a pé pelos esquisitos, pelos lugares desertos. E o povo inventava a história do lobisomem. Quando era menina ouvia muito falar nestas histórias. Havia gente que tinha visto que contava coisas destes bichos criados pelo demônio. A sua mãe falava de fatos terríveis passados lá para as bandas do Maravalha. Um homem corria de noite atrás de sangue humano para matar uma sede que era infernal. E como não encontrava pessoa viva, chupava os animais, matava os cavalos, ia deixando tudo virado com a sua passagem. A sua mãe acreditava neles. Quando latiam os cachorros, nas noites de escuro, ela se benzia, rezava uma ave-maria para que Nossa Senhora a defendesse de se encontrar com o malvado. Isto se dava com os homens que perdiam o sangue, que ficavam assim com a cor de seu marido. Era que o demônio soltava as suas feras no mundo, dava poderes de animal selvagem aos homens que eram seus escravos. O povo temia os amarelos, os que pegavam doenças como as de Zeca e de Neco Paca. Aquilo era amarelão do fígado que se curava com jurubeba. E por cima de tudo dera o seleiro para se perder pelos campos, para vagabundear pela estrada, pelos caminhos ermos. Era já tarde e o seu marido não voltava. Quando foi quase que de madrugada, ouviu vozes na porta de casa. Era Zeca com outro homem. Quis fingir que estava dormindo mas o marido veio chamá-la.

— Sinhá, o aguardenteiro Alípio está aí. Vai matar duas galinhas e preparar para ele levar para o capitão Antônio Silvino.

A velha Sinhá tomou um susto com a ordem do marido.

— E tu viste o homem, Zeca?

— Não, estão acoitados lá em cima na catinga. E diz Alípio que os homens estão mortos de fome.

A velha Sinhá saiu para o poleiro atrás das galinhas. O céu escuro, com estrelas brilhando, e lá para as bandas da catinga a madrugada começava a abrir-se nas barras que tomavam cor. Fazia frio. A criação fez rebuliço. O silêncio do mundo quebrava-se com a gritaria das galinhas da velha Sinhá.

O mestre José Amaro, de portas trancadas, escutava o amigo Alípio contando o cerco do Ingá. O capitão estava na casa dum amigo quando sentiu que havia tropa por perto. Ele era terrível para estes pressentimentos.

— É reza que ele tem, mestre Zé, é reza, e da forte. Pois bem, os cangaceiros estavam no terreiro da fazenda. O capitão chamou os meninos e disse: "Vem macaco aí por perto. Vocês se deitem naqueles lajeados do cercado. Quando gritar, façam fogo de uma vez só. E depois caiam na mataria da catinga. Eu estou no espojeiro da imburana grande." E foi o que se deu. O capitão viu a tropa na direção da casa-grande e gritou. Foi um disparo só. Morreu macaco como mosca. E o cerco que o tenente Maurício tinha preparado foi uma desgraça. Cocada está ferido no braço, mas foi coisa ligeira. E deram uma carreira do Ingá até aqui.

— E o capitão, como saiu da casa?

— É o que ninguém sabe. Os homens, quando chegaram lá em cima, ele já não estava.

Quando a velha chegou com as galinhas torradas já era quase de manhã. A cara de Alípio era de homem que não tinha medo. O mestre José Amaro, com as pálpebras ainda mais inchadas pela noite de insônia, parecia um monstro. A inchação dava-lhe aspecto sinistro. A sua mulher tremia com o pavor das notícias do capitão Antônio Silvino. Marta, já de pé, perguntou-lhe o que queria dizer aquilo tudo.

— É que o seu Alípio está com os aguardenteiros na catinga com medo do fiscal, e veio aqui comprar comida para os homens.

— Botaste farinha, Sinhá?

— Está tudo no saco de seu Alípio.

O homem se foi, e na casa do mestre José Amaro ficou o terror na sua mulher, e uma sinistra alegria no coração do seleiro. Ele matava galinha e dava para o capitão Antônio Silvino que mandava em toda a cambada de senhores de engenho. Cazuza Trombone, de Maçangana, mudara-se para a cidade com medo dele. O velho José Paulino dera um banquete ao capitão Antônio Silvino. Disseram até que a filha do grande servira a mesa, como se fosse ama dos cangaceiros. Sinhá torrara as duas frangas para o homem que ele mais admirava neste mundo.

Era dia de feira em São Miguel e pela estrada começava a passar gente para as vendagens. Passou o cego Torquato e parou na porta para pedir esmola.

Gostava, sempre que o cego passava pela sua porta, de puxar conversa com ele. O mestre José Amaro naquele dia queria falar. Nunca se vira na sua cara uma satisfação igual.

— Então, seu Torquato, como vai a vida?

— Que vida, mestre. Que vida pode ter um pobre cego! Ando por este mundo contando os dias. Se não fosse o amor de Deus e a caridade dos homens, já me tinha acabado, seu mestre.

— Qual, seu Torquato, o senhor ainda tem a sua família.

— Uma mãe entrevada, seu mestre, um irmão quase cego como eu...

— E o povo de Gurinhém, seu Torquato? Estão dizendo que a feira de lá está se acabando.

— É medo da tropa, seu mestre, é medo da tropa. O povo arrepunou com o tenente. É um dar sem conta. O homem é brabo mesmo. Acredite o senhor que até o padre Antônio já sofreu uma desfeita. O pobre do padre dá tudo aos necessitados. Foram dizer ao tenente que o padre andava com conversa com o homem. Ora, o padre Antônio não é criatura para esconder o que faz. Contou tudo. Estivera com o bando, conversara com o capitão, e foi por aí afora. O tenente deu o mal dentro e disse o diabo para o reverendo. E ouviu o diabo. O padre Antônio é manso assim, como se vê, mas na hora ninguém faz dele o que quer. Gritou para o tenente, o tenente gritou para ele. Eu só sei é que ele tomou o trem no Pilar, e foi à cidade. As folhas da Paraíba deram. Eu ouvi no Pilar um sujeito lendo uma crítica do jornal. O padre é duro. O tenente está fazendo o diabo. É por isto que o povo está correndo da feira. Surra de tropa não é brincadeira.

— Eu quero ver esta valentia é com o capitão. No Ingá foi aquilo que se viu.

— Eu não sei de nada não, seu mestre. Sou um pobre cego, vivo do coração dos outros. Uma coisa, porém, eu digo: este capitão nunca me fez mal. Uma vez eu vinha com o meu guia na estrada nova. Era na boca da noite. Voltava do Sapé e, quase chegando no Maraú, me senti cercado de gente. O meu guia me disse baixinho: "É cangaceiro, seu Torquato." E era mesmo. Me deram dinheiro. Nunca tive tanto dinheiro na mão. O capitão Antônio Silvino me chamou de parte para saber o que se falava dele na feira do Sapé. Eu disse tudo. Falei de Cazuza Trombone que estava com muitas praças dentro de casa. E de Simplício Coelho que contava goga na loja, dizendo a Deus e ao mundo que na mesa dele cangaceiro não se sentava. Ah!, contei. Este Simplício Coelho uma vez eu estava sentado na calçada dele, tocando a minha viola, e mandou um caixeiro dizer para o pobre cego sair. Bicho malvado.

— Foi por isto que o capitão fez aquela desgraça na loja quando atacou o Sapé?

— Eu não sei por que foi. Agora, seu mestre, o senhor acha direito tratar um pobre cego como cachorro?

Apareceu a velha Sinhá com uma coité de farinha e o guia abriu o saco.

— Deus vos pague, Deus vos dê o santo reino da glória.

— A família vai boa, seu Torquato?

— Como Deus manda, minha senhora. Bem, tenho que ir.

E foi-se. A manhã cobria tudo de sol novo. As trepadeiras do cercado, muito azuis, pareciam desabrochadas naquele instante. A estrada em movimento constante. O mestre José Amaro estava agitado. Ainda não se sentara um instante. Com pouco mais passavam as raparigas do Pilar que iam fazer a vida na feira de São Miguel. Levavam as chinelas na mão e os cabelos espelhando na banha.

— Lá se vão aquelas imundas.

— Bate na boca, mulher, bate na boca. Tu tens uma filha.

Marta saíra de pote na cabeça para a beira do rio.

— Já reparaste, Zeca, como a menina está melhorando?

O seleiro não disse nada. Foi ver o cortiço que parecia em ponto de tirar.

— O bicho deve estar gordo. Há mais de ano que não pego nele.

Não havia dormido um instante e parecia muito descansado de si.

— Zeca, tu não pregaste olhos esta noite. Por que não vai tirar uma soneca?

— Vai cuidar das tuas obrigações. Me deixa, mulher.

A velha voltou para dentro da casa. O canário cantava como um desesperado.

O mestre botou a banca na porta, e foi se sentar para o trabalho. Estava como nunca estivera contente. Os cabras tinham enchido a barriga com galinha do seu terreiro.

O cabriolé do coronel Lula passou vazio para o Pilar. Pedro Boleeiro parou um minuto para falar. Ia para a estação, trazer um doutor para ver d. Amélia. Estava doente há dias, de dor de cólica. O mestre levantou-se para olhar o carro.

— Olhe, seu Pedro, esta história de o senhor fazer força aí na rédea dá nisto. O correame da brida está se partindo. Estes cavalos não têm força para as manobras que o senhor faz.

— Não é não, mestre, é material ordinário.

— Que material ordinário que nada, isto é relaxamento, e do bom.

O boleeiro riu-se e se foi. Tilintavam as campainhas da carruagem do coronel Lula de Holanda Chacon na estrada cheia de gente do Pilar. O povo cortava caminho para deixá-la passar. O mestre pensou na velha doente e amorteceu a sua alegria. D. Amélia, não havia quem não pensasse nela e não visse os tempos do capitão Tomás, as festas do Santa Fé, os dias de mocidade do engenho da várzea. Era pequeno, mas dava para um homem viver, e dar grandeza a sua família. Cinquenta escravos lavravam as terras do Santa Fé. Tinha uma fortuna em negros, o capitão Tomás. Agora era aquilo que se via, um engenho de duzentos pés, moendo cana, puxado a besta. Toda a alegria do seleiro se pondo como o sol em dia de chuva. Todo ele enroscava-se outra vez, fechava-se em sombras. E a cara dura, os olhos inchados, a tristeza íntima, eram outra vez o mestre José Amaro. Por que d. Amélia pudera transtorná-lo daquele jeito? A filha voltava da beira do rio naquele seu passo de velha. Teve ímpeto de sacudir-lhe aquele martelo, de quebrar-lhe o corpo em pedaços. Batia sola, não lhe aparecesse ninguém para tratar com ele. Passou o padre José João, e tirou-lhe o chapéu. Ia para a missa de São Miguel. Era bom padre, mas quando se metia na política, sem ter força para isto, os chefes faziam dele o que queriam. E o mascate Pascoal surgiu na estrada, silencioso, sem o batuque do metro. Levantou-se para vê-lo de perto. Queria ver aquele infeliz que se metera em facão.

— Bom dia, seu Pascoal. Não quer dar uma parada?

O italiano espantou-se daquela gentileza do seleiro. Nunca lhe fizera semelhante coisa.

— Não posso, mestre José. Tenho ainda que parar no Santa Rosa e preciso chegar cedo em São Miguel.

— Então, seu Pascoal, o que houve com o senhor e o tenente?

— Tudo uma miséria, mestre José. Um comerciante de Sapé, para se ver livre de mim, me denunciou ao tenente.

— Apanhou muito, seu Pascoal?

O italiano quis mudar de conversa e o mestre José Amaro insistindo.

— Pegaram também o negro Salvador.

— É verdade, mestre. Eles não têm pena.

Passavam cargueiros de farinha, os comerciantes ao Pilar com as caixas de fazenda e miudezas. E o barbeiro Henrique no quartão ruço. Era homem de muito falar. Parou então para conversar com o mestre, enquanto o italiano se despedia.

— Este bicho gemeu no facão. Eu soube que chorava como menino novo.

— E o tenente por onde anda, seu Henrique?

— Me disseram que a tropa dele subiu para as bandas do Ingá. Um sujeito que estava em minha casa me disse que viu a força do tenente Maurício na estação de Itabaiana. O capitão Antônio Silvino que abra o olho. A coisa está apertando. Isto agora não é como no tempo do major Jesuíno.

— Pois, seu Henrique, ainda acredito na cabeça do homem. Ele sabe de buraco que tatu não conhece.

— É, mas o tenente jurou pegar o homem.

Depois saiu, esquipando, de estrada abaixo. O barbeiro Henrique pararia no Santa Fé, no Santa Rosa, antes de chegar na sua tenda de São Miguel. José Amaro não gostava muito dos seus modos. Homem sério não tinha que andar alcovitando a ninguém. Diziam que o dr. Juca do Santa Rosa servira-se dele para negócio de mulher. Mas a verdade era que todos o procuravam. A força tomara o trem para o sertão. E o capitão Antônio Silvino ali em cima, a menos de uma légua. Se Alípio aparecesse, levaria uma boa notícia. Já estava sentado. O dia começava a esquentar quando apareceu o velho Vitorino numa burra escura.

— Muito bom dia, meu compadre.

— Bom dia. Montaria nova?

— Nada. Isto é do coronel Anísio do Recreio. Cheguei lá ontem de madrugada, depois duma viagem puxada, e a minha égua não aguentou. E o homem me ofereceu este animal para acabar a viagem. Fiquei com uma pena danada de deixar a égua por lá. Mas era o jeito. Tinha que tratar com o doutor Samuel de um assunto muito sério. E ele estava de viagem para Goiana. Cheguei a tempo. O diabo desta burra me machucou todo. Tem uma pisada de pedra.

— É animal de cangalha, compadre?

— Não é não. Um cabra do Pilar me disse que esta burra pertenceu a um cigano. A bicha nas mãos do cigano andava de baixo, tinha passos de animal fino. O coronel Anísio comprou por um dinheirão. E é esta desgraça que está aí.

Depois Vitorino mudou de assunto. A coisa da eleição ia pegando fogo. O dr. Samuel havia recebido um telegrama do coronel Rego Barros. O homem vinha para a Paraíba com o 14, o batalhão de mais fama do Brasil. O dr. Santa Cruz do Monteiro já tinha para mais de mil homens no cangaço.

— Eu disse ao doutor Samuel: "Se é para brigar, conte comigo." Isto de eleição para matar boi e fazer festa não é comigo. Gosto de eleição com faca, com tiro, com cheiro de pólvora. Já dei muita surra em cabra safado.

Os passarinhos cantavam nas cajazeiras, os porcos fossavam, o bode berrava alto, enquanto o capitão Vitorino falava para o compadre que não dava uma palavra.

— Olhe, meu compadre José Amaro, no tempo da monarquia eu fui a uma eleição do Itambé, e lá dentro da igreja quebrei uma urna. Era moço neste tempo e meu chefe era o doutor Joaquim Lins. Lutei muito, mas os liberais correram. Neste tempo, quando havia homem duro, era só me mandar chamar. Agora estou velho, esta história de República é esta leseira que se vê. Eleição aqui no Pilar é de acordo. Agora, não. O doutor Samuel está com vontade de virar isto de papo para o ar. Ele me mandou chamar. E eu lhe disse: "Doutor Samuel, eu não quero entrar nesta encrenca. Porque quando Vitorino Carneiro da Cunha se mete numa encrenca vai até os confins." O homem me agrada, tem disposição para a luta.

— Compadre, me diga uma coisa: este doutor Samuel não é filho do doutor Belarmino de Goiana?

— É ele mesmo. É gente de João Alfredo.

— E o compadre acredita que ele vá brigar com este povo da Várzea? É gente da mesma laia.

— Por que, meu compadre? Eu não sou primo desta canalha? Eu não sou do sangue desta cambada? Vitorino

Carneiro da Cunha teve primo presidente da província, é branco de olho azul, e vota contra José Paulino. O compadre não conhece este doutor Samuel.

Apareceu a velha Sinhá para conversar. Queria saber da comadre.

— Vai bem, comadre Sinhá. A velha está furiosa com esta história da eleição. Diz ela que o povo do Santa Rosa está danado comigo. Acho graça nisto. Sou homem livre. Ela ouviu do Juca umas coisas a meu respeito. Me disse a velha que queriam me dar o lugar de subdelegado de São Miguel para que eu mudasse de atitude. Ora, minha comadre, Vitorino Carneiro da Cunha não se vende. Não sou homem mercadoria de feira. O Juca pensa que faz de mim o que fez do Manuel Ferreira de Serrinha. Um homem do meu calibre, quando pende para um lugar, vai com o corpo todo.

Passou o cabriolé tilintando. Ia só com o coronel Lula, de preto, que tirou o chapéu. O velho Vitorino continuou:

— Está com a mulher muito doente. Estava lá o doutor Maciel da Paraíba e disse que era mal de operação. Em mim é que um desgraçado deste não mete a mão. Vá cortar carne do diabo, e não a minha.

— Mas dona Amélia melhorou, compadre.

— É, escapou. O Lula de Holanda está com medo de entrar na dança. Veio falar ao doutor Samuel em amizade com o José Paulino. Aquilo é mofino que só galinha. O pai foi um homem de cabelo na venta, macho de verdade. Em 48 andou solto nas matas de Alagoas, brigando com força do Império. E ele é aquilo que se vê, com luxo de gata parida. Tenho lá medo de José Paulino, compadre? Não tive medo do velho Joaquim Lins de Itambé, que era homem de chefia de verdade! É o que lhe digo, comadre, a minha velha vive comigo há mais de trinta anos e não sabe o homem que tem. Mulher é assim mesmo.

Apareceu na estrada o José Passarinho que já vinha àquela hora de passo incerto.

— Viva o capitão Vitorino! – gritou ele aproximando-se da tenda.

— Cala a tua boca, moleque infeliz. Deixa os homens sérios conversar.

— Capitão está brabo? O negro não quer brigar, capitão. Eu não sou o caixeiro do Quinca Napoleão.

Vitorino quis levantar-se para sacudir a tabica em Passarinho. O mestre José Amaro acomodou-o:

— Não dê ouvido, compadre.

— Capitão, me dá um cigarro.

— Veja você, compadre José Amaro, que este negro quer levar a vida bebendo da manhã à noite.

— Não diga uma coisa desta, seu capitão. Ainda hoje não engoli um quarto de cachaça. Eu passei ali pela venda de Salu, e ele me disse: "Passarinho, toma esta caninha para lavar a boca." Só fiz lavar a boca, e o capitão está aí dizendo que estou bêbado. Capitão, me dá um cigarrinho.

— Não lhe dou nenhum, moleque sujo.

— Pois capitão, eu não conto o que o sargento do Pilar estava dizendo do senhor.

— Dizendo o quê? Não tenho medo de sargento.

— Pois eu vi ele falando que na primeira ocasião tomaria o punhal que o senhor tem.

— De mim? Ainda não nasceu este. Este punhal que está aqui, moleque ordinário, pode sair, mas é para enfiar na barriga dum cabra safado.

— E o capitão fura mesmo?

Aí Vitorino levantou-se, não atendeu aos rogos do compadre. Foi caminhando para o lado de Passarinho.

O negro já estava no outro lado da estrada, aos gritos:

— Puxa o punhal, Papa-Rabo!

O seleiro levantou a voz:

— Suma-se, moleque.

A velha Sinhá chegara outra vez à janela:

— Seu José, não tire brincadeira com o compadre.

— Deixa este cachorro comigo, comadre; negro foi feito para estrume, eu mato este cachorro.

Aí Passarinho procurou correr e não podia. O capitão Vitorino estava de punhal desembainhado. A velha Sinhá correu e abraçou-se com ele.

— Meu compadre, pelo Salvador do mundo, não faça uma coisa desta.

Vitorino tremia-se todo. Os olhos azuis fuzilavam.

O negro veio banzeiro, não deixava de gritar:

— Papa-Rabo.

O seleiro havia marchado para a estrada e empurrava José Passarinho para fora.

— Suma-se.

— Não me empurre, mestre Zé. Eu não fiz nada. O velho quer se desgraçar comigo. Eu mato este velho.

Parara gente na estrada para ver o barulho. Vitorino berrava, com desespero:

— Solta o negro, deixa ele que eu lhe tiro a catinga de uma vez. Comadre, negro só mesmo no chicote. Um homem branco como eu não se rebaixa a trocar desaforo com uma desgraça desta.

Passarinho, levado pelo mestre, caminhou para as cajazeiras. Um cargueiro chamou-o. E se foram, às gaitadas.

— Compadre, fique para o almoço – convidou d. Sinhá.

— Eu fico. O Augusto do Oiteiro vai ficar danado. Está me esperando lá para o almoço.

Nisto apareceu na porta o pintor Laurentino que descia para São Miguel. Parou e puxou logo conversa.

— Estão dizendo que o doutor Samuel está de briga com o padre. Foi por causa dum filho do juiz que está de namoro com a sobrinha do vigário.

— É mentira – falou Vitorino. — É mentira.

— Não ofenda, seu Vitorino.

— Dobre a língua: capitão Vitorino. Paguei patente.

— Está certo, capitão. Mas eu não sou homem de mentira.

O mestre Amaro, que não se mostrava satisfeito com a chegada do pintor, entrou na conversa.

— Seu Laurentino, aqui nesta minha casa não se vive de intrigas.

— Mestre Zé, eu estou somente contando.

— Contando ou não. O que eu lhe digo é que nesta casa não pegam os mexericos do Pilar. Que se danem todos. Um lugar que tem um ladrão de terra como Quinca Napoleão como chefe não é terra.

— Está ofendendo muito, mestre Zé. Está ofendendo muito.

— O que eu digo aqui digo em toda a parte.

— É um ladrão, pode dizer, compadre, é um ladrão.

Laurentino sentiu-se atacado, furiosamente, por toda parte.

— Não vim aqui para brigar com ninguém. Passei pela estrada e vim conversar com o mestre Zé. Não fiz mal ao senhor, mestre Zé.

— Não quero saber de prosa de cabra – respondeu Vitorino. — Na minha porta não para.

O seleiro fixou os olhos amarelos em Laurentino e falou com a voz mansa, de raiva trancada:

— Seu Laurentino, eu sei que o senhor é homem de bom proceder, de seu ofício etc. De tudo isto eu sei. Pois que se fique pra lá. Viva no seu Pilar e deixe o pobre mestre José Amaro no seu canto.

— Está certo, mestre Zé. Eu vou saindo.

— Já podia ter saído – resmungou Vitorino.

— Está certo, seu Vitorino.

— Dobre a língua.

— Capitão.

— E não me faz favor.

— Ah, eu ia até me esquecendo. O sargento Damião estava até à procura do capitão.

— De mim?

— Do senhor mesmo. Ele disse que queria quebrar a ponta do seu punhal.

— Do punhal de Vitorino Carneiro da Cunha?

— Parece que é. Vitorino só tem o senhor.

— Capitão, já lhe disse.

— O sargento pega o senhor, capitão. Ele quando puxa um foguinho fica terrível.

— Não me mete medo; vá dizer a este mata-cachorro que eu aguento. Sou homem, cabra. Sou homem.

Laurentino já estava na estrada e falou em voz alta:

— Oh, capitão, e esta burra? Cadê o rabo dela, capitão? Quem papou o rabo da burra, capitão?

Vitorino ergueu-se violentamente.

— Vai perguntar à tua mãe quem papou o rabo dela.

Laurentino sorria. A fúria do velho não o molestava. De muito longe escutava-se a voz de Passarinho no canto. A velha Sinhá apareceu para chamar o marido para o almoço. Havia sol no terreiro do mestre José Amaro, brilhando nas folhas da pitombeira, inflamando as flores do cardeiro. Um vem-vem lá de cima era como falasse. Quem viria? O que ele anunciava?

— O diabo deste pássaro parece gente – falou o mestre.

— O bicho adivinha.

Pensava no capitão Antônio Silvino. A tropa no Ingá e ele no mesmo descanso, comendo galinha. O homem tinha cabeça. Depois do almoço, o capitão Vitorino foi-se, e o mestre voltou outra vez a pensar no mundo. Lá para dentro não se ouvia voz de gente. Somente de quando em vez a mulher pigarreava. Era o cachimbo que dava aquela tosse aborrecida. A filha estaria no trabalho de agulha. Era domingo, mas trabalhava o seleiro. Alípio lhe encomendara meia dúzia de alpercatas. Era trabalho para o bando. Deixou tudo de lado para o serviço que fazia com toda a sua alma. E estava assim absorvido, quando lhe apareceu a mulher para conversar.

— Zeca, tu não tem medo de estar de conversa com Alípio?

— Medo? Ora muito bem, o que foi que fiz de mais? Vem em minha casa um homem e me pede para comprar duas galinhas. Vendo as galinhas. E por isto vou apanhar? Ora, mulher, vai cuidar dos teus serviços.

— Zeca, tu és homem e tu sabe o que está fazendo. Este tenente está fazendo judiarias dos diabos.

— Deixa o tenente, o dia dele chega.

Quando voltou para a cozinha o mestre retornou à vida que o alimentava, aos homens que precisavam dos seus serviços. Agora não estava consertando os arreios de um velho doido, não estava fazendo sela para um camumbembe qualquer. Trabalhava para o grupo de Antônio Silvino. Cortava solas para cabras que já sabiam morrer no rifle, para gente que tinha sangue de macho. Não era um pobre seleiro de beira de estrada, era mais que um oficial de bagaceira de engenho. O capitão Antônio Silvino saberia de seu nome. Sem dúvida que Alípio lhe diria: "Capitão, o mestre José Amaro trabalha para nós. É homem de confiança." Que fossem para o inferno os grandes da terra. Para ele só havia uma grandeza no mundo, era a grandeza do homem que não temia o governo, do homem que enfrentava quatro estados, que dava dor de cabeça nos chefes de polícia, que matava soldados, que furava cercos, que tinha poder para adivinhar os perigos. A quicé chiava na sola branca. Faria alpercatas fortes para romper a terra dura das catingas, os espinheiros, as pedras, o barro quente. Queria que Alípio aparecesse para conversar sobre os homens, para se encher das notícias que eram as grandes coisas que mais lhe tocavam. Se um dia visse o capitão Antônio Silvino seria um homem feliz. A sua mulher viera falar em medo. Não tinha medo, não deixaria de fazer o que fazia agora para o bando por preço nenhum. Cazuza Trombone tinha dinheiro, era homem da política e estava fugido, com o engenho abandonado por causa de um recado do capitão Antônio Silvino. A filha do coronel José Paulino servira a mesa para os cangaceiros, como se fosse uma negra, uma criada. Cantava o canário da biqueira, acompanhando a alegria terrível do mestre José Amaro, no seu trabalho de domingo. A mulher gritava lá de dentro para que parasse. Era dia de guarda. Deus queria lá saber de pobres! Ele,

José Amaro, não acreditava em Deus, em conversa de santo. Diziam que o capitão Antônio Silvino não dava em padre, não bulia nas coisas da Igreja porque fora pedido de sua mãe. Ele não queria saber de nada disto. A mulher lhe falava de castigo. Não havia maior castigo que a filha que tinha. Batia as brochas nas alpercatas com uma fúria de desespero. A tarde já vinha chegando e não quis ficar na porta para não ver passar o povo que voltava da feira. Deitou-se na sua rede, fechou a porta da frente. E esteve assim um tempão. Mais tarde ouviu vozes no terreiro. Era Sinhá falando com gente de fora. Chegou-se para ver quem era e não reconheceu à primeira vista.

— Boa tarde, mestre Zé. Estou aqui a mando de Alípio que seguiu para Santa Rita. Ele me disse: "Irineu, vai na casa do mestre e pede uma encomenda que ele tem."

— Já sei o que é. Pode entrar seu Irineu.

— Mestre, eu não sou aqui da Ribeira. Tenho passado por aqui com Alípio nos comboios. É o seguinte, o senhor já sabe de tudo. O grupo está precisando de algum mantimento de boca. Lá pra cima não tem nada. O capitão mandou este dinheiro para o senhor comprar uma manta de carne, e uma porção de cigarros e farinha. Eu venho buscar na terça-feira. Era só isto, mestre.

— Pode vir na terça.

Quando o homem saiu, o mestre ficou alarmado. Como poderia comprar aquela carne e aquela quantidade de cigarros, sem dar na vista? A noite já vinha chegando e Sinhá o chamou para a janta. Não deu uma palavra. Dentro de casa não pôde ficar. Ouviu a cantoria de José Passarinho que só àquela hora voltava da feira. Não podia se servir daquele negro para coisa nenhuma. Não conhecia ninguém que lhe pudesse ajudar. E mesmo não queria ajuda de ninguém. O trabalho era dele. Tinha no bolso a nota de cem mil-réis, bem nova, estalando. Era dinheiro do capitão Antônio Silvino. Teria que se mexer. Na terça-feira o portador estava na sua porta para levar as mercadorias. Foi quando lhe veio na cabeça a ideia. Diria a Salu que os aguardenteiros corridos dos fiscais tinham lhe pedido para comprar aquele mantimento, pois eles viviam na catinga, fora das estradas reais. E como se tivesse tirado um peso de chumbo dos ombros o mestre José Amaro saiu para ver a noite, para sentir-se só na noite que era de lua cheia. A estrada branqueada pelo luar cheirava a cajá maduro. As moitas de cabreiras tinham ramos de algodão pelos galhos espinhentos. Havia passado comboio de lá para a estação. A noite dava vida ao coração do mestre. Ali ele se sentia numa intimidade fácil com as coisas. Andou para as bandas do Santa Rosa. Pisou nas terras do velho que odiava. Viu os partidos de cana gemendo na ventania, o mar de cana madura com os pendões floridos. Era toda a riqueza do velho, era o seu mundo que ele tocava. Quantas vezes não tivera vontade de sacudir fogo naquela grandeza. Era besteira. Outra vez as terras dariam aqueles mesmos partidos, o massapê encheria a barriga do ricaço. Tinha até raiva de olhar aquelas coisas. O coronel Lula fazia plantas de camumbembe, não tinha força de furar a terra com ganância, com mão de homem de fôlego. Agora não tinha mais raiva dos partidos do Santa Rosa. Ele trabalhava para um homem que era maior que o coronel José Paulino, que era dono de todos os partidos, senhor de todos os senhores de engenho. O que o capitão Antônio Silvino queria, fazia como era de seu gosto. Meteu a mão no bolso e sentiu a nota nova, o papel duro, a riqueza do seu homem. Deixou a estrada porque ouviu que vinha gente falando. Escondeu-se atrás duma cabreira para não ser visto. Era um grupo de homens levando um defunto numa rede. Devia ter sido alguma morte de briga. Desceu mais para a beira do rio e foi andando, despreocupado. A lua clareava tudo como se fosse de dia. Agora tinha um motivo para os restos de seus dias. Pouco se importava que a filha fosse um fracasso, que a mulher não lhe desse coisa alguma. Parou um instante para respirar, sorver o ar ácido que vinha das árvores, das cajazeiras cobertas de frutos. Cheirava o manacá, cheirava a terra que ele nunca plantara. Fora sempre de seu ofício, sempre pegado no couro, cortando sola, batendo brocha. A terra lhe era distante. Viu a várzea coberta de lavoura, olhava as vazantes, os altos e nunca reparara que tudo aquilo era o poder, era a força verdadeira do homem. Sabia que o homem tirava tudo da terra, que a terra paria tudo. Só agora depois de velho era que pudera compreender aquela beleza de uma noite, a paz da noite, sem a agressividade da luz quente. Aquela luz fria da lua entrava-lhe de carne adentro. Sentia solidão. O que ele queria era viver só. Tudo o que o ligava à casa, à vida de sua casa, lhe doía, era como uma facada que lhe entrava no corpo. Porque não tivera um filho, porque não fora como seu pai, capaz de matar, de ser um homem de coragem, de espírito pronto. O mestre Amaro viu uma luz na beira do rio. Seria na certa Margarida, na pescaria. Parou mais tempo por debaixo do marizeiro grande. Por debaixo dele dormiam os aguardenteiros que fugiam para o sertão. Os galhos enormes, à luz da lua, moviam-se, serenos, com uma majestade de rei. Havia cinza, restos de fogo de pousadas antigas.

O mestre José Amaro pensou no capitão Antônio Silvino, mas quem lhe chegava à cabeça, numa insistência que o surpreendeu, foi a imagem do velho Vitorino, o seu compadre, perseguido pelos homens, atormentado pelos moleques. Lembrou-se dele, e quando procurava fugir daquela imagem do compadre infeliz, não sabia como, sentiu que o queria mais que a todos os seus conhecidos. Afinal Vitorino sempre lhe parecera um pobre desgraçado, um traste inútil. E por que aquele seu pegadio com o velho, por que de repente lhe viera aquele pensamento? Vira a fúria de sua cólera, a força com que puxava a arma para furar o negro bêbado. Era um homem, era mais homem do que ele, que nunca pudera ser mais que aquele seleiro da beira da estrada, com uma filha velha, com uma mulher que lhe tinha ódio, com medo de fazer o que lhe viesse à cabeça. Parou assim uma meia hora. Do outro lado do rio viu um grupo de homens que conversavam baixo. Escondeu-se mais para dentro da capoeira. De onde estava não poderia nunca ser visto. A negra Margarida atendeu ao chamado de uma pessoa do grupo. Pôde, então, o mestre verificar que era uma tropa. Eram soldados de alguma força que andava atrás do homem. Depois que a negra voltou para dentro do rio, o grupo retornou, subiu para as bandas da estrada de ferro. E aquele safado do Henrique havia lhe dito que o tenente Maurício seguira para o sertão. Lá em cima estaria o capitão no descanso sem saber de nada. O mestre José Amaro alarmou-se. Nunca sentira aquilo que estava sentindo. Quis correr, e o seu coração batia como martelo. Era um baticum que lhe tomava o fôlego. O capitão a uma légua de distância da tropa do tenente. Se ele subisse para a catinga iria encontrar os homens dormindo. Com a lua como estava, o rastejador iria em cima do bando desprevenido. Não teve força para levantar-se do chão molhado de orvalho em que se deitara. As pernas inchadas eram como se fossem um molambo. Sentiu uma coisa fria na ponta dos pés, uma dor que lhe quebrava o corpo em dois. Quis gritar e teve medo de atrair a força. Curvou-se para aguentar o ímpeto da dor terrível. A cabeça encostada na terra; mordia a terra, mordia a terra que ele nunca amara. Os dentes se enterravam no chão, no barro que dava a cana do coronel José Paulino. Lá longe, latia, gemia aos uivos um cachorro. Com pouco mais, tudo ficou como de noite profunda. Só sentiu que lhe voltava a luz dos olhos com o calor na cara. Havia gente, por perto, falando. Era de um mundo de mil léguas distantes. As vozes foram se chegando, já estavam ali perto dele, bem junto da terra onde se estendera como na maior cama do mundo. Ouviu bem nítida a voz da sua mulher. Já estava deitado numa rede. Já se sentia carregado. Pararam na porta de sua casa. O sol queimava no seu rosto. A garganta ardia-lhe, os pés pareciam de chumbo, a cabeça quebrando-se de dor. Aquele murmúrio que ouvia o incomodava. Ouvia bem a sua mulher falando. Agora sabia de tudo, estava outra vez senhor de sua vida.

— Zeca, tiveste um passamento, na beira do rio.

Tudo lhe voltou de súbito, com uma rapidez de relâmpago. Toda a vida retomava a sua consciência.

— E o tenente Maurício?

— O que tem que ver o tenente?

Outra vez teve vontade de abandonar-se, de entregar-se à escuridão que o cobrira da cabeça aos pés.

— E o tenente?

— Tu ainda estás fora de si. Dorme, Zeca.

E deu para ele beber um chá de canela. A mezinha caiu-lhe no estômago como fogo. Fechou os olhos e apalpou a rede, como se quisesse tomar conhecimento do lugar onde estava.

Com pouco mais, o mestre José Amaro abriu os olhos, e chamou pela mulher.

— Tem gente em casa, Sinhá?

— Não, o povo já se foi. Dorme, Zeca.

— Sinhá, quase que morri. Onde me acharam?

— Eu estava como doida em casa porque tu não chegava. Não tinha pegado no sono, quando apareceu aqui o velho Lucindo dizendo que tu estava morto debaixo dum pé de cabreira. Botei-me pra lá, e já havia um povão. Foi o diabo, meu negro, tu estava como um defunto, com a cara estendida na terra como bicho.

— Nem sei como foi. Me veio uma dor que parecia uma furada no coração. Estive como morto.

José Passarinho, na cozinha, sentava-se no chão como um cachorro. A casa calada, só mesmo o canário da biqueira cantava. Passarinho procurou falar com a velha Sinhá.

— O que é, seu José? Estou muito ocupada hoje.

— É, dona Sinhá, que o Alípio mandou um recado para o mestre e ele assim doente, não sei como vai ser.

— Vou falar com Zeca.

A velha ficou com medo, devia ser negócio com o capitão Antônio Silvino. Como era que o seu Alípio ia botar José Passarinho numa história desta? Só coisa de doido. Na rede, estendido, com os olhos muito abertos, a cara inchada, o amarelo da pele como cera, estava o mestre, absorto, distante de tudo. Quando Passarinho chegou, lhe falando do recado do Alípio, quis saltar da rede, e não pôde. Gritou pela mulher.

— Sinhá, procura no meu bolso se está aí uma nota.

A velha apareceu com os cem mil-réis estalando de novo.

— Guarda.

Alípio mandava saber do mestre pela encomenda das alpercatas. Estava precisando da coisa para aquela noite sem falta. O mestre José Amaro deixou o negro sair para falar com a mulher.

— Sinhá, tu tem que ir à venda de Salu comprar uma manta de carne de ceará, e uma saca de farinha. Diz que é para um comboio de aguardenteiros que está escondido na catinga.

E como se tivesse feito um esforço terrível para falar, caiu numa espécie de madorna. Lá para fora José Passarinho cantava baixinho:

> *Ô lê lê vira a moenda*
> *Ô lê lê moenda virou,*
> *Quem não tem uma camisa,*
> *Pra que quer um palitô?*
> *O caixeiro bebe na venda,*
> *O patrão no Varadô,*
> *Eu estava em Itabaiana*
> *Quando a boiada passou.*
> *Ô lê lê vira a moenda*
> *Ô lê lê moenda virou.*

Aos ouvidos do mestre tudo aquilo chegava de uma distância de outra terra. Fechou os olhos, e a dor do corpo era uma só. Para onde se mexia era como se se quebrasse um osso, se se partisse um músculo. Teria que servir ao capitão.

— Sinhá, tu tens que ir à venda de Salu. Leva Passarinho para trazer as coisas. Ele dá duas viagens.

Pela estrada tilintou o carro do coronel Lula. Parou na sua porta. Escutou a voz do boleeiro.

— Oi de casa.

— Boa tarde, seu Pedro.

— O mestre não está, dona Sinhá?

— Está de cama, seu Pedro.

— É que o coronel mandou um recado para ele.

— Digo a ele, seu Pedro.

Outra vez as campainhas do cabriolé soaram na tarde morna. Passarinho continuava:

> *Ô lê lê vira a moenda*
> *Ô lê lê moenda virou.*

A velha Sinhá chegou ao quarto para ver o marido. Dormia de boca aberta, com os olhos semicerrados. Foi procurar um lençol para cobri-lo. A filha Marta, naquele dia, voltava a ficar outra vez com a agonia desesperada. E ali, em frente do marido, que ela temia como a um duro senhor, sentiu-se mais forte, mais dona de sua vida. Zeca abriu os olhos, olhou para ela como se quisesse esmagá-la, com uma raiva de demônio. Deu um grito, e correu para a cozinha. Vira na cara do marido a cara do diabo.

# 7

— Dona Adriana, a senhora não acredita porque não quer. Encontraram deitado no chão com a boca cheia de terra.

— Nada, Margarida, tudo é invenção do povo.

— Invenção, dona Adriana? Eu que mais duma vez tenho visto o homem, solto por aí afora, sem destino. Fazendo o quê? Só queria que a senhora me dissesse o que quer o mestre José Amaro lá para as bandas do rio, vagando como alma penada.

— Margarida, o meu compadre é homem de muito capricho, de muito gênio. O que ele faz qualquer um faria. Trabalha o dia inteiro, e quando é de noite vai dar uma caminhada para espichar as pernas.

A negra Margarida parara na porta de Vitorino, para dar a notícia do jeito com que o velho Lucindo encontrara o mestre José Amaro. Estava alterada, com a voz de quem tivesse sofrido um choque violento.

— E eu que me encontrei com ele, por mais de uma vez. Podia hoje estar morta, dona Adriana.

— Não sucedia nada, sinhá Margarida. Tudo é invenção do povo. Com pouco mais vão ver como está o compadre.

A negra baixara a cabeça sem nada mais dizer. E saiu com o jereré ainda molhado, sujo de lodo. Quando ela desapareceu a velha Adriana quis fugir daquela ideia do seu compadre transformado em bicho danado e não pôde. Há dias que Vitorino se fora para as bandas do Itambé, e não dava notícia. Soubera por um cargueiro de Goiana que estava no engenho Gameleira, de parentes de Pernambuco. Procurou pensar em Vitorino e não conseguiu. Era no seu compadre que pensava. Viu-se na situação da comadre Sinhá, e teve pena dela. Quando o povo pegava um cristão para uma coisa desta, não largava mais. Pobre do seu compadre que não teria mais descanso! Seria toda a vida, até a morte, o lobisomem, o temor de todo o mundo, o monstro que saía de noite para desgraçar os viventes. Nunca que lhe passasse pela cabeça semelhante coisa. Era mulher sem educação, sem sabedoria dos livros, mas sabia que tudo aquilo era tolice, medo besta do povo. Precisava arrumar as coisas da casa e ir procurar os seus amigos para saber o que de fato se passara com o compadre. Capaz de estar muito doente. E assim fez. Quando foi ao cair do sol, botou-se para a casa do mestre José Amaro. Estava uma tarde de muito sol, mas as sombras das cajazeiras amansavam o calor do dia. Levaria aquele frango pedrês. Podia ser que a comadre estivesse desprevenida de criação nova para doente. E foi andando, de estrada acima, com o pensamento virado para a história da negra Margarida. Mais para diante viu um grupo na estrada que dava para a casa do velho Lucindo. Eram trabalhadores, com redes às costas. Sem dúvida iriam para os serviços da estrada. O velho Lucindo conversava com os homens. Ao ver a sinhá Adriana o velho foi ao seu encontro.

— Boa tarde, sinhá Adriana. Vai de viagem?

— Boa tarde, seu Lucindo. Não viajo não. Vou dar uma conversa com a comadre Sinhá. Soube que o compadre teve um passamento.

— É verdade, fui eu mesmo que encontrei o mestre como morto. Que cara, sinhá Adriana. Ele estava com os dentes trincados, com a boca toda melada de terra. Pensei que estivesse acabado. Tanto que nem toquei nele. Fui chamar a velha, e o povo todo que fui encontrando. Coitado do mestre

José Amaro! O povo fala dele, conta o diabo. As minhas irmãs não gostam nem de falar no nome do mestre. Não sei não, sinhá Adriana. Sou homem velho, estou nesta idade e nunca vi uma criatura assim como o mestre. É um gênio terrível, é um falar duro com todo o mundo.

— Qual, seu Lucindo, o compadre é homem de bem. Só tem mesmo aquele falaço.

— É, sinhá Adriana, o povo quando malda tem coisa.

Os homens conversavam alto, por debaixo do pé de juá. Depois um deles veio falar com o seu Lucindo.

— Meu velho, nós queremos um poiso, uma dormida. Os companheiros aqui estão secos por uma janta.

— Meu senhor, não tenho comida para tanta gente. Sou um pobre velho sem roça, vivo do meu animal, do meu cavalo.

— Nós pagamos.

— Não quero pagamento. É que, onde vou descobrir mantimento para tanta gente?

Depois que os homens saíram o velho Lucindo falou à velha Adriana:

— Isto é gente do sertão. Não quero negócio com sertanejo. Quando saem de casa são mesmo que formiga. Mas, como lhe dizia, sinhá Adriana, o mestre José Amaro está fazendo medo ao povo. A negra Margarida tem visto ele solto, pela noite, desarvorado como um demente. O que é que quer um homem, assim, nas caladas da noite? Para falar a verdade, eu digo à senhora, não acredito nesta história de lobisomem. Também diziam isto mesmo do pobre Neco Paca. E eu conheci o finado Neco. Era homem de coração de moça. Só andava de noite porque não podia com a luz do sol. Agora com o mestre José Amaro é outra coisa. Para lhe falar com toda a franqueza, não tenho o que dizer dele não. É homem de sua casa, do seu ofício, da sua família. O diabo é aquele falar. Então não há homem que preste para o mestre, sinhá Adriana? A senhora é da amizade dele, é seu compadre, pode dizer que não falo a verdade.

— É do gênio, seu Lucindo.

— Não sei não, sinhá Adriana. Ouvi dizer que o coronel Lula de Holanda anda furioso com o mestre. Pode ser até intriga. Foi o negro Floripes que conversou com a minha irmã. Disse o negro Floripes que o coronel vai pedir a casa ao mestre. É pena. Conheci o pai do mestre. Era eu menino quando ele chegou de Goiana para Ribeira. Era homem respeitado. Tinha uma morte nas costas. Não era de falar assim como o filho. Será possível, sinhá Adriana, que não exista um homem bom para o mestre José Amaro?

— Que há, há, seu Lucindo. O meu compadre só faz falar. É o que lhe digo. O povo tem medo dele, sem razão.

— Pode ser.

A velha Adriana se despediu, mandou lembranças para a família e ganhou a estrada. O velho ainda lhe queria falar.

— Sinhá Adriana, tenho uma criação para a senhora tratar. Quando é possível?

— Na primeira lua, seu Lucindo.

Vinha do Pilar a boiada da feira de Itabaiana. Na frente o guia Cabrinha tocava uma gaita de taboca, numa tristeza de cortar coração. Atrás vinham as reses que desciam para a matança da Paraíba. A boiada encheu a estrada, a gritaria dos tangerinos abafava o tropel que levantava poeira. Deixou que o gado descesse e seguiu a sua viagem. A gaita do negro lhe trazia coisas do seu tempo passado, dos dias de menina do sertão. Quando o velho Lucindo falou dos sertanejos que desciam como formigas era como se falasse da sua gente que chegara morrendo de fome no Santa Fé, na seca terrível que matara tudo, que fizera de seu povo uma porção de pedintes. A gaita triste de Cabrinha era todo o seu sertão e que nunca mais reveria, que nunca mais poderia rever. Entristeceu-se com a dolência da música. Na estrada empoeirada cheiravam as cajazeiras, cantavam pelos arvoredos os pássaros de todas as nações. Levava o frango pedrês para o resguardo do seu compadre. Já estava bem perto da casa do mestre. Via o pé de pitombeira crescer na vista, e ele não estava na porta como era de seu costume. Quis passar, quis não entrar como se estivesse com medo. Mas lá estava a sua comadre no chiqueiro dos porcos. Aproximou-se dela, e não sabia explicar o que havia na sua cara. Era uma tristeza funda, uma mágoa grande.

— Comadre, boa tarde.

— Boa tarde, comadre Adriana. Passei o dia todo pensando na senhora.

E os seus olhos se encheram de lágrimas. A outra chegou-se mais perto e num tom de consolo:

— É como Deus quer, minha comadre. É como Deus quer. Não adianta a gente dar parte de fraca.

Depois foram para o interior da casa. E a velha Adriana chegou na porta do quarto para falar com o compadre:

— Boa tarde, meu compadre.

O mestre José Amaro abriu os olhos, fixou-os demoradamente na sinhá Adriana, e com a sua voz cansada pediu para que ela se chegasse mais para perto. Tinha os braços como se estivessem esquecidos, dormentes, os olhos mais amarelos ainda.

— Não é nada, compadre. Isto foi um vento ruim. Com mais dois dias está o senhor batendo sola.

O mestre José Amaro sorriu e fechou os olhos, cansado, sem força para levantar a voz.

Lá dentro a sua mulher se abriu com a visita.

— Há duas noites que não durmo comadre. A menina deu outra vez para a tristura e a doença de Zeca é uma coisa que não sei o que é. Avalie que ele deu agora para sair de noite, como um maluco, com esta friagem da tarde e, trasanteontem, me chegou o seu Lucindo com a notícia da morte do Zeca. Estava morto numa touceira de cabreira na beira do rio. Encontrei o homem quase que defunto. E o povão que acudiu! E o falaço do povo. Eu sei que estão falando de Zeca como lobisomem. É uma desgraça. Estão falando da menina também.

— E falando o quê, minha comadre? Que povo infeliz.

Aí as lágrimas correram dos olhos da velha Sinhá. Quis se conter e não teve força, um soluço estrangulado foi um grito no silêncio da casa. A comadre não deu uma palavra. Deixou que passasse o instante doloroso.

— Minha comadre, muito sofre uma mãe com uma filha, com uma doença de cama. Mas este sofrer não é nada comparado com o meu. Veja, comadre, a pobre Marta com esta agonia, com este desespero. Parece que a pobre está tirando um castigo de Deus. E agora apareceu essa coisa em Zeca. A comadre sabe o que o povo anda dizendo. Eu fico até com vergonha de botar a cabeça fora de casa. Outro dia na beira do rio uma menina do Riachão sem me conhecer foi me dizendo tudo.

— Isto passa comadre; logo chegará o dia em que Marta ficará boa, e o compadre não terá mais nada.

Na porta de trás José Passarinho botou a cabeça.
— Quer alguma coisa, seu José?
— Não quero nada não, dona Sinhá. Só queria saber da saúde do mestre.
— Vai melhor, graças a Deus.
— Dona Sinhá, levei o saco de farinha e a manta de carne para Alípio. Ele já sabia da doença do mestre. E me disse que vinha aqui amanhã. O mestre não pode falar não?
— Entre, seu José, vá lá dentro.
E depois que Passarinho saiu, d. Sinhá continuou:
— Eu não tenho com quem me abrir. Vivo nesta casa sem uma criatura que me console.
No quarto, Marta gemia baixo.
— É assim o dia todo. Já pensei até em levar para a sinhá Donata fazer reza. Não acredito na coisa. E para que bulir com esta gente?
— É, comadre. Eu também vivo assim, dentro de casa. Cada um de nós tem o seu calvário. O meu é Vitorino, e a vida de Vitorino, como um judeu errante, sem parar, falando de uns, falando de outros, numa vagabundagem que não para.
Calaram-se um instante. Ouvia-se o sussurro da conversa do mestre com José Passarinho.
— Comadre, eu quero lhe contar uma coisa.
A voz de d. Sinhá era trêmula, num tom de segredo, de medo profundo.
— Comadre, estou com medo do Zeca.
Aí parou, baixou a vista como se tivesse cometido uma falta grave, e falasse para justificar-se.
— Estou com medo dele.
A sinhá Adriana aproximou-se da amiga para dar-lhe força, ânimo para que pudesse falar.

— Medo de quê, comadre?

— Eu nem sei o que lhe diga. Tenho uma coisa que me diz que Zeca não é como os outros homens.

— Não diga isto, comadre Sinhá, não diga isto.

— Estou falando porque preciso tirar isto de dentro de mim. Eu quero que isto desapareça de uma vez, suma-se da minha mente. A senhora não avalia o meu sofrimento. É esta filha doente, é este marido.

As lágrimas brotaram-lhe outra vez dos olhos. A amiga não encontrou palavra de consolo. A velha Adriana não tinha coragem de falar. O que poderia dizer à sua amiga, aquela que era madrinha de seu filho Luís, a pessoa que mais lhe merecia, a boa comadre Sinhá, de gênio tão macio, tão dada com todos?

— Comadre, isto é nervoso, é cisma.

Mas as palavras não tinham força, eram palavras de consolo.

— Zeca deu para sair de noite, e quando ele volta, só queria que a senhora visse como entra. Vem como se tivesse um ente dentro dele. Vira na rede, fala só, dá grito no sono. Ele não era assim, comadre. E no outro dia é um gritar de doido. Briga com a filha, descompõe-me. É outra criatura.

— Comadre, o compadre José Amaro sempre foi homem deste calibre. Pode estar mais velho, mais renitente. Isto é cisma da comadre.

— Era bom que fosse. Quando ele botou aqueles olhos para mim, saí correndo, correndo como se tivesse visto um demônio. Felizmente que Marta não viu nada.

Passarinho voltou com um recado do mestre. A velha Sinhá entrou para saber o que era.

— Olhe, Sinhá, o Alípio vem aí com uma nova encomenda para o capitão. Se amanhã eu puder me levantar, eu vou em pessoa ao Salu, senão tu irás outra vez.

A mulher ouviu-o em silêncio. A voz do marido parecia-lhe mais forte, a sua cara mais humana naquele instante.

— Me disse Passarinho que o Alípio anda com receio de denúncia. Ele se queixa de Laurentino. Todo dia eu digo nesta casa que aquele cachorro não me engana. É, mas o capitão dá conta dele.

Parecia já outro homem. O assunto o animara. Sentou-se na rede.

— Já tenho o governo dos braços. Amanhã estou de pé.

A mulher não dava uma palavra.

— A comadre ainda está aí? Não fala com ela estas coisas. Estou até com fome.

— Tu queres um brote com café?

— Traz.

A velha Sinhá voltou para a comadre e encontrou-a conversando com Marta. Reparou na filha que nem parecia a mesma.

— Marta está me mostrando uns bordados que está fazendo para dona Neném. Está um brinco.

— Qual nada, sinhá Adriana!

E riu-se. A mãe irradiava alegria. Há quatro dias que não ouvia a voz da filha, falando assim como uma pessoa comum. E quis agradá-la, chegou-se para perto dela e passou as mãos pelos cabelos estirados. Marta fugiu bruscamente da carícia, e olhou com fúria para ela. Depois pegou na almofada e retirou-se para o quarto. A velha Sinhá olhou a amiga e abanou a cabeça com desalento.

— É isto que a senhora vê. É assim todo o dia comigo, como se fosse minha intrigada.

— É nervoso, comadre. Bote tudo isto para o nervoso.

A tarde vinha chegando. Saíram para a porta dos fundos.

— Como está bonita esta roseira, comadre.

— Foi Marta que trouxe do Santa Fé e plantou. Se Zeca soubesse que ela esteve lá, dava o desespero.

A ventania da tarde mexia no pinhão-roxo, na touceira de bogari.

— Comadre, leve estas rosas para os seus santos.

— Muito obrigada. É no que confio comadre, é nos meus santos.

Gemia baixo a filha, mas a ventania balançava os galhos do jenipapeiro carregado de frutas. Tudo se animava com o nordeste que levantava poeira na estrada.

— Vai ter chuva, comadre, o céu parece um leirão.

— São os carneiros de Deus, comadre, no céu.

Lá, na vazante, cantava o negro Passarinho.

— Tem até voz.

— Canta com sentimento. Se não fosse o diabo da cana era um bom negro. Aqui em casa é muito respeitador. Quando bebe fica impossível. Outro dia, com o compadre Vitorino, eu vi a coisa feia.

— Vitorino não se emenda, até com este negro puxa briga. Bem, comadre, vou falar com o compadre, está tarde demais.

Na saída, a velha Sinhá ainda quis voltar à conversa, queixar-se. A amiga não lhe deu tempo. Tinha que sair senão a noite a pegaria na mata do Rolo. Levava nas mãos as três rosas vermelhas que a comadre lhe dera, botaria nos pés de São Sebastião, para que desse força a Luís. O canto do negro era bem triste mesmo. E Vitorino não se dava respeito, pegar briga com José Passarinho.

A mulher do seleiro viu a comadre sumir-se na estrada. O canário da biqueira cantava forte, e as rolinhas cobriam o terreiro, pinicando o chão duro. Ela ouvia bem a rede de Zeca cantando nos armadores. Ficou um pouco sem olhar para coisa alguma. José Passarinho cantava com toda a sua alma. Queria agradar ao mundo.

*Vejo uma barca vagando*
*Nas ondas verdes do mar.*

Ainda era cedo para agasalhar as galinhas. O vento brando agitava a pitombeira. Viera para aquela casa com a morte do pai do marido. As outras irmãs tinham tomado rumo diferente. Seria de Zeca tudo que o velho Amaro deixara. Não queria pensar no passado. Para que se voltava para o tempo distante, para os dias que se perderam, para a vida que era toda morta? Lá dentro estavam os seus tormentos. Olhava assim absorta para a estrada, para os altos verdes, e não via coisa alguma. Fora-se a sua amiga Adriana. Só a ela confiava as mágoas que lhe enchiam o coração. Ouviu, então, o tilintar do cabriolé que ia para o Pilar. A carruagem passou com os cavalos às carreiras. Nem teve tempo para ver os passageiros. Reparou que o boleeiro nem se virara para o lado de sua casa. Sempre que o coronel Lula passava pela sua porta, tirava o chapéu. Agora a carruagem cortou a estrada como um raio, com uma pressa que não era natural. Saiu para agasalhar as galinhas e apareceu-lhe o caçador Manuel de Úrsula, com a espingarda nas costas e o bornal cheio de arribações.

— Estão chegando as bichinhas, dona Sinhá. Este ano está escasso, mas quando apertar mais a seca, vai dar muito.

E o mestre, dona Sinhá, como vai? Soube na bodega do Salu que o coronel Lula ia pedir a casa do mestre. Foi o negro Floripes que apareceu com esta história.

— Não sei de nada não, seu Manuel. Zeca não teve conhecimento deste negócio. Só pode ser invenção de Floripes. Aqui nós estamos há quanto tempo, e nunca apareceu notícia de queixa de Zeca com o senhor de engenho.

— É capaz de ser novidade deste negro. Ele também anda falando do mestre, botando para cima dele este negócio de lobisomem.

Aí a velha Sinhá mostrou a cara de mágoa que não podia esconder. O homem sentiu que a tinha ofendido.

— A senhora não leve a mal. Eu só falo nestas coisas porque estou do lado do mestre. A gente é pobre, mas precisando de dar uma ajuda, dá. Sou morador do Engenho Velho desde os tempos dos meus avós. Piso aquela terra desde que me entendo de gente. Pois bem, outro dia me apareceu um feitor com cara de poucos amigos para me falar em pagamento de foro. Eu disse ao homem: "Meu negro, de riqueza eu só tenho estes meninos. Se quiser levar um, pode levar." O bicho olhou para mim e viu que eu não pagava nada. E se foi. Diga ao mestre que precisando é só me chamar. Vou deixar para a senhora umas bichinhas para o jantar.

Quando o homem desapareceu a velha Sinhá compreendeu a passagem do cabriolé. Lembrou-se do recado que viera da casa-grande para o seu marido. O coronel Lula mandara chamar Zeca para conversar. Não havia dúvida que era o negócio de Floripes. Aquela era a sua casa, aquelas as suas flores, tudo aquilo ela tinha como coisa de sua existência. Veio-lhe um amor desesperado por tudo. Mirou demoradamente a cerca que fizera com as baionetas, o chiqueiro dos porcos, as roseiras que plantara. Tudo viera de suas mãos. Poderia perder tudo aquilo? Zeca dormia na rede, com a boca aberta. Não quis olhar para o marido naquele estado. Ficou com medo de olhar aquela cara deformada. Mas precisava fazer alguma coisa. Seria verdade o que Floripes espalhara? A noite começava a dar sinais de sua vinda. Morcegos cruzavam o céu. Dariam mais tarde em cima dos jenipapos maduros. A filha, no quarto, não dava sinal de vida. Era como se estivesse só no mundo, cercada pelo silêncio do mundo. As galinhas se aquietavam no poleiro, e o bode começou a berrar. Lembrou-se que não tinha deixado água no caco do animal. Foi procurar uma caneca d'água na cozinha. Tudo estava numa escuridão de breu. Acendeu a lamparina e, sem saber como, veio-lhe uma vontade aguda de gritar, de gemer, de chorar alto. A luz clareou a cozinha. Então, apareceu-lhe a cara enorme de Zeca no corredor, a cara como de um bicho. Largou a candeia no chão e correu para fora.

— Sinhá, o que tu tens mulher? Sou eu.

Voltou a si, trêmula, com vergonha.

— É que eu te vi deitado e pensei que fosse uma pessoa estranha dentro da casa.

— Isto não é visagem para mulher velha. Olha, ouvi a passagem do cabriolé. E me lembrei de que o homem me mandou um recado para falar comigo. O que diabo quererá comigo o velho? Eu estou maldando em safadeza do negro Floripes. É capaz de ter enchido a cabeça do maluco e o besta pensa que me fez medo. Estou doente, mas ainda tenho força para arrancar as tripas de cabras ordinários.

Falava trincando os dentes como se a mulher fosse culpada de qualquer coisa.

— Te aquieta, Zeca. Passou por aí o seu Manuel de Úrsula e até deixou umas arribações para nós.
— Se for coisa daquele negro, eu te juro que faço uma desgraça! Estou perto da morte, mas levo um infeliz comigo.

A voz baixou de tom e a lamparina de querosene iluminava os olhos amarelos, a barba suja, os cabelos grandes do mestre José Amaro enfurecido. Sentou-se num caixão. A mulher ofereceu-lhe uma xícara de café. Não podia falar. O esforço que fizera consumira-lhe as energias. Marta apareceu e foi sentar-se no batente da cozinha. A família reunida num silêncio de morte. O mestre foi se levantando devagar. Com pouco mais a sua rede rangia nos armadores. José Passarinho apareceu para pedir um prato de pirão. Um enxame de mosquitos rodeava a lamparina que fumaçava.

— O pavio está seco, dona Sinhá. O negro hoje está com fome de sertanejo.

— Seu José, eu já vou dar.

A moça levantou-se com uma fúria medonha. E gritou:

— Miseráveis, pensam que me matam, pensam que mijam em cima de mim?

O mestre chegou para ver o que era. Quase não podia falar.

— O que é que tens, menina?

— Menina, menina, menina, eu sou menina, menina, menina, onde está a menina?

E correu para fora de casa. A velha Sinhá abraçou-se com ela que dava risadas, que gritava cada vez mais.

— Seu José, me acuda aqui.

Passarinho correu para perto da moça. E o mestre José Amaro, com um pedaço de sola na mão, chegou para perto da filha e começou a sová-la sem piedade. Gritava a velha Sinhá:

— Para, homem de Deus, para pelas Chagas de Nosso Senhor.

E ele forte, com os olhos esbugalhados:

— Deixe, mulher, que eu mato esta ira.

Marta, no chão, chorava como uma menina. O mestre Amaro caíra para um canto, ofegante. Passarinho pegara o mestre e o foi levando quase que desmaiado para o quarto. O soluçar de Marta descia e subia como um canto de carro de boi.

— Homem infeliz – gritou a velha.

O cabriolé encheu outra vez a noite com as suas campainhas. Tudo parara na casa do mestre José Amaro. Sentado na rede o seleiro parecia atacado de uma ânsia de morte. O coração batia-lhe como na noite do ataque, tinha a boca aberta, e o zumbido de cigarra nos ouvidos. Aos poucos, porém, a vista clareou, e ele pôde sentir que reagia contra a crise. Deitou-se, enfiou a cabeça no lençol de madapolão, e sem saber como, sem poder se conter, de seus olhos amarelos começaram a correr lágrimas de dor, de ânsia pelos seus. Depois ouviu bem o que a mulher dizia na cozinha:

— Pai malvado.

Quis levantar-se para falar com Sinhá. Sabia que tudo aquilo que a filha tinha só se curava mesmo com surra, com pancada forte. Era assim que o Manuel Feitosa do Catolé curava uma filha que sofria daqueles repentes de loucura.

— Pai malvado.

Pouco a pouco recobrava a energia. Pela janela que estava aberta via a lua grande, vermelha, como um olho gigante que o espiasse. O vento frio da noite fustigava a pitombeira. Levantou-se com grande esforço, e chegou até a porta da rua. José Passarinho se fora. Estava só com a velha e a filha entre os braços. Quando o viu, pensou que ela viesse se atirar contra ele.

— Zeca, tu não tem coração.

Teve vontade de falar e não pôde. Outra vez as lágrimas correram de seus olhos. Virou a cara para o corredor para que a velha não o visse naquele estado. Era a doença que o consumia, que lhe devorava a coragem de homem. Na parede, a sua sombra era como de um monstro, as pernas enormes, tremendo com a oscilação da lamparina, com as pernas pesadas, com o corpo doído, o mestre José Amaro caminhou para a mulher. Havia nele um desejo vago de ternura, um sentimento que nunca estivera na sua vontade. Era fraco, perdera qualquer coisa de seu tempo, uma moleza envolvera-o da cabeça aos pés. A luz da lua já cobria os galhos do jenipapeiro, e latiam os cachorros de muito longe. Outra vez Marta começou a dar risadas medonhas.

— Menina – gritou lá de dentro —, menina, mija em cima de mim.

Pai e mãe se olharam num entendimento de toda a alma. A filha estava perdida. A velha parecia ferida de morte, lívida, trêmula:

— Zeca, ela endoidou.

Agora, como que desperto de um sono profundo, o mestre voltou-se para a mulher:

— Vai buscar a sola.

— Para quê, meu Deus? Tu mata a tua filha.

— Tu não estás vendo que é para o bem dela, mulher? – E se foi ele mesmo procurar o pedaço de sola na sala.

Marta aos gritos:

— Menina, menina.

O mestre apareceu na porta do quarto e a mulher estava de pé, em frente dele.

— Tu não dá mais nela. Eu não deixo.

O mestre olhou-a, como se todas as suas forças tivessem voltado, arrastou a mulher da porta e caminhou para a cama de Marta. A sola cantava no couro da filha.

A velha Sinhá saiu para fora gritando:

— Não mate a menina, Zeca, não mate a menina.

Mas, voltando a si, retornou para casa e foi encontrar o marido, em pé, como sem consciência, e a filha calada. A casa na paz dos mortos. Procurou ver Marta, e não teve coragem. Zeca, de pé, tinha os olhos arregalados fixos num ponto só. A luz da candeia bulia com o vento. E os morcegos chiavam no jenipapeiro. O marido agora andava para o seu lado, vinha para a porta da cozinha, com a sola na mão. Era um bicho, era o diabo que marchava para cima dela. E outra vez a velha Sinhá correu para o quintal, para a proteção dos arvoredos brancos pela lua. E lá ela viu Zeca olhar para os quatro cantos, e depois voltar para dentro de casa. Os cachorros uivavam para as bandas da casa do velho Lucindo. Estava com medo da sua casa. Em poucos minutos viu-se uma infeliz, uma mulher sem coragem, sem força, um trapo. Teve vergonha de seu medo. E entrou em casa que era sua, que tanto amara, na recordação da tarde, quando o seu Manuel lhe falara da história de Floripes. Era uma mulher velha e parecia uma moça sem juízo. Rosnava a filha no sono profundo, Zeca chamou-a.

— Sinhá?

— Já vou.

Tinha medo, um pavor como nunca sentira de coisa nenhuma. Fez o que era possível, e apareceu na porta do quarto.

— O que é que tu queres?

Então a velha Sinhá viu o que nunca vira em sua vida: Zeca num pranto de menino apanhado. O soluço rouco do marido era um partir de coração. Parada, ficou olhando para aquilo, enternecida. Ele não podia falar. Só tinha os olhos para exprimirem a dor profunda. Por fim, num esforço medonho:

— Sinhá, ela está doida.

Não pôde chegar-se para perto do marido. Aquele cheiro de sola, aquela inhaca dos princípios do casamento encheu a casa inteira. Um nojo terrível tomou conta dela. Era como se estivesse pegada a um defunto fedendo. E começou a engulhar com uma violência que não podia conter. Os soluços do marido, a cara horrorosa, as lágrimas, tudo para ela tinha um cheiro que matava. Fugiu para a cozinha. Cantavam os galos no poleiro como se fosse de madrugada. O estômago doía-lhe muito forte, os vômitos amargavam-lhe na boca. De muito longe, talvez de um outro mundo, ela ouvia como se fosse uma mentira que o vento lhe trouxesse, aquele bendito que a filha de seu Santo cantava na igreja:

*Bendita sejais*
*Ó Maria amada!*
*E a boa hora*
*Em que fostes gerada.*

# 8

Marta ficara naquele estado. Falava-se da sua doença como de um mistério. O povo não visitava a casa do mestre que só agora pudera levantar-se da moléstia. O cego Torquato ensinara as purgas de batata, e, aos poucos, fora voltando à normalidade. Naquela manhã ele acordara com vontade de bater sola, de andar um pouco. O céu azul, muito azul, e a verdura da mata, o canto dos passarinhos pareceram ao seleiro coisas novas do mundo. A vida quase que se escapara do seu corpo entorpecido. Desde aquela noite da surra em Marta que não pudera mais levantar-se. O remédio do cego agira como milagre. Na segunda purga sentira-se capaz de governar os membros perros. A boca amargava como fel, a língua grossa, e por todas as partes do corpo uma dolência de quebranto. Não tinha força nem para olhar as coisas. A vista turva, e um calor de febre com calafrios, com suores, não cedia, de manhã à noite. Depois que começou com as purgas tudo se fora. E na manhã que ele olhava da rede, pela janela aberta, o mestre Amaro via a vida, via a terra donde estivera tão longe, tão distante. Quis parar nas coisas do passado e a memória era fraca. Só via, só sentia aquela manhã fresca, com a ventania mexendo nas folhas da pitombeira. Ouviu a voz da mulher na cozinha, ouviu a voz de Marta falando sem parar, e tudo estava para lá do horizonte, para uma distância que ele não tinha capacidade de dominar. O canário cor de gema de ovo trinava na biqueira, naquele mesmo lugar onde ficava sempre. E pela voz do pássaro, pelo canto que lhe amaciara os ouvidos na vida passada, a vida presente foi chegando para o mestre. Sabia que não morria mais. Pôs-se de pé. E uma tonteira nublou-lhe a vista. Era como se vacilasse da cabeça aos pés. Mas reagiu, teve coragem para espantar a fraqueza das pernas duras e venceu. Quis andar pelo quarto, chegar até a janela. E o vento lhe trouxe para a boca, para as narinas, o cheiro dos cajás maduros derramados no chão. Os bogaris cheiravam. Nunca sentira com tanta intensidade aquele perfume, aquela doçura de perfume que lhe dava vontade de sorver como bebida. A barba grande, os cabelos enormes cobrindo-lhe as orelhas davam às feições deformadas do mestre um aspecto de bicho, de monstro. Ele não sabia de nada. Olhava para tudo, comia tudo com os olhos famintos. E sem que tivesse reparado, surgiu-lhe na porta de casa o seu amigo Alípio. Pareceu-lhe uma aparição, um sonho, uma visagem.

— Bom dia, mestre José.

— É você, Alípio? – falou com a voz fria, quase morta.

— Soube da sua doença pelo negro Passarinho. Mas vejo que já está de pé.

O mestre fez um esforço sobre-humano para falar.

— É verdade, estive vai não vai. Doenças de todos os diabos! Foi o cego Torquato quem me ensinou uma purga. E só hoje me pus de pé.

— Estive no sertão, mestre José. Fui levar uma aguardente do coronel Feliciano do Angico, uma mercadoria vinda de Pernambuco de contrabando. Entregamos a bicha em Fagundes.

— E o capitão?

— Mestre, ele anda por longe. A última vez que peguei o bando foi lá em cima, no tabuleiro. Por sinal que o homem ficou satisfeito com o seu serviço. Os meninos gostaram das "aparagatas". Falei a ele do tal do Laurentino que anda de pegadio com a força do tenente Maurício. E o capitão me disse que tinha um cipó de boi para amansar nas costas do sem-vergonha.

O vento sacudia os cabelos brancos do mestre. A barba longa e o olhar absorto davam-lhe uma semelhança com os santos que corriam o sertão, com os monges da terra. Alípio continuava a falar.

— Este tenente tem um faro de raposa. Mas o capitão dá conta dele. Estão dizendo que o governo tem setenta contos para quem pegar o capitão.

Marta gritava desesperadamente. E ria-se, ria-se às gargalhadas.

— É doença, mestre José?

O seleiro balançou a cabeça, afirmando.

— É a pior doença deste mundo. Eu me lembro dum filho de um tio de meu pai que era assim. Quando chegava a lua o homem gritava como um desenganado. Parecia um cachorro doido.

E Alípio, vendo a tristeza do mestre, mudou logo de assunto.

— Mestre, estou com vontade de me passar para o bando. Esta vida de espia não é para um homem como eu. Às vezes, fico imaginando: "Minha mãe vai chorar muito." Ela sabe que eu tenho vontade. Ela tem medo. Mãe quando quer mandar assim num filho não há quem possa. Mas eu vou. Este negócio de contrabando de cachaça não me agrada. Trabalhar para um senhor de engenho, como o de Angico, não dá consolo. Eu quero é rifle. Isto sim, que enche o peito da gente.

O mestre deixou que Alípio falasse. Estava longe, tinha a mente virada para outro mundo.

— É, Alípio – foi falando, com a voz trôpega —, é bem melhor fazer a coisa de uma vez. Este Laurentino termina desgraçando a vida da gente. Você vai embora e eu fico aqui. Tenho esta mulher velha e esta filha doente. Este infeliz que não se meta para o meu lado.

Passou pela estrada o carreiro Miguel do Santa Rosa. Veio conversar, perguntar pela saúde do mestre.

— Estou quase bom, seu Miguel. Pode dizer que desta não vou embora.

A voz do seleiro era mais áspera.

— É, mestre Zé, tinha corrido de sua morte. Eu estava no engenho quando vieram dizer ao doutor Juca que o senhor se passara. O doutor Juca até disse: "Este José Amaro era homem direito."

— Agradeço seu Miguel, agradeço, mas o doutor Juca ainda desta vez não me paga o meu caixão.

O pobre homem abriu os olhos, espantado com o repente do mestre. Parou um instante, olhou para Alípio, e disse:

— Bem, eu vou-me embora. Só desejo é a sua saúde, seu mestre.

E se foi.

— Este cachorro para na minha porta para sair contando que me viu assim, que me viu assado. Seu Alípio, você é que faz bem. Se faça no rifle.

Um grito de Marta estrondou. Ficaram calados. Alípio tinha a cabeça curvada, e a cara do mestre era sinistra, cara de monstro. Só os cabelos brancos, cobrindo os olhos, pareciam de gente.

— Vou saindo, mestre, se precisar de mim me mande dizer. O tenente subiu para o Ingá. Na feira de Itabaiana vou ter notícias do capitão.

E montou no cavalo com as ancoretas vazias.

— Mestre, cuidado com Passarinho.

O seleiro sentiu-se cansado de tanto falar. Foi outra vez para a rede, e espichou o corpo. Já era outro homem. Acabara-se aquele zumbido das ouças. A visita de Alípio fora-lhe um tônico.

No outro dia o mestre José Amaro sentiu-se muito melhor. Tanto melhor que pensou em ir ao Santa Fé, falar com o senhor de engenho. Mais de uma vez lhe bateram na porta com recado do coronel Lula. Botou a tenda para fora, no lugar de sempre, e uma vontade inevitável de trabalhar o tomara inteiramente. Aquela sela do sujeito de Gurinhém estava quase pronta. Pouco faltava para completar o seu serviço. Olhou para ela, no cavalete, e como há muito não lhe acontecia, gostou da obra. Trabalhava com capricho, fazia as suas coisas com todo amor, sem pressa de chegar, com desejo de acabamento fino. Lá estava a sua obra, precisando somente de retoques para ficar pronta. Tinha perdido o entusiasmo pelo ofício, mas naquela manhã uma coisa lhe dizia que ainda era o mestre José Amaro dos velhos tempos. O seu pai nunca perdera o gosto pelo trabalho, o amor pelo ofício. Falava da sela que fizera para o imperador, da prata dos arreios, dos estribos de metal fino, com aquele orgulho que ele nunca tivera. Agora olhava para a sela do camumbembe e gostava do trabalho, revia-se na peça bem cuidada que preparara. A manhã era de sol quente, vinha um mormaço de terra seca que soprava com violência. Folhas secas voavam nos redemoinhos, na estrada subia poeira em nuvens. Tudo aquilo aquecia o entusiasmo do mestre. Pegou no martelo para amaciar a sola dura com o tempo, pelo abandono de seus dias de doença. O peso do instrumento era como se fosse de quilos. Pegou-o com força, e na casa do mestre estrondou o primeiro golpe como um tiro seco, no silêncio. As mãos perras foram-se aos poucos voltando ao que eram. E o ritmo do trabalho deu outra vez à tenda a sua velha fisionomia. O mestre batia forte, cortava rápido, gemia nos instantes em que mais se concentrava. E a vida era a mesma. Já agora o martelo era mais leve. Uma coisa curiosa: não pensava mais na filha. A doença de Marta libertara-o daqueles pensamentos tristes, de sua irritação contra ela. Desde que a sentiu perdida, era como se a tivesse como morta, deixara de existir para ele como uma criatura. Não mais lhe doíam os gemidos, os choros, as gargalhadas da filha. O mestre queria trabalhar naquela manhã de setembro, com a ventania cortando com um bafo quente. Seu pensamento estava entregue à obra que seria um primor. Era de sua obra, daquilo que ele tirara das tiras de sola, que formava com a quicé, com as suas agulhas, com as suas mãos. E assim esteve até a passagem do trem. Ouviu o apito da máquina, o rumor do bicho na linha. E sem que tivesse procurado, a imagem do capitão Antônio Silvino apareceu na sua cabeça. Lembrava-se de Alípio que ontem estivera lhe dando notícias do homem. Aquele apito de trem fizera pensar no tenente Maurício. Este podia levar a sua gente para onde quisesse, correr de Itabaiana para o Ingá, em duas horas. Podia dispor da ligeireza do trem, enquanto o outro vencia sempre escondido, marchando no escuro. Alípio lhe falara na safadeza de Laurentino. Não podia compreender como um homem pobre fazia aquilo. O capitão não perseguia a pobreza, não ofendia as moças solteiras, não matava inocentes. E por que Laurentino se punha do lado do tenente? Era ruindade do cabra. Alípio queria entrar para o bando. Tinha uma mãe que chorava por ele. Dera conselho para que seguisse a sua vontade. Teria feito mal? Afinal de contas ele servia àquela mãe, à família. Fizera mal. Deixasse que o homem tomasse o seu destino, mas que o fizesse com as suas próprias pernas. Alípio era homem que não nascera para viver em cima duma carga, como um pobre almocreve. Era homem para luta, tinha fogo no sangue. Se fosse para cangaceiro era porque nada podia parar o seu desejo. O capitão precisava de homem que fosse como ele, duro, sério, capaz de matar, sabendo dos outros cantos do estado como ninguém. O negro Passarinho na vazante cantava. Aquele negro parecia outra criatura. Há mais de um mês que não bebia, e dera para trabalhar. Era o espanto de todo o mundo. O que teria acontecido com Passarinho? Ali vinha ele perguntar pela saúde, comer o seu prato de feijão, e falar do capitão Antônio Silvino. Saberia ele que aquele saco de farinha, que aquela manta de carne, que aqueles cartuchos de cigarros seriam para o bando? Havia lhe dito que era para o comboio de aguardenteiros do Alípio. O mestre alarmou-se com o pensar naquilo. O negro beberia uma cachaça e daria com a língua nos dentes. Por isto Alípio lhe chamara a atenção para ele. Vivia Passarinho cantando o dia inteiro. O cego Torquato há muito que não lhe aparecia. Desde o domingo em que lhe ensinara o remédio, que desaparecera. Aquele cego sabia da coisa, porque sem que lhe tivesse falado em nada, tocara no capitão Antônio Silvino, dando a entender que estava dono dos segredos de Alípio. E passando de um pensamento para outro, o mestre lembrou-se dos recados do coronel Lula. No outro dia se botaria para a casa-grande para saber o que pretendia o velho. Mas o que quereria dele aquele maluco?

Lembrou-se de Floripes, lembrou-se das ameaças do espoleta do senhor do engenho e começou a compor uma situação perigosa entre ele e o coronel. Não era homem para aguentar gritos de ninguém. Sinhá batia a carne de ceará no pilão. E as palavras da filha chegavam como chuva de janeiro, num rompante danado, e passavam de repente. Não lhe doíam mais nos ouvidos os gritos de Marta. Doía mais a palavra mansa de Sinhá, aquele falar de seda que parecia cortá-lo como a sua quicé afiada. A velha fugia dele, não o procurava mais para lhe falar, para trocar ideias sobre Marta. Andava com o propósito de mandar a filha para a Tamarineira, no Recife. Ouviu a conversa com a comadre Adriana. Sinhá tinha medo do hospital dos doidos, tinha dó de mandar a filha para sofrer no meio dos outros. Todos achavam que era o único jeito, e a velha só pensava nisto. Quando falava com ele era como se tratasse com um inimigo. Nunca mais o olhara de frente, nunca mais ouvira de sua boca aquele "Zeca!". Ela era a culpada de tudo. E quando pensava nestas coisas surgiu na estrada o seu compadre Vitorino. Vinha na égua magra, com a cabeça ao tempo, toda raspada. Saltou para uma conversa e estava vestido como um doutor, de fraque cinzento, com uma fita verde e amarela na lapela. O mestre José Amaro olhou espantado para a vestimenta esquisita.

— Estou chegando, compadre, do Itambé. O doutor Eduardo tinha um réu para defender e me mandou chamar no Gameleira para ajudá-lo. Lourenço, o meu primo desembargador, me disse: "Olhe, Vitorino, você para ir à barra do tribunal do júri precisa desse fraque." E me deu este. É roupa feita do Mascarenhas, de Recife. Botei o bicho. Então o primo Raul me chamou para um canto para dizer que eu precisava cortar os cabelos. O desgraçado do barbeiro da Lapa tosquiou-me a cabeleira, o jeito que tive foi de raspar tudo. Raul passou-me a navalha na cabeça. Me disseram que era moda no Recife para advogado. Quando cheguei no Itambé o júri já tinha se acabado. O doutor Eduardo ficou muito triste, mas me deu duas causas para defender no Pilar. Ele mesmo me disse: "Vitorino, você fala melhor que Manuel Ferreira." Eu disse a ele: "Não é vantagem. O Manuel Ferreira é mais burro que o doutor Pedro de Miriri." Pois é isto, meu compadre, estou com estas vestes de doutor. Querendo os meus serviços é só mandar me chamar. O doutor Samuel me prometeu umas causas. O que eu posso lhe dizer é: papel de Manuel Ferreira, eu não faço.

— Está muito bem, compadre. A égua está magra.

— Não quer comer. Lá no Gameleira esteve solta no pasto, um tempão. O Lourenço falou-me em trocá-la por um alazão. Não quis não. A gente pega estima por um bicho deste como a filho. E por falar em filho, a sua menina endoideceu mesmo, compadre?

O mestre franziu a testa, mas falou:

— É, compadre, está por aí desorientada.

— Conheço um remédio para isto que é de fato. É raiz de mulungu. Vi um filho do Chico Targino, furioso, que andava sacudindo pedras, ficar bom. Anda hoje na feira fazendo barba dos outros.

— É, acredito, compadre Vitorino.

— E por falar em doido, eu soube que o Lula de Holanda anda capaz de correr. Me contou o padre José João que o tal Floripes meteu-se até a vestir paramento num terço do Lula. Nunca vi cabra mais atrevido do que este.

— Compadre, esta fita aí, o que quer dizer?
— Não sabe? É a divisa do coronel Rego Barros. Verde e amarelo, meu compadre. Foi assim com Dantas Barreto e aqui vai ser assim.

A gritaria de Marta interrompeu a conversa. Pararam um pouco.

— Está precisando de mulungu. Garanto que parava com tudo isto. Compadre, soube da sua doença em viagem. Um aguardenteiro, um tal de Alípio, me contou em Itambé. Mas no Maravalha, uma das meninas estava dizendo que o povo andava falando do meu compadre.

— De mim?
— Sim, do meu compadre mesmo.
— Falando o quê, meu compadre?
— Besteira do povo. Eu disse a Cíntia: "Só admiro que uma moça como você, que esteve na escola, me venha falar uma coisa desta."
— Mas falando de quê, meu compadre?
— Me disse ela: "Então, seu Vitorino, é verdade que o velho José Amaro está virando lobisomem?"

O mestre fechou a cara, torceu a boca com uma fúria terrível.

— Esta vaca devia cuidar do pai, que é um pai de chiqueiro.
— Não precisa se zangar, meu compadre, faça como eu. Os cabras morrem de inveja, mas Vitorino Carneiro da Cunha não dá confiança.

O seleiro calou-se, o bode chegou-se para perto de Vitorino e começou a lamber-lhe as mãos. As abas do fraque caíram no chão, a fita da lapela mexia com o vento. A cara grande de Vitorino, com a cabeça raspada, parecia de cômico envelhecido, de palhaço cansado. O seleiro parara de trabalhar, e a filha soltou uma gargalhada estridente. Batia o pilão na cozinha. Vitorino olhou fundo para o compadre e continuou:

— Lá no Itambé estão falando muito no general Dantas Barreto. É homem de força e governador de verdade. Com ele não forma esta história de senhor de engenho. Brincou com ele, o pau come. E isto é que é direito. Com o coronel Rego Barros, a Paraíba endireita. Um Quinca Napoleão, passador de dinheiro falso, vai para a cadeia. Cabra de Engenho Novo não caga prosa, não canta de galo, com as costas quentes.

A voz de Passarinho chegava até a conversa animada de Vitorino.

— Negro sujo. Com pouco vai aparecer por aqui com lorotas. Eu já disse: com Vitorino Carneiro da Cunha não brincam mais. Passo a tabica.

O mestre José Amaro o ouvia calado, como se estivesse distante. Vitorino suava debaixo da casimira espessa.

— Sou homem de opinião, meu compadre. Lá no Santa Rosa, o Juca me falou: "Primo Vitorino, por que você forma na oposição?" "Por quê? Ora, seu Juca, o senhor alisou os bancos da academia e tem pergunta de Manuel Ferreira. Vou às urnas com o coronel para acabar com os governos podres." O bicho riu-se. Eu queria era que José Paulino me falasse. Aí eu tinha para ele uma resposta das boas. O irmão Lourenço caiu em Itambé, e está manso que nem um cordeiro. De que lhe serve ser desembargador? Não tem mais força para fazer um inspetor de quarteirão. O Dantas é governador macho, meu compadre. Eu só quero ver é aqui, quando o coronel começar a cortar as asas dos grandes. E ele tem que tomar conta, nem que corra sangue.

A voz de Vitorino parecia que tinha a contestá-la um adversário fogoso.

— Voto no coronel para dar um ensino nesta cambada. Quero Quinca Napoleão na cadeia e José Paulino pagando imposto.

Ouvia-se o cantar de carros de boi, chorando, de muito longe. O seleiro voltou ao trabalho enquanto o compadre falava. O calor forte era como se não existisse para Vitorino. Falava com ênfase, com uma energia de raiva.

— Podem fazer tudo. Perseguição política não me arreda do meu caminho.

E como o compadre não abrisse a boca para uma palavra, ele insistiu sobre o assunto que irritara o mestre:

— Fazem o diabo para me dobrar. Olhe, meu compadre, o que estão fazendo com o senhor eu sei muito bem o que é. O compadre tem o seu voto livre, é homem de sua casa, não vive em bagaceira de ninguém. E inventam esta história de lobisomem.

— Compadre Vitorino, não vamos tratar disto.

— Está com medo, compadre José Amaro?

— Não é medo, não tenho medo. O que eu não quero é ouvir mais esta história.

Vitorino calou-se um instante. A égua batia com as patas no chão duro. Lá para dentro da casa a velha Sinhá falava alto.

— A comadre, hoje, está nos azeites. Mulher é isto mesmo. Deixei a minha em casa numa peitica dos diabos.

O mestre José Amaro era como se não ouvisse nada. O compadre sentado no tamborete não conseguia nada dele. Tinha a cara fechada, e olhava para a sola que trabalhava, fugindo de fixar Vitorino. Levaram assim uns dois minutos. Mas Vitorino não se dava por vencido:

— Compadre, eu só lhe contei porque sou amigo. Mas já que ofendi, não está aqui quem falou.

— Não estou ofendido, compadre Vitorino. Eu sei que tudo isto é invenção do cachorro do Laurentino.

Vitorino havia vencido. O seleiro desabafava:

— Mas estes cabras estão muito enganados. Um homem como eu não morre de careta. Não tenho nada na vida, estou com o pé na sepultura, mas em cima de mestre José Amaro não pisam não.

Toda a cara gorda de Vitorino resplandecia.

— Pode dizer, meu compadre José Amaro, pode dizer. É o que faço. O cabra que se balançar para o meu lado leva no toitiço. E vou com ele na faca. Coso um desgraçado na primeira ocasião.

O mestre como que se sentiu num passo falso. Calou-se outra vez. Os carros do Santa Rosa chiavam na sua porta, os dez carros do coronel José Paulino, carregados de açúcar, levando a riqueza do homem para a estação. O carreiro Miguel tirou o chapéu de palha para a saudação de respeito. Vinha um moleque trepado nas sacas.

— Papa-Rabo! – gritou lá de cima.

Vitorino levantou-se de supetão, e as abas do fraque voaram na carreira. Ia de tabica para o moleque. O carreiro Miguel já havia gritado para o menino. O velho chegou-se para perto do homem e lhe disse, num tom agressivo:

— Ponha termo a isto, senão eu quebro a cabeça deste safado.

O carreiro, com um grande sorriso bom na boca, acomodou o capitão Vitorino.

— Seu Vitorino...

— Capitão Vitorino, e não é favor.
— Capitão, o senhor me desculpe. Quando chegar no engenho vou dar parte do moleque ao coronel.
— Que parte, que coisa nenhuma. Isto é coisa de Juca. Isto é safadeza daquele atrevido. Todo dia manda estes moleques para me insultar.

Os outros carreiros caíram na risada.

— O primeiro cachorro que aparecer com gaiatice eu quebro os chifres.

A tabica vibrava na mão de Vitorino como um florete. O carreiro se despediu, e os carros começaram a cantar outra vez. A poeira enchia a estrada e corria suor de sua cara gorda. O gemer dos carros cobria-lhe a voz angustiada:

— Miseráveis. Mato um desgraçado destes.

O seleiro viu o compadre ofegante e teve pena. Vivia com raiva daquele falar impertinente do amigo, mas, de súbito, sentiu-se na ira do outro, na sua mágoa.

— É isso mesmo, compadre, um homem de respeito não pode viver nesta terra.

Calaram-se os dois, e apareceu, vindo da direção do Pilar, o cego Torquato. Trazia um guia novo, um menino amarelo, de cabelo longo, e de olhar fundo de fome.

— Muito bons dias para todos os devotos. Quem é que está com o mestre José Amaro?

— Sou eu, Torquato.

— É o capitão Vitorino Carneiro da Cunha. Que a vida lhe seja longa, meu capitão. Há muito tempo que não tinha a honra de conversar com o meu branco.

Todo aquele falar de respeito curava Vitorino do aborrecimento de há pouco.

— Está chegando de onde, seu Torquato?

— Venho de Itabaiana, capitão. Estive lá dois dias sem poder voltar, por causa da doença no meu guia Antônio. Deixei o bichinho com bexiga, na casa de caridade.

— Está dando bexiga em Itabaiana?

— Capitão, eu não sei. O menino caiu em Maracaípe, com febre e dores no corpo. No outro dia estava com o corpo que era uma bolha só. Correram dele com medo. E fui eu assim, cego, que tive de ir tateando até encontrar uma alma de Deus que me levou para a casa de caridade.

— Na Gravató está dando bexiga?

— Capitão, eu não sei. E o mestre Zé, como vai a saúde?

— Melhor, seu Torquato, as purgas de batata me levantaram da rede.

— Mestre Zé, eu queria um particular.

O seleiro levantou-se e saiu com o cego.

— Eu me retiro – falou Vitorino, com o ar ofendido.

— Não é preciso, capitão, é só para dar duas palavras ao mestre. O senhor me desculpe.

E saíram para um lado da casa. O guia olhava espantado para os trajes do capitão. Tinha os olhos compridos, a boca murcha como de velho. Vitorino sentiu-se mal com aquela curiosidade insistente:

— Não sou bicho não, menino.

O pobre assustou-se com as palavras. Quis responder e não pôde. O capitão falava:

— Não vou com esta história de cochichos. Vou-me embora.

E levantou-se para o lado da pitombeira onde estava amarrada a égua. O menino olhava para o fraque cinzento, e todo o seu medo se transformou num ataque de riso. Vitorino voltou-se para ele, furioso:

— Por que está rinchando, seu merda?
Vieram chegando o seleiro e o cego.
— Compadre, já se vai?
— Sou demais, meu compadre José Amaro, sou demais aqui nesta casa. Vitorino Carneiro da Cunha não é homem para receber uma desfeita e ficar calado.
— Que desfeita, meu compadre?
— Ainda acha pouco?
— Capitão, não machuque assim a um pobre cego. Quem sou eu para desfeitear o capitão Vitorino Carneiro da Cunha?

Vitorino estava cedendo, mas quando olhou para o guia, o menino caiu na risada outra vez. Veio-lhe, então, uma fúria de relâmpago:
— Este cachorro está aí a mangar de mim.
— Quem, capitão?
— Este amarelo.
— Severino, o que é que tu estás fazendo?

E o cego botou-se para o guia, com os braços no ar, procurando-o para castigá-lo. O mestre José Amaro metera-se no meio para acalmar.
— Não é nada, seu Torquato, o menino não está acostumado com o compadre.
— Severino – gritou o cego —, este é o capitão Vitorino Carneiro da Cunha, homem branco, homem de tratamento. Pede perdão a ele, Severino.
— Não é preciso, seu Torquato. Agora uma coisa eu digo: eu não sou bicho, o meu compadre José Amaro está muito enganado. Se acostumar comigo, por quê?
— Compadre está levando tudo para o mal. Vamos se sentar, compadre.

— Não posso, os senhores têm segredo e eu tenho o que fazer.

E montou na égua magra. De cima do animal, que saltou com o peso, falou para os outros:

— Não sou demais em parte nenhuma.

Tinha um sorriso amargo na boca. O enorme fraque cobria a anca descarnada do animal. A fita verde e amarela voava ao vento. E picando a égua com as esporas deixou a casa do mestre, gesticulando com violência, e com uma tabicada forte no ar sumiu na curva. O mestre José Amaro esteve calado um instante, mas o cego Torquato começou outra vez a falar:

— O capitão Vitorino se zangou sem razão, mestre Zé. Gosto daquele velho. É homem de bom coração, mas eu não podia falar na frente dele. O capitão Antônio Silvino me mandou tratar de um negócio importante e eu tinha que fazer como fiz. Agora este amarelo é que me paga. Severino, tu és guia de homem sério. Esta tu me paga.

O menino tremia.

— Eu não fiz nada, seu Torquato. O homem é que estava zangado.

— Tu precisa de um ensino.

— Nada, seu Torquato.

— Precisa, mestre. Gente que trabalhar comigo tem que respeitar os outros. Uma coisa eu lhe digo, seu mestre, o capitão anda apertado com o tenente Maurício. Eu passo aqui na segunda-feira. Eu quero saber de tudo direito para contar a um Tiago que vende queijo na feira.

Quando o cego se foi, começou o mestre a pensar no recado do capitão. Era para ele uma honra que nunca tivera, aquela de saber-se da confiança do homem que realmente admirava. Sem dúvida que Alípio falara de seu nome, dos pequenos trabalhos que fizera. Muito podia fazer. Os gritos da filha não o arredavam de seu pensamento. O capitão queria que ele ajudasse os espias para o cerco que pretendia botar no tenente. O que pudesse, com a sua ajuda, ele teria. O diabo era aquele Laurentino. Teria que ter todo o cuidado com o pintor. Estava, assim, com a cabeça entregue aos seus planos, que nem ouvia a gritaria de Marta. Batia forte na sola. O compadre Vitorino saíra zangado. Pobre homem, que não sabia avaliar as coisas. Deus o livrasse de ver o velho metido nos seus segredos. A manhã se fora. Depois do almoço lembrou-se do Santa Fé. E antes do sol esfriar saiu para conversar com o coronel. Já tinha sido chamado mais de duas vezes e a doença não o deixara ir. O velho deveria estar furioso com a demora. Pela estrada, as sombras das cajazeiras davam-lhe um agasalho de copiá. Encontrou na entrada do corredor três meninos nus. Quando o viram, fugiram para dentro do mato, aos gritos. Mais para longe o cachorro do velho Lucindo correu em cima dele ladrando. Pegou de uma pedra para espantá-lo. Botou a cabeça na janela uma das moças, e logo que deparou com os olhos na sua pessoa, fugiu para dentro de casa. Já ia longe e o cachorro latia ainda. Parou um pouco para descansar. O diabo do seu coração batia forte, com a caminhada que fizera. Estava um caco. Dava dois passos e ficava ofegante como uma gata velha. Ficou assim parado um instante. Ouviu vozes que se aproximavam. E na curva apareceram uns meninos com uma mulher. Logo que o avistaram, ouviu bem um grito de espanto: "É ele!" E todos correram para cima do barranco. A mulher ficou apalermada, como uma besta olhando para ele.

Nem deu boa-tarde e seguiu viagem com o espírito prevenido. Que queria dizer tudo aquilo? Foi quando se lembrou da conversa do compadre. Lobisomem. Estremeceu com o pensamento. Era como se lhe gritassem ao ouvido: "Assassino!" Lobisomem. Estavam com medo dele. Os cardeiros da beira da estrada tinham enormes frutos encarnados que os pássaros furavam com ganância. Lobisomem. Pura invenção de Laurentino. Todos agora o tomariam por um bicho, inventariam histórias com o seu nome. Teve vontade de voltar para casa. Teve medo de encontrar-se com outra pessoa que corresse dele, que lhe batesse janela na cara. Sabia que a sua mulher fugira, correra dele, naquela noite. E agora eram os meninos. Brincavam com Vitorino, buliam com o velho, eram cruéis com o pobre. Mas dele fugiam. Ele fazia os meninos correrem com pavor. O seleiro apalpou o rosto intumescido, sentiu nas mãos grossas a carne inchada do rosto. Olhou as mãos, as unhas sujas. Que diabo andava por dentro dele para provocar pavor, encher o povo de medo? Ligou o ataque daquela noite àquelas invenções. Tudo fora safadeza de Laurentino. Um rumor de cavalo esquipando deu-lhe vontade de se esconder atrás duma moita. Não teve tempo. Era o coronel José Paulino no cavalo ruço. Tirou-lhe o chapéu do chile e nem teve tempo de corresponder ao boa-tarde do grande. Com pouco avistou o bueiro do Santa Fé. Estava desolado, sem mesmo saber o que pudesse dizer ao coronel Lula. Na porta da casa-grande viu o senhor de engenho, de roupa de casimira, todo vestido como se estivesse para sair. Estava cansado, e por isto parou um pouco no paredão do engenho para ter mais ânimo de se chegar para o velho. E sem que fosse visto, reparou na barba branca, no todo espigado, no olhar vago do coronel Lula de Holanda. O sol batia mesmo em cima dos números escritos no frontão: 1850. Na sua cabeça só mesmo aquela história de lobisomem parava. Lobisomem. O coronel virou-se para o lado do engenho e o seleiro criou coragem e chegou-se para a porta da casa-grande.

— Muito boa tarde, coronel Lula.

O velho baixou os olhos vidrados para cima dele, procurando reconhecê-lo.

— Hein, é o senhor José Amaro, hein?

— Sim, sinhô, coronel, sou eu mesmo.

Sem saber o que fazer ficou o mestre, um instante, parado, com o velho a olhar para ele fixamente. Depois, a voz do homem explodiu como uma fúria:

— Hein? Não disse que não vinha aqui, hein, seu José Amaro?

— Não disse tal, coronel.

— Ó Floripes, ó Floripes – gritou o velho.

A doida d. Olívia botou a cabeça na porta e voltou imediatamente. O mestre sentiu o sangue ferver-lhe nas veias. Estava estarrecido, com uma vontade desesperada de falar.

— Ó Floripes!

— O coronel está mal informado. Eu não disse a ninguém que não vinha aqui.

Apareceu Floripes, e quando viu o mestre recuou. Os olhos amarelos do seleiro gravaram-se nele, como duas verrumas.

— Não foi, Floripes, o sr. José Amaro não lhe disse, hein, que não vinha ao meu chamado?

O negro não falou.

— Não lhe disse, hein?

— Disse, meu padrinho!

— É mentira desse negro safado.

Floripes correu para dentro de casa gritando:

— Ele me mata, meu padrinho.

O velho Lula olhou para o mestre José Amaro. A cara gorda, enorme, do seleiro estava ali a dois passos dele.

— Quem é que manda neste engenho, hein, mestre José Amaro? De quem é esta terra, hein, mestre José Amaro?

— O senhor sabe melhor do que eu, coronel.

A voz do mestre saía-lhe da boca dura como pedra. Apareceu d. Amélia, com a sua carinha redonda, com ar de espanto.

— O que é isto, Lula?

E quando viu o mestre José Amaro desviou a vista.

— Lula, toma cuidado.

— Hein, mestre José Amaro, eu mandei chamá-lo para saber de coisas que o senhor anda dizendo, hein?

— Coronel, eu não sei de nada. Vivo na minha casa, do meu trabalho.

— Quem manda nesta terra, hein, mestre José Amaro?

— Quem manda é o senhor do engenho.

— Mando eu, hein, mestre José Amaro?

— Lula, fala mais baixo.

O sol iluminava as barbas brancas do velho. Ele tinha naquele momento um tamanho de gigante, em cima dos batentes de pedra. Lá embaixo estava o mestre José Amaro que falara de sua filha, a d. Neném.

— Coronel, eu não sou homem de leva e traz. Moro neste seu engenho desde o tempo do capitão Tomás e nunca dei desgosto.

— Ó Floripes.

— Meu padrinho, ele me mata.

— Hein, mestre José Amaro, quem manda neste engenho?

— Coronel, eu já disse.

Uma raiva de tudo foi se apoderando do seleiro. Já não podia aguentar mais aquelas perguntas bobas.

— Coronel, afinal o que é que o senhor manda?

— Hein, Amélia, veja o que ele está dizendo.

D. Olívia botou a cabeça na porta, olhou para todos e sumiu-se.

— Hein, Amélia, eu não posso falar no meu engenho. Pois eu mando, mestre José Amaro. Pois eu mando.

— Coronel, o senhor não deve ir atrás das intrigas daquele negro. Eu sou homem de respeito.

— Hein, mestre José Amaro, o seu pai matou em Goiana, não é verdade, hein, mestre José Amaro? Eu não quero assassino no meu engenho. Não é, Amélia? Pode procurar outro engenho, mestre José Amaro. Hein, mestre José Amaro, ouviu? Procure outro engenho.

Aquilo foi como uma bofetada na cara. O mestre deu dois passos para trás, estava com os olhos esbugalhados, com um nó na garganta. E quando pôde falar, não via ninguém na sua frente, via só a luz do sol faiscar na parede branca da casa.

— Não sou cachorro, coronel Lula. Não sou cachorro.

E fez menção de subir os batentes. O velho gritou lá de cima:

— Hein, não ponha os pés nesta casa.

D. Amélia apareceu do lado de fora:

— Mestre José Amaro, o senhor não se atreva a tocar no meu marido.

Aquela figura de mulher, que o mestre sempre se acostumara a admirar, abrandou-lhe a cólera.

— Dona Amélia, eu não quero ofender a ninguém. Vim aqui a chamado. Levantei-me da cama para isto. E chego aqui e o coronel me trata desse jeito.

— Já lhe disse, mestre José Amaro, procure outro engenho. Quem manda, aqui, hein, mestre José Amaro?

O mestre baixou a cabeça. As barbas brancas do velho brilhavam ao sol.

— Bem. Mande-me as ordens.

E foi se retirando. Na ponte do engenho parou para falar com Pedro Boleeiro.

— Isto é encrenca do negro. Eu também qualquer dia deixo isto.

— É, mas este negro me paga, seu Pedro.

— O melhor, mestre, é não dar importância.

— Não dar importância, seu Pedro? Então um senhor de engenho me bota para fora como a cachorro e o senhor acha que não tem importância? Estou nas últimas, mas uma coisa eu garanto: este negro não fica palitando os dentes. Lá isto não fica não. O mestre José Amaro não é homem para ser afrontado deste jeito. Eu sei que o velho está de miolo mole. Se não fosse dona Amélia, ele tinha ouvido umas boas. Afinal de contas, a gente tem mesmo que respeitar. O capitão Tomás foi amigo de meu pai. Se não fosse ele eu pegava este negro aqui mesmo. Ele correu para debaixo da cama do padrinho.

— O negro é ruim mesmo, mestre. Ele tanto fez que dona Amélia botou para fora a cozinheira. O negro vive na reza, num mexerico dos diabos.

— É isto, seu Pedro, eu pego ele.

E caminhou para a estrada. A tarde começava a esfriar, o vento açoitava as cajazeiras. O mestre José Amaro não tinha tomado pé ainda. Tudo fora tão rápido que não pudera medir as circunstâncias. Aos poucos, porém, examinou a situação. Fora botado para fora do Santa Fé. Viu então que era uma injustiça terrível aquela que lhe faziam. Surgiu-lhe pela frente um comboio de aguardente. Pensou em Alípio e era ele mesmo quem comandava a tropa.

— Boa tarde, mestre; passei por sua casa e dona Sinhá me disse que o senhor estava por aqui.

O mestre contou tudo o que se passara. A voz cavada, os olhos mortiços, eram de um homem arrasado.

— Pois mestre José, eu lhe digo uma coisa: não saia. Este velho vai ver a força do capitão. Não saia. Estou chegando do Ingá. A cama do tenente Maurício está preparada. Mande este velho à merda.

O mestre José Amaro falou do recado do cego Torquato.

— É verdade. Tiago me contou.

E como que querendo levantar o ânimo do amigo:

— Não saia da terra não. O capitão garante. Vou com o comboio para cima e na volta eu paro na sua casa.

E despediu-se. A burrama desceu para o rio, e o mestre Amaro sentiu-se só, muito só, ali na estrada que as sombras da tarde escureciam. Por debaixo das cajazeiras frondosas, com o frio do vento, pensou na conversa com o velho Lula. Não podia compreender que tivesse sido jogado para fora do Santa Fé. Aquela casa que tinha sido do seu pai, onde nascera, onde aprendera o ofício, seria de outro, somente porque um negro mexeriqueiro fizera uma intriga. E a sua mulher, e a filha doente? Como encontraria um lugar como aquele para viver o resto dos seus dias? Um silêncio de boca de noite amaciava as coisas. A estrada parecia deserta, só os cachorros latiam. Ouviram-se um tiro seco e o latido de um perdigueiro. Seria Manuel de Úrsula, nas suas caçadas de preá. Mais adiante encontrou-o.

— A esta hora por aqui, mestre José Amaro?

— Fui ao Santa Fé, a chamado do homem.

— É mesmo verdade que pediram a casa do senhor, mestre?

O mestre José Amaro contou tudo. O caçador ouvia atentamente.

— É, eu já tinha até falado com dona Sinhá sobre isto. Eu não sei não, mas isto é para o sujeito perder a cabeça. O senhor não matou, o senhor não roubou, e chega um doidela deste e sacode o senhor para fora dum sítio que vem de seu pai. Mestre, eu sou um homem de boa paz, tenho filho para criar, obrigação em casa, mas para falar com franqueza, eu perdia a cabeça. Garanto ao senhor que isto é coisa do negro Floripes. Era ele quem andava falando na venda do Salu, dando opinião, falando como se estivesse mandando. Eu não posso dar conselho ao senhor, o senhor é homem velho, mas eu não saía não. Deve haver um direito.

O mestre José Amaro manteve uma conversa ligeira com o caçador. O cachorro, amarrado na corda, corria de um lado para o outro grunhindo.

— Cala a tua boca, Rompe-Nuvem – gritou Manuel de Úrsula. — O diabo deste animal está hoje adivinhando coisa. Mestre, sou pobre, não tenho nada; agora, para servir, conte comigo.

Já de longe, o seleiro, envolvido pela escuridão da noite, imaginava nas palavras de Alípio, no conselho de Manuel de Úrsula. A terra era do senhor de engenho e este podia fazer dela o que quisesse. Então não havia um direito que lhe garantisse a sua casa? Sinhá já sabia de tudo e não lhe dissera nada. Não poderia ele encontrar uma proteção que lhe valesse? Era duro ir morrer fora daquela casa que fora de sua gente, que sentia como verdadeiramente sua. Quase às sete horas chegou em casa. Havia gente de fora, porque as janelas estavam abertas e a luz acesa na sala de frente. Era a sua comadre Adriana. Sentia-se cansado da viagem. Entrou para beber um caneco d'água. A comadre apareceu para falar com ele:

— Meu compadre, estava mesmo esperando o senhor para lhe conversar. A comadre Sinhá está num estado de dó. Esta doença da menina acaba com ela. Vim aqui hoje e imaginei uma coisa. Por que não se bota Marta na Tamarineira? Falei com ela e caiu em pranto. Isto eu sei o que é, é dor de mãe. A gente precisa tomar coragem e fazer as coisas. Esta menina como está não pode ficar. Faz até medo. De uma hora pra outra pode fazer uma besteira e a desgraça aí é maior. Foi por isto que me lembrei de levar a bichinha para o Recife. Mandei o Vitorino falar com o doutor Samuel e ele deu carta para o doutor Loureiro.

O mestre José Amaro deixou que ela falasse, e depois, com uma mágoa que nunca se ouvira em sua boca:

— Comadre, está tudo muito direito. Estou morto. Agora mesmo, no Santa Fé, o coronel me botou para fora desta casa. Pelo menos esta menina tem onde morrer.

E não falou mais. Foi para a sua rede, enjeitou a janta, e na escuridão do quarto as coisas começaram a rodar na cabeça. Não haveria um direito para ele? A terra era do senhor de engenho, e ele que se danasse, que fosse com os seus cacos para o inferno. Um ódio de morte tomou-o de repente.

Não sentira aquilo no momento em que o coronel lhe falara. Era um maluco, não tinha raiva dele. Mas na escuridão, na rede que rangia nos armadores de corda, tinha raiva, tinha uma vontade de destruição, de matar, de acabar com o outro. As gargalhadas de Marta enchiam a casa. Teria uma filha na Tamarineira. O infeliz daquele negro Floripes pagaria. E sem querer, levantou-se da rede. Abriu a janela do quarto e o céu estrelado pinicava na escuridão da noite. Andou para a porta e pensou em sair um pouco. Lobisomem. Os meninos correram de sua figura, ouviu gente batendo porta por sua causa. Foi até a pitombeira e sentou-se em cima da raiz. O que havia nele para espantar os meninos, para meter medo aos velhos? Todo o ódio ao negro Floripes sumiu-se. Uma onda de frio passou-lhe pelo corpo. O que tinha nele para fazer medo, para fazer correr gente? Lembrou-se da noite da morte da velha Lucinda. Ligou tudo. Correram dele. Lobisomem. Em menino falavam dos que saíam de noite para beber sangue, matar inocentes, correr como bicho danado. E sem saber explicar, o mestre José Amaro examinou-se com pavor. O que havia no seu corpo, nos seus gestos, na sua vida? A filha endoidecera. Mas isto nada tinha que ver com a invenção do povo. Ele não saía de casa, nunca fizera mal a ninguém. E por que seria o monstro que alarmava o povo? A noite escura chiava nos insetos; ladrava um cachorro do seu Lucindo. Sinhá e a comadre conversavam. E a filha no falatório, na gargalhada, no sofrimento pior deste mundo. O mestre não encontrava apoio para fugir da preocupação. Entrou outra vez para o quarto, e não tinha paz, não estava seguro de nada. As ameaças do coronel Lula, a raiva a Floripes, tudo se diluíra com aquele pavor que lhe enchia o coração. Tinha medo e não sabia de que era. Ele fazia correr menino na estrada. Era o lobisomem do povo, um filho do diabo, encantando-se nas moitas escuras. Nunca um pensamento lhe doera tanto. Latia aquele cachorro como se estivesse acuando um bicho. Àquela hora as mulheres rezariam, estariam com a ideia no lobisomem que imaginavam com as unhas grandes, a cabeça comprida de lobo, a forma de monstro em desadoro. Corria um vento que lhe esfriava os pés. Por que seria ele para a crença do povo aquele pavor, aquele bicho? O que fizera para merecer isto? O coração batia--lhe muito forte. Não. No outro dia teria que fazer qualquer coisa para acabar com aquela história. Laurentino e Floripes pagariam. Eram eles os criadores daquela miséria. A filha no outro dia sairia para o Recife. A sua casa ficaria mais só, mais cheia de tristeza. Mesmo assim amava a sua casa. E se fosse embora e procurasse outra terra para acabar os seus dias? O coronel lhe pedira a casa. Era um bom pretexto para fugir do povo que lhe queria mal, que o via como uma desgraça, uma criatura do diabo. Estaria tudo resolvido. O mestre José Amaro encontraria um engenho no Itambé, uma terra que o acolhesse, um povo que o amasse. Encontraria, não havia dúvida. Mas o diabo era aquele recado do cego Torquato. Um pedido do capitão Antônio Silvino para ele. Alípio lhe dissera com toda a sua alma: "Mestre, não saia desta terra." Sem dúvida todos do bando precisavam dele. Sabia que a sua casa ficava num ponto de passagem de primeira ordem. Ali era a passagem para todos os cantos. O capitão precisava de um homem de confiança para lhe dar as notícias. Ali Alípio e o cego Torquato iriam saber do movimento da tropa. E não havia quem desconfiasse de nada. Só Sinhá sabia. Tinha receio de sua mulher. Era sua inimiga. Por quê? O que fizera para aquele ódio terrível de Sinhá? Desde aquela noite da surra em Marta que ela ficara daquele jeito, sem falar em casa, de cara fechada, cuidando das coisas como uma criada. Sinhá sabia da sua ligação com o capitão. Contaria alguma coisa à amiga Adriana? Seria perigoso. A sua comadre andava de casa em casa, e podia largar uma palavra e tudo estaria perdido. Sinhá teria força para calar-se? Conversavam muito no quarto dos fundos. Só, muito só, em sua vida. Levantou-se da rede e chegou até fora de casa. A noite era de muita escuridão. Só as estrelas se viam no céu, e tudo mais, de um pretume só. Quis sair um pouco, e foi descendo pela estrada na direção à casa do velho Lucindo. Àquela hora não passaria ninguém, não seria visto. Andou assim uns cinco minutos. Por debaixo das cajazeiras os vaga-lumes corriam faiscando, como estrelas andantes. Lobisomem. Tudo lhe voltara, toda a angústia lhe esfriava o peito ofegante. Apalpou-se. Fechou as mãos e sentiu as juntas duras, os dedos grossos. Povo besta. Mas foi andando mais para longe. O cachorro latia agora como se estivesse a dois passos de seus ouvidos. Viu que havia luz acesa na casa do velho Lucindo. Não o veriam ali onde estava. Deixara em casa a mulher se preparando para a viagem. Todo o mundo falaria no caso de sua filha. E imaginariam, na certa, um absurdo qualquer. Povo besta. Aquele Laurentino, aquele Floripes largariam a língua por aí afora, na invenção. Ele daria cabo dos dois miseráveis. Teve receio de seguir mais para a frente. Devia haver qualquer coisa fora do comum na casa do velho Lucindo para estarem de luz acesa assim. Não quis se aproximar de lá, mas o cachorro chegou a seus pés com uma violência danada. Pegou de uma pedra para fazê-lo correr e o bicho investiu em cima, com fúria. Não podia correr, não havia

outro jeito senão enfrentá-lo, e com um pedaço de pau malhou o animal na cabeça. O bicho grunhiu, e saiu numa carreira desesperada para o terreiro da casa. Nisto viu gente correndo para onde estava. Procurou esconder-se e não pôde. Devia ser um dos filhos do velho Lucindo, que gritou com uma voz de susto:
— Quem está aí?
— É de paz.
— Quem é?
— Sou eu, o mestre José Amaro.
Houve um silêncio. O homem parou. O mestre não sabia como sair.
— O diabo do cachorro veio em cima de mim com vontade.
— Ele não morde, mestre.
— Sei lá!
— Não morde não.
— Vou andando, boa noite.
— Mestre, o senhor já soube? O meu pai chegou agorinha de Itabaiana. O tenente Maurício pegou o cego Torquato, e está com ele na cadeia. A força está no Mogeiro fazendo o diabo.
— É mesmo?
Não quis continuar. A história da prisão do cego aterrou-o. Retirou-se na escuridão. O cachorro começava a latir outra vez. Uma raposa, com os olhos em chamas, atravessou-se em sua frente, quase ao alcance de sua mão. Aproximou-se com rapidez de casa. O cego na cadeia; haveria descoberto alguma coisa? Alípio não sabia de nada. E quando entrou em casa havia um rebuliço medonho. A filha tinha corrido de estrada afora, de camisão, e se não fora José Passarinho teria

ganho as matas. Dava gritos medonhos e batia nas paredes do quarto como uma fera. A sua mulher chorava, e a comadre Adriana veio lhe falar.

— Está furiosa, compadre. Parece que adivinhou alguma coisa da viagem. E quando a gente viu, foi ela correndo para a estrada. O negro Passarinho estava deitado na pitombeira e correu atrás dela. Foi quando eu e a comadre nos grudamos com a bichinha. Nunca vi tanta força. E agora está assim. Tenho medo que quebre a cabeça. Tomara que amanheça para podermos fazer alguma coisa. Nós vamos amanhã, no trem das nove.

O mestre não dava uma palavra. Ouvia o soluçar da mulher, e as pancadas terríveis da filha nas paredes. O que lhe importava naquele instante era o cego Torquato na cadeia. O tenente saberia de todos os planos e viria em cima dele, de Alípio, de Tiago. O capitão Antônio Silvino correria perigo.

— Compadre – voltou a velha Adriana —, o senhor não pode sair para esta viagem. O doutor Samuel deu uma carta para o doutor Loureiro, mas a gente não conhece ninguém na cidade. A comadre pensou em chamar o filho do seu Lucindo. O rapaz deu uma desculpa. Se Vitorino estivesse em casa, ele ia com a gente.

— Eu vou, comadre. Estou doente, mas obrigação é obrigação.

Retirou-se para o seu quarto. E o cego na cadeia não o deixava. Aquele tenente tinha artimanhas do diabo. O negro Salvador deixara de vender bicho, o italiano mudara de estrada por causa dele. Agora pegara o cego. Não podia ficar estirado na rede. O barulho da casa, a desgraça de Marta pareciam-lhe de longe. Alípio subira com o comboio na maior inocência.

A noite ia alta. O negro José Passarinho roncava como um porco. Não era possível que ele não se importasse com a filha doente, com o sofrimento da mulher. Era por isto que o povo corria, fugia de sua presença. Por que era aquele pai sem coração, aquele marido desnaturado? Ali estava a comadre Adriana, casada com um maluco, e no entanto ainda tinha força para vir ajudá-los na desgraça. Era, de fato, um homem perdido, sem amor às coisas, sem amor ao ofício, à mulher, à filha. No outro dia faria o maior sacrifício de sua vida. Tinha a obrigação de levar a filha para o hospital.

Quando foi de madrugada apareceu Vitorino. Tinha sabido da notícia em viagem. E ali estava para ajudar os compadres. A mulher deu-lhe notícia do plano de levara moça para o Recife. Precisavam de um homem para acompanhá-las, pois o mestre naquele estado de doença não poderia sair. A madrugada cobria tudo de luz macia. A casa do mestre José Amaro recebia os primeiros raios de sol, com os bogaris, as roseiras em floração, os galos cantando. O mestre deitado na rede não tivera coragem para falar com o compadre. Vitorino conversava na cozinha com a mulher:

— É isto, minha velha, tu vives a me censurar por causa de minhas viagens. Pois estou de engenho apalavrado para arrendar. O negócio foi assim: o José Jardim brigou com um genro e mandou me chamar. Lá chegando, ele me disse: "Vitorino, nós somos parentes, você é um homem sério. Tenho aí este engenho que estava nas mãos do meu genro José César, para arrendamento. Lembrei-me de você." E eu lhe disse logo: "Primo José, para lhe falar com toda a franqueza, não nasci para isto. Se tivesse alisado os bancos da academia hoje seria um advogado assim como o doutor Eduardo. Não quero o seu engenho não."

A mulher o ouvia calada, e ele sem parar:

— Todos por aí falam de mim, mas na hora só se lembram do Vitorino.

Marta começara outra vez a bater nas paredes:

— Eu bem disse ao compadre que fosse com ela ao mulungu. Vocês vão ao Recife mesmo?

— O compadre não pode.

— Eu levo. Vou com muito gosto. Outro dia aqui nesta casa fui desconsiderado pelo compadre José Amaro. Mas Vitorino Carneiro da Cunha sabe ser amigo. O trem hoje sobe com Belmiro de condutor. A gente compra passagem para Timbaúba e vai até o Recife. Esta menina precisa tomar um jeito. Lá na cidade tenho boas amizades. O Eufrásio, genro do Lourenço, vive a me oferecer a casa dele todo o dia. Chegou a hora de servir-me. Amigo é para isto.

E saiu para conversar com o compadre. Encontrou-o deitado na rede com o escuro do quarto.

— Compadre Vitorino, pode abrir a janela.

A luz da madrugada mostrava a cara de bicho do seleiro. Estava como nunca estivera. Vitorino fixou-o, como se quisesse reconhecê-lo.

— Está muito abatido, compadre.

— É, compadre, é isto que o senhor vê.

— Não quer dizer nada. Homem é para aguentar estas reviravoltas. Muito mais infeliz do que o senhor é o José Paulino, que perdeu ontem a filha Mercês de parto. É o homem mais rico desta terra e que jeito deu na filha? Passei ontem pelo Santa Rosa e tive pena do primo. Está um cadáver. Não é mais homem não. Em política, estou contra ele. Vitorino Carneiro da Cunha não vai com esta história de senhor de engenho querer fazer de terra como o Pilar, bagaceira. José Paulino é homem de bem, mas não se compreende que deixe um Quinca Napoleão na Casa da Câmara. Ontem tive pena do primo com a morte da menina. Veio médico da Paraíba e foi até pior, matou logo.

Parou um cavalo na porta. Vitorino levantou-se para ver quem era.

— É um aguardenteiro, compadre.

O seleiro levantou-se para encontrar-se com Alípio.

— Bom dia para todos. Mestre, eu queria que o senhor me visse a cilha deste animal.

Lá fora, Alípio, em voz de segredo, foi contando. O capitão o encontrara com o comboio em Mata de Vara e queria saber da notícia certa da tropa. Um espia lhe dissera que o tenente arribara para o Ingá, mas ele não estava dando confiança à notícia. Voltara em cima dos pés, andara a noite toda para chegar no Pilar com a madrugada. Mas no engenho da Fazendinha batera de testa com a força. O capitão não sabia de nada. Ele não queria voltar para não dar na vista. E não havia ninguém que pudesse fazer o serviço. Se o tenente descobrisse, iria encontrar o bando desprevenido.

Vitorino apareceu para olhar o serviço do conserto.

— Está no contrabando, rapaz?

— É, estava num comboio, mas me mandaram de volta para o Angico Torto.

— É a vida que o meu primo Feliciano da Cunha quer.

O mestre José Amaro falou da saúde da filha, da viagem para o Recife.

— Se não fosse a bondade do compadre Vitorino, eu mesmo é quem tinha de ir à cidade. Mas no estado em que estou ia morrer por aí.

A velha Sinhá apareceu na sala. Olhou para Alípio e não reconheceu.

— Bom dia, dona Sinhá.

E quando reparou no homem ficou espantada.

— Tem café na mesa.

Foram se sentar. Marta ria-se, gritava. O aguardenteiro com a preocupação parecia ausente de tudo. Depois que se serviram Alípio retirou-se. O capitão Vitorino ficou em silêncio, por um instante. A manhã faiscava com um sol que parecia de meio-dia. O capitão chegou até a pitombeira e olhou para o mundo, viu a sua égua amarrada no pau do chiqueiro:

— Meu compadre, vou soltá-la na vazante. Quando voltar do Recife deve estar de rego aberto.

E desceu com o animal para a beira do rio.

Sem o compadre o mestre José Amaro ficou com o capitão Antônio Silvino na cabeça. Já não era mais o pai que se julgara desnaturado, o marido cruel. Todo ele se voltava para o perigo de que Alípio lhe dera notícia. Mata de Vara distava uma légua da Fazendinha. Àquela hora já podia ter se dado o tiroteio. O capitão desprevenido seria morto pelo tenente, pela força de bandidos. Não podia ficar parado. Saiu para a frente da casa. Passou às carreiras, num cavalo desembestado, o negro José Guedes do Santa Rita. Devia levar algum recado de urgência para, àquela hora, correr tanto. Seria notícia do encontro da tropa com o bando? A filha dentro de casa gritando num desespero terrível. Não pensava mais na filha. Foi quando veio vindo para o seu terreiro o negro José Passarinho. Lembrou-se do conselho de Alípio, mas uma coisa dizia que aquele negro podia prestar um serviço àquela hora.

— Bom dia, mestre Zé, vim a chamado de dona Sinhá. Fui falar com os filhos de seu Lucindo para levar a moça para a estação. Estou achando ruim, mestre. A moça tem uma força de homem. Joca Lucindo ficou de aparecer. Ele até me disse que tinha encontrado o senhor na estrada. Joca fala de todo o mundo. Até ele me disse que a força deu um tiroteio na beira da Estrada Nova.

O mestre estremeceu com a notícia.

— Tiroteio onde, seu José?

— Na Estrada Nova. Ele é quem sabe.

— E morreu gente?

— Que eu saiba, não. Joca de seu Lucindo sabe de tudo.

Com pouco apareceu Vitorino. José Passarinho olhou para ele e tirou o chapéu com respeito.

— Bom dia, capitão.

— Muito bom dia. Compadre, a vazante está com muito pasto.

Apareceu, então, Joca de seu Lucindo, trazendo um maço de corda.

— Bom dia, gente; a moça está pronta?

— Joca, o que foi que houve com a tropa ontem de noite?

— A notícia quem me deu foi o pãozeiro de São Miguel. Houve fogo na Estrada Nova, mas não se sabe de nada.

Chegou na porta a velha Adriana.

— Está na hora.

O mestre José Amaro não quis ver a saída da filha. Emocionado, entrou em casa e o soluço da mulher cortou-lhe o coração. Joca e Passarinho tinham entrado, e a sua comadre Adriana gritava:

— Cuidado, não machuquem a bichinha.

Não podia ver aquilo. Lá embaixo, escutou os gritos da filha. E a voz da comadre mandando em tudo. Passavam-se os minutos. Agora um silêncio de casa abandonada, de deserto, cercava-o por todos os lados. A manhã parecia uma noite escura para ele. Não ouvia nada, não via nada. O cabriolé do coronel Lula passou tilintando, como uma música de festa. E o mestre acordou daquele sono pesado. E foi assim que atravessou a casa e chegou na porta de frente. Lá ficou a olhar para as coisas sem ver. Ouvia-se um falatório na estrada. Era uma porção de gente com um defunto numa rede melada de sangue. Um homem parou para lhe pedir uma caneca d'água. Estavam levando o corpo de um sujeito que a força matara. Diziam que era Cocada, que andava com um grupo de cangaceiros. O tenente tiroteara com o bando, mesmo na bueira. Pensara que fosse Antônio Silvino.

Já iam longe com o corpo, quando o sujeito se foi. O mestre não pensava em nada. Havia dentro dele um vazio esquisito. Teve medo de voltar para dentro de casa. E ali mesmo, por de baixo da pitombeira, baixou a cabeça e chorou como um menino. O bode manso chegou-se para perto dele e lambeu as suas mãos. E começou a berrar, como se tivesse coração de gente.

## SEGUNDA PARTE

# O engenho de seu Lula

# 1

O CAPITÃO TOMÁS CABRAL DE MELO chegara do Ingá do Bacamarte para a Várzea do Paraíba, antes da revolução de 1848, trazendo muito gado, escravos, família e aderentes. Fora ele que fizera o Santa Fé. Havia aquele sítio pegado ao Santa Rosa, e como o velho senhor de engenho, o antigo Antônio Leitão, não quisesse ficar com aquelas terras, ele ali se fixara. Era homem de pulso, de muita coragem para o trabalho. Ele mesmo dera ao engenho que montou o nome de Santa Fé. Tudo se fizera a seu gosto. Depois comprou aos índios algumas quadras da catinga, e o Santa Fé pôde subir para os altos, ter a sua pequena mata de angico, crescer um pouco junto ao mundo que era o Santa Rosa. O capitão vinha dos Cabrais do Ingá, gente de posses, de nome feito na província. Os roçados de algodão destes homens tinham fama. Falava-se que o velho Cabral tinha para mais de quinhentos escravos nos eitos de seus roçados. Mas o capitão Tomás descera para a Várzea. Tinha filhos e pensava dar ao seu povo uma criação melhor. E assim liquidara a herança na partilha e chegara ao Pilar, para ser senhor de engenho. Trazia haveres, as suas moedas de ouro, um gado de primeira ordem, e mais do que tudo uma vontade desesperada para o trabalho. Alguns de seus irmãos tinham-se casado com gente de Pernambuco. Ele preferira uma prima, mulher de muito bom pensar, que só vivia para a casa, para os filhos, para a criação, para os negros. Aquele Santa Fé, que montara com tanto cuidado, com toda a sua alma, parecia um anão comparado com os outros engenhos de perto. Mas estava contente com a sua criação e a ela se entregava de corpo e alma. Tivera que lutar no princípio com toda dificuldade. Nada sabia de açúcar, fora criador, plantador de algodão. Para ele, porém, não havia empecilhos. Levantou o engenho, comprou moenda, vasilhame, e dois anos após a sua chegada ao Santa Fé, tirara a primeira safra. O povo, a princípio, não levava a sério o Santa Fé. Viam aquele homem de fora, com jeito de camumbembe, trabalhando para ele mesmo, com as suas próprias mãos, nos trabalhos de casa, e não acreditava que nada daquilo desse certo. O capitão era homem seco, de poucas palavras, de cara fechada. Então começaram a criar histórias, a inventar que passava fome com a família, que matava os negros de trabalho, que era um unha de fome. A casa-grande subiu a cumeeira, as telhas brilhavam ao sol, a horta cresceu, o engenho subia as paredes, e com pouco o Santa Fé criava o seu corpo, era como gente viva, com os partidos de cana acamando na várzea. No ano da botada, viera o padre Frederico benzer o engenho. O capitão não deu festa como era de costume. Muito ele tinha que fazer ainda para poder dar festas. A primeira safra pegara muito bom preço do açúcar, e ele mesmo saía com os seus comboios, com a sua burrama para a cidade, levando a mercadoria para vender. Aquilo fez escândalo por toda a parte. Era mesmo um camumbembe. Como era que um senhor de engenho se dava a uma posição daquela, sair acompanhando os cargueiros, como se fosse um feitor, um qualquer? E foi assim que o capitão Tomás conseguira tirar do seu engenho o que ninguém podia imaginar. O Santa Fé, nas suas mãos, dava mais que outros engenhos de mais terras, de outros recursos. E o capitão Tomás criou fama de homem de capricho, de palavra, de trabalho duro. Falava-se do seu gênio econômico. Sobre isto corriam histórias, criaram anedotas de todos os feitios.

Os negros do capitão tinham fama. Diziam que no Santa Fé negro só comia uma vez por dia, que couro comia nas suas costas, nos castigos tremendos. O fato era que a escravatura do Santa Fé não andava nas festas do Pilar, não vivia no coco como a do Santa Rosa. Negro do Santa Fé era de verdade besta de carga. O capitão dizia ele mesmo que negro era só para o trabalho. Ele não era negro e vivia de manhã à noite fazendo sua obrigação. E assim o Santa Fé ficara um engenho triste. De vez em quando, tendo que batizar uma filha, dava uma festa. Vinham outros senhores de engenho, alguns parentes do Ingá. Mas aquilo não era do gosto do capitão. Era homem duro, era homem para amanhecer no roçado, de cacete na mão como feitor, fazendo a negrada raspar mato, furar terra, plantar cana. Não havia chuva que o impedisse de sair de casa, não havia sol quente que lhe metesse medo. E foi assim que teve dinheiro para poder educar filho. A verdade é que uma filha fora para o colégio das freiras no Recife. Queria fazer de sua família gente de verdade. Não queria mulher dentro de casa fumando cachimbo, sem saber assinar o nome, como tantas senhoras ricas que conhecia. E o Santa Fé, com o capitão Tomás Cabral de Melo, chegou à sua maior grandeza. A filha voltara dos estudos, uma moça prendada, assombrando as outras com os seus dotes. O capitão Tomás comprou piano no Recife. Fora uma festa quando passara pelas estradas o grande piano de cauda do capitão Tomás. Nunca o povo vira aquilo. Em cima da cabeça de dez negros, e com outros dez atrás para substituir os outros, lá vinha o instrumento enorme, todo enrolado em pano, rompendo os caminhos estreitos. Vinha um negro de foice cortando os galhos para o piano do capitão Tomás passar. Ele mesmo a cavalo, no passo vagaroso, vinha atrás dando ordem. Os negros pisavam no chão de pedra, ou na areia frouxa, com cuidados de quem conduzisse um doente do peito, que não pudesse sofrer o menor abalo. Corria gente para ver o piano. Paravam por debaixo dos arvoredos para descansar. No engenho da Fazendinha, dormiram. Os negros se deitaram em redor como se guardassem um tesouro. O capitão foi para a casa-grande. Teve que tirar os panos da peça para mostrá-la às moças do engenho. Olharam para o espelhar da madeira luzidia, para a alvura das teclas de marfim. E afinal chegara ao Santa Fé o grande piano que o matuto Tomás Cabral de Melo fora comprar no Recife para sua filha Amélia. Nunca se vira coisa igual pela Ribeira. Um piano daquele tamanho, muito maior que a serafina da igreja do Pilar, maior que todos os pianos do Itambé. Falavam que em Maranguape havia um daquele tamanho. E assim fora a grandeza do Santa Fé. Viera do nada, dum sítio de camumbembe, e nas mãos do capitão dava como um grande engenho de várzea. O capitão ficou forte na política, dava voz de comando no Partido Liberal. O povo do Santa Rosa formava no Conservador. Ele não. Tivera parentes na revolução de 1848, gente sua sofrera no governo que matara Nunes Machado. Seria sempre contra os conservadores. Por mais de uma vez tivera que presidir a Câmara do Pilar. Quando o seu partido subia era o homem de mando na vila. De baixo, era respeitado, querido dos seus adversários. Só mesmo numa eleição tivera que levantar a voz para repelir um insulto dum sujeito que chegara para o Pilar, um bacharel novato que não o conhecia. Viu-se logo cercado pelos homens do outro partido e tudo terminou bem. Era o capitão Tomás Cabral de Melo, senhor do engenho de Santa Fé, chefe do Partido Liberal, pai de filha educada em Recife, com piano em casa, que falava francês, que bordava com mãos de anjo. O capitão, nas tardes de domingo, quando nada tinha que fazer, deitava-se no marquesão da sala de visitas e chamava a filha.

— Amélia, vem tocar uma coisinha.

A casa-grande do Santa Fé enchia-se da valsa triste da moça. A mãe deixava a cozinha, os negros a acompanhavam para ouvir d. Amélia tocando no seu enorme piano, de som tão bonito. O capitão fechava os olhos, babava-se na harmonia terna que a filha arrancava do teclado. Era um primor. A mulher, cansada, de pele encardida do sol, de mãos grossas dos trabalhos da cozinha, de debulhar milho para negro, de cortar bacalhau, iluminava-se de alegria. Tinha mais uma filha nos estudos, Olívia. Todos em sua casa não deviam ser como ela fora, só do trabalho grosseiro, da vida como de negro cativo. O marido, espichado no marquesão, babava-se com a filha prendada. Não queria para Amélia um marido assim como Tomás, homem que só tinha corpo e alma para o trabalho. Homem devia ser mais alguma coisa para melhor do que era Tomás. D. Amélia tocava as suas valsas com o coração, as varsovianas tomavam conta de suas mãos, de seu sentimento. O capitão dormia com a filha na música, aos domingos, com os negros parados, com a terra dando vida às sementes. A casa-grande do Santa Fé, naquela tarde de concertos, tinha outra alma. Mãe, pai, negros participavam de uma existência bem diferente da que viviam. Outra vida, outra força mandava naquela gente enfeitiçada. As negras diziam que a menina tinha umas mãos que eram como se fossem uma vara de condão. O capitão Tomás Cabral de Melo chegara ao ponto mais alto de sua vida. O que mais podia desejar um homem de suas posses? Família criada, engenho moente e corrente, gado de primeira ordem, partidos de cana, roçado de algodão, respeitado pelos adversários. Criara um engenho. Disto se orgulhava. Não fora ali, como os outros ricos da terra, encontrar tudo feito para continuar. Tudo saíra de suas mãos, era obra exclusiva dele. Lá estava no frontão de sua casa-grande a data de 1850. Naquele ano dera uma pintura nova na casa. Fora o ano da chegada do piano. Amélia voltava do colégio, moça como não havia na várzea, cheia de prendas, dona de muito saber. Mas foram-se os anos, e o capitão Tomás tinha uma mágoa. Por que não se casara a sua filha mais velha? O que faltava para encontrar um marido na altura de seus merecimentos? Não era feia, tudo teria para ser uma esposa completa. E os anos se iam e a filha do capitão não se casava. Quando a ouvia no piano, media as coisas com tristeza. Então naquela Ribeira não aparecia um homem que fosse digno de sua filha? A mulher não lhe falava coisa nenhuma, mas ele sabia que devia sofrer. Afinal de contas, por que pensar nestas coisas? Melhor que ele deixasse que o tempo resolvesse tudo. O Santa Fé dava os seus mil pães de açúcar, as suas sacas de lã, e tinha pasto para as suas duzentas reses. E ainda contava com quarenta peças de escravatura. Não queria mais do mundo. Por mais de uma vez viera à sua porta bater senhor de engenho de grandes terras, para se valer de sua bolsa. Emprestava e os juros que cobrava não eram de arrancar a carne de ninguém. O seu dinheiro era o seu sangue, a sua vida. A várzea, as vazantes, os altos do Santa Fé, era tudo da melhor qualidade. Lembrava-se de conversas com outros senhores de engenho. Todos lhe gabavam as safras, o açúcar, o gado, os roçados de algodão, as vazantes de milho. Nas mãos do capitão Tomás tudo rendia, tudo dava dinheiro. É verdade que tinha uma mulher que era a metade do seu esforço. Cuidava ela dos negros, cosia o algodãozinho para vesti-los, fazia-lhes o angu, assava-lhes a carne. A sua escravatura era de gente boa. Trouxera do Ingá negros de bom calibre.

    Nunca comprara peça barata, resto de gente que só lhe desse trabalho. Negro ruim e barato deixava para os pechincheiros. Queria povo para o trabalho, negra que parisse braços e mais braços para os seus partidos. Tudo que o capitão Tomás pretendeu fazer no Santa Fé saiu como ele bem quis. Mas a filha que tocava piano como uma moça da praça, que lia livros bonitos, que lhe custara tanto dinheiro nos estudos, não se casava. E os homens da Ribeira não eram para ela. Não lhe batesse em sua porta filho de João Alves do Canabrava, que ele não dava uma filha em casamento por preço nenhum. Melhor ficar para titia do que ligar-se àqueles vadios que andavam soltos de canga e corda, comendo as negras do pai como pais-d'égua. E os filhos de Manuel César do Taipu? Tinham ido para os estudos, eram doutores. Seriam dignos de Amélia? Não seriam. Aquela gente do Taipu tratava mulher como bicho. Amélia era uma seda, uma flor de jardim. Não. Para vê-la casada com um daqueles animais, ele preferia que ficasse toda a vida com ele. Tinha dinheiro de ouro que lhe daria para comprar um engenho para a filha. Um engenho de porteira fechada. Queria era que aparecesse um homem que fosse branco, de bons modos, capaz de fazê-la feliz, de tratá-la como ela merecia.

    O capitão Tomás ficava velho, já não era o mesmo dos outros tempos. O Santa Fé, porém, continuava com a mesma força, engenho de casa de purgar cheia, de partidos bem tratados, de rendimento certo. D. Amélia tocava músicas no piano grande. Foi quando apareceu, em visita ao capitão, um rapaz de Pernambuco, um filho de Antônio Chacon, das bandas de Palmares. Era o parente Luís César de Holanda Chacon. O pai morrera nas lutas de 1948. Contava-se muito da coragem de Antônio Chacon, cercado nas matas do Jacuípe, com Pedro Ivo, batendo-se com uma força do governo até morrer. Deixara a mulher com um filho de pouca idade. O menino era este que o capitão Tomás hospedava, como a um parente que muito amasse. Sempre ouvira falar do velho Chacon como homem de bem, corajoso, dando a vida pelo chefe que mataram em Recife. Nunes Machado era nome que o capitão pronunciava com fervor. Morrera no campo da honra, era o parente que a história falava. Nunes Machado!

    O seco capitão Tomás quando pronunciava este nome molhava os olhos de lágrimas. Agora viera para visitá-lo o filho único de Antônio Chacon, que morrera com as armas na mão, cercado de tropa, ao lado dos Afonsos de Japaranduba. Era um rapaz cerimonioso, de boa aparência, trato fino. Chamou-o logo de Lula, e quis que fosse tratado em sua casa como um filho. D. Amélia engraçou-se do primo. Agora o piano tinha mais sentimento, as varsovianas soluçavam, os dedos da moça eram mais leves. O primo calado, no sofá, escutava a artista que caprichava nas valsas. A mãe, orgulhosa da filha, abandonava mais a cozinha para fazer sala à visita. O primo Lula tinha aquela barba negra de estampa, de olhos azuis, o ar tristonho, a fala mansa. A velha olhava-o para sentir bem o genro que viera de longe para fazer de Amélia uma criatura feliz. Nunca aquele piano falara com tanto sentimento. Amélia dedilhava como uma fada: o capitão ficava em silêncio, escutando a filha, que dava a sua alma ao primo Lula, nas músicas do coração que tocava. Quando Luís César de Holanda Chacon marcou o dia da viagem, o capitão Tomás esperou o pedido à mão de sua filha. Iria para o Recife num melado que ele comprara ao velho Ribeiro de Itabaiana. O primo Lula agradeceu muito a oferta, não podia aceitar. A viagem era longa e podia estropiar um cavalo tão fino. E se foi sem falar em casamento.

A casa-grande do Santa Fé emudeceu outra vez. A velha Mariquinha voltou para as tachadas de angu, para o trato dos negros, o piano calou-se. Por este tempo recebera uma carta de Recife, de seu correspondente, dando-lhe uma notícia que encheu a família de tristeza. A filha Olívia, moça de dezessete anos, adoecera com gravidade. O correspondente falava em Tamarineira. O capitão preparou-se para a viagem, e foi com o coração partido que encontrou a filha completamente perdida. O médico falou-lhe em cura muito difícil. Quis trazê-la para casa, mas aconselharam para que a deixasse algum tempo mais em tratamento. O capitão Tomás abalou-se profundamente com a desgraça de Olívia. Quando voltou para o Santa Fé era outro homem. Envelheceu rapidamente. Fizera o possível pela sua filha. Tudo dera aos seus. Enquanto os outros senhores de engenho deixavam as filhas na ignorância, mandava as suas para o Recife, para vê-las assim como Amélia, moça de trato, de muitas leituras, sabendo fazer sala com distinção. E de repente lhe sucedia uma coisa daquela. Mariquinha não se entregava ao desânimo. Via-a na cozinha, ao fuso de fiar, mandando nas negras com a mesma força de antigamente. Ele não. Não podia esconder a sua fraqueza. Gastara-se no trabalho, nos dias de sol, de chuva. Estava, com a doença de Olívia, como se fosse um homem sem préstimo.

E aquilo durou meses. Todos da casa já tinham se conformado, menos o capitão Tomás. Agora de dois em dois meses tomava o seu cavalo e ia ao Recife para perto da filha doente. Fazia-lhe dó vê-la naquele estado, como uma preguiça em pé de pau, sem dar uma palavra, no silêncio de morta. Voltava para o Santa Fé, e não falava com a mulher sobre o estado de Olívia. Só fazia sofrer, com desespero, calado, sem entusiasmo para as safras, sem gosto para olhar o gado. Deixara de ir às feiras de Itabaiana, deixara de comparecer às festas de igreja do Pilar, abandonara o Partido Liberal para os cuidados do velho Pereira Borges. E as visitas que chegavam ao Santa Fé saíam com pena do capitão.

Nunca se vira um homem se acabar tão depressa. E ele ficava horas e horas espichado no marquesão da sala de visitas, como se estivesse dormindo. A filha Amélia procurava arrancá-lo daquela tristeza sem fim. O pai fazia que a escutava, fingia um riso de fora para dentro. Lá estava ela ao piano. Não ouvia nada, não sentia mais aquele orgulho de pai vendo-a sentada, arrancando do instrumento aquele sentimento tão terno, tão bom. Foi quando se deu a escapula dum negro do engenho. Aí o capitão Tomás despertou do seu sono. Era o moleque Domingos, de muito boa-pinta, de dezoito anos, de saúde de ferro. Aquilo chegou para o capitão como um choque.

Todo o antigo Tomás Cabral de Melo ressurgiu para o Santa Fé. Fez-se, então, no seu cavalo ruço e com o negro Laurindo saiu atrás de Domingos. Mariquinha pedira para que entregasse o caso ao capitão de mato. Não quis. Nunca lhe sucedera aquilo. E cheio de coragem, de ânimo, o capitão Tomás botou-se para a caçada à sua peça. Andou pelos engenhos do norte. Foi a Maranguape, foi ao Rio Grande do Norte sem notícia de espécie alguma. Viu que estava em pista errada. Desceu para os engenhos da Várzea, atravessou a província e chegou a Goiana, numa manhã de domingo, de missa na Igreja Matriz. Só pensava no negro Domingos. Tudo para ele se sumira, só aquele negro dava força à vida do capitão. Conversou com o delegado, pediu informações sobre a passagem de uma partida de escravos que demandava o Recife. E não havia sinal do moleque fugido. No hotel um capitão de mato deu-lhe notícias animadoras. Sabia que um moleque com os sinais de que lhe falava o capitão Tomás estava no engenho Cipó Branco. O senhor de engenho era homem aborrecido, cheio de muita má-criação. Tivesse cuidado o capitão com os arrancos do velho Nô. Logo depois do almoço, o capitão montou o cavalo e com o seu cargueiro foi chegar, à boca da noite, na porteira do Cipó Branco. A casa-grande ainda estava no escuro quando chegou no terreiro. Apareceu-lhe o velho. Era um homem alto, vestido num chambre de chita. O viajante falou-lhe para o que vinha. E sem mandar que o capitão se apeasse, o velho lhe foi dizendo num tom de zanga:

— Isto aqui não é quilombo. Os negros que tenho custaram o meu dinheiro.

— Não estou dizendo o contrário. Mas tive informação de que um molecote de minha propriedade procurou o seu engenho para se homiziar. Não vim para briga. Sou homem de minhas obrigações.

— Pois se é de suas obrigações eu também sou das minhas. Aqui neste engenho não pisa negro fugido.

A noite caíra sobre o Cipó Branco. A casa-grande no escuro e os negros vinham chegando do trabalho. Era dia de inverno. A chuva começou a cair e o capitão despediu-se do velho Nô. Em Goiana não pôde dormir. De manhã procurou o delegado. O homem não podia fazer nada. O velho Nô era primo do barão de Goiana. O capitão foi ao barão. E lá encontrou o homem de que tanto falavam. A casa-grande como um palácio, por toda parte a fartura de uma riqueza que não se escondia. Falou-lhe de sua história. Viera do norte, era da Várzea do Paraíba e sucedera que um negro de sua escravatura fugira. Sabia, por informação, que estava ele no Cipó Branco. Estivera lá. O velho Nô o recebera mal. O barão escutava-o calado. Depois foram para a mesa do almoço. E havia muita gente para comer, a família, os parentes, os mestres de obra. De tarde voltou para Goiana, com uma carta para o delegado. O homem leu-a e lhe disse:

— Capitão, pode voltar para o seu engenho, o negro estará lá, no mais tardar, na quarta-feira.

E assim tudo foi feito. Numa quarta-feira, de tarde, bateu-lhe na porta o negro fugido, que veio cair-lhe aos pés chorando. Trazia o capitão de mato uma carta do delegado. O capitão olhou para a sua cria com ódio de morte.

— Negro, por tua causa andei por este mundo, por tua causa fui desfeiteado, andei pedindo favor. Ó Leopoldo!

Apareceu o negro Leopoldo, alto e forte, de corpo troncudo.

— Pegue este negro no carro e dê-lhe um exemplo.

Com pouco ouviam-se no Santa Fé os gritos lancinantes do moleque Domingos. O capitão estava estirado, com os olhos fechados. Chegou-se para ele a sua filha Amélia para pedir pelo negro. O velho escutou-a, sentiu a voz magoada de Amélia, e levantou-se.

— Deixa, menina. Deixa, menina. Nunca mais ele fugirá do seu senhor.

A mãe de Domingos, negra da cozinha, caiu-lhe aos pés.

— Meu senhor, perdoe ao negro fugido.

O capitão Tomás Cabral de Melo não era mais o homem triste com a doença da filha Olívia. Os gritos de Domingos não doíam nos seus ouvidos, não machucavam o seu coração.

— Nunca mais ele se lembrará de fugir. Amélia, toca aquela música triste de que eu gosto tanto.

A filha foi para o piano. A tarde morria no Santa Fé tristonho. A valsa encheu a casa-grande, saiu de portas afora, foi estender-se pelo canavial verde, foi acalentar a senzala oca, com os moleques nus pelo barro duro, foi abafar os gritos de Domingos na mesa do carro, de corpo nu sangrando com o couro cru que lhe abria feridas no lombo. O piano de Amélia amolecia o coração do velho. De repente ele levantou-se, chegou na porta e gritou:

— Para, Leopoldo.

A filha olhou-o com alegria. A negra na cozinha chorou nos pés da sinhá. O capitão Tomás deitara-se outra vez, e a cara de Olívia, o olhar fixo, a boca caída, as mãos arriadas, eram como se estivessem ali, a dois passos dele. E que tudo lhe viesse como um castigo.

— Toca mais, Amélia. Toca mais.

E fechou os olhos para que as lágrimas não corressem de suas faces abaixo, para que a sua dor fosse mais dor que a de Domingos na peia. No outro dia o moleque que fora ao Pilar lhe trouxera uma carta do Recife. Pensou logo que fosse notícia ruim da filha. Era uma carta do primo Lula pedindo-lhe a mão de Amélia em casamento.

— Mariquinha – gritou —, anda cá. É o pedido do primo Lula. A tua filha vai se casar.

Havia uma enorme alegria na efusão do capitão. Chamou a filha e não teve coragem de falar-lhe, deu a carta para ler. Amélia encheu os olhos de lágrimas e abraçou-se com a mãe. Todas as duas choravam. O capitão saiu para o terreiro da casa-grande. Nuvens de tanajuras caíam no chão, a terra molhada, os partidos acamando na várzea, o moleque Domingos no tronco, o Santa Fé, firme, sem dever nada a ninguém, moeda de ouro enterrada debaixo da cama, e agora Amélia para se casar. Olhou o tempo. Tinha a pobre da Olívia trancada num quarto em Recife.

## 2

O CAPITÃO TOMÁS NÃO deixou que a filha fosse morar fora de sua casa. O engenho era pequeno, mas dava para todos. Mariquinha ficara radiante com as vontades do marido. E assim o genro estaria ao lado de todos como filho. Os primeiros meses do casal foram como de todos os outros. A princípio o capitão estranhou o jeito caladão do primo. Ficava o rapaz naquela rede do alpendre horas inteiras, lendo jornais velhos, virando folhas de livros. Não era capaz de pegar um cavalo e sair de campo afora para ver um partido. Em todo caso tomou por acanhamento. Sem dúvida que não achava que fosse direito estar a se meter na direção do engenho. Mandasse o sogro. O velho, porém, quis pôr o genro à vontade, e um dia falou-lhe. Dava-lhe o partido de cima para que tomasse conta. Ele ali seria como filho, teria toda a força de mando.

O rapaz ouviu calado as palavras do capitão e deu para sair pela manhã para olhar os serviços. Os negros se espantavam com aquele senhor de olhar abstrato, vestido como gente da cidade, sempre de gravata, olhando para as coisas como uma visita. O capitão não se satisfazia com a orientação do genro. Negro precisava de senhor de olhos abertos, de mãos duras. O genro pareceu-lhe um lescira. Disse mais de uma vez a Mariquinha:

— O primo Lula ainda não tomou tenência na vida. Está aqui há seis meses, e parece que chegou ontem.

— Termina se ajeitando – dizia-lhe a velha. — É rapaz acanhado.

A filha se angustiava com a desconfiança do pai. De fato, o marido não parecia homem, como era a sua gente. Era alheio à vida que o cercava. D. Amélia procurava interessá-lo.

— Lula, como vai o teu partido?

E Lula falava das coisas sem interesse. Gostava de ouvi-la ao piano. No começo todos de casa pensavam que fossem dengos de casados de novo. Todas as tardes os dois ficavam na sala de visitas. O marido no sofá grande e a mulher, no piano, dando tudo o que sabia.

— Toca aquela varsoviana.

Ela tocava, tocava tudo que não esquecera.

A mãe achava bonito tudo aquilo. Assim devia ser um marido, homem que vivesse perto da mulher, como gente, sem aquela secura, aquela indiferença de Tomás. Felizmente que a sua Amélia encontrara um homem de uma natureza tão boa, tão amorosa. As negras elogiavam os modos do jovem senhor. Parecia uma estampa de santo, com aquela barba de São Severino dos Ramos, com aqueles modos de fidalgo, todo pegado com a mulher como só se via na história de príncipes e de princesas. O capitão era que não podia entender o gênio daquele rapaz. Lembrou-se de sua vida de casado no Ingá, dos primeiros dias, e achara tudo aquilo do primo como um absurdo. Não falava nada para não contrariar a filha, que era tudo que tinha. A outra estava perdida em Recife. Só lhe restava mesmo Amélia que ele criara na fartura como filha de rico. O rapaz, pensou, não criava gosto pelo trabalho. Sentia-se velho e tinha medo de deixar o Santa Fé sem um pulso como o seu para governá-lo. Era um engenho pequeno, que pedia um homem de seu calibre, homem que soubesse mandar, de tino, de força. O genro não lhe inspirava confiança. Dissera mesmo a Mariquinha:

— Este teu genro está me parecendo um banana.

A mulher se ofendeu com a sua opinião. E falou-lhe como nunca ouvira ela falar com tanta arrogância.

— Tomás, quisera eu ter muita filha e encontrar, para cada uma, um homem como o primo Lula. É homem para fazer a felicidade de uma mulher.

Quis dizer uns desaforos à mulher e Amélia apareceu na porta do quarto.

— Meu pai, eu queria lhe pedir uma coisa.

— Então, menina, diz o que tu queres.

Junto da filha o capitão Tomás era manso, terno, como se fosse feito de lã.

Amélia chegou-se para perto do velho:

— Meu pai, Lula tem um cabriolé, em Recife, e queria trazê-lo para aqui. Falta somente a parelha de cavalos.

O velho deixou que a filha se calasse.

— Menina, para trazer este negócio para aqui vai dar trabalho. Até Itambé a estrada dá bem. De Itambé para cá, não sei como vai ser. Pelos cavalos, não. Manda a teu marido escolher na cidade duas boas peças.

E começou o Santa Fé a girar em torno do cabriolé. O capitão Tomás era homem simples, mas gostava de mostrar aos senhores de engenho da Ribeira que não era o camumbembe que eles pensavam. Tinha filha que tocava piano, e genro que possuía cabriolé. O primo preparou-se para a viagem. Levou quatro negros a Goiana, e numa tarde de verão, com o Santa Fé moendo, entrou de cercado adentro a carruagem de Luís César de Holanda Chacon. Fora uma festa igual àquela da chegada do piano. Uns foram acompanhar o carro desde Itambé até ali. Na areia do tabuleiro as rodas se enterravam fundo. Braços de negros, de curiosos, empurravam o carro. Para os cavalos cansados havia negros que os substituíam. A viagem do seu Lula entusiasmara um pouco o capitão. Agora ia à missa do Pilar montado na carruagem. O genro não encontrava negro algum que servisse para boleeiro. Era ele mesmo que, de rédeas na mão, cortava a estrada coberta de cajazeiras. Precisava mandar consertar pedaços de caminhos porque o cabriolé se enterrava na lama. O povo corria para ver passar a carruagem que tilintava fortemente. Corriam os cavalos ligeiros e o mundo para o capitão Tomás se parecia com aquele mundo que ele sentia quando Amélia tocava o seu piano, de som tão bonito. O primo Lula era homem de gosto. Fizera bem em dar-lhe a filha para esposa. Era homem fino. Via-o com aquela barba preta tão bem tratada, com o jeito de falar, as maneiras de homem que podia sentar-se na mesa do barão de Goiana sem fazer vergonha. Se tivesse dado Amélia em casamento a um filho de Manuel César do Taipu, estaria com a bichinha sofrendo nas mãos daquele brutamonte.

Amélia era feliz com o primo delicado. Dias depois o capitão esfriava no entusiasmo. Os negros que entregara ao primo nada faziam, o partido estava no mato. Falou um dia com o genro. E se arrependeu. Soubera pela mulher que a filha se mostrara muito sentida. Não fizera aquilo por mal. Quisera somente que o genro criasse gosto pelo engenho. Tudo o que tinha era para Amélia. Pobre da Olívia naquele estado; era uma criatura morta. Quando chamara o primo para o aconselhar não imaginara que fosse ele sentir-se do modo como se sentiu. O que o capitão mais desejava era um marido para a filha que tivesse fôlego para o trabalho, que se entregasse com todo o corpo ao engenho. Mas o genro só queria viver de sala, naquela lordeza, falando de política, de gente de um mundo que não lhe interessava. O cabriolé dera muita importância ao Santa Fé. A família do capitão Tomás, quando entrava na vila, chamava a atenção do povo da rua. E ele gozava, de verdade, a importância que lhe vinha de tudo. Caprichara na parelha que puxava a sua carruagem. Via outros mais ricos do que ele mandando a família para as festas em carro de boi. Quando o carro parava na porta da igreja ficava cercado de gente que o olhava com admiração. O capitão se enchia com a grande figura que a carruagem do genro fazia. Tinha piano em casa. Só ele tivera coragem de mandar uma filha para colégio de freira. Montado no cabriolé olhava para o mundo cheio de satisfação. Afinal, o Lula não era homem para o trabalho, mas com um bom feitor, daria conta do recado. A escravatura era boa, os negros de boa têmpera. Tudo correria muito bem. Só mesmo a doença de Olívia o abatia desesperadamente. Sabia que não ficava boa nunca mais. E até pensara em ir buscá-la para viver em sua casa. Pelo menos teria o carinho de sua mãe, de sua irmã. Sabia que todos de casa sofriam com a presença de Olívia naquele estado. Melhor entre os seus que em mãos de estranhos. Amélia mostrava-se muito feliz com o marido. Via-a ao piano, com uma alegria de menina, tocando as coisas que ele pedia. Quando lhe aparecia visita, as moças do juiz, gostava de olhar para a filha, conversando com tanto desembaraço. O Lula sabia manter uma palestra com qualquer doutor que lhe aparecesse em casa. O velho rábula do Pilar, o comendador Campelo, lhe dissera uma vez:

— Olha, Tomás, este teu genro sabe onde tem as ventas.

O diabo era ele não tomar gosto pelo engenho. O que seria do Santa Fé sem ele, sem o tino do velho Tomás que lhe conhecia as entranhas da terra, que lhe dera nome, que o criara do nada? E começou o capitão Tomás a sofrer pelo futuro do Santa Fé. Ele sabia o que era uma propriedade sem senhor de fibra, tomando conta de tudo. O que fariam os negros com um banana na casa-grande, ouvindo piano, lendo jornais, tratando da barba? A história do pai do primo Lula era triste de cortar o coração. O genro, por mais de uma vez, comovera o povo da casa contando as amarguras da mãe, viúva de revolucionário, abandonada de todos, com um filho pequeno. Viera morar em Recife. E vivia de duas casinhas que o pai, tabelião em Olinda, lhe deixara. O primo Lula, quando falava do pai, enchia os olhos claros de lágrimas. Morrera pelo parente Nunes Machado, assassinado pela tropa do governo. O primo Lula trouxera o retrato em ponto grande do pai. Estava ele ali na parede da sala de visitas, com aquelas barbas como as do filho, e um olhar de homem duro. Mas o velho Tomás pensava no outro, naquele homem que abandonara mulher e filho pequeno para morrer como um bandido, cercado no mato como cachorro. Por que abandonara ele a mulher e filho? Ligara tudo ao destino do Santa Fé. Um dia aquele Lula faria o mesmo com a sua filha, faria o mesmo com o engenho que ele fundara com o suor de seu rosto. E tudo se acabaria ali onde ele imaginara que as pedras que enterrara no fundo da terra fossem eternas. O velho capitão Tomás Cabral de Melo tinha genro de cabriolé, filha que tocava piano e não se sentia firme, pronto para morrer e confiar no futuro de sua gente.

Aquela terra que ele moldara ao seu gosto, que ele povoara, tratara, lavrara, talvez que, com a sua morte, voltasse ao que fora, a um pobre sítio, a uma pobre terra sem nome. Não acreditava no genro. E tudo isto o consumia. Era bonito andar na carruagem com a barba preta, luzindo com o porte de senhor fidalgo. Era muito bonito. Para ele, para o pai que lhe dera a única filha, tudo aquilo era festa somente para os olhos. O carro cantava de estrada afora, como as campainhas da igreja na elevação; todos vinham olhar para a sua grandeza. Ele mesmo gozava a grandeza que fazia inveja. Nas noites de insônia pensava na vida, ficava a imaginar sobre o dia de amanhã. Compreendia que tudo que levantara podia cair. Quando chamou o genro para falar-lhe do futuro, fez com cuidado. Era preciso que ele tomasse gosto pelo que seria só dele e de Amélia. Arrependera-se. Amélia procurara a mãe para chorar. Todos pensavam que fosse ele um ranzinza, um velho sovina que queria guardar o dinheiro, que tivesse medo de morrer e deixar o que era seu para os outros. O primo se magoara com a sua conversa. Soubera pela Mariquinha que até falara a Amélia em sair do engenho, para procurar viver longe de suas vistas. Seria para o capitão uma desgraça perder a companhia de sua filha. Se Amélia se mudasse, ele não teria mais coragem para viver. O diabo era a vida descansada do genro, aquele paradeiro, aquela distância da terra. Tinha terra gorda para trabalhar, dinheiro, negros, sementes, e ficava dentro de casa, naquela leseira, naquela preguiça sem fim. Como podia um homem com uma manhã de maio, com os negros cavando cova de cana para o plantio, ficar dentro de casa? Como podia um homem não tomar gosto pela lavoura crescendo na terra, com um engenho moendo, num bonito safrejar de vinte e quatro horas? O cheiro do mel, o cheiro da terra molhada, a chuva, o sol, os lagartos, as cheias do rio, nada daquilo valia para o seu genro? A mulher viera lhe falar, com muito cuidado, da gravidez da filha. Gostou de saber. Podia ser que assim o homem pegasse gosto pelas coisas da vida. Um filho era peso nas costas, era preocupação, era pensar no futuro.

Viera a filha e o genro continuou o mesmo. Era da natureza. O velho Tomás desenganou-se. Foi quando se deu o furto de seus cavalos, com a fugida outra vez de Domingos. O negro fizera-se no mundo, levando dois cavalos de sela. Já não era o mesmo capitão Tomás de outrora. Mas tomou a peito a questão. Velho como estava, saiu à procura do que era seu. O genro ofereceu-se para acompanhá-lo. E com dois negros como pajens, botaram-se atrás do ladrão. As notícias davam o negro como tendo ganhado para os lados do sertão. Era difícil para o ladrão procurar os engenhos da várzea, ou meter-se para os lados de Goiana. Teria que subir para o sertão onde a marca do velho Tomás seria pouco conhecida. O sogro e o genro chegaram no Mogeiro e souberam logo que Domingos estivera lá em companhia dum tangerino de Campina Grande. Teriam que chegar em Campina. Sabiam que para aquelas bandas teriam muitas dificuldades. O povo do sertão não ia muito com a gente da várzea. O velho Tomás estava no seu direito, e ninguém poderia tomar o que era seu. E assim chegaram ao povoado. Fazia um frio de tremer, na noite em que se aboletaram num rancho de palha, na entrada da rua. Havia outros viajantes com o fogo aceso, de rota batida para o alto. O capitão conversou com um cargueiro e o homem foi franco com ele:

— Capitão, isto aqui vai ser difícil para o senhor. Sertanejo é povo que estranha muito.

Na manhã seguinte foi à casa dum velho que era tido como o maior da terra. Contou a sua história e nem chegou a terminar, porque o velho foi lhe dizendo com toda a franqueza:

— É difícil, seu capitão. É muito difícil. Aqui eu moro, nesta Campina Grande, há muitos anos, e não conheço ladrão nenhum. Se o negro ganhar o sertão, o senhor não acha mais. Isto é terra livre, capitão. O povo destas bandas não tem marcos na terra.

Mas o capitão Tomás e o genro Lula não se deram por vencidos. Em conversa na feira vieram a saber que o negro estava numa fazenda, em Fagundes. Em terra dum homem moço, chegado ali, vindo do Ceará. Tivesse o capitão muito cuidado, porque o rapaz era homem de sangue quente. O capitão Tomás tinha o seu direito, o negro era seu, os cavalos eram seus. Tinha que voltar com eles para o Santa Fé. E com este intento chegaram na fazenda, quase à boca da noite. Só havia a casa de morada, e um curral atrás. Uma casa como de morador de engenho, de barro escuro, com um copiá muito baixo. Na porta estava um moço, de camisa para fora das calças, de chapéu de palha. Chegou-se para o terreiro e perguntou pelo fazendeiro.

— Está falando com ele, meu velho.

Aproximaram-se. E o capitão mostrou-lhe a carta do delegado de Pilar, contou a história do negro, o roubo dos dois cavalos.

— Meu velho, o senhor não está na trilha certa. Sou novo nesta terra. Vim do Ceará para viver do meu trabalho. O senhor vem aqui para encontrar negro fugido, cavalo roubado?

O capitão explicou-lhe. Não era para agravar que chegara. Tinha a sua propriedade e queria que ela fosse sua. Tinha o seu direito.

— É verdade, meu velho, a razão está com o senhor. Eu não tiro a razão de quem tem. Mas por que bateu o senhor aqui? Eu sou depositário de furto, meu velho? Isto é ofensa.

O capitão falou com cautela, procurando desviar o assunto de briga. Mas o genro entrou na conversa e ele teve medo. O Lula levantou a voz para o sertanejo. O homem enfureceu-se. Os dois negros, como sentinelas, olhavam para o grupo, pasmos de ver os seus senhores com gente que falava com voz de senhor para eles.

— Rapaz, eu não sei quem é você. Sei que este é o capitão Tomás, que anda atrás de um negro fugido, e de cavalo roubado. Você eu não sei quem é.

— É meu genro.

— Então, rapaz, deixe o velho falar. Velho para mim é coisa de respeito.

— Não estamos aqui para ouvir desaforos – gritou seu Lula.

— Quem está ofendido? Então chegam na porta de minha casa à procura de negro fugido, e sou eu quem ofendeu? Meu velho, o caminho por onde o senhor veio tem volta. Estou na minha casa, e se vieram para aqui com intenção de me insultar, a coisa é outra.

Já tinham chegado dois cabras de punhal atravessado na cintura.

— Estes dois homens estão vindo do Brejo atrás dum negro fugido. Estão pensando que o negro está aqui.

O capitão Tomás explicou:

— Não senhor, em Campina me disseram que o negro tinha parado nesta fazenda.

Seu Lula, com a voz trêmula, inflamada, gritou:

— Não somos camumbembes.

— Eu sei que os senhores são homens de trato, de engenho, de muita lordeza. Tudo isto eu sei. Mas grito aqui não adianta não, rapaz. Eu, se fosse o capitão, ia me aboletar ali debaixo daquele pé de juá, e esperar a madrugada. Se quiser uns pratos de coalhada eu tenho para dar. Só não tenho é negro fugido e nem cavalo roubado.

Um dos cabras abriu numa risada estrondosa. O capitão olhou para o genro, e falou para o homem:

— Pois o senhor me desculpe. Nós vamos voltando. Se aparecer lá por baixo, pode me procurar. Tenho lá uma casa às ordens.

— Vão porque quer, capitão. Ali está aquele pé de juá. A gente só oferece o que tem. Os senhores são povo de trato. Sou um sertanejo pobre.

O capitão falou com o genro e saíram para a estrada que dava para Campina. Quando chegaram em cima na chã, encontraram um pé de umbu e fizeram pousada. O velho estava calado, e o genro puxou conversa:

— Gente ordinária. Garanto ao senhor que estão com o negro escondido.

— É, mas sertanejo é gente séria. Desconfio que aquele cabra deve ser de fora. Aquilo tem pinta de ladrão de cavalo. Vi logo, pela conversa dele, que aquela fazenda é só para poiso dos ladrões que vêm do sul de Pernambuco para o sertão.

Seu Lula parecia humilhado. Não pôde dormir. Dentro da mataria mexiam bichos, gemiam as vozes da noite. Os negros roncavam alto, o capitão enrolado para um canto, e o genro sem poder pregar os olhos. Veio-lhe então a lembrança do pai, noites e dias no meio das matas de Jacuípe, vivendo como um animal, assassinado, por fim, como um bandido perigoso. Morrera pelo chefe Nunes Machado. Então seu Lula, naquele ermo do sertão, por debaixo do umbuzeiro, com os negros e o sogro deitados na mesma terra, viu que não era nada, que força nenhuma tinha para ser como fora o pai, Antônio Chacon. O que ele fora até ali? Nunca que um pensamento assim o perseguisse como aquele, naquele isolamento. Quisera falar com o ladrão e nada fizera. Fora o velho sogro que manobrara a retirada. Estavam vencidos, tinham fugido. Eram quatro homens com medo da fala mansa daquele cabra. Os mosquitos gemiam no seu ouvido. A noite escura cobria a vergonha do senhor de engenho que não tivera força para arrancar um negro fugido. O capitão não podia dormir. Como poderia dormir um senhor de engenho que não tinha coragem de arrancar um negro de sua senzala das mãos de um ladrão de cavalos?

## 3

O CAPITÃO TOMÁS VIVIA como se tivesse sido atacado de doença grave. Apareceu-lhe um capitão de mato com o seu negro fugido, e ele não dera a menor importância ao fato.

Deitado na sua rede, calado, passava os dias inteiros alheado por completo de tudo. O velho tinha sido ultrajado, era um homem que se considerava sem honra. A filha Olívia voltara para dentro de casa.

    Era aquele fantasma vivo, de olhos mortiços, a andar de um lado para o outro, numa ânsia que não parava. A casa-grande do Santa Fé ficara assim, muda, de repente. O seu Lula lia os jornais do Recife. D. Amélia, nas tardes de quebranto, de muito silêncio, tocava as valsas que o marido adorava. Todos se preocupavam com a tristeza do capitão. Afinal de contas, a história de Domingos não seria motivo para um homem se entregar daquele jeito, para ficar como morto. O capitão, nos seus silêncios, vivia para dentro de si com violência. Partia ele do ponto de vista que estava derrotado, humilhado, sem honra, sem força para governar as suas coisas. Era um senhor de engenho sem respeito. Tivera um negro fugido, andara atrás dele, com o seu direito, com a sua razão, e fora, no entanto, insultado por um camumbembe qualquer, um sujeito de camisa para fora da calça, que quase lhe bateu. Não, ele não podia mais gritar para negro nenhum. E além de tudo, onde um filho para vingar o pai ofendido, onde um homem de sua gente que pudesse desagravá-lo, como ele bem queria que fosse? Havia um genro, muito bom homem, um mole, um leseira. Vira o negro voltar amarrado, chicoteado pelo capitão de mato. Era como se não tivesse visto nada. Para ele continuava fugido, com mais força do que ele. O senhor de engenho do Santa Fé saíra atrás dum negro fugido e não tivera força para trazê-lo para a sua senzala. Era muita humilhação. E depois, ele mesmo se considerava sem préstimo, um homem sem energia. O que fizera? Lá estava uma filha, com aquela agonia, lá estava Amélia, toda de seu marido que nada sabia fazer. Vinham visitas para o capitão Tomás e ele as recebia ali mesmo em sua rede. Apareceu-lhe o cônego Frederico para pedir auxílio para levantar a torre da igreja. Deu o dinheiro ao padre e ficou em sua rede, sem uma palavra com o amigo, procurando uma conversa que o capitão não ouvia. Na saída, o cônego falou com o genro. Não via com bons olhos o estado de saúde do capitão. Ele estaria, sem dúvida, muito doente. O feitor, que vinha de manhã e de tarde, pedir ordens e trazer notícias, encontrava aquele senhor indiferente, de falar baixo, um outro homem que ninguém conhecia. A velha Mariquinha falou com o genro e com a filha. Tinha medo de que acontecesse uma desgraça ao marido. A casa inteira passou a viver em torno da tristeza do capitão Tomás. A notícia circulou pela várzea. Espalhava-se que o capitão estava aloucado, tudo porque fora desfeiteado em Campina Grande, e não pudera fazer nada. E isto demorou uns meses. D. Amélia parou de tocar o seu piano, e o marido pusera-se à frente do Santa Fé. Pelo menos a doença do senhor de engenho puxara o genro para fora dos jornais. Via-se seu Lula montado a cavalo, via-se seu Lula gritando com os negros, e a velha Mariquinha dava graças a Deus. O marido podia descansar que teria um genro que podia fazer as suas vezes. Mas o Santa Fé não era já aquele do capitão Tomás Cabral de Melo. Corria a safra daquele ano. De sua rede, no alpendre, o capitão sentiria o cheiro do mel nas tachas, ouviria o barulho da almanjarra, a gritaria dos negros, o rumor da fábrica na moagem. E nem aquela vida, que era a sua própria vida, acordara-o de sua indiferença. D. Mariquinha contava com a moagem para ressuscitar o marido. E dizia para as negras:

— Ele está assim, mas no dia em que partir um couro de almanjarra saltará da rede para tomar conta de suas coisas. Quando chegar a moagem, Tomás acorda.

E chegou a moagem, os negros cantavam ao pé da moenda, o açúcar cresceu na casa de purgar, e o capitão na rede, comendo o pouco que comia, de olhar para longe, de cara sombria, de fala mansa, como de doente de morte. Tudo para ele se fora de vez. Os partidos de cana, a escravatura gorda, os roçados de algodão. Tudo se fora para a vida do senhor de engenho. D. Olívia dava para falar noite e dia, era uma pena, dizendo coisas sem nexo, chorando e rindo. E o capitão na rede de varandas compridas, no seu silêncio desesperado. Não ficaria mais bom, pensava a mulher. Estava morto para sempre. Via que o genro não seria o homem para botar as coisas para a frente. Então d. Mariquinha do Santa Fé resolveu dar as ordens no seu engenho. Custara-lhe muito tomar aquela decisão. Era urgente. Ela bem vira no decorrer da safra que o genro não acudia às necessidades do engenho. Ela vira o caso do mestre de açúcar Nicolau, um negro de primeira ordem, que o Lula mandara surrar sem necessidade. Não gostava de ver negro apanhar assim, por qualquer coisa. Era contra o sistema do major Ursulino de Itapuá, judiando com a escravatura. Não. Chamara o genro para pedir que não continuasse a castigar os negros, como fizera com Nicolau. E o Lula aborreceu-se. Amélia apareceu de cara fechada. Não se importava com brigas de filhos. E assim tudo começou a depender das ordens de d. Mariquinha. Era a senhora de engenho que vendia o açúcar aos cargueiros de Itabaiana. Às vezes pedia ao genro para tratar de negócios no Pilar. E de lá saía ele de cabriolé, enchendo o mundo com o toque das campainhas. Agora d. Mariquinha pouco saía para as missas do Pilar. Ali em casa olhava para tudo, ordenava tudo. Os negros vinham lhe tomar a bênção de manhã e de noite, o feitor chegava-se para pedir ordens. O Santa Fé não seria aquele da saúde do capitão Tomás mas ia andando com a energia da mulher de expediente de homem. Aquilo dera o que falar. Com um genro dentro de casa, a velha Mariquinha preferira ser o homem da família. A doença do capitão Tomás continuava no mesmo. Um dia a casa toda espantou-se. O capitão saiu de casa, foi até o engenho, subiu para o partido do alto. Os negros olhavam para ele, com medo. A barba enorme, os cabelos crescidos, como de penitente, e o andar cambaleante. O capitão andou para a estrada. Todos os passarinhos da cajazeira cantavam para ele. E não ouvia os cantos dos seus passarinhos. A terra molhada, o massapê úmido da várzea sentia os pés do senhor que lhe furara as entranhas, que de dentro dela tirara touceiras de cana, rama de feijão, roçadas de milho. Era aquele o capitão Tomás Cabral de Melo que tinha terra para trabalhar, para plantá-la, para colher. O capitão andou um pedaço. O sol queimava-lhe a cara que a barba branca cobria, e quando voltou para casa e caiu outra vez na rede, soluçava como um menino. Correu a velha para ver o que era. Não era nada. Com o rosto coberto pela varanda da rede o capitão acordara para sofrer. A casa-grande do Santa Fé alarmou-se com o choro do homem que nunca tinham visto chorar. Seria uma dor grande demais. D. Mariquinha naquela noite chamou as negras para o quarto dos santos, e a filha Amélia puxou o terço. Todos rezavam pela dor terrível que fizera o homem duro, o homem de pedra chorar como menino. Olívia falava. E a voz de d. Amélia era de uma ternura, de uma delicadeza que amolecia os mais empedernidos. D. Mariquinha não dormiu, imaginando no que pudesse sentir o marido. Ela sabia o muito que sofrera com a doença da filha. Mas aquela viagem a Campina Grande, a fugida de Domingos, o roubo dos cavalos deram com ele naquela rede, como um homem inútil. Agora aquele choro, depois de ter saído para olhar as suas coisas. Tomás não falava com ninguém. Era aquele silêncio que lhe doía mais que o falatório de Olívia. O povo de seu marido era de gente de muito bom juízo, de homens que morriam em cima do trabalho, dando tudo o que tinham aos seus, até o último esforço da vida. Parara Tomás, e agora vivia naquele paradeiro de preguiça. Ela também não podia confiar no tino do genro. E depois, por que aquela maneira de tratar com os negros que tinha o Lula? Era homem tão manso, tão carinhoso para a mulher, e, no entanto, por qualquer coisa lá vinha com castigos, com ordens para pancadas. Seria coração ruim? Tomás não vivia surrando as suas peças de escravatura. Negro que apanhava só tivera um, o Luís, que bebia muito e ficava impossível, malcriado, querendo dar nos outros. Só este passava dias no tronco. No mais, a escravatura do marido não era de dar trabalho. Se não fosse aquele Domingos não podia se queixar de seus negros. Domingos dera com o seu marido no chão. E por isto, logo que pôde, vendeu o negro para o major Ursulino. Era o castigo que ele bem merecia. Dera-o por oitocentos mil-réis, e lá que pagasse o que fizera a Tomás. Teve depois arrependimento. Deus podia castigá-la pelo ato de crueldade. Mas no fundo ficou sem remorso. O negro era seu, era sua propriedade, vendera-o para se ver livre dum mau exemplo no meio da fábrica. Mas o genro não pensava como ela. Não havia quem dissesse que aquele homem que ela via tão pacato, a ler jornais, tivesse vocação para mandar meter a peia num pobre negro como Nicolau. Dissera-lhe o mestre de açúcar que lhe falara sem termo, em tom de desaforo. Nicolau viera com Tomás de Ingá, e era negro de estima da casa. Depois dos bolos, adoecera de vergonha. Fora ela mesma à senzala falar com ele. E teve pena. Lágrimas correram dos olhos de Nicolau.

— Minha senhora, o seu negro não presta mais para nada.

Consolou a dor do escravo que ela sabia de boa qualidade. Não quisera que Amélia soubesse deste seu ato. Tinha que sarar a ferida de Nicolau. Uma vergonha daquela precisava mesmo de cura. Falara a sério com o genro. Soubera que um moleque de Goiana fora também castigado. O genro lhe falara da desgraça de Tomás como resultado de tolerância para um escravo ordinário. Negro só mesmo na peia. Pediu-lhe, então, para que abandonasse aquele sistema de trato. Não queria que o Santa Fé criasse a fama do Itapuá do major Ursulino. D. Mariquinha começara a perder todo aquele encanto que lhe dera o primo Lula. Começava a vê-lo como um impiedoso, um desalmado. A negra Germana, chorando, lhe dissera:

— Sinhá, Chiquinho não fez nada. Seu Lula gosta de dar em negro, sinhá.

Aquelas palavras da negra a impressionaram. Gostar de dar em negro. Conhecia muita gente que fazia aquilo sem dó nem piedade. Uma filha do velho João Alves tinha sempre uma negrinha nova para judiar com ela. A pobre tinha o corpo machucado de beliscões, de lapadas. Aquilo era mesmo que matar uma criatura. Pensou na doçura de Amélia e ficou com medo do genro. Seria uma natureza como a do major Ursulino, escondida atrás daqueles modos finos? O outro, pelo menos, não escondia os seus intuitos malvados. Mas em sua casa, enquanto fosse viva, ninguém faria de seus negros o que o major fazia dos seus. Nicolau voltara para o trabalho com a sua proteção. O genro amuara-se. Amélia viera com queixas. Repeliu as suas reclamações.

Não permitiria que se mandasse bater em negro sem razão. A filha sentiu-se com as suas palavras. O que não podia suportar era gente sofrendo sem necessidade. A pobre da Olívia vivia do jeito que vivia, naquele estado de demência. Teria sido castigo de Deus? O que teriam feito para merecer aquilo da Providência? Tomás era homem direito, homem de sentimento, e ela nada tinha na consciência que a acusasse. E no entanto lá estava Olívia naquele estado de dó. Para que dar nos negros?

Depois daquele incidente, seu Lula deixou de falar com a sogra. A princípio aquela atitude doeu em d. Mariquinha. Amélia procurava por todos os meios corrigir a falta do marido. Tinha pena da filha quando aparecia para agradá-la. Era um coração de ouro. Agora sabia que não seria feliz com aquele homem. Tomás era homem duro, sem agradar, sem muita conversa, mas tinha coração generoso. Aquele Lula, todo de mesuras, todo não me toques, tinha gênio perigoso. Muito sofria uma mulher casada com um marido assim. As negras compreendiam os sofrimentos da senhora. E todas elas, quando falavam do seu Lula, já era como se se tratasse de inimigo. A casa-grande do Santa Fé vivia assim, cada vez mais triste. Às tardes, o piano de d. Amélia, quando o marido pedia à mulher para tocar, enchia aquele mundo calado de muita mágoa, das melancolias das valsas. O capitão Tomás dera também para andar sozinho pela várzea, subir os altos, sem um destino certo. Não olhava para coisa nenhuma. Andava, andava, e horas depois voltava para a rede e lá permanecia, sem dar uma palavra. Era mais sombra que uma criatura. Na outra safra a seca reduzira a quase nada a produção de açúcar. Mas o algodão dera um preço nunca visto por causa da guerra dos americanos. O pouco que colhera dera a d. Mariquinha uma fortuna. Tudo ia assim, quando, uma tarde, uma negra chegou correndo para a senhora.

Correra para o alpendre e lá encontrara o capitão Tomás nas últimas. Pegaram-no para conduzi-lo ao quarto e já era um defunto o que estenderam na cama.

A morte do capitão deu na briga séria do genro com a sogra. Seu Lula fez exigências no inventário. Reclamou o dinheiro de ouro, quis botar advogado para obrigar a sogra a dizer ao juiz o que tinha guardado o capitão, em moedas antigas. A mulher enfureceu-se com o marido. Ali não devia haver divergências de espécie alguma. Seu Lula, porém, terminou dominando-a. E a velha Mariquinha não cedeu. Vieram os parentes do Ingá. Toda a várzea ficou com a viúva. Seu Lula terminou cedendo. O Santa Fé continuou no governo da sogra.

Nos dias de domingo o cabriolé saía com seu Lula e a mulher para a missa do Pilar. Olhava-se para ele como para um ambicioso. Viera para se casar com o dinheiro do capitão, queria roubar a viúva. Era um infeliz. Seu Lula rezava muito. Ajoelhado, de rosário na mão, batia com os beiços na oração, como um beato. O cônego Frederico achava bonito aquilo. Era o único senhor de engenho da Ribeira que dava um exemplo daquele. Fora por isto que, no tempo do inventário do capitão, procurara o rapaz para aconselhá-lo. Não devia brigar com a sogra. Seu Lula, porém, não lhe dera ouvidos.

Pensara que aquela piedade, aquele rezar pudessem ajudá-lo a compreender as coisas. Não. Ele queria o que era de direito. O juiz não lhe deu direito nenhum. D. Mariquinha faria o que quisesse para o dr. Gouveia. O velho magistrado dava as suas sentenças conforme o seu direito. Nada de genros roubando sogras. Lá em sua casa estivera seu Lula. O juiz disse-lhe o diabo. Ali na Ribeira não era lugar para caça-dotes. Ele faria a partilha da maneira que bem quisesse. Seu Lula quis levantar a voz, mas o dr. Gouveia falou mais alto. Na comarca dele mandava ele.

O cabriolé do genro mau começou a fazer mal ao povo. Bastava ouvi-lo, com as campainhas, para que a imagem do genro sem coração, do genro cruel, aparecesse para toda gente. D. Amélia sofria com aquela animosidade dentro de casa. Uma vez falou com o marido para sair, para procurar um lugar para morarem em casa que fosse deles. Seu Lula aborreceu-se com a mulher. Nunca a vira assim, com aquele falar violento. Não sairia dali. Era isto que a sogra queria. Não era por ele, era pela sua filha. A menina que nascera, mimada, chorava a noite inteira. A negra que tomava conta da criança tinha que ficar acordada. Quando seu Lula levantava-se e que a encontrava cochilando ao pé da rede, acordava-a com empurrões. Ninguém podia dar voto na criação da menina. Era só ele que sabia o que se devia fazer. A sogra sofria desesperadamente com aquilo. Quando a filha dera à luz, uma grande esperança viera para d. Mariquinha. Podia agora voltar a paz para o Santa Fé. Cercara Amélia de todos os cuidados, queria ser a sua criada mais de perto. Seu Lula, de cara fechada, tratou-a como inimiga. A neta seria todo o sonho de d. Mariquinha, e o genro fez tudo para que ela não se apegasse com a menina. Às escondidas, quando ele saía no carro, procurava Neném para tê-la nos braços, para fazê-la sua neta de verdade. Uma vez, estava com a menina, quando o genro entrou inesperadamente. Viu a cara de ódio que ele fez. Ficou fria. E o grito que ele dera na negra, na ama da menina, ainda doía nos seus ouvidos.

— Leve esta menina lá para dentro.

Amélia, quando soube, chorou. Mas a filha não era nada para a vontade de Lula. Fazia dela o que bem queria. Melhor que tivesse casado com um camumbembe qualquer.

A vida de d. Mariquinha se transformara assim num suplício. Via a neta nos braços da negra, ouvia o seu choro nas noites de insônia e não podia fazer o que o seu coração mandava, o que o seu sangue pedia. Perdera o marido, sofria com Olívia, Amélia era só do marido. Esperava que a neta viesse como um bálsamo. E o genro criara aquela situação desesperada. As próprias negras sabiam medir o sofrimento da senhora. E mesmo fazia pena. A velha Mariquinha às vezes não se continha. Ouvia o choro da menina e uma coisa dentro dela a arrastava para o quarto. Acalentava-a. Todos os seus dengues de mãe voltavam. Era um cantar tristonho para fazer a menina dormir. Ouvia, então, o pigarrear seco de seu Lula, e sabia que era o genro que a advertia. Voltava para sua cama, e até a madrugada sofria calada. O choro de Neném vinha-lhe como uma furada no coração. Amélia estava cada vez mais longe, mais fora de sua vida. E, coisa que nunca sentira, começou a odiar aquele homem sem piedade, aquele monstro que a maltratava com tamanha crueldade. Olívia dentro de casa, nas noites de lua forte, gritava desesperadamente. Era verdade, no fim de sua vida, Deus a castigara como a pecadora impenitente. Quando a menina adoecera, fez o possível para dar tudo que era de suas energias para a neta. O genro não saía do quarto da doentinha, fora de uma dedicação sem limites. Até o admirara. Os pais daquela Ribeira sofriam com as doenças dos filhos, mas deixavam que só as mães cuidassem deles. Via o genro com todo aquele desvelo pela filha, e abrandou o seu ódio. Uma noite, porém, entrara ela no quarto para ajudar Amélia num banho da menina, e ouviu a voz de seu Lula, ríspido, duro:

— Deixa, Amélia, que eu dou o banho na criança.

Era para ela. Voltou para a cozinha onde as negras, àquela hora, ainda trabalhavam. Germana sentira a dor que cortava o coração de sua senhora:

— Sinhá, está sentindo alguma coisa?

E ela, como uma pobre infeliz, caiu nos braços de sua negra para chorar.

— A menina está para morrer, sinhá?

Não teve palavra, chorou como uma desenganada, na sua cozinha, com as negras em redor, todas sentidas. Ouviu-se a voz de seu Lula chamando a ama de Neném que viera procurar uma chaleira d'água. Foi quando a velha Mariquinha, como se tivesse recobrado toda a sua energia, saiu para o quarto da filha, e lá, num desespero de louca, disse o que lhe vinha n'alma. O genro apareceu para contestá-la. E ouviu as palavras duras da sogra. Não era uma criatura humana, era um monstro. A filha procurou intervir para amansar aquela fúria. O seu marido não era assim como a sua mãe dizia. Era nervoso, era uma injustiça contra Lula. Mas d. Mariquinha não parou. O genro não se conteve, e gritou para a sogra, como se fosse para uma negra.

— Velha doida.

D. Mariquinha fora de si:

— Ponha-se para fora desta casa.

— Aqui mando eu também – dizia seu Lula. — Aqui mando eu também.

O choro da menina pôs fim ao bate-boca. D. Amélia chorava para um canto. E a mãe, a avó espoliada, voltou para o seu quarto, para sofrer ainda mais. As negras, na senzala, comentavam o sucedido. Era um sofrer de fazer pena, aquele da senhora que era boa. O senhor novo tinha coração de fera. Devia ser como o major Ursulino. Todos iriam sofrer na mão dele como bestas de carga. Viria desgraça para o Santa Fé. No outro dia, como nunca sucedera, a velha não amanheceu na cozinha. Adoecera a pobre d. Mariquinha. A princípio não ligou importância. Só não se levantava porque não pudera se manter de pé, com aquela dor de lado que era como uma facada nas entranhas. No outro dia começou a vomitar preto, e a dor crescera tanto que não podia mais nem respirar. Mandaram um portador a Goiana para trazer o dr. Belarmino, que era médico novo, com fama de milagroso. Dois dias depois, com o médico na cabeceira, morria a senhora de engenho do Santa Fé. Naqueles dias, os gritos de Olívia eram de cortar coração. As negras choravam como por morte de mãe muito querida. Todo o Santa Fé entristeceu com a morte da senhora. O velho Tomás morrera quando não era mais uma criatura viva. Ela não. Todos a ouviam, todos a amavam. A escravatura se alarmou. Seu Lula seria o dono de tudo. Nicolau correu ao Santa Rosa para se valer do senhor de engenho. Queria que o comprasse, que o salvasse das garras do novo dono.

Dias depois da morte de d. Mariquinha, seu Lula, todo de luto, reuniu os negros no pátio da casa-grande e falou para eles. A voz não era mais aquela voz mansa de outros tempos. Agora seu Lula era o dono de tudo. O feitor, o negro Deodato, recebera as suas instruções aos gritos. Seu Lula não queria vadiação naquele engenho. Agora, todas as tardes, os negros teriam que rezar as ave-marias. Negro não podia mais andar de reza para São Cosme e São Damião. Aquilo era feitiçaria.

Seu Lula, deitado na rede, brincava com a filha, no ponto de engatinhar. Os cabelos louros da menina, o riso doce, os olhinhos azuis amansavam as fúrias do novo senhor. À tarde, o feitor chegava para dar conta dos serviços. Era como se falasse com um estranho. Seu Lula não saía para olhar os trabalhos. Dentro de casa, na rede do alpendre, ficava os dias inteiros lendo jornais.

Olívia andava de um lado para outro, e agora era Amélia que na cozinha mexia nas tachadas de angu, nas panelas dos negros. As mãos finas de d. Amélia tomaram o lugar das mãos grossas de d. Mariquinha.

E foram-se assim os anos. Seu Lula era agora o capitão Lula de Holanda. Os negros do Santa Fé minguavam. Nicolau fora vendido, dois haviam morrido de febres. E a bexiga da peste que passara pelo Pilar como um vento de desgraça arrancara cinco negros da fábrica do Santa Fé. Mas o engenho tirava as suas safras. Apesar de tudo, as terras davam o que podiam, e o feitor Deodato botara as coisas para diante. O sogro deixara dinheiro de ouro. Para o tempo era uma pequena fortuna. Seu Lula não queria tocar naquilo. Seria para a educação da filha. Iria educar Neném no melhor colégio do Recife. E o cabriolé tilintava na estrada, nas ruas do Pilar. O capitão

Lula de Holanda, com a sua parelha de ruços, trepado na sua carruagem, chegava para as missas de domingo como um príncipe. Trazia o boleeiro as duas almofadas de seda para ele e a mulher se ajoelharem. O povo olhava para aquele luxo com prevenção. Fidalgo de porcaria. Viera de Recife com a roupa do corpo e ali parecia que tinha o rei na barriga. O capitão entrava na igreja, com a barba preta e o terno de casimira, com a cabeça pendida para o chão, e batia nos peitos, e rezava como uma devota. D. Amélia com os trancelins, com os dedos cheios de anéis, andava dura como um fantasma. Saía da igreja para o carro. O marido não visitava ninguém. O juiz de direito, desde a partilha do sogro, que era seu inimigo. Só o cônego Frederico falava com a família. Mas não fosse pedir esmola para a igreja que o capitão Lula de Holanda não daria. Falava-se da sua sovinice como de uma doença. Com todo aquele luxo de carruagem, e matando os negros de fome. O povo do Pilar que se habituara com os potes de mel do capitão Tomás, irritava-se com a somiticaria do novo senhor de engenho. E começaram a inventar, a fazer do Santa Fé um novo Itapuá. O capitão só vivia para ele mesmo. Pouco estava a se importar com o juízo dos outros. Na semana santa ia com Amélia fazer a sua páscoa. Era bonito vê-lo de casimira preta na mesa da comunhão, com a cara grave, e os olhos baixos para a terra, uma piedade de devoto de coração, de verdade. Então falavam que tudo aquilo era falsidade, que os negros do engenho tinham os lombos em ferida, que o capitão Lula de Holanda enganava a Deus com todo aquele aparato. Tinham pena de d. Amélia. Sofria na mão daquele malvado, de instinto de fera. Seu Lula não saía do seu engenho para parte nenhuma. O Partido Liberal perdera os eleitores do Santa Fé.

Lá, com a mulher, com a filha, com os seus jornais, o capitão não pensava em política.

Quando lhe vinham falar das brigas do Pilar, das eleições disputadas, falava de Nunes Machado, do pai morto como um bandido. Tudo o que queria era viver só, sem visitas, sem festas, com seu engenho dando o que lhe desse. Os negros sofriam com seu Lula. A negra Germana quase que morrera com a venda que o senhor fizera do seu filho Chiquinho, que se fora para o sul. Era um moleque perigoso, cheio de vontades e o capitão passou-o no cobre. E o feitor Deodato, com a proteção do senhor, começou a tratar a escravatura como um carrasco. O chicote cantava no lombo dos negros, sem piedade. Todos os dias chegavam negros chorando aos pés de d. Amélia pedindo valia, proteção contra o chicote de Deodato. A fama da maldade do feitor espalhara-se pela várzea. O senhor de engenho do Santa Fé tinha um escravo que matava negro na peia. Ninguém podia compreender aquela transformação na escravatura do Santa Fé. Sempre foram negros mansos, cordatos, e agora para trabalhar só o faziam apanhando.

E o Santa Fé foi ficando assim o engenho sinistro da várzea. Deodato dava mais em negro que o major Ursulino. Era tudo por ordem do capitão Lula de Holanda. Como podia um homem com aquele trato, com aquelas maneiras, permitir tudo aquilo? O segundo filho de d. Amélia nascera morto. Dissera a parteira que tinha uma cabeça de monstro. Era um aleijão. Castigo do céu. As negras choraram com a infelicidade da senhora. Parecia agora, depois do parto infeliz, um fantasma, branca como cera pelo sangue que perdera. D. Amélia não poderia mais parir, estava perdida para a obra de Deus.

O capitão ficou desconsolado, andou triste, mais calado, mas a filha Neném tinha aqueles cabelos louros, aqueles olhos azuis que lhe enchiam a alma de alegria. O Santa Fé tirara aquela safra com certa dificuldade. Faltavam bestas para a almanjarra. Mesmo assim o açúcar dera o necessário para que ele não bulisse no ouro do capitão Tomás. Todo aquele ouro seria para a educação de Neném.

## 4

CHEGOU A ABOLIÇÃO e os negros do Santa Fé se foram para os outros engenhos. Ficara somente com seu Lula o boleeiro Macário, que tinha paixão pelo ofício. Até as negras da cozinha ganharam o mundo. E o Santa Fé ficou com os partidos no mato, com o negro Deodato sem gosto para o eito, para a moagem que se aproximava. Só a muito custo apareceram trabalhadores para os serviços do campo. Onde encontrar mestre de açúcar, caldeireiros, purgador? O Santa Rosa acudiu o Santa Fé nas dificuldades, e seu Lula pôde tirar a sua safra pequena. O povo cercava os negros libertos para ouvir histórias de torturas.

Fazia-se romance com os sofrimentos das vítimas de Deodato. Quando o carro do capitão Lula de Holanda passava, corria gente para ver o monstro, todo bem-vestido, com a família cheia de luxo, que ia para a missa. Um jornal da Paraíba falara em crimes da escravidão e nomeava o Santa Fé, o Itapuá, como de senhores algozes. D. Amélia leu o artigo e chorou com as palavras impiedosas. Não era assim. Tudo aquilo perturbava a vida do Santa Fé. Ela bem que sentia que o marido vinha mudando de humores. Raras vezes era aquele Lula de outrora, de olhar cismarento, o homem de tanta ternura para com sua mulher. Agora não parecia que a quisesse como antigamente. Via-o no pegadio com a filha que voltara do colégio de Recife, uma moça feita. Neném era a cara do pai. Dela não tinha coisa nenhuma. Achava linda a sua filha. Tinha aqueles cabelos louros, e os olhos azuis, a pele macia, branca como alfenim. E era uma menina doce, tão sem gênio que encantava a todo mundo. Viera do primeiro ano do colégio das freiras, cheia de devoção, com modos de moça. O pai cercava-a de cuidados, de um zelo que ela, como mãe, achava até exagerado. Seria a sua filha a moça mais bem-educada da várzea. Iam ao Pilar de carruagem, e reparava como o marido olhava embevecido para a menina, no banco da frente, vestida como gente grande. Sabia que o povo falava mal de seu marido. Via os olhares que sacudiam em cima de todos quando entravam na igreja. No tempo de seu pai tudo era bem diferente. Viam-se cercados dos conhecidos do Pilar, das filhas do juiz, das irmãs do padre, dos amigos do capitão Tomás. Agora era sair do carro e entrar na igreja, voltar da igreja para o carro. O que haveria contra Lula para aquela hostilidade? Seria que fosse inveja? Lula era homem de sua casa, de certo trato, de orgulho que ela não apoiava. Era o orgulho do marido. Havia nele uma maneira de sentir as coisas que talvez desgostasse a gente do Pilar. Lula falava de sua família de Pernambuco com soberba. Não procurava discussão com o marido por motivos assim, sem importância. Deixava que ele ficasse com seu orgulho de raça. Para que brigar? Família era para Lula coisa sagrada. Fora infeliz com o pai, sofrera o diabo com a mãe viúva, perseguida pela política.

Lula tinha razão de falar do seu povo com aquela arrogância toda. Em casa ele só via a filha. Dizia sempre que Neném era a cara da sua mãe. Nunca vira semelhança igual. Tinha tudo da família de Recife, dos velhos Chacon, gente que sabia entrar e sair, gente de trato, sem aquela bruteza dos engenhos. D. Amélia não contrariava o marido mas sentia-se com aquele falar de desprezo com os seus. Por que Lula falava assim contra o povo dos engenhos?

Não era ele parente do povo de seu pai? Até aquele dia não tivera a menor rusga com o seu marido. O que ele queria que fizesse, fazia sem protesto. Neném era como se só fosse filha dele. Lula fazia de pai e de mãe da menina. A princípio achou bonita aquela dedicação do marido. Tudo que fosse para Neném teria que ser feito por ele. Agora via que Lula exagerava. Moça só se entendia bem com a mãe. Seria a mãe quem saberia melhor de sua precisão, de seus desejos. Lula fazia de Neném toda a razão de sua vida. Quando a menina estava no colégio escrevia cartas compridas, longas cartas que ela não sabia o que mandavam dizer. Que assunto teria o seu marido para escrever tanto a uma filha moça de colégio? Não lhe falava daquilo para que ele não desconfiasse. Neném escrevia muito ao pai. Às vezes Lula lhe lia as cartas da filha, doutras não lhe mostrava nada. Perguntava-lhe:

— Então, Lula, o que Neném mandou dizer?

O marido dava uma desculpa qualquer e mudava de assunto. Neném era uma menina tão cândida, tão doce. Tinha receio que as cavilações do pai estragassem a menina. Por mais que temesse não se meteria a contrariar o marido. Lembrava-se da fúria que se apoderara dele quando o procurou para condenar as ações de Deodato. Sabia que os negros estavam apanhando sem necessidade e procurara Lula para lhe falar daquela miséria. Nunca vira uma pessoa exasperar-se tanto. Era como se ela tivesse se revoltado. Vira o que sua mãe sofrera com a malquerença de Lula. Pobre de sua mãe que se dera como uma escrava aos seus deveres. Fora ingrata com ela. Uma das coisas que mais lhe doíam era pensar na morte dela, depois daquela noite da discussão com Lula. Tudo por causa de Neném. Aquele amor de seu marido, aquele cuidado pela filha, não podia ser boa coisa para a criação da moça. E era todo o pensamento de d. Amélia. Os negros do engenho se foram, até as negras de sua mãe não quiseram ficar na cozinha. Os do Santa Rosa haviam ficado na senzala. Eram amigos do senhor de engenho. Se o seu pai estivesse vivo, tudo seria como no Santa Rosa. Via-se d. Amélia cercada de pensamentos que não desejava que fossem seus. Lula não gostava dos negros. No dia da abolição os pobres foram para a frente do engenho, doidos de alegria. Teve medo. O feitor ganhara a catinga, e Lula trouxera para a sala os clavinotes armados. Os negros cantavam no pátio, com uma fogueira acesa. Ninguém dormiu naquela noite. A negra Germana chorava como menina. A cantoria era de coco, era de reza, era dança, e ao mesmo tempo parecia um bendito de igreja. Lula trancara Neném no quarto e de clavinote entre as pernas, ficara sentado no sofá, à espera de inimigo que lhe viesse ao encontro. À noite se foi, a madrugada apareceu. Na estrada, os negros dos outros engenhos passavam aos gritos. Gritaram na porta da casa-grande. Lula permanecera na porta e eles partiram. Era um cabra do Pilar, com um grupo de negros.

— Capitão, nós estamos atrás de Deodato.

Lula, com a voz trêmula de raiva, não se conteve. Aos gritos respondeu que fossem para o inferno. O cabra não continuou, mas quando o capitão Lula de Holanda cessou a raiva ele foi dizendo:

— Capitão, nós estamos aqui para pegar o seu feitor. É ordem do delegado.

— Ordem de quem? Ordem de quem?

E d. Amélia viu o seu marido pegar do clavinote e apontar para os negros:

— Cambada de cachorros, saiam de minha porta senão mando fogo.

Os negros se foram de cabeça baixa, e ela viu pela primeira vez uma coisa horrível. O seu marido empalidecer, procurar o sofá e cair com o corpo todo se torcendo, como se tudo nele fosse se partir. Aquilo durou uns minutos, mas foram os instantes piores da sua vida. A baba branca que saía da boca de Lula, o bater desesperado dos braços, das pernas, fizeram-lhe medo. Correu para dentro de casa. E não havia uma vivalma lá dentro. Todas as negras tinham se ido. A casa vazia. Só Olívia no quarto falava, falava sem parar. Voltou para a sala e viu que Lula voltava a si, e teve pena de ver o marido no estado em que estava.

— Amélia, Amélia, manda Germana preparar um escalda-pés para mim.

E com aquela impressão terrível voltou para a cozinha. Lá havia um silêncio mortal. A cozinha do Santa Fé, sem uma negra, despovoada de sua gente. Todos se foram, todas as negras ganharam o mundo, até a negra Margarida que criara Neném. Não havia quem quisesse ficar no Santa Fé. O ataque de Lula obrigara-a a pensar na vida com medo. O marido era um homem doente. Vivera com ele até aquele dia e nunca acontecera nada de mais. Era um homem de boa saúde. E de repente vira-o naquele estado de penúria. Sofria de ataques. Quando apareceu com a bacia com a água quente, Lula parecia que voltara da morte. Tinha os olhos fundos, a cara de um homem dez anos mais velho. Ficara ele em silêncio absoluto até o dia seguinte. À noite, na casa-grande, Olívia resmungava, falava, com aquela agonia de sempre. Ela estava só, completamente só. Lula deitara-se para dormir. Começou a ter medo. Era capaz de os negros libertos de outros engenhos aparecerem ali para atacá-los. As cantorias do coco enchiam a noite de um baticum que não parava. Agora percebia bem o canto da negrada, lá para as bandas do Pilar. Os negros dançavam de alegria, na festa da liberdade. Os negros de seu engenho, os que foram de seu pai, estavam no coco fazendo o que bem quisessem. Ouviu-se a voz do marido chamando pela negra Germana:

— Ó Germana!

Foi ver o que Lula queria.

— És tu, Amélia? Dormi um pouco. Onde está Germana?

Não quis falar-lhe da saída das negras da cozinha. Deu uma desculpa qualquer e voltou para a beira do fogo para esquentar água para o marido. Foi quando ouviu vozes nas portas do fundo. Havia gente lá para os lados do sítio. Tremeu de medo. As vozes cresciam. O zabumba, compassadamente, gemia de longe. Sem dúvida tinham voltado os negros para atacar o Santa Fé. Bateu a porteira do curral e as vozes cresciam cada vez mais. Teve vontade de correr para o quarto onde estava Lula, mas, ao mesmo tempo, pensou que aquele alvoroço lhe fizesse mal. Olívia parara de falar. Só as labaredas do fogo faziam barulho dentro de casa. A lenha queimava estalando. Então bateram na porta. Fez um tremendo esforço para não gritar. Quem seria? Bateram outra vez. E uma voz conhecida chegou-lhe como uma proteção.

— Quem é que está aí?

— Sou eu, dona Amélia, sou Macário, boleeiro.

Criou alma nova e foi abrir a porta. Apareceu-lhe o negro de confiança.

— Dona Amélia, estou aqui com mais três para olhar pelas coisas.

Sentiu-se rodeada de amigos.

— Os negros estão todos no coco da boca da rua. E chegou lá um sujeito do Pilar dizendo que o capitão estava brabo, de clavinote na mão querendo matar gente. Aí eu falei com Ludgero e mais Leôncio e Matias e viemos para aqui para ver o que havia. Tem negro que está com o diabo no couro. Estão dizendo que Deodato não escapa.

Depois foram para a senzala e d. Amélia levou a bacia d'água para o escalda-pés do marido.

O Santa Fé ficara sem a sua escravatura, e corriam histórias sobre a vida do capitão Lula de Holanda. Uma vez, na igreja, no momento da elevação, ouviu-se um baque no chão. Era o capitão Lula que tivera um ataque no meio do povo. As mulheres correram de perto dele, e o cônego Frederico chegou ao fim da missa como se nada tivesse acontecido. Seu Lula caíra estrebuchando, no tijolo duro da igreja. A almofada de seda servira para apoiar a sua cabeça. Tinha a cara torcida, os olhos vidrados, o corpo batendo com uma força desesperada. A baba branca que lhe corria da boca sujava o ladrilho. D. Amélia ficou como louca com o marido naquele estado. Nunca que se esquecesse da dedicação da mulher do juiz, do amparo que ela lhe dera naquele instante de agonia.

E, assim, o senhor de engenho do Santa Fé, cada vez mais, ia ficando longe do povo do Pilar e da gente da várzea. Sofria de gota, de doença que pegava como visgo. Mas, quando Neném chegava do colégio, o pai criava alma nova. O cabriolé cantava na estrada, com a filha nos passeios, nas visitas que ia fazer às moças do Santa Rosa. D. Amélia acompanhava-a nestas saídas. Lula ficava em casa. A barba perdera o negrume de antigamente, pontilhava-se de fios brancos. O capitão Lula de Holanda passava dias e dias sem dar uma palavra. Só a filha tinha força para arrancá-lo daquele mutismo. Tudo o que pensava, tudo o que imaginava, era para ela. Às vezes surpreendia-se embevecido, como se estivesse enamorado pela filha. Nos seus silêncios terríveis só pensava nela. Amélia não existia, as recordações da mãe, do pai morto, da vida remota, tudo morria para a vida do capitão Lula. Só ela vivia, só ela era criatura humana, a filha de pele cor de leite, de olhos azuis, de cabelos louros como os de sua gente do Recife. Não havia moça mais bela, mais prendada que a sua filha. Agora não era Amélia que ia ao piano para tocar aquelas valsas que tanto amoleciam a sua alma. Neném tinha outro sentimento, outra maneira de arrancar das notas o que lhe parecia de outro mundo. O capitão pedia à filha para tocar. E ela tocava, tão bem, tão cheia de amor que ele molhava os olhos de lágrimas. Desde aquele domingo da missa, que não tivera coragem de voltar ao Pilar. Iria com Neném; com ela ao seu lado, nada lhe sucederia.

E num domingo, o capitão Lula entrou na igreja, ao lado da filha e da mulher, forte, seguro de si, capaz de ficar horas inteiras ajoelhado, sem sentir coisa nenhuma. O cônego Frederico pedira a Neném para tocar a serafina do coro.

Tocava como um anjo. O capitão fechava os olhos, para sentir mais dentro dele aquela harmonia que lhe invadia o corpo como um bálsamo. A serafina nas mãos de Neném parecia um instrumento do céu. E na noite que Neném cantara no coro o *Tantum ergo*, fora para ele uma elevação da terra, da ínfima terra que pisava. Não sabia que Neném cantasse com aquela paixão, com aquela força do coração. Quando se retirou para casa, no balanço do cabriolé que atravessava a noite com os faróis acesos, banhando as árvores com a sua luz mortiça, o capitão Lula de Holanda era como se levasse numa carruagem de ouro a princesa mais bela do mundo. Era Neném, sua filha que tinha a cara de sua mãe, que era a valia de sua vida. Fizera tudo para que ela fosse como uma moça de praça. Quem poderia casar-se com Neném? O capitão começava a medir os rapazes da terra, os homens da várzea que tivessem qualidades para um esposo na altura da filha. Não via nenhum. Todos seriam da mesma laia, sem educação, sem finura para marido de moça que era da mais fina, da mais rara formação. Não casaria a sua filha com gente de bagaceira de engenho. Lembrava-se dos seus parentes do Recife. Havia rapazes com compostura de bons maridos. Casar uma filha não seria fácil, nos tempos que corriam. O Santa Fé não era engenho de grandes cabedais; não era homem rico, como o velho José Alves, capaz de casar, por causa da fortuna, como o José Paulino, do Santa Rosa, enchendo os genros de dádivas. Educara Neném para um grande futuro. Lembrou-se daquele médico da Paraíba, o dr. Sá Andrade. Viu-o cheio de mesuras para com a sua filha, na festa de São Pedro do Santa Rosa. Seria de boa gente, de família de qualidade? Neném não era criatura para ligar-se a qualquer camumbembe formado.

E assim corriam os anos no Santa Fé. Safras pequenas. Não havia feitor que parasse, o eito minguado, mas a vida da casa-grande sempre como fora. Tudo por lá corria como dantes, com a mesma monotonia. D. Amélia envelhecera de repente. Aquele parto acabara com ela. D. Olívia era a mesma coisa, como se o tempo não existisse para ela. Falava as mesmas palavras, tudo para ela era como do tempo de sua infância. Chamava pela negra que não existia, e falava, falava. Para ela vivia ainda a velha Mariquinha, o capitão Tomás. O mundo não andava para d. Olívia. Para d. Amélia andava de verdade, o mundo. Andava demais. Ficara uma velha, em tão pouco tempo. Desde aquele dia do ataque de Lula que ela não tivera mais alegria nenhuma em sua vida. Quando saía com Neném, saía só por sair. O que lhe valia a vida, sem nada que lhe desse uma alegria real? Até deixara de usar aqueles trancelins, aqueles anéis. Fora Lula quem, vendo-a sem as joias, no cabriolé, quando iam para a missa, lhe dissera:

— Amélia, e as tuas joias? Bota as tuas joias, Amélia.

Pelo seu gosto não sairia mais de casa. Neném era uma filha diferente das outras. Por que ali em casa tudo era tão diferente das outras casas, dos outros engenhos? E sem poder explicar dera agora para pensar em sua mãe. Não teria sido cruel com a velha? Lula tratara a sua mãe como a uma negra, como a uma escrava. Lembrara-se daquela briga por causa de Neném, e sentia-se culpada. Por que não tomara ela própria a defesa da mãe que o marido maltratara daquela maneira? Amava-o, via em Lula tudo que era de sua vida. Era homem tão terno, tão macio no trato com ela, e naquela noite lhe parecera um homem como os outros da várzea, tratando as mulheres como bichos. Não tivera coragem precisa para correr para perto de sua mãe e tomar-lhe a defesa, dizer ao marido que ele procedia como um camumbembe estúpido. Por isto, quando nas suas orações pedia proteção a Deus pela sua gente, via a cara torcida de Lula, aquela baba na boca, aquele olhar vidrado, como se fosse um castigo de Deus pela sua crueldade com a velha morta. Lula era um doente. Lembrava-se do negro Nicolau. Ainda hoje ele passava ali pela porta do engenho e não parava para dar duas palavras. Apanhou como negro ruim, por ordem do Lula. E as negras velhas de sua mãe? Germana, Luísa, Joana, todas se foram de uma vez para sempre. Nem uma só vez voltaram ao Santa Fé para uma visita. Sabia que a cozinha do Santa Rosa vivia cheia de negros da escravatura. Em todos os engenhos haviam ficado escravos que não quiseram abandonar os senhores, que amavam os senhores como se fossem criaturas da casa-grande. Ali não paravam. E até eram tidos como inimigos. Via aquele Nicolau, já bem velho, passar pela porta e mal tirar o chapéu. Parecia um negro de longe, que nunca parara no engenho. E todos os outros, com exceção do boleeiro, se tinham feito no mundo. D. Amélia refletia no destino de sua gente com amargura crescente. Sabia que Lula não gostava do engenho. Por mais de uma vez lhe dissera que aquilo era vida para bicho. Se gostasse seria como o seu pai Tomás. Lembrava-se sempre de seu pai para comparar com o marido. E na comparação de agora, quem saía ganhando era o velho bom, caprichoso, cheio de ação, bom pai, dando tudo que era seu para a família. Lula tinha as suas esquisitices. No princípio, tomara gosto pela vida diferente que viera levar no engenho. Era homem da cidade, só podia sentir-se sem jeito pelo trabalho do campo.

Mas, apesar de toda aquela ternura por ela, Lula tinha as suas coisas estranhas. É verdade que com ela sempre fora de uma bondade sem limites. Tivera um marido amoroso, cheio de ternura, até aquele parto infeliz. Depois Lula dera-a como morta. Ficara outro homem, tratando-a como a uma doente. E ela se sentira ferida com aquela atitude do marido. Não era uma inútil, não era uma coisa sem préstimo. Não era que ele se desse às mulheres, como os outros senhores de engenho. Pelo contrário, não havia homem mais cordato, mais sobranceiro do que ele. Todos os outros tinham raparigas parindo filhos todos os anos. Lula era homem de sua casa, dando-se ao respeito com os inferiores. Às vezes até desejava que o seu marido fizesse das suas, para vê-lo mais humano, mais gente viva. Não sabia compreender o que sentia de verdade pelo marido. Não era ódio, não era medo, não era desprezo. Havia qualquer coisa nela que não ligava mais com ele. Tanto tempo levou amando-o. Lembrou-se da vida dos primeiros anos de casada. Lula era tão sensível às suas valsas tristes, ao seu piano. Agora era só Neném. Quando ela ouvia a filha arrancando do velho instrumento aquelas notas magoadas, arrepiava-se de tristeza. Via-se moça, com o pai vivo, deitado no marquesão, amando as suas músicas, adorando a filha. Via-se com Lula embriagado pelo seu amor, tão cheio de carinho, o seu marido querido. Voltavam-lhe imagens que eram a grandeza de sua vida. Tudo se fora. Só Neném existia para ele. A barba que fora negra, estava branca, a voz que fora terna, era rude. Tornara-se áspero com todos. Um homem podia mudar de alma, mais do que de corpo. A alma de Lula não era a mesma. Na tarde do primeiro ataque, pensou que ele estivesse com o diabo no corpo. Rezara aos pés de Nossa Senhora pedindo pela alma de seu marido. Aquele jeito da boca, aquele tremor dos braços, das pernas, aquela cara sinistra não eram de gente da terra.

Felizmente que aquela expressão desaparecera e chegara a compreender a doença do marido. Em todo o caso não havia uma noite que não pedisse a Nossa Senhora das Dores pela alma de Lula. O Santa Fé andara para diante, apesar de tudo. A terra era mãe de verdade. O pouco que plantavam dava para a vida pequena que se vivia no engenho. Seu Lula só vivia para a filha. Nos dias de solidão, quando se trancava no quarto para não ver ninguém, para não ouvir falar de gente, só Neném conseguia levar-lhe o prato de comida, o copo d'água. Ficava assim dias e dias como se estivesse completamente fora do mundo. Saía daqueles silêncios terríveis para os gritos, as impertinências com todos de casa. Neném tinha jeito de amansar a fera na furna. Para a filha, seu Lula era uma seda. E quando, nas tardes de verão, de luz morna sobre a terra, sobre a secura das árvores, o piano derramava-se com as valsas dolentes, ele, de olhos fechados como o velho Tomás, quieto e manso, era igual ao rapaz Lula que amara a mulher bonita que só vivia para ele. D. Olívia continuava no mesmo. As palavras que ela sabia eram de outra idade. Era mesmo que não dizer nada, de tão distante. Por este tempo aconteceu a luta do Santa Fé contra um novo senhor de engenho do Engenho Velho. Era um cabra que viera com dinheiro grosso da catinga. Comprara a propriedade, e lá um dia parou no Santa Fé, para falar com o capitão Lula de Holanda. Vinha com os papéis para mostrar. Dizia ele que havia uma terra no alto, da divisa com a sua propriedade, que não pertencia ao Santa Fé, como os limites marcavam. Ele vinha propor um acordo com o capitão, porque não era homem de questionar, gostava de tudo na harmonia. Sabia que tratava com homens às direitas e procurava tomar as providências que o caso pedia.

Seu Lula alterou a voz para a visita. O homem lhe dissera que ali estava para tratar com amizade.

— Amizade – gritou seu Lula —, então o senhor me aparece para me ameaçar e ainda me fala em amizade, hein?

— Pois é o que lhe digo, estou na paz.

— Não faço acordo nenhum, hein?, não faço acordo nenhum, hein? Amélia, vem cá.

E quando Amélia chegou, o homem se levantou, com respeito.

— Olha, Amélia, este homem está aí com a história de que o teu pai roubou terra dele, hein, Amélia?

— Capitão, não há tal. Vim lhe mostrar uma escritura.

— Mostrar coisa nenhuma, hein? O senhor faça o que quiser. A terra é minha, hein?

O senhor de engenho do Engenho Velho começou a luta contra o Santa Fé. O dr. Eduardo do Itambé, moço de fama, advogado de força, tomara a defesa do seu Lula. Todos os senhores de engenho da várzea ficaram com ele. O José Paulino do Santa Rosa mandou chamar o catingueiro e pediu para ele parar com a questão. O homem, porém, estava com vontade de ir longe. Viu-se então o seu Lula criar alma nova para lutar pela terra. O homem calado, taciturno, deu para andar pelo Pilar, pelo Itambé, pela Paraíba, com uma energia que não se esperava dele. Não era um ladrão de terra. No jornal *O Norte* apareceu um artigo assinado pelo seu adversário pedindo justiça ao governador. Sentia-se perseguido pelos senhores de engenho da várzea. Seu Lula revidou com palavras duras. Falou em Nunes Machado, na família dos homens sérios, na miséria da injustiça. E a questão correu, com a diligência e os incidentes normais. Mas tudo ficaria sem nada de mais, se não fosse a agressão que o cabra do Engenho Velho tentou contra seu Lula no cartório de Manuel Viana. Quando descera ele do cabriolé e ia falar com o escrivão, o homem apareceu-lhe para tomar satisfações. Seu Lula virou-lhe as costas e o homem insistiu. Então trocaram palavras e o homem levantou a mão para seu Lula, com gritos de injúria. Manuel Viana evitou a agressão.

E pela várzea correu a história como um crime. Tinha querido dar no senhor de engenho do Santa Fé. O coronel José Paulino do Santa Rosa montou a cavalo e foi ao Engenho Velho. E de lá voltou com a questão morta. No outro dia passariam a escritura da propriedade. Comprara o Engenho Velho para servir ao amigo apertado. Dera pelas terras mais do que elas valiam para que ali na várzea não existisse um cabra atrevido que ousasse fazer aquilo que estava fazendo com o Santa Fé.

Seu Lula e a família foram de cabriolé agradecer a intervenção generosa do vizinho. E nem parecia aquele homem calado, seco, taciturno. Falou naquela tarde para espanto de sua gente. D. Amélia e a filha na conversa com as moças da casa-grande, e seu Lula a falar em voz alta, a contar casos de parentes do Recife, a falar de Nunes Machado, das lutas do seu pai, no cerco das matas de Jacuípe. Quando voltaram para a casa, já era de noite. As cajazeiras da estrada pareciam cobertas de cal, de tão brancas. As rodas do cabriolé enterravam-se na areia fofa e os cavalos corriam e as campainhas acordavam os pássaros dormindo, espantavam os calangos. Uma raposa cortou a estrada aos saltos, e os faróis do carro pareciam olhos que se encadeavam na luz branca da lua. D. Amélia e Neném falavam das filhas do coronel José Paulino, da alegria, da bondade de todas elas. Mas seu Lula de repente sentiu-se coberto de vergonha. Era um medroso, era um homem sem força, no meio dos outros. O boleeiro desviava o carro duma poça d'água. Mais para diante era a casa do seleiro Amaro, homem valente que viera de Goiana, com uma morte nas costas. Seu Lula passou pela porta do seleiro e pela cabeça atravessou-lhe uma ideia como um relâmpago. Por que não se servira do velho Amaro para se defender contra o cabra atrevido? Poderia ter liquidado o atrevido, e não ficar, como ficara, um homem que precisara da proteção dos outros para resolver uma questão que era sua só. Não era um senhor de engenho. O carro parou na porta, e a lua iluminava os números do portão: 1850. Era a força do capitão Tomás. 1850. Tempo de fartura, de força. Entraram, e o cheiro de mofo da sala de visitas era como um bafo de morte. O piano, os tapetes, os quadros na parede, o retrato de olhar triste de seu pai. O capitão Lula de Holanda pegou no braço da cadeira, e a sua vista escureceu, um frio de morte varou-lhe o coração. Caiu no chão, estrebuchando. A mulher e a filha pararam estarrecidas perto dele, que batia com uma fúria terrível. Era o ataque. D. Amélia não deixou que Neném se chegasse para perto dele, mas ela pegou-o, pôs-lhe a cabeça no seu colo e as lágrimas corriam de seus olhos sobre o pai, como um morto, parado, agora, como se estivesse num sono profundo. Na cozinha d. Amélia esquentou a água para o escalda-pés do marido. Passara uma tarde tão feliz, e agora Lula tinha aquele ataque, na presença da filha. D. Olívia falava muito alto, gritava. A lua entrava pelas telhas de vidro da casa-grande, a lua que pintava as cajazeiras, que dava ordens em d. Olívia, que fazia os cachorros uivarem na solidão.

Dois dias depois, seu Lula ainda estava de cama e o coronel José Paulino passava no Santa Fé para oferecer ao vizinho a patente de tenente-coronel do batalhão da guarda nacional que o governo pedira para ele organizar no Pilar.

## 5

O TENENTE-CORONEL LULA de Holanda não deu importância à patente. Era mais um ato de proteção do seu vizinho que ele recebia como esmola. Não precisava de comiseração de ninguém. Por mais que a mulher lhe pedisse para ir a Goiana ouvir o dr. Belarmino, não foi. Sabia de que doença sofria: tivera um tio, irmão de seu pai, que sofrera da mesma coisa. Não haveria cura para o seu mal. E por isso mais longe de todos foi ficando. Neném fazia aquelas visitas aos engenhos de perto. Às vezes acompanhava a filha, pois era a única alegria de sua vida vê-la mais bonita, mais falante, mais distinta que todas as outras. Pensava em Deus e se recolhia ainda mais. Deus era o seu consolo, a sua força para resistir ao desânimo daqueles dias que vinham, terríveis, depois do ataque. Mas amava a Deus, e odiava a todos os homens. Era um amor doente, desesperado, que o consumia como uma chama. Só Neném o tirava destes recolhimentos. A filha que ele olhava como a maior coisa deste mundo. Aos domingos chegava ao Pilar no cabriolé. Via-se cercado pelos olhares daquela canalha da rua. Sabia que todos o tinham na conta de mau, de orgulhoso, de malvado. Antes da abolição fizeram lá, num sábado de aleluia, um testamento de judas, onde ele aparecia como um monstro, matador de negros. Aquela canalha do Pilar não lhe perdoava o desprezo que ele lhe tinha. Quando lhe morreu o sogro, pensaram que fossem continuar a desfrutar o Santa Fé, como propriedade, a mandar pedir carga de lenha, potes de mel, e tudo o mais que o capitão Tomás dava, de besta que era. Tudo ali era seu, só seu e nada fazia para agradar aquele povo de pedintes. Gente ordinária. Ele bem sentia o ódio que conservavam por ele, bem sabia o que aqueles olhos queriam dizer. No dia do ataque na igreja, soube que correram dele como de um leproso. Só a senhora do juiz tivera a coragem de aproximar-se, de fazer alguma coisa para ajudar a Amélia.

O boleeiro vinha deixar as almofadas de seda para os joelhos da família do Santa Fé. O negro entrava na igreja com orgulho, com ufania. Ajoelhava-se no altar-mor, e depois de deixar no ladrilho as três almofadas, voltava para a porta de entrada, e de longe, como se quisesse mostrar que era negro, pobre negro de seu coronel Lula de Holanda, assistia à sua missa. Os senhores ficavam mais perto de Deus. Eles é que podiam ter aquele luxo, aquela intimidade de mais perto com o Todo-Poderoso, com o grande do céu. Seu Lula ouvia a missa inteira ajoelhado, batendo com os beiços, com o rosário entre as mãos. Parecia, com aquela barba quase branca, com aquele olhar baço, um frade da Penha à paisana. O povo achava tudo aquilo uma hipocrisia. Era ele o maior unha de fome da várzea, o senhor que só dormia bem quando tinha negro no tronco, que derramava sangue de negro nas pisas de arrancar couro, que vinha rezar daquele jeito, como um puro, um coração limpo, uma alma de santo. Na porta de lado da igreja ficava o cabriolé, que os moleques cercavam como se nunca o tivessem visto. Os cavalos já não eram aqueles dois belos cavalos ruços, que pareciam de história de Trancoso.

A nova parelha do cabriolé não apresentava aquela beleza de antigamente. Eram dois pobres quartaus, que podiam ser bem duas bestas de carga. Em todo o caso teriam força bastante para arrastar a família do Santa Fé pelas estradas.

    Seu Lula rezava e não sabia de mais nada. Agora era assim. O amor de Deus o absorvia inteiramente, naqueles instantes. Quando o cônego Frederico elevava ao Senhor o cálice de ouro, e as campainhas ressoavam na igreja, ele sentia-se uma vítima dos homens. Aparecia-lhe então a imagem de seu pai, a figura de Nunes Machado, o passado de sacrificado, filho de viúva pobre. Sim, ele, Luís César de Holanda Chacon, não era o que deveria ser, fora roubado do que era seu, do que devia ser somente seu. Baixava a cabeça e batia nos peitos. Tinha sido roubado. Mataram-lhe o pai, roubaram-lhe o que era de sua mãe, roubaram-lhe os negros com a lei. E a figura do vizinho, o rico José Paulino, mandando-lhe patente de coronel, comprando terras para livrá-lo de uma questão perigosa, tudo isto que aos outros poderia parecer uma grandeza d'alma, doía-lhe como ofensa, como ultraje. Estava reduzido a nada. Mas o Deus que ali estava, naquele instante, o Deus que dera o corpo e o sangue para salvar o mundo, vingava-se de todas as dores de seu corpo com a ressurreição. Os soldados caíram para um lado, aterrorizados, quando o corpo de Deus subiu para os céus.

    Depois da missa, o cabriolé saía a vibrar as suas campainhas pela rua maior do Pilar. O boleeiro subia até a casa da Câmara, e de lá voltava com a carruagem fazendo uma manobra bonita. O coronel Lula de Holanda, de preto, com a mulher e a filha, sobranceiro, de cabeça erguida, mostrava-se à canalha de olhos compridos, com a família na seda. Lá estavam

Neném, a moça mais bonita da várzea, e Amélia coberta de ouro, de trancelins, de anéis no dedo para fazer inveja aos que pensavam que ele, Lula de Holanda, não era nada. Era maior do que todos. Disto estava certo. O que valia a riqueza de José Paulino, se não educava as filhas como ele fazia, que não dava valor ao sangue de Cavalcanti que corria nas suas veias? Não, por mais que o Santa Fé minguasse, mais ele se sentia forte no seu orgulho, na sua vontade de ser só, no meio daquela canalha do Pilar, gente de boca de rua, sem espécie alguma de decência. Não queria que Neném metesse os pés em casa de gente do Pilar. Nem mesmo que tivesse relações com a família do juiz de direito. Disseram-lhe que aquele dr. Carvalhinho não era para merecer consideração. Não permitia que a sua filha se metesse com pessoas que não fossem da sua igualha. Uma tarde apareceu-lhe o coronel José Paulino para lhe falar de eleições. Conversou com o vizinho com a maior franqueza. Fora liberal, como os seus parentes, o seu pai morrera pelo partido, e de lá para cá, não se metera em política. Tinham-lhe roubado os seus direitos em 1888. Fora roubado pelo governo. Era pelo Império, mas não mais quisera saber de um imperador que rasgava escrituras como as que lhe davam direito à sua escravatura. Não iria mais às eleições. Mas o coronel José Paulino pedia-lhe então que deixasse que os seus eleitores o acompanhassem no pleito. Consentiu. E quando o outro saiu, de estrada afora, arrependeu-se da fraqueza que tivera. Então moradores de seu engenho seriam eleitores do seu vizinho? Sentiu-se diminuído. Amélia, naquela tarde, chegara-lhe com uma notícia que o enfurecera. Viera lhe dizer que Neném andava engraçada pelo promotor do Pilar. Sabia que o rapaz não era de boa gente. Filho de um alfaiate da Paraíba. Gritou com a mulher. A casa-grande estremeceu com a fúria do coronel Lula de Holanda. Quis falar com a filha e ela estava chorando no quarto. D. Olívia falava como se estivesse respondendo ao capitão Tomás. Aos gritos do seu Lula, ela gritava:

— Cala a boca, meu pai. Eu estou costurando a tua mortalha, velho.

Seu Lula, como um alucinado, não parava de falar. Preferia ver a filha estendida num caixão a se casar com um tipo à toa, sem família. A mulher quis responder-lhe e a sua voz fina não podia com os rompantes do coronel Lula de Holanda. Só d. Olívia tinha fôlego. Agora cantava, enquanto o cunhado, como um tigre, vociferava. A voz rouca de d. Olívia parecia de uma força esquisita: "Serra, serra, serrador, serra a madeira de Nosso Senhor." D. Amélia e a filha estavam no quarto. A moça soluçava. Na sala o pai berrava, desesperadamente, como se ela tivesse cometido um crime. Ouvia bem as palavras de nojo de seu Lula.

— Namorar com um camumbembe, uma filha minha na boca da canalha do Pilar. Isto eu não permito, Amélia. Amélia, venha cá com esta menina.

Amélia entrou chorando na sala, e viu a cara de ódio de seu Lula.

— Chama esta menina aqui.

Neném surgiu na porta da sala, com a cabeça baixa, ainda aos soluços.

— Por que tu choras, menina? Por que este choro, hein? Quem te bateu, menina? Não me caso com camumbembe, hein? Prefiro a tua morte.

D. Olívia cantava soturna: "Serra, serra, serrador, serra a madeira de Nosso Senhor."

— Manda esta infeliz se calar, Amélia.
— Cala a boca, meu pai. Estou costurando a tua mortalha.

Seu Lula levantou-se da cadeira. Quis andar um pouco e parou, procurando apoio com as mãos, os olhos se dilataram, e com o corpo inteiro caiu no chão, num tremor de morte. A mulher e a filha correram para ajudá-lo. A boca escumava, os dentes trincados, e os braços e as pernas numa convulsão desesperada. Era o ataque que chegava mais forte do que nunca. Foram dias inteiros de recolhimento. Nem a filha podia entrar no seu quarto, sem os gritos, as palavras duras. Depois silenciava, todo ele como que se recolhia para um exame de consciência. E aí a fúria se mudava num paradeiro de mar morto, de água estagnada. Estendido na rede, não se ouvia dele nem o bater das correntes dos armadores. O quarto parecia deserto, vazio de gente. A comida que ia para ele voltava como fora. A casa-grande perdia a fala, o Santa Fé caía na paz da morte. Ninguém levantava a voz naqueles instantes. Até d. Olívia deixava absorver-se pelo silêncio.

Sumia-se para a sua vida como um caramujo. Depois seu Lula levantava-se, vinha com os olhos baços, o ar de cadáver, com os cabelos caindo nas orelhas, a voz baixa, todo humilde, como se precisasse dos outros para viver. E sentava-se no alpendre de frente. Lá fora estava o seu Santa Fé. A terra cobria-se de flores que enfeitavam as estacas do cercado. O bueiro do engenho, com a boca suja de fumaça velha, o telheiro encardido de lodo, e a manhã feliz, no cantar dos passarinhos, na luz gritando sobre as coisas que cobria. Vinha a vida para o senhor de engenho, de corpo preso, de alma atormentada. Era aí que começava outra vez a voltar a devoção de seu Lula. Saía da doença, dos dias de solidão e

Deus o chamava para o seu abrigo. A febre de rezar, de orações intermináveis o tomava por completo. A família o acompanhava nas novenas, nos terços, na leitura estafante do livro de orações que ele lia, devagar, com a voz pastosa, como se comesse as palavras. O caso de Neném com o promotor crescia para ele cada dia. Uma desconfiança constante não o deixava descansado. Na tarde em que viu o rapaz passar pela sua porta, num cavalo muito bonito, com destino ao Santa Rosa, imaginou que lhe preparasse uma traição em casa. Neném e Amélia estariam combinadas para qualquer movimento contra ele. Viu-o sumir-se na estrada e foi ver se a filha estaria na janela do alpendre do jardim. Lá estava Neném, debruçada, com os cabelos louros soltos. Seu Lula, quando a viu, não teve força para andar para a frente, mas gritou-lhe:

— Hein, menina sem-vergonha? Eu bem sabia que tu estavas aí esperando aquele cachorro, hein?

Neném, estupefata, não teve coragem para uma palavra. Mas d. Amélia chegou-se para saber o que se passava.

— Tu chegaste aqui, hein? Tudo está combinado.

— Combinado o quê, Lula?

— Hein, pensam que me enganam? Vai lá para dentro, Neném.

D. Amélia ficou só com ele. Fez-se um silêncio pesado entre os dois. Foi o marido quem começou:

— Eu sei de tudo, hein, Amélia? Vocês duas pensam que me enganam, não é, Amélia? Hein, Amélia?

D. Amélia, mansa, com a voz trêmula:

— Mas Lula, você não está vendo que não há coisa nenhuma? Que tudo isto é sonho seu?

— Sonho, hein, Amélia? Ninguém me engana.

E com a voz dura:

— Mato esta menina e ela não se casa com este cafajeste. Ouviste Amélia?

E saiu para o alpendre onde a tarde amaciava tudo. Era tarde de junho, de verde pelos matos, de campo coberto de flores. Pela estrada passava uma tropa de aguardenteiros. Um homem parou para falar com o coronel Lula. Era um sujeito de Goiana, velho conhecido do capitão Tomás.

— Coronel, tem açúcar sumeno?

Seu Lula fez um esforço tremendo para falar:

— Não tem não, seu Félix. Vendi tudo para o sertão.

Mas o homem queria falar mais.

— Coronel, não tem aqui uma terrinha que me ceda para um mano meu? É homem trabalhador, coronel, mas anda muito perseguido lá em Goiana. Tudo por questão de uma filha a quem fizeram mal a ela. E o mano teve que fazer um serviço no freguês. Família é o diabo, meu coronel.

Seu Lula despertou com aquela história e quis saber de tudo, por que o homem matara o sujeito.

— Coronel, o tal era casado. E desencabeçou a menina. Ora, um homem de sentimento não podia fazer outra coisa. Comeu o bicho na faca. Foi pra rua, mas estão perseguindo ele por causa dum senhor de engenho que protegia o canalha.

Seu Lula dava o sítio ao irmão do velho Félix. E quando ele se foi, começou a imaginar em Neném. Não deixaria que a sua filha, que ele criara com tanto mimo, se casasse com um tipo de rua, um filho de alfaiate. Não, tudo que estivesse em suas mãos ele faria para evitar. O pobre irmão de Félix tivera coragem para liquidar o miserável que desgraçara a filha inocente. Era o que faria também. Mataria, sim, mataria o atrevido. Estava só, era doente, não tinha a fortuna de José Paulino, mas saberia defender a sua filha com a vida, com a sua morte, se preciso fosse. A casa-grande estava ainda no escuro e a voz de sua cunhada começava a importuná-lo. Era um falar rouco, com as mesmas palavras. Nunca se importara com o que ela dizia dias e noites seguidas, a falar sem que desse por isto; e no entanto agora dera para crescer-lhe aos ouvidos como gritos. Amélia acendeu o candeeiro da sala de jantar e mosquitos rodeavam a luz em enxames. A lâmpada do quarto dos santos queimava o azeite da lamparina de prata. Seu Lula chegou-se para lá e viu a cara comprida, os braços estendidos, as mãos sangrando de Deus. Olhou bem para a cara de seu Cristo. Era uma cara que ele gostava de ver, de sentir a dor que ela exprimia. Deus fora assim na Terra, torturado, surrado, morto pelos infiéis. A casa, no vazio de todos os seus. Ele só naquela casa sabia que Deus derramara seu sangue para que o mundo o amasse. Não. Não, ele não deixaria que a sua filha se perdesse, se entregasse ao camumbembe. Por que amava a sua filha um miserável daqueles? Que havia nela que a conduzisse para a degradação? Antes morta, antes no caixão que nos braços do camumbembe. Ajoelhou-se para rezar. Ali, só no quarto, com os santos pelas paredes, com a imagem descarnada de São Francisco, com o corpo estendido no túmulo de São Severino, ele se sentia na maior intimidade com o seu Deus, com a sua Providência. Rezou até tarde da noite. Uma dormência tomou-lhe a perna direita. Amélia chamou-o para a ceia, e só com a voz da mulher lembrou-se que estivera ali mais de duas horas. Começara a chover forte. As portas da casa-grande estavam fechadas. Saiu para examinar os ferrolhos, as trancas. Tudo estava muito bem fechado. Neném não viera para a mesa do chá. Quis que ela viesse. Mandou que a mulher fosse chamá-la. E quando a viu de olhos vermelhos de chorar, com a cabeça baixa, imaginou o ódio que não lhe teria. Era pai, e pai era somente para aguentar as fraquezas dos filhos. Estava sereno. Deus lhe dera calma, força para vencer os tumultos de sua alma. Não falou. Amélia parecia com medo de qualquer coisa. O vento batia nas portas, bulindo com os ferrolhos. Tudo estava muito bem trancado. Então, seu Lula pôde olhar para a sua filha como uma propriedade sua; que ninguém tocaria. Uma onda de ternura envolveu-o naquele instante. Teve vontade de acariciá-la, de tocar nos seus cabelos louros, de vê-los entre as suas mãos como nos tempos de menina. Por que não era mais aquela menina que ele punha nos joelhos que ele criara como a uma santa? Por que amaria aquele tipo, por que fugia de sua casa, de seus olhos, de suas mãos? Seria castigo de Deus? Não podia ser castigo de Deus. Deus era seu amigo, era todo seu. Olhava para Neném, e via nela a imagem de Nossa Senhora, a imagem de manto azul, de cabelos compridos, aquela que não fora tocada pelos homens. Não, Neném não poderia se entregar a um camumbembe, a um pobre-diabo. Quando ele se levantou para ir para o quarto dormir, lembrou-se da infância, das noites de chuva, quando ia botá-la na cama, tão mansa, tão serena, tão do céu naqueles instantes. Não, ele não permitiria que mãos de homens fossem magoar a sua filha.

Só d. Olívia falava na casa triste. A chuva roncava. Corriam os riachos pela várzea, o rio desceria com a cheia, todo o mundo estaria feliz com o inverno. A terra bebia a água que lhe fecundava as entranhas. Seu Lula voltou para o quarto dos santos. Lá encontrou Amélia tirando o terço. Havia velas acesas no oratório. O que Amélia, naquele instante, pediria a Deus? Ficou parado sem saber se devia ajoelhar-se ou voltar para a sala de visitas. Ouvia bem o padre-nosso, na voz de sua mulher, a ave-maria, o tom triste, magoado como Amélia puxava as orações para as duas negras responderem. Quis ficar ali, mas uma coisa secreta lhe dizia que tudo aquilo era contra ele. A mulher rezaria para que Deus não lhe desse força para defender a sua filha do casamento ruim. Era que todos de casa se voltavam para destruir o seu poder. A voz mansa de Amélia chegava-lhe aos ouvidos, ali na sala escura. À luz que vinha da sala de jantar dava para ver o piano estendido, como morto. Há quanto tempo não ouvia uma tocata! E a imagem da mulher, pequena, tão doce, tão terna, tomou conta do marido enfurecido. Via-a na valsa triste, nos toques doentes, na harmonia de coração doído. A mocidade iluminou-lhe a alma que se enegrecera com o ódio. Amélia cheia de amor, Amélia amando-o como escrava. Depois Neném, a bela Neném de olhos azuis, tranças louras, toda sua, fazendo tudo o que ele quisesse, enchendo a casa-grande com o piano que com suas mãos era mais humano que nas mãos da mãe. Era Neném. Era a sua filha. E queria torná-la, embalá-la nos seus braços. A chuva roncava lá fora. A sala abafada enchia-se para ele de fantasmas. Via a sogra, a mulher que imaginara tomar conta de Neném, quando ela era um anjo, tão pequenina, tão frágil. Tudo lhe dera, tudo arrancara de si para que a filha fosse o que fosse. Ouvia Amélia nas orações. Fazia-lhe mal a voz da mulher; aquela voz mansa pediria a Deus e à Virgem para que ele ficasse sem a filha amada. Com pouco mais tudo parara. As luzes das velas do santuário se apagaram. A mulher se recolhera ao quarto, bem segura de que Deus lhe daria tudo contra ele. Deixou-se ficar no marquesão da sala. Era ali que o sogro descansava, era ali que nas tardes, nas tardes de sol brando, ele ouvia Amélia ao piano. Tudo se sumira. Era como se todo o mundo que ele pisara com os pés, que vira com os seus olhos, que pegara com as suas mãos, se perdesse num instante. E ele ficasse ali só, sem ninguém, incapaz de ouvir; incapaz de ver. Estava morto, tão morto como nos instantes de treva dos ataques que lhe quebravam o corpo, que lhe arranhavam a alma com garras de ferro. Agora a cunhada gritava. A chuva não abafava aqueles gemidos, aquelas lamentações violentas. Seu Lula estirou-se no marquesão. Nisto ouviu passos de cavalo rodando a casa-grande. Acertou bem o ouvido e na calçada do alpendre batiam cascos de cavalos. De repente lhe veio à cabeça a ideia de um rapto. Sem dúvida que o promotor haveria combinado o furto de Neném. Estremeceu com aquela ideia, e quando deu por si já estava com o velho clavinote. Foi ao quarto da filha e esta ainda estava vestida, de vela acesa, lendo um livro de orações. A sua cara devia ser de uma fúria desesperada, porque Neném se levantou com medo. Não lhe disse nada, mas chamou Amélia que se recolhera.

— Amélia, hein, Amélia, daqui ela não sai.

A mulher alarmada procurou falar e não pôde. Seu Lula de arma nas mãos andava de um lado para outro, como se estivesse acossado, pronto para um ataque de vida ou morte.

— Mato estes cachorros, hein, Amélia, tudo estava preparado.

Na porta da sala de visitas parou para escutar numa posição de caçador que espreita. Ouviram-se muito bem as passadas de um cavalo.

— O miserável pensa que estou dormindo. Mas este desgraçado vai ver quem sou, hein?

As negras tremiam. D. Amélia correra para o oratório, e Neném chorava alto, enquanto d. Olívia no quarto chamava pela escrava que a criara.

— Ó Doroteia, ó Doroteia, vem me catar, Doroteia.

Ouvia bem a voz de d. Amélia, rezando alto.

— Para, Amélia, para. O desgraçado vai ver.

Aí seu Lula levantou a voz, como se falasse com o inimigo a dois passos:

— Miserável, sai de minha porta.

A chuva intensa e as passadas do cavalo continuavam na calçada do alpendre.

Seu Lula gritou outra vez com mais força.

— Eu te mato, miserável.

Fez-se outra vez silêncio. Só a chuva roncava com a ventania que batia nas portas. O cavalo continuava pisando forte na calçada. D. Amélia chegara-se para perto do marido para contê-lo. Seu Lula empurrou-a para o lado.

— Eu mato este cachorro.

E num esforço desesperado, chegou-se para a porta, e abriu o ferrolho de ferro. O cavalo batia no tijolo da calçada. Seu Lula, com a porta aberta, correu para o alpendre e se ouviu o disparo rouco do clavinote. Com o tiro houve uma correria para o terreiro da casa-grande. Pouco depois o boleeiro Macário chegou espantado. Saíram com uma lamparina e encontraram estendida no chão, banhada em sangue, uma das bestas da almanjarra que havia saído do curràl e se abrigara no alpendre, com o frio da noite. Seu Lula estava lívido, em pé, como se tivesse voltado dum imenso perigo. Não via nada e com o corpo todo estendeu-se no chão, com o ataque.

# 6

Seu Lula já estava velho, d. Amélia era aquela criatura sumida, mas sempre com seu ar de dona, Neném uma moça que não se casava, d. Olívia falando, falando as mesmas coisas. Esta era a casa-grande do Santa Fé.

A carruagem rompia as estradas com o povo mais triste da várzea indo para a missa do Pilar, para as novenas, arrastada por cavalos que não eram mais nem a sombra dos dois ruços do capitão Tomás. A barba de seu Lula era toda branca, e as safras de açúcar e de algodão minguavam de ano para ano. As várzeas cobriam-se de grama, de mata-pasto, os altos cresciam em capoeira. Seu Lula, porém, não devia, não tomava dinheiro emprestado. Todas as aparências de senhor de engenho eram mantidas com dignidade. Diziam que todos os anos ia ele ao Recife trocar as moedas de ouro que o velho Tomás deixara enterradas. A cozinha da casa-grande só tinha uma negra para cozinhar. E enquanto na várzea não havia mais engenho de bestas, o Santa Fé continuava com as suas almanjarras. Não botava máquina a vapor. Nos dias de moagem, nos poucos dias do ano em que as moendas de seu Lula esmagavam cana, a vida dos tempos antigos voltava com ar animado, a encher tudo de cheiro de mel, de ruído alegre. Tudo era como se fosse uma imitação da realidade. Tudo passava. Na casa de purgar ficavam os cinquenta pães de açúcar, ali onde, mais de uma vez, o capitão Tomás guardara os seus dois mil pães em caixões, em formas, nas tulhas de mascavo seco ao sol. Apesar de tudo, vivia o Santa Fé. Era engenho vivo, acendia sua fornalha, a sua bagaceira cobria-se de abelhas para chupar os restos de açúcar que as moendas deixavam para os cortiços.

O povo que passava pela porta da casa-grande sabia que lá dentro havia um senhor de engenho que se dava ao respeito. Ninguém gostava do velho Lula de Holanda, tuas ao vê-lo, com as barbas até o peito, todo de preto, de olhar duro e fala de rompante, todos o respeitavam. Era um homem sério. As histórias com os negros, as suas malvadezas iam ficando de longe, de uma outra época. Havia os que tinham medo, havia os que falavam de castigo caindo sobre a família que era de uma tristeza de luto fechado. Não parava ninguém para oferecer uma vendagem, para puxar uma conversa, para uma visita. O Santa Fé cobria-se de mistério. Nas festas do coronel José Paulino, toda a família de seu Lula chegava no Santa Rosa. Lá ficavam d. Amélia e a filha para um canto, duras como se estivessem em castigo, carregadas de trancelins, de anéis. O coronel Lula de Holanda pouco conversava, as danças iam até tarde, e não havia rapaz que tivesse coragem de tirar a moça do Santa Fé para dançar. Ficava ela de lado, indiferente à alegria das quadrilhas, como um fantasma, branca, de olhos fundos, de cabelos penteados como velha. Numa destas festas do Santa Rosa sucedera que Vitorino Carneiro da Cunha começara a conversar com seu Lula. Vitorino, de cara raspada, vestido de casimira, fora procurar o Lula de Holanda para trocar ideias sobre política. E estavam os dois num canto do alpendre quando se ouviu o velho Lula levantar a voz, irritado:

— Hein, está muito enganado.

— É o que lhe digo, primo – respondia Vitorino. — Nunes Machado não era homem. Morreu de bala como passarinho. Essa gente do Partido Liberal queria era limpar os currais dos conservadores.

— Não é verdade. O meu pai morreu no campo de honra, hein, capitão Vitorino?

— Que honra, primo. Honra de quê?

Seu Lula levantou-se lívido, as barbas cresceram na luz da lâmpada de álcool:

— Não admito este insulto, capitão.

— Não estou inventando. Vitorino Carneiro da Cunha fala a verdade até debaixo d'água.

Apareceu o coronel José Paulino para acomodar. Vitorino parecia furioso com o dono da casa, porque foi lhe dizendo:

— Não se meta, primo, isto é conversa de políticos.

— Vá para dentro, Vitorino.

— Não sou seu negro. Fale assim com os cabras de sua bagaceira.

Foi uma gargalhada geral. Todos acharam graça no disparate de Vitorino. Seu Lula saiu com o velho José Paulino para outro lado do alpendre, e Vitorino começou a falar:

— Este Lula de Holanda tem luxo, de besta que é. Chegou aqui mais pobre do que Jó, e só anda de carro. Bicho preguiçoso.

Apareceu o filho do senhor de engenho para brigar com o Vitorino:

— Cala esta boca.

— É comigo, Juca? Esta é muito boa! Quem foi que botou a carta de abc na tua mão, doutor de merda?

Outra gargalhada estrondou no alpendre. Mas seu Lula gesticulava no outro lado, indignado com as graças de Vitorino. Iria com a família para casa. O amigo, então, procurava convencê-lo do contrário. Com pouco mais o cabriolé saiu tilintando de estrada afora. A família de seu Lula voltava para o Santa Fé. No coração do velho ia aquela mágoa de, entre estranhos, uma pessoa referir-se aos seus parentes do

Recife com aquela insolência. Não voltaria mais ao Santa Rosa. A mulher e a filha em silêncio, e ele pensando nas palavras de Vitorino. Aquilo era uma infâmia. Há tempo que não se enfurecia daquele jeito. Pensavam que o humilhavam. O Santa Rosa se enchia de riqueza, de muita gente, de prestígio. Mandavam aquele Vitorino insultá-lo, fazer referências que lhe doeram como chicotadas.

Dois dias depois apareceu no Santa Fé o coronel José Paulino. Viera ali para trocar ideias com o vizinho sobre política. Tinha tido a lembrança de fazer do coronel Lula o presidente da Câmara do Pilar. O seu irmão do Recife, quando estivera no Santa Rosa, lhe falara nisto. Sabia que ele, Lula, era homem para muito mais, merecia-lhe toda a consideração, mas já uma vez viera ali falar-lhe de eleições e não conseguira interessá-lo. O velho ouviu o outro com toda a atenção, e quando parou de falar, disse-lhe que agradecia tudo, que era muita honra para ele aquela lembrança, porém não podia aceitar. Não ia com a República. Apesar do 13 de maio, apesar de ter sido roubado por João Alfredo, ele não se esquecia do imperador. Regime era aquele, de homens sérios, de gente de vergonha. O velho José Paulino não lhe disse nada. Sabia que Lula, quando pensava uma coisa, não arredava o pé. E mudou de assunto. D. Amélia entrou na sala, com aquela delicadeza de sempre, perguntando por todos do Santa Rosa. Neném não apareceu porque estava adoentada. Com pouco veio uma negra com um cálice de vinho na bandeja de prata. E a conversa foi morrendo, até que ficaram os dois calados. D. Olívia surgiu no corredor, olhou para o grupo e voltou resmungando. Com pouco mais ia-se o coronel José Paulino, e seu Lula, só, com a noite que se aproximava, sentiu-se um pouco superior a tudo o que o cercava. Viera ali o homem mais rico da várzea pedir-lhe para ajudá-lo na sua política e ele negou-lhe auxílio. Não era nada para aquela canalha do Pilar, mas para os maiores da terra era homem que merecia consideração. Neném não quisera aparecer à visita. Agora vivia assim, no mais completo isolamento; nunca mais que tocasse piano. Viera à sua casa pela segunda vez o coronel José Paulino, atrás da sua contribuição para a sua política no Pilar, e mais uma vez não aceitara posições ao seu lado. Todos estavam muito enganados com ele. Ninguém estaria acima de seu nome, de homem de gente da melhor de Pernambuco. Agora, todas às seis horas, o negro Floripes, seu afilhado, tocava o sino que o capitão Tomás tinha guardado num caixão de ferro velho, e que ele mandara dependurar no alpendre de trás. Que lhe valia a Casa da Câmara, se ele não contasse com o amor de Deus? Que lhe valiam as ofertas do coronel José Paulino, se não soubesse agradar a Deus com as suas orações, com as suas penitências? Todas às seis horas estaria aos pés de Deus para rezar, para sentir que Deus era mais forte que as grandezas da terra. Seu Lula puxava as orações para as cinco pessoas de casa. Encontrara aquele negro Floripes, que fora filho de um escravo, seu afilhado, e que com tanta devoção compreendia os seus deveres. Era moleque de bom coração, de natureza branda. Amélia não gostava dele. Era birra de sua mulher, que dera para implicar com os jeitos macios do seu afilhado. O velho José Paulino viera ali para pedir, para tentá-lo com a Presidência da Câmara. Queria ter um Luís César de Holanda Chacon como pau-mandado. Era o prefeito, era o mandão, e desejava um homem como ele, para presidir o Conselho Municipal, para fazer figura perto dos outros senhores de engenho. Tinha o Lula do Santa Fé, homem de bem, de boa família, de gente grande de Pernambuco, como presidente da Câmara. Estava muito enganado. Só aos pés de Deus era que ele se sentia pequeno, um nada, um pecador. O coronel José Paulino que fosse procurar outro para fazer figura.

Tocava o sino as ave-marias. No quarto dos santos encontrou a família à espera dele. E a voz grossa de seu Lula encheu a casa-grande do nome de Deus, do nome de Nossa Senhora, do nome dos santos. Só d. Olívia, naqueles instantes, falava mais alto; gritava, desesperava-se. Seu Lula acreditava na obra do demônio, na força do diabo, quando contra o poder infinito de Deus. Neném parecia uma criatura sem alma. Pouco falava com os de casa. Só pela manhã saía para o jardim cuidando de roseiras e crótons, passando horas ao sol, no trabalho de suas plantas. O jardim de Neném de seu Lula ficara conhecido na Ribeira.

D. Amélia conformava-se com as impertinências do marido. Cada vez mais sentia ela que a doença do seu Lula morreria com ele. Não lutou mais, não sofreu mais. Era tudo como Deus quisesse. A vida que tinha que viver seria aquela, sem outro remédio que vivê-la. Tinha pena da filha, mas ao mesmo tempo para que lhe desejar casamento que fosse como o seu? Para que ligar-se a um homem que viesse magoá-la, arrancar-lhe a paz de espírito? Via Neném no seu jardim, nos seus silêncios, na sua paz e não se queixava de não vê-la casada. Iam comendo com o pouco que faziam. É verdade que cada ano que se passava mais o Santa Fé minguava, menos fazia. O feitor que Lula botara para ver tudo não era homem de tino, era para ser mandado. E quem mandaria nele? As coisas caminhavam como água de rio, com a correnteza levando tudo. Tinha às vezes vontade de chamar o feitor e dar ordens, mas não queria irritar o marido, era homem que não podia se contrariar.

Felizmente que os ataques, aqueles terríveis ataques, tinham diminuído. Raras vezes vira o marido naquela posição de endemoninhado. Havia ali aquele moleque Floripes, cheio de mesuras, com cavilações que agradavam ao seu marido. Por mais de uma vez tivera que chamar o moleque à ordem. Lula dava-lhe muito fogo. Lula, que era tão indiferente com os escravos, tão superior com os negros da senzala, agora parecia outro homem, no trato com o moleque Floripes. Não sabia como explicar semelhante mudança. Via aquele moleque ajoelhado, ao lado de Lula, no quarto dos santos, e não podia descobrir a razão daquele pegadio do seu marido, tão orgulhoso, tão cheio de si. Lula era para ela, ali dentro da casa, como se fosse um estranho. Há muito que ela não existia para ele. Em relação a ela, não era nada. Terrível era ver como ele se esquecera por completo da filha. Viviam tão pegados, tão íntimos, e depois daqueles barulhos por causa do promotor ficara Lula daquele jeito com Neném. Lembrava-se daquela noite do tiro na besta, no alpendre, e cobria-se de vergonha. O marido imaginando coisas absurdas. A notícia correu no Pilar. Aquela sinhá Adriana, mulher do capitão Vitorino, chegara em sua cozinha falando no caso com a cozinheira. Tinham caído no ridículo. A pobre da Neném sofreu com tudo aquilo como uma mártir. Tudo loucura do pai, exagero, tolice. Felizmente que aqueles dias de Lula furioso dentro de casa, aos gritos, como tigre, haviam passado. A paz que reinava ali dentro de casa era uma tristeza, mas, muito melhor assim que com os sobressaltos dos outros tempos, com a peitica do marido, atormentando a filha, descobrindo namorados, inventando fugidas. Tudo havia passado. Tudo era agora aquela mansidão, a pobreza de uma casa-grande que se escondia das vistas dos outros. Sim, todos ali viviam a se esconder dos ricos e dos pobres. E ela mesma é quem mais força fazia para que vivessem longe de tudo. Lula era como se não soubesse das dificuldades por que passavam. Só ela tinha os olhos para ver o Santa Fé como estava, na petição de miséria em que vivia. Lula, naquela devoção, no seu rezar, era como um homem de outro mundo, fora de tudo que fosse da Terra, indiferente ao seu tempo. Podia chover e fazer sol, podia o rio descer nas enchentes, e a seca queimar a folha da cana, que ele não tomava conhecimento do tempo. Mas ela via tudo, sentia tudo. Todos os pedaços de miséria que a família sofria, era ela quem mais sofria. Todos em sua casa pareciam de um mundo que não era o seu. Até Neném perdera a noção das coisas. Naquele jardim, no meio das rosas, mudando plantas, aguando a terra, não queria saber de mais nada. Seria somente ela quem teria coração, quem teria olhos para ver, ouvidos para ouvir, que era a ruína do Santa Fé. O engenho na última safra quase que não moera por falta de animais. Fora ela quem, às escondidas de Lula, mandara comprar, com dinheiro que tinha guardado, uma parelha de éguas no Gurinhém. E assim puderam fazer aqueles sessenta pães de açúcar que deram um preço compensador, e descaroçar as dez sacas de lã que conseguiram alguma coisa para o plantio de cana daquele ano. Ela nunca, em sua vida, tivera tempo para pensar naquelas coisas. Agora só ela pensaria no Santa Fé. Lula parecia um homem que não tinha tempo para olhar o engenho. E pelas suas mãos começavam a passar as contas dos trabalhadores. Eram férias pequenas dos eitos de cinco homens. Mas, mesmo assim, o engenho moía. Uma vez, quando se furara a tacha do cozinhamento, alarmara-se. O mestre de açúcar foi ele mesmo ao Santa Rosa e trouxe de lá o auxílio necessário. Lula não sabia destas coisas. Se não fossem as suas galinhas, não teria recursos para, no inverno, mandar o boleeiro Macário fazer a feira no Pilar. O marido se soubesse que ela vendia ovos para a Paraíba, a Neco Paca, daria o desespero. A sua criação lhe dava este auxílio. Sempre gostara de tomar conta de suas galinhas. E agora era delas que se servia. Às segundas-feiras chegava ali o comprador e as dúzias de ovos lhe pagavam os quilos de carne verde da feira do Pilar. Nos tempos de seu pai, a despensa vivia cheia. Mas não pensava no passado. Tinha a sua vida difícil para viver. Pedira a Neco Paca para não falar a ninguém do seu negócio. Seria muito triste que soubessem, na várzea, que a senhora de engenho do Santa Fé sustentava a família com dinheiro de vendagem de ovos. Aquilo era muito bonito quando não havia necessidade dentro de casa, quando a senhora de engenho trabalhava como brinquedo como aquela d. Emília do Oiteiro, que ganhou um dinheirão vendendo cocada para os cassacos da estrada de ferro. Todos achavam muito bonito o seu esforço, era muito louvada pela força de vontade. Mas se soubessem que a senhora de engenho do Santa Fé vendia ovos para sustentar a casa-grande, fariam mangação. Não bastavam as histórias que correram por toda a parte sobre o tiro de Lula na besta. Bastava a desgraça de ter uma filha debochada pela canalha. Neco Paca era homem sério. Ali ele vinha com o seu cesto para levar a mercadoria. Deus a livrasse que Lula soubesse de uma coisa daquela. O orgulho de Lula era uma doença que nem a devoção curaria. Um senhor de engenho sustentado pelo trabalho de sua mulher! Aos domingos saíam os três para a missa do Pilar. Ela bem via que a canalha olhava com debique para eles que entravam na igreja, com a mesma solenidade de todos os tempos.

Eram os mesmos. Neném e ela traziam as mesmas joias, aqueles trancelins, aqueles anéis que lhes tomavam os dedos das mãos. Lula não deixava que saíssem de casa sem as joias. Lá ficavam no mesmo canto da igreja, ajoelhados no mesmo lugar. O negro vinha-lhes trazer as almofadas de seda, e o cabriolé os esperava, ao lado da matriz. Voltavam, como faziam há anos, depois de o carro seguir até a frente da casa da Câmara e retomar, correndo pela rua grande da vila, com o mesmo povo a olhar para a família do Santa Fé que não dava confiança à gente do Pilar. Tilintavam as campainhas do seu carro. Era a única alegria de d. Amélia. Tudo para ela era tristeza, humilhação, uma provação de Deus, mas naqueles minutos, quando atravessava a rua grande, que via gente na janela, mulheres e homens de olhos virados para o cabriolé que enchia aquele mundo desprezível, ela era feliz, bem feliz mesmo. Mas quando o carro deixava a última casa da vila, e entrava na estrada coberta de cajazeiras, ela via que tudo fora só um fogo de palha. Lula, sério, e Neném já com aquele buço de moça de idade. Todo aquele silêncio que nem a alegria das campainhas, aquela música de festa, conseguia abafar, crescia no coração de d. Amélia como uma mágoa que, muitas vezes, trazia lágrimas aos seus olhos. O carro passava pela porta do mestre José Amaro e Lula tirava o chapéu para ele. Aquele homem branco, que viera para o Santa Fé com o pai que matara gente em Goiana, não agradava à senhora de engenho. Não era que lhe tivesse feito coisa alguma, mas

d. Amélia não ia com aquele morador do engenho que não pagava foro, que não dava serviço, que era como se fosse dono da terra onde morava. Nunca falara a Lula. É verdade que aquele sistema viera dos tempos de seu pai. O Amaro antigo chegara no Santa Fé, com carta de parentes do capitão, de Goiana. E ali ficara, naquele sítio onde o filho ainda hoje morava. A carruagem atravessava as várzeas do Santa Fé. Tudo estava coberto de mato. Só um partido de cana, umas três cinquentas, com o verde-escuro da cana bem-criada. No mais era a mataria, o tabocal, o mata-pasto, o melão-de-são-caetano se enroscando pelas estacas da beira da estrada. Também não havia ninguém que quisesse plantar as terras do Santa Fé. O coronel Lula não queria lavrador que lhe viesse com exigências descabidas. Ali viera, logo depois de 1888, um sujeito de Itambé, e fizera dum partido de cana para mais de duzentos pães. Seu Lula implicara com o lavrador, e no fim da safra o homem deixara tudo e ganhara o mundo.

A fama da mesquinhez de seu Lula correra pelos quatro cantos. E por isto não aparecia quem lhe quisesse plantar a várzea. O velho José Paulino, quando passeava por ali, e que olhava para o massapê coberto de grama, devia ter pena da terra parada, esquecida daquele jeito. D. Amélia, de cima de sua carruagem, enfeitada de trancelins, com os dedos duros de anéis de ouro, sentia o abandono da terra de seu pai, como se visse um filho no desamparo. O negro Macário tivera cavalos de força, do rego aberto, para dominar, para conduzi-los com o seu chicote. Os cavalos magros que puxavam agora o cabriolé não davam trabalho às mãos trêmulas do velho boleeiro. A carruagem ia chegando. D. Amélia via subir no meio do mato verde o bueiro sujo do engenho. Fumaçara anos e anos; perderam-se pelo céu azul, pelas nuvens brancas, os rolos de fumo do bagaço queimado nas fornalhas. Lá estava a casa-grande. E a figura do capitão Tomás tomava conta da tristeza da filha. 1850, número que ela desde menina guardava como do tempo da grandeza. Parara o cabriolé. Desceram para a casa-grande muito triste. Naquele domingo, as recordações vieram atormentá-la. Olívia lá dentro falava, e sinhá Adriana chegara para tratar dos frangos. Ela, como ninguém, sofria pelos seus. Queria ter aquela distância que Lula guardava das coisas, aquela fé de Deus que lhe dava um mundo para ele viver. Ela vivia naquele mundo que pisava, que sentia, que amara. Neném saía para as plantas, calada, no meio de suas flores. Só pensava na filha que sofria. Era outra coisa que lhe doía muito. Não tinha uma filha que chegasse para ela para abrir-se, ser como criatura humana. Em Neném tudo era diferente; era tão estranha. Tudo se fora nela com as loucuras de Lula. Desde aquele caso com o promotor que Neném parecia ter perdido o gosto pela vida. Não reclamava nada, não mostrava o menor ressentimento. Passava dias de solidão, sem querer ver ninguém, mas depois não dava mais sinal de nenhum sofrimento. Dera para gostar do seu jardim. E assim vinha fazendo. E as plantas em suas mãos davam o que podiam. As roseiras se cobriam de flores, os crótons, as dálias, os jasmins viviam em festas com os carinhos de sua filha. No mês de maio os altares da igreja do Pilar se cobriam com as rosas de d. Neném de seu Lula. O novo padre, o jovem vigário Severino, vivia a se valer do jardim do Santa Fé. Mesmo assim, o povo não perdera as cismas com o engenho que tivera um senhor que judiava com os negros. A figura de seu Lula continuava, para a crendice do povo, como de homem marcado pelo demônio. Viam a piedade, a cara de tristeza, a cabeça baixa do senhor de engenho, quando se levantava para a mesa da comunhão. Tudo não passava de artimanha, de solércia, de hipocrisia. Lá dentro de seu coração estava a peçonha venenosa, o ódio contra todos os homens.

Por isso, o Santa Fé ficara um engenho de maldição. E quando olhavam para os cavalos magros do cabriolé, para os arreios velhos, viam a decadência, as marcas do castigo de Deus sobre criaturas e coisas condenadas. Por toda a parte corria das rezas que seu Lula fazia em casa como de marmota de feitiçaria. Ele dera para beato com o intuito de iludir o povo. O moleque Floripes, seu afilhado, era negro de catimbó. Via-se pelo olhar que ele tinha, pelo jeito macio de falar, pelos dengues, pela cavilação que aquele negro não era coisa boa. As notícias dos terços e das novenas de seu Lula chegavam até a impressionar ao vigário novo que procurou sondar o que havia de fato. O padre Severino se convencera que nada havia, que tudo era falação malévola. E com todo o cuidado procurava o coronel Lula de Holanda para uma visita. Fora recebido na sala com a família, cerimoniosamente, em conversa. Agradecera as flores de d. Neném e com jeito tocara nos santos da casa. Soubera que eram muito bonitos. O coronel levou-o para o quarto dos santos e o padre Severino pôde ver a beleza do santuário de jacarandá, o Cristo de marfim, a imagem de São Severino dos Ramos no seu caixão, fardado, de espada ao lado, com aquela sua cara de bondade imensa. A lâmpada de prata iluminava o sombrio do quarto, e as estampas pelas paredes, nas molduras de pau-preto, a grande cruz de madeira, no quarto, tudo era da mais severa religiosidade. No outro domingo, ao sermão, o padre tocara no assunto. A maledicência dos ímpios tinha querido sujar a vida digna, a piedade de um paroquiano que era o modelo dos homens. Bastava que se olhasse para a compostura de sua família, para o amor que ele tinha a Deus, para se sentir na presença duma criatura que tudo fazia para a salvação de sua alma. Quisera que todos os grandes da terra tivessem aquele coração de devoto sincero, aquela vida dada aos mandamentos de Deus. Mas a ruindade dos homens queria cobrir aquela fé ardente do lodo dos comentários indignos.

Toda a igreja olhou para o povo do Santa Fé. Naquele dia, seu Lula chegou à mesa da comunhão, de cabeça baixa, de olhos para o chão, como o servo dos servos. D. Amélia foi que sentiu as palavras do padre como se todos os seus estivessem ali, na frente do povo, expostos à curiosidade. Sentiu o olhar maligno das mulheres, apesar de todo o elogio do vigário. A sua família estava na língua danada da canalha da rua. Mas tudo poderia passar, desde que Lula não entrasse nas cóleras que o matavam com aqueles ataques. Para ela era mais que sofrer a morte, ver o marido caído no chão, como um demônio, de olhar de vidro, de mãos crispadas, com aquela baba que lhe metia um nojo que não podia conter.

Uma noite, porém, todos já estavam agasalhados, depois das orações puxadas da quarta-feira santa, quando se ouviu barulho no terreiro. Era gente, em conversa alta. E qual não foi a sua surpresa quando escutou um grito de deboche.

— Pega a velha, vamos serrá-la.

Lula levantou-se, sem saber o que era, e quis abrir a porta. Já se ouvia a serra na madeira, chiado do serrote, e a gritaria da canalha.

— Serra a velha, serrador.

Era a maior miséria que podiam fazer. A canalha do Pilar passava por ali para fazer aquilo. Viu Lula, como uma fúria, de clavinote, abrir a porta e sair, como no dia da besta. Mas já haviam corrido. A lua iluminava o curral, a casa do engenho, as cajazeiras cheirosas. Era uma noite maravilhosa de céu mais limpo que céu de verão. Fazia frio, e Lula, de camisão de dormir, parecia-lhe uma figura penada. Teve naquele instante dó de seu marido. Com a arma nas mãos ficara ele parado, no alpendre, com a lua, mais branco que o madapolão da camisa. Estava como inerme, de olhar fixo, sem se mexer. Viu que ia suceder a desgraça que há muito não presenciava. O marido caiu com todo o corpo, e com a sua queda o clavinote disparou no silêncio da noite, como um tiro de ronqueira. Encheu o mundo com aquele brado de guerra. O marido torcia-se no ataque. E ela, sozinha, teve que tomar todas as providências. Neném caíra para um canto, num soluço que lhe tomava o fôlego. Só, teve que ir para a cozinha esquentar a água para o escalda-pés. Naquele dia a cozinheira e a ama tinham saído para a casa do boleeiro Macário que estava com a mulher à morte. Lula voltara a si, em pouco tempo, e ela, pela primeira vez na vida, viu lágrimas nos olhos de seu marido. Chorou também. Neném voltara para o seu quarto. E ela ouvia o soluçar da filha. Viu lágrimas nos olhos de Lula. Também havia sido ele insultado, como um camumbembe sem valia.

— Amélia, muito mais sofreu o Salvador. Amanhã vai ele subir para a cruz, amanhã vai ele, hein, sentir o coração varado pela lança, vai ele, hein, Amélia, morrer pelo mundo.

A voz de seu marido era tão frouxa que ela não percebia quase as palavras que lhe saíam da boca que vira com baba nojenta. Foi depois procurar Neném no quarto, para ver se a podia consolar. E encontrou-a com a cabeça enterrada nos lençóis, com o corpo todo a tremer. Pensou que fosse um ataque daqueles de Lula. Chegou-se bem para perto da sua filha para tocar-lhe na cabeça. E Neném a repeliu.

— Minha mãe, me deixe. Eu quero estar só.

Não podia compreender o que se passava com ela.

— O que é que tu tens, minha filha?

— Não é nada não, minha mãe, eu quero ficar sozinha.

Num quarto estava o marido naquele estado, no outro a filha tratando-a como a uma inimiga. A noite lá fora era linda, tudo branco. O negro Macário bateu na porta da cozinha, e ela foi abrir. Tinha ouvido o tiro e não correra depressa porque naquele instante mesmo a mulher estava com a vela na mão. O negro chorava como um desenganado. D. Amélia falou-lhe do desaforo dos cabras que pararam no terreiro para serrar velha, e Macário estancou o choro de repente.

— Aqui, no terreiro do engenho, sinhá?

— Lula quando abriu a porta, os cabras já tinham corrido. Foi quando caiu com o ataque e o clavinote disparou.

— Sinhá, isto só com tiro mesmo. Quando Joaquina começou a morrer, ela bem que ouviu o tiro e disse à gente: "Macário, é noite de São João? Ouvi a ronqueira." Foi a última palavra dela, sinhá!

Aí começou a chorar outra vez. D. Amélia foi lá dentro e voltou com uma peça de madapolão.

— Toma, é para a mortalha de Joaquina. Leve também estes sapatos. Eu nem cheguei a calçar, estão encardidos pelo tempo.

Os galos começaram a cantar, o chocalho de um boi, no curral, batia como toque de sino. O negro saiu, e d. Amélia ainda ficou a olhar a noite. Agora ouvia uma cantoria fanhosa, um gemer que abafava o canto dos galos. Da casa de Macário saíam vozes chorando uma morta. A alma de Joaquina, na noite de lua, se embalava naquele pranto que queria tocar o coração de Deus. D. Amélia fechou a porta da cozinha. Dentro de sua casa havia uma coisa pior do que a morte. Não havia vozes que amansassem as dores que andavam no coração do seu povo. Viu a réstia que vinha do quarto dos santos, da luz mortiça da lâmpada de azeite. Caiu nos pés de Deus, com o corpo mais doído que o de Lula, com a alma mais pesada que a de Neném.

 Acabara-se o Santa Fé.

## TERCEIRA PARTE

# O capitão Vitorino

# 1

Numa noite de escuro, Antônio Silvino atacou o Pilar. Não houve resistência nenhuma. A guarda da cadeia correra aos primeiros tiros, e os poucos soldados do destacamento ganharam o mato às primeiras notícias do assalto. Os cangaceiros soltaram os presos, cortaram os fios do telégrafo da estrada de ferro e foram à casa do prefeito Napoleão para arrasá-lo. O comendador não estava no Pilar. Mas d. Inês, a sua mulher, recebeu-os com uma coragem de espantar. O capitão Antônio Silvino pediu as chaves do cofre e ela, com o maior sangue-frio, foi-lhe dizendo que tudo que era de chaves de responsabilidade estava com o marido. O cangaceiro ameaçou de botar fogo no estabelecimento e d. Inês não se mostrara atemorizada. Era uma mulher pequena, de cabelos brancos, de olhos vivos. Fizesse ele o que bem quisesse. E ficou na sala de visitas, tranquila, muda, enquanto os homens mexiam nos quartos, furavam os colchões, atrás do dinheiro do velho Napoleão. Havia dois caixões cheios de níqueis, de moedas de cruzados, de tostões. O cofre, num canto da casa, enraivecia o capitão Antônio Silvino. Ameaçou a mulher, mandava-lhe passar o couro, e ela, muito calma, só dizia que nada podia fazer. Era uma mulher fraca, não tinha jeito para se defender. O povo estava à porta da loja, esperando os acontecimentos. As luzes do sobrado do prefeito enchiam a casa, como em noite de festa. Depois, o capitão Antônio Silvino baixou para a casa de comércio, abriu as portas largas, e mandou que todos entrassem. Ia dar tudo que era do comendador aos pobres. Foi uma festa. Peças de fazenda, carretéis de linha, chapéus, mantas de carne, sacos de farinha, latas de querosene, fogos do ar, candeeiros, tudo distribuído como por encanto. Mais para a tarde, o capitão chegou à varanda do sobrado e gritou:

— Podem encher a barriga. Este ladrão que fugiu, me mandou denunciar ao governo. Agora estou dando um ensino neste cachorro.

E em seguida mandou sacudir os dois caixões de níqueis no meio da rua. O povo caiu em cima das moedas como galinha em milho de terreiro. O sobrado, todo iluminado, era, na noite escura, como de um conto de fada. D. Inês lá dentro, sentada num grande sofá, parecia que não era senhora de todos aqueles bens que se consumiam à toa. De madrugada, o cangaceiro saiu com o seu grupo. Então, quando se viu livre da pressão, a velha, como água que rompesse um balde de açude, caiu num pranto desesperado, em soluços que enchiam a rua de pena. O povo ainda catava os níqueis, pela areia. Havia mulheres de peneira, como se estivessem pescando de jererê. Um silêncio de morte caiu sobre a vila. A cadeia de portas escancaradas. O delegado José Medeiros havia sido agredido por um dos cabras; o juiz municipal, dr. Samuel, se escondera na casa do padre. A madrugada chegou para um Pilar desperto, com os pobres com as mercadorias do rico da terra, como uma fartura que viesse do céu. O capitão Antônio Silvino sabia agradar. Todos o tinham na conta de pai dos pobres.

O mestre José Amaro só viera a saber do acontecimento com o sol alto. Passara pela sua porta um cargueiro de São Miguel que lhe contara tudo. Os cangaceiros tinham arrasado o comércio da vila. Havia gente de barriga cheia no Pilar. O povo tirara o pé da lama.

Há uma semana que tinha sido posto para fora de sua casa pelo senhor de engenho. A mulher fora passar uns dias na casa do compadre Vitorino. E nunca em sua vida se vira tão só, tão separado do mundo. Se não fosse o negro Passarinho que estava dormindo em sua casa, não teria com quem trocar uma palavra. Deixara os trabalhos e só fazia imaginar como iria se arranjar neste mundo. A princípio pensou que fosse fácil abandonar aquela casa. Nunca sentira por aquele pedaço de terra o que agora estava sentindo. Viu que era duro abandonar aquela besteira que via todos os dias como coisas sem importância. O pé da pitombeira, as touceiras de bogaris, aqueles cardeiros de flores encarnadas, o chiqueiro dos porcos, a estrada coberta de cajazeiras, tudo teria que deixar, tudo estaria perdido para ele. Alípio lhe dera aquele conselho. Manuel de Úrsula lhe falara em direito. Direito de pobre. Não podia haver direito de pobre. Na rede, deitado, sem coragem de botar os pés para fora de casa, era como se estivesse numa cadeia, preso, domado por um poder que não venceria. Se saísse de casa, veria os meninos correndo, as mulheres fechando as portas, com medo de sua cara. Era ali que a sua mágoa mais o feria. Sabia que Sinhá não queria mais vê-lo. Aquilo de ir passar dias na casa da comadre era desculpa, vontade de viver separada de um marido que ela odiava. Toda a razão estava com ele. Não tinha razão a sua mulher, não tinha razão o senhor de engenho. Todos eram contra ele. Aqueles meninos, aquelas mulheres, aquele coronel Lula, todos do mundo que o cercava eram grades de ferro que o prendiam, que faziam de um homem trabalhador como ele um monstro, um perigo, um criminoso. A filha se fora. Pensava que Sinhá voltasse às boas, mas enganara-se. Estava só no mundo, mais só que José Passarinho. E não tinha saúde para ganhar pela terra afora, e fugir de todos. Lobisomem! Seria que os homens, as mulheres o tomavam mesmo por um filho do diabo, por uma calamidade? José Passarinho, dentro de casa, lhe parecia agora outro homem. Há muito que o negro não bebia. Era, ali em sua casa, quem lhe cozinhava o feijão, quem lhe fazia as coisas. Era um bom negro. Via-o sujo, de pés cambados, de olhar quase morto, e mesmo assim o julgara mais feliz do que ele. Não tinha aquela desgraça de sentir-se olhado pelos outros como um homem com o diabo no corpo. Por que seria ele o escolhido para isto? Era tão da sua casa, era tão do trabalho, e até a sua mulher temia-o, corria dele! O que existiria em sua cara que metesse pavor aos meninos, às mulheres? Os cachorros latiam para ele. Latiam para todos os estranhos.

José Passarinho, quando ficava na cozinha, cantava baixo aquelas histórias que desde menino ele ouvia, os cantos tristes, as mágoas de amores, as dolências tão do coração do povo. O mestre José Amaro voltava à infância de Goiana. Lembrava-se daquela cantiga que Passarinho repetia tantas vezes, com a voz baixa, em tom de dor, de sofrimento:

> — *Senhora, botai a mesa.*
> — *A mesa sempre está posta*
> *Para vossa senhoria.*
> *Sentaram-se ambos os dois.*
>
> *Nem um, nem outro comia.*
> *Que as lágrimas eram tantas*
> *Que pela toalha corriam.*

— Senhora, fazei-me a cama.
— A cama sempre está feita
Para vossa senhoria.
Deitaram ambos os dois.
Nem um, nem outro dormia.
Que as lágrimas eram tantas
Que pela cama corriam.

Mataram a mulher do conde para que a filha do rei da Hungria se casasse. Muito sangue se derramaria para que a filha do rei tivesse o marido que ela quisesse. A voz de Passarinho levava o mestre para os dias de Goiana, a vida boa da rua, da casa bem perto da Matriz. Tudo se acabara com o pai na cadeia, com o crime de seu pai numa feira. Tudo se passara como um relâmpago. Um homem aparecera para comprar uma sela, e conversa vem, e conversa vai, saíra a briga. A morte do sujeito de Cariri, homem que metia medo a todo mundo. O seu pai contara com a proteção de grandes da terra mas quando ficou livre não quisera mais parar naquela cidade. Nunca mais seria o mesmo, deixara tudo para ser somente um seleiro de beira de estrada, morador de engenho, com aquela fama de assassino nas costas. Fizera aquela casa. Tivera filhos que se foram para outras terras. Só ele ficara para ser aquilo que era agora, homem odiado por todos, fazendo medo aos meninos, assombrando as mulheres, odiado por sua esposa. A filha nas grades de um asilo, e para desgraça maior, posto para fora da casa que o seu pai fizera, somente porque um negro ordinário fora inventar mentiras para um senhor de engenho de miolo mole. O mestre José Amaro, desde aquela tarde em que estivera no Santa Fé, que não podia pregar os olhos. Não tinha sono. A dor que lhe partira o coração com a saída da filha para a Tamarineira fizera-o chorar, chorar como aquele conde da cantoria de José Passarinho. Um homem como ele, chorando como um menino. Alípio lhe dissera para não sair do engenho. Havia o capitão Antônio Silvino. O cego Torquato já estava na cadeia do Mogeiro, apanhando como um boi ladrão. O tenente Maurício não tinha dó de ninguém. Fora por isso que a notícia do ataque ao Pilar dera ao mestre José Amaro uma satisfação sem igual. Um grande da vila ficara arrasado com a força do homem que não respeitava grandeza de ninguém. José Passarinho voltara da rua com mais notícias. A mulher do velho Napoleão caíra de cama, com febre, e diziam que estava à morte. Fora tudo de raiva. D. Inês era senhora de muito orgulho. Chegara uma tropa para castigar o povo que ficara com as mercadorias do comendador. O delegado José Medeiros estava prendendo gente sem parar. O cipó de boi ia cantar no lombo do povo. Todos pagariam. A justiça do governo era sempre assim, daquele jeito. Todos pagariam. O capitão tinha força para botar as coisas nos seus lugares. Bem que Alípio lhe dizia, bem que Torquato lhe contava. Todos eles tinham a certeza na força invencível do chefe. Aquele José Medeiros pagaria na certa. O capitão, quando voltasse, daria uma lição naquele miserável. Prender o povo, por quê? Que fizeram os pobres? Passarinho lhe dissera que os cangaceiros respeitavam as famílias, o capitão aparecera na varanda do sobrado, com o peito cheio de medalhas. Parecia um príncipe. O povo gostava do homem. Soltava os presos, dava de comer aos infelizes. E o tenente Maurício, por onde passava, era como um pé de vento, assombrando os homens, como aquele oficial do catorze, dos tempos do Quebra-Quilos, aquele de quem a sua mãe lhe falava como de um enviado do demônio. Ela lhe contava dos coletes de couro, das surras que o catorze dera por onde passava. Era assim aquele governo, era assim com tudo que tocava aos pequenos. Aquele Lula de Holanda, sem que nem mais, mandava que ele se fosse de uma casa que o seu pai levantara. Anos e anos perdidos. E Manuel de Úrsula vinha lhe falar em direito. Pobre não tinha direito. Quem sabia dar direito aos pobres era o capitão, era Jesuíno Brilhante, era o cangaço que vingava, que arrasava um safado como Quinca Napoleão. Só lastimava que não lhe tivesse arrombado o cofre. Depois que Passarinho saiu para a vazante bateu gente na sua porta, e quase que caiu para trás quando viu o cego Torquato com o guia. Mandou que eles entrassem. E foi fechar a porta da frente.

— Mestre José, sofri o diabo. Eu tinha saído da feira de Guarita, e ia na demanda do Mogeiro, quando a tropa do tenente me pegou, com este menino.

— E como se livrou, seu Torquato?

— Eu lhe conto tudo, mestre. Me levaram para a cadeia. Lá quando foi para as tantas da noite, chegou o tenente dizendo: "Traga este safado do cego que eu quero fazer uma pergunta." Eu só sei é que me empurraram no chão, como cachorro. "Deixe ele comigo, sargento", disse o tenente, "ele na minha mão vai tocar a rabeca direitinho". E me vieram com perguntas sobre o capitão. Queriam saber do lugar onde se acoitavam na catinga, do pessoal que espia para o capitão. Eu não sabia de nada. "Tenente", lhe disse eu, "sou um pobre cego que vivo do coração da humanidade". Foi quando ele chamou por um tal de Zezinho, e foi dizendo: "Zezinho, o cego não quer largar a língua." E o cipó de boi cantou no meu lombo, seu mestre. Muito sofre um homem sem a luz dos olhos; muito sofre um cristão que não vê a luz do dia, mas aqueles safados me deram, mestre. Deram tanto que eu tive um passamento. Me largaram no chão e este menino que está aí abriu no berreiro, ficou como doido. O meu medo era que o bichinho falasse. Mas Deus me ajudou e ele ficou tão amedrontado que perdeu o tino das coisas. Ainda está aluado.

— E como se livrou, seu Torquato?

— Eu lhe conto: foi o coronel Nô Borges. Ele soube da coisa e chegou na cadeia para falar com o tenente. Foi um bate-boca danado. O coronel é homem de opinião. Fui solto no outro dia, e estive na casa do homem uma semana, me tratando. Pela luz que há no mundo, seu mestre, eu lhe digo: este tenente vai ter um fim que ele merece. O capitão dá conta dele. O mestre soube do caso do Pilar? Passei por lá, não faz uma hora. E o povo está num rebuliço desadorado. O capitão pegou no comércio de Quinca Napoleão e deu tudo ao povo. E chegou uma força da cidade e está fazendo o diabo. O capitão José Medeiros que abra o olho. Ele que se lembre de Simplício Coelho, de Sapé. E, mestre, como vai a saúde?

— Assim, assim, seu Torquato! Para lhe ser franco, eu até nem tenho pensado em doença. Tanta coisa me tem acontecido que doença é o menos.

— É, mestre, eu soube da sua filha. Quando passei na casa do capitão Vitorino falei com dona Sinhá. Ela está muito enjoada com a coisa. Também não é para menos. Mas me falaram de briga do senhor com o senhor do engenho.

— Me botou para fora.

— Mas por quê, mestre?

— Ora por quê, seu Torquato; porque é dono, e manda do jeito que quer.

— É o diabo, mestre. Leva um homem a vida inteira numa propriedade, cria raiz na terra, e chega uma ordem para botar para fora, como se corta um pé de pau. Isto não é direito. É por isto que eu digo todo dia: homem para endireitar este mundo só mesmo um capitão Antônio Silvino.

Foi quando apareceu José Passarinho. O cego sentiu a presença estranha e parou.

— Bom dia, seu Torquato.

— Bom dia, com quem tenho a honra de falar?

— É José Passarinho. Está aqui em casa me fazendo companhia.

— Pois seu mestre, eu lhe digo uma coisa, se é que um pobre cego pode falar: não saia da terra. O capitão dá um jeito. O senhor já falou com Alípio?

— Já, e ele me disse a mesma coisa.

— Pois é o que penso.

— Mas, seu Torquato, o homem é o dono da terra.

— Eu sei, mestre, mas há outro dono maior. O senhor vai ver. Deus tem protegido este homem com todos os seus poderes. Ele protege o povo, mestre. Ele faz com o rifle o que o padre Ibiapira fazia com o rosário. Bem, eu me vou.

— Seu Torquato, fique para o almoço.

— Não posso mais, mestre, tenho que chegar em Santa Rita amanhã. É, tenho gente esperando por mim. Eu nem sei se o meu povo soube da minha prisão. Por isto estou com pressa.

— Então eu não insisto.

E saiu o cego Torquato cheio de fé no capitão Antônio Silvino. O mestre José Amaro foi até a pitombeira e sentia a terra como uma coisa que lhe pertencia. Lá estavam o cardeiro, o chiqueiro dos porcos, as touceiras de bogaris. As cajazeiras que se pontilhavam de amarelo com as frutas maduras. Cheiravam as cajazeiras, cheirava tudo que era da terra que ele teria que abandonar. E quando ele estava na contemplação destas coisas, que eram mais do que suas, ouviu passos de um cavalo na estrada. Era o negro Floripes que picou o cavalo quando o viu, ali em pé. O animal correu de estrada acima. Negro miserável. Dele viera toda a intriga. Uma raiva de morte se apossou do mestre. Teria que matar aquele negro. Não sabia como lhe viera aquele desejo terrível. Aquele negro teria que morrer em suas mãos. Lobisomem. E estacou no pensamento, horrorizado. Matar, derramar sangue. O povo dizia que ele vivia bebendo sangue, na calada da noite. Matar, teria que matar aquele negro. Entrou para o seu quarto. E a voz magoada de Passarinho lhe chegava como um alento:

> *Me diga, minha menina,*
> *Minha menina real,*
> *Se não tem outros amores*
> *Que dom Carro de Monteval?*

> *Boca que dom Carro beijou*
> *Não é para outro beijar:*
> *Juro por Jesus do céu*
> *E os santos do altar,*
> *Como não tive outros amores*
> *Que dom Carro de Monteval.*

O mestre escutava o negro e se consolava na tristeza da história. O ódio a Floripes se abrandava. Ouvia o canário da biqueira, estalando, todos os passarinhos da pitombeira fazendo honras ao dia muito bonito. Teria que deixar a sua casa. Tudo que ele pensava que fosse seu, tudo que cercava a sua vista, ao alcance de seus olhos, seria de outro. E o negro Floripes voltava-lhe, e o velho Lula com aqueles gritos. Não tinha raiva do velho. Lembrava-se da cara de pavor de d. Amélia e com aquilo o mestre cobria-se de vergonha. Sempre tivera aquela mulher na conta de uma santa, de uma criatura para merecer todo o respeito. E viu com que cara d. Amélia olhou para ele. Seria que também acreditasse na besteira do povo? Lobisomem. Levantou-se o mestre e foi procurar aquele espelho que ele tinha guardado na mala. Mirou-se, e a cara gorda, inchada, os olhos amarelos, a barba branca deram-lhe a sensação de pena de si mesmo. Estava no fim, a morte esperava por ele. E com aquela ideia de morte próxima, o ódio ao negro dobrou de intensidade. Teria que matar aquele negro. Só assim se vingaria de tudo. Desde aquele dia do passamento da beira do rio que lhe ficara nos ouvidos um chiar de cigarra que não passava mais. Estava para morrer. E, mesmo, de que lhe servia a vida assim como a via? Olhou-se outra vez no espelho, e ouviu a voz de Passarinho, na porta do quarto.

— Está se mirando, mestre?

— Nada, José Passarinho, estou vendo o diabo duma espinha que está me saindo no rosto.

— Cuidado, mestre, esta história de espinha pode arruinar. O almoço está na mesa.

Pela tarde apareceu o capitão Vitorino. Vinha numa burra velha, de chapéu de palha muito alvo, com a fita verde e amarela na lapela do paletó. O mestre José Amaro estava sentado na tenda, sem trabalhar. E quando viu o compadre alegrou-se. Agora as visitas de Vitorino faziam-lhe bem. Desde aquele dia em que vira o compadre sair com a filha para o Recife, fazendo tudo com tão boa vontade, que Vitorino não lhe era mais o homem infeliz, o pobre bobo, o sem-vergonha, o vagabundo que tanto lhe desagradava. Vitorino apeou-se para falar do ataque ao Pilar. Não era amigo de Quinca Napoleão, achava que aquele bicho vivia de roubar o povo, mas não aprovava o que o capitão fizera com a d. Inês.

— Meu compadre, uma mulher como a dona Inês é para ser respeitada.

— E o capitão desrespeitou a velha, compadre?

— Eu não estava lá. Mas me disseram que botou o rifle em cima dela, para fazer medo, para ver se dona Inês lhe dava a chave do cofre. Ela não deu. José Medeiros, que é homem, borrou-se todo quando lhe entrou um cangaceiro no estabelecimento. Me disseram que o safado chorava como bezerro desmamado. Este cachorro anda agora com o fogo da força da polícia fazendo o diabo com o povo.

Ouviu-se a voz de Passarinho cantando na cozinha.

— Este negro está aqui?

— É, está me fazendo companhia.

— Como é que se tem um negro deste dentro de casa, meu compadre? É mesmo que morar com um porco.

— O pobre tem me ajudado muito. Sinhá me abandonou aqui sozinho, e se não fosse ele, nem sei como me aguentava.

— Compadre, eu não lhe quero dizer coisa nenhuma. Mas mulher só anda mesmo no chicote. Isto de tratar mulher à vela de libra, não é comigo. A minha me adivinha os pensamentos.

— É preciso paciência, é preciso ter calma.
— Que calma. Comigo é no duro.
Apareceu José Passarinho, que vendo o capitão Vitorino se chegou, todo cheio de mesuras.
— Bom dia, capitão.
Vitorino rosnou um bom-dia de favor. E o negro sem dar pela coisa se dirigiu ao velho:
— Capitão, tem aí um cigarro para o negro?
— Não tenho cigarro para vagabundo.
— Um cigarrinho, capitão.
Então Vitorino metendo a mão no bolso:
— Toma lá. Isto me deu um filho de Anísio Borges que chegou dos estudos; é fumo da Bahia, é muito fraco.
E passou para Passarinho um maço quase cheio de cigarros.
— Este capitão veio do céu.
E saiu cantando baixo:

*Encontrei com Santo Antônio*
*Na ladeira do Pilar*
*Gritando para todo o mundo*
*— Este copo é de virar.*

— Negro sem-vergonha – foi dizendo Vitorino. — É a vida que ele quer.
— Tem bom coração. E é prestativo que só ele.
— Como eu ia lhe dizendo, compadre, para se tratar com mulher, só com chicote. No mais é perder tempo. Quinca do Engenho Novo pegou a dele, amarrou num carro de boi e mandou largar a bicha na bagaceira do sogro.

O mestre Amaro calou-se e Vitorino largou o bico:

— A eleição vem aí. Ainda ontem tive que telegrafar para o Lima Filho. Este político não sabe o que é um pleito renhido. Então não me manda orientação para correr o eleitorado? O Rego Barros vem aí. Dizem que com ele vai chegar um contingente do quarenta e nove. Ele só anda com força de linha fazendo guarda. E faz muito bem. O pai dele foi senhor de engenho aqui em Mamanguape, e era homem de cabelo na venta. Ouvi dizer que o filho é homem até dizer basta. Esteve em Canudos e matou cabras do Conselheiro que não foi brincadeira. Só gosto de homem assim. Aqui, no Pilar, vou dar uma lição em José Paulino, que vai ser de mestre. No dia de São Pedro eu ouvi as conversas de Lourenço, o irmão dele, que foi grande em Pernambuco. Rosa e Silva está no Rio cantando "serena estrela". Vamos dar com esta canalha dos Machados no chão.

Pela estrada ia passando um comboio de aguardente. Surgiu Alípio para falar com o mestre:

— Estamos de volta. Lá embaixo, na estrada do Maraú, tem uma tocaia do fiscal José Marinho, com duas praças. O mestre pode me dar uma palavra?

— Se querem falar segredo, eu me retiro.

— Não, capitão, é só duas palavras.

— Não posso ver gente com luxo. Estão pensando que sou bucho de piaba?

Saíram os dois para um canto. Alípio tinha sabido do ataque do Pilar. O cego Torquato se encontrara com ele na várzea do Oiteiro e lhe contara tudo. Tivera notícia que Tiago não tinha sido preso.

— O mestre me espere, que eu passo aqui amanhã, com notícia. Não saia da terra. Amanhã eu trago a ordem do homem.

Quando voltaram, Vitorino se preparava para sair.

— Não quero ser demais.

— O senhor não é demais em parte alguma – lhe disse Alípio.

— Já é a segunda vez que me sucede isto nesta casa.

— Compadre, me desculpe, mas a razão não está com o senhor. Não vejo como se possa tomar como uma desconsideração uma pessoa chamar a outra para um particular.

Vitorino calou-se. O comboio sumiu-se na estrada. O trem da Paraíba apitou.

— Bem, compadre José Amaro, vou saindo. O sol está cambando e eu tenho muito que conversar com o Lula de Holanda. Ah, ia me esquecendo: o que foi que houve do Lula com o compadre?

— Botou-me para fora do engenho.

— Não é possível.

— Pois é, compadre.

— E o que fez o senhor para isto?

— Que eu saiba, nada. Mas penso que deve ser história deste negro Floripes. Ah, mas este cachorro me paga.

Os dentes do mestre trincaram-se, todas as suas feições se fecharam. A cara se transformou:

— Compadre, este negro me paga. Eu pego este negro.

— Calma, compadre. Tudo isto pode se arranjar. O Lula anda lesando. Eu falo com ele. Pode deixar comigo que acabo com isto. Agora mesmo vou passar por lá. O Lula não quer aceitar o cargo que lhe ofereci, na Câmara. É medo de José Paulino. Mas eu vou falar com ele. Como se bota para fora de uma propriedade um homem de bem, que vive de seu trabalho? Vou lhe dizer umas duras verdades. Vitorino

Carneiro da Cunha não pede favor para dizer a verdade. É ali na focinheira.

A burra velha batia o rabo com as moscas que lhe cobriam a anca em ferida.

— É um animal de primeira ordem. Apanhei na feira de Itabaiana. Um cigano pensou que me enganava. Dei-lhe a minha égua e ele em troca passou-me esta burra. Tem baixo, e é animal de fôlego duro. Não troco por muito cavalo que anda por aí com fama de bom. O diabo do cigano levou uma tabacada dos diabos. Meu compadre, Vitorino Carneiro da Cunha tem quengo.

E riu-se às gaitadas. A ventania bulia com a pitombeira que se agitava. Um redemoinho passou levantando folhas de mato seco. Uma nuvem de poeira cobriu a estrada.

— Vamos ter chuva, compadre. Vento assim com este bafo de boca de fornalha não me engana. Bem, eu me vou.

E de cima da burra, que mal podia com o seu peso, retirou-se o capitão Vitorino Carneiro da Cunha. Lá de longe ainda voltou-se para dizer ao mestre José Amaro:

— Vou falar com o Lula, isto não fica assim não.

E no passo lerdo, de chapéu novo espelhando ao sol, desapareceu por trás das cabreiras. José Passarinho, lá para dentro, cantava:

> *Vá embora, dona*
> *Que eu não solto não;*
> *Pois seu filho é ruim*
> *Matou muita gente*
> *Lá no meu sertão,*
> *Da minha justiça*
> *Não fez caso não.*

Era a história de um cangaceiro por quem a mãe fora pedir clemência ao presidente. Ela dava tudo ao homem para soltar o filho, terra, dinheiro, uma mulata bonita. Tudo ela dava pelo filho que ia morrer na forca. E tudo o homem recusou. As lágrimas da mãe correram de escada abaixo e o presidente, muito duro, tinha a sua justiça, tinha a forca para o cangaceiro terrível. O mestre José Amaro parou um instante para ouvir o fim da história. Um grito muito distante chegou-lhe aos ouvidos.

— Papa-Rabo, Papa-Rabo.

E no silêncio da tarde a voz rouca do compadre, respondendo:

— É a mãe, é a mãe.

José Passarinho se calara. A tarde era triste com o vento desembestado no mundo. O capitão Vitorino Carneiro da Cunha era mais homem do que ele. Estava com medo do povo. Não saía de casa com medo do povo. Os homens tinham feito dele um traste infeliz. O negro Floripes inventava coisas. Laurentino falava por toda parte. Era um homem perdido, sem filha, sem mulher, só no mundo como se fosse um condenado. Lobisomem. Homem do demônio. Aquela canalha queria reduzi-lo a nada. E ele não tinha coragem, não tinha forças para sair de casa, e fazer como o compadre Vitorino, que ele pensava que fosse sem-vergonha, um infeliz. José Passarinho chegou-se para perto da tenda e parou aos pés do mestre:

— Mestre, eu estava ouvindo a conversa do capitão. Eu sou um traste, mas precisando de mim para dar um ensino no negro Floripes eu vou. A gente não pode é aguentar a peitica dum vivente em cima de uma criatura. Este negro tem parte com o fute. Ele anda de reza com ele. Aquele Manuel Pereira, com quem ele anda, sabe coisa.

— Vai cuidar da tua obrigação, Passarinho. Deixa, que quando chegar o dia, o mestre José Amaro sabe o que faz.

— Com pouco mais este negro Floripes vem para cá com lorota.

— Deixa comigo. Deixa comigo.

E levantando a voz, com a fúria relampejando nos olhos amarelos:

— Deixa que eu coso este negro de faca como um pedaço de sola.

Passarinho deu um passo atrás, com medo da raiva do mestre.

Parou na porta o caçador Manuel de Úrsula.

— O que é que há, mestre, está zangado?

— Nada não, seu Manuel, nada não.

— Encontrei lá embaixo o capitão Vitorino que ia nos azeites. Pegou um menino de Chico Preto na tabica que quase lhe parte a cabeça. E quando Chico Preto apareceu para ver o que se passava o capitão lá estava apeado, de punhal na mão, como uma fera. Nunca vi o capitão tão brabo. Eu cheguei e fui aquietando tudo. Também estes moleques fazem o diabo com o velho!

— É o diabo, seu Manuel, mas o compadre devia fazer assim desde o começo. Esta canalha tomou conta dele e não quer outra vida. Se tivesse pegado um safado deste na faca não teria que andar por aí como um palhaço.

— É mesmo. Me disse ele que o senhor o tomou para advogado neste caso com o senhor de engenho. Ia de rota batida tratar com o coronel Lula.

— É coisa do compadre, eu não tenho direito. Esta história de advogado é invenção do compadre. O senhor de engenho é o dono da terra. Agora eu lhe digo uma coisa... Bem, acho melhor me calar.

— Mestre, eu já lhe disse mais de uma vez, eu sou pobre, tenho família para criar, uma mãe doente em cima da cama, mas isto não ficava assim não. Eu sei que anda um terceiro no meio disto. Todo mundo já sabe que é conversa do Floripes. O velho Lula nem regula mais. É boi de cu branco. Nunca deu nada no Santa Fé. O negócio é este negro. Olhe que ele tem outro afilhado, o negro José Ludovina, morador do engenho Santa Rosa, que me disse outro dia: "O meu padrinho devia dar um paradeiro em Floripes." Todo mundo está vendo que aquilo no Santa Fé não anda direito. Pois o negro não larga o velho, com lorota, com intrigas. Até me disseram que dona Amélia já não botou o bicho para fora porque mataria o marido de desgosto. É, mas um homem como o senhor não pode sofrer porque Floripes vive enchendo os ouvidos do maluco de invenção. Ele disse na venda do Salu que o coronel não queria o senhor na propriedade por causa desta história que inventaram, de que o senhor vive correndo de lobisomem.

— É bom parar, seu Manuel, eu sou homem velho, isto me dói. É melhor parar.

— Mestre, eu vou lhe deixar estes lambus. Estão gordos.

— Muito obrigado, seu Manuel.

José Passarinho pegou os pássaros que pingavam sangue no chão. Manuel de Úrsula se despediu. E a noite vinha chegando. Um trovão estrondou quase que em cima da casa.

— Compadre Vitorino bem que disse, vamos ter muita chuva.

## 2

Parara na porta da casa-grande do Santa Fé um cargueiro com uma carta para o senhor de engenho. Seu Lula chamou d. Amélia:

— Vem cá, Amélia, lê isto, hein, vê que desaforo.

Era um bilhete do capitão Antônio Silvino em termos de ordem. Mandava dizer que o mestre José Amaro tinha que ficar no sítio, até quando ele bem quisesse. A casa inteira se alarmou com a notícia. O negro Floripes atribuía tudo ao mestre. Bem que ele dizia todos os dias que aquele homem tramava uma desgraça para o povo do Santa Fé. O velho Lula entrou para o santuário e rezou muito. Nunca se vira tanta ruindade. D. Amélia, que esperava por um estouro do marido, espantou-se da calma que ele apresentara. Não falou com mais ninguém durante o resto do dia. Na manhã seguinte tomou o carro e saiu para o Santa Rosa. Lá conversou com o velho José Paulino que se alarmou com a notícia. Era o diabo. Mas quem podia com o cangaceiro que mandava por todo o interior do estado, como um governo? Era um absurdo, mas era a verdade. Nada podia fazer contra a força. O coronel Lula de Holanda voltou do engenho vizinho mais calmo ainda! Em casa, não dava uma palavra. D. Amélia e a filha Neném pensaram em abandonar a casa-grande, em fugir para a capital. Antônio Silvino com raiva de uma criatura fazia o diabo. Não viram o que sucedera ao prefeito, ao comendador Quinca Napoleão? O que podiam fazer eles, que eram tão fracos, tão sem ajuda de ninguém? Seu Lula não sairia de seu engenho. Que viessem, podiam tocar fogo em tudo que era seu, mas dali não sairia.

Aquele mestre José Amaro que se aprontasse para deixar a propriedade. E chamou Floripes:

— Ó Floripes!

O negro se chegou para receber as ordens do senhor.

— Vá ao sítio do mestre José Amaro e lhe diga, hein, que só tem três dias para mudar-se.

O negro, de cabeça baixa, saiu para a casa do engenho. Não iria fazer uma coisa desta. Ele sabia que o mestre, se o pegasse de jeito, faria uma desgraça. Com pouco mais chegava ao Santa Fé o capitão Vitorino. A burra velha estava amarrada na casa da farinha. Viera conversar com o primo sobre política. Seu Lula, muito calado, ouvia-o, até que, como se estivesse tratando com um inimigo, se abriu com a visita. Não era homem de pabulagem, de mentira. Não se metia em política, não contasse com o nome dele para coisa alguma. Vitorino levantou a voz para dizer-lhe que não era um camumbembe e nem estava ali para pedir favor de espécie alguma. Não era cabra de bagaceira. Estava muito enganado. Apareceu d. Amélia para acalmá-los.

— É o que lhe digo, seu coronel Lula de Holanda. O seu primo Vitorino Carneiro da Cunha não está aqui de mão estirada pedindo esmola. Sou homem de um partido.

— Capitão Vitorino – disse-lhe d. Amélia —, o Lula não quis ofender.

Seu Lula se levantara, e de pé, na porta da casa, parecia que olhava para a estrada à espera de alguém, tão embebido estava.

— É, dona Amélia, estes parentes ricos só pensam que os parentes pobres estão de esmola. Estou aqui para uma causa política. Não sou uma coisa qualquer.

— Não precisa dizer, capitão. Não precisa dizer.

Aí seu Lula voltou, como se não estivesse fora por completo da conversa.

— O que foi, Amélia? Hein, Amélia, o que foi?

— Ora o que foi, coronel Lula de Holanda. Não sou homem para ser desfeiteado.

— Desfeiteado, hein, capitão?

— Sim senhor, desfeiteado. E outra coisa: aqui estou para defender um seu morador.

— Como, capitão?

— Defender um seu morador.

— Que morador? – perguntou d. Amélia.

— Eu lhe conto, dona Amélia. Passando hoje pela porta do meu compadre José Amaro, ele me convidou para tomar conta de sua causa. Eu não sou homem de questão, mas estimo o compadre, é padrinho de meu filho.

Aí seu Lula chegou-se para perto do outro.

— O que ele está dizendo, hein, Amélia?

— Está falando do mestre José Amaro.

— Não adianta, hein, não adianta, capitão. Aqui nesta casa manda o senhor de engenho, hein, capitão?

Vitorino levantou-se, e não se amedrontou.

— Comigo ninguém grita. Sou tão branco quanto você, seu coronel. Sou homem para tudo.

D. Amélia, pálida, via que as coisas marchavam para um desastre. O marido, que há dois dias parecia tão calmo, tão sereno, agora era o mesmo Lula de sempre. O capitão Vitorino, de pé, falava aos gritos. Apareceu o negro Floripes na porta, chegou o boleeiro Pedro, e seu Lula a gritar com o capitão:

— Ponha-se para fora desta casa. Quem manda aqui é o senhor de engenho.

— Vá gritar para os seus negros, velho.
— Ponha-se para fora.
— Não é preciso mandar. Vou embora, e só não lhe digo muita coisa, em atenção à sua esposa. É mulher de respeito.
E já na calçada, dirigindo-se a Floripes:
— Fica de longe, negro, fica de longe. Quem parar na minha frente eu furo a barriga.
E com a mão na cava do colete:
— Sai de minha frente, negro fedorento.
— Para fora de minha casa – gritava seu Lula.
— Eu só não faço uma desgraça na porqueira deste engenho, por causa da dona Amélia – gritava Vitorino, de cima da burra.
E quando ia ele saindo, seu Lula procurou segurar-se no esteio da porta. Caiu com o corpo todo no chão, com o ataque que há mais de ano não tinha. Daquela vez como se estivesse morto. D. Amélia e Floripes levaram o velho para a cama.
Vitorino saiu de estrada afora a gritar:
— Bando de mucufas.
Lá para diante encontrou o negro José Guedes, do Santa Rosa.
— Boa tarde, capitão.
— Para onde vai?
— Vou levar um recado do coronel para o velho Lula.
— Estou chegando de lá agora mesmo. O diabo do Lula quis gritar para mim e se arrependeu. Tomei a causa do compadre José Amaro. Da propriedade ele não sai assim como o velho quer. Comigo não se brinca. Sou homem da lei, mas se querem na ponta do punhal, é comigo. Se não fosse a prima Amélia eu dava um ensinamento no malcriado do marido. Vitorino Carneiro da Cunha não leva grito para casa.

— É, capitão, mas o velho termina botando o mestre para fora.

— Não diga besteira. Onde está o capitão Vitorino? Vou com esta causa até os tribunais. Conto com o juiz Samuel, conto com o povo. Este Lula de Holanda vivia dando em negro, e pensa que a escravidão não se acabou.

— É, capitão, mas o mestre sai.

— Não diga besteira, já lhe disse. Um eleitor que vota comigo não morre sem dar banquete. Corre sangue nesta várzea, e o compadre não sai como cachorro de sua casa.

— Capitão, vou andando.

— Pois diga lá no Santa Fé que me encontrou, e diga que o capitão Vitorino não dá o pescoço para a canga.

O negro saiu no cavalo novo, e o capitão, no passo miúdo da burra velha, sem destino, agitando a tabica, falando alto, foi andando na direção do Santa Rosa. Já via o bueiro grande do engenho do parente rico. Quis voltar, mas afinal seguiu a sua viagem. Não pararia no Santa Rosa. Da estrada ele viu o coronel José Paulino, sentado, na banca do alpendre. Tirou o chapéu, e os cachorros começaram a ladrar, quase que roçando os seus pés. Do terreiro um menino gritou:

— Papa-Rabo.

Esporeou a burra para fugir daqueles miseráveis. Era obra de Juca. E quando já ia no fim do curral, apareceu-lhe o primo Juca que vinha em sentido oposto.

— Por aqui, capitão?

— É verdade. Mas uma coisa eu lhe digo. Você está muito enganado. Você é um menino de ontem e não respeita os mais velhos. Vi o seu pai sentado na banca. Tirei-lhe o chapéu e não me respondeu. Pois diga a ele que nas eleições vai tirar o chapéu.

— Está brabo, primo velho, vamos parar um pouco. A negra Generosa fez uma canjica de primeira. Eu até ouvi ela dizendo: "É pena que seu Vitorino não esteja aqui."

— Não quero saber de agrados. O Lula de Holanda, que veio com gritos comigo, ouviu boas. Se não fosse a mulher que se agarrou comigo tinha lhe arrancado as barbas. A canalha destes meus parentes pensa que me pisa com os pés. Vou andando. O Quinca do Engenho Novo está me esperando para jogar solo.

— Então, não quer a canjica da Generosa?

— Não, você mande para Antônio Silvino. Vocês todos vivem cheirando o rabo deste bandido. O coronel Rego Barros vai acabar com tudo isto.

E se foi, sacudindo a tabica no ar.

Com pouco mais chegava o capitão Vitorino no Maravalha. Por debaixo do tamarindo havia gente tomando a fresca da tarde. O major Joca, quando o viu, foi logo chamando para que o capitão se apeasse.

— Então, Vitorino, o que é que há?

— Não há nada, e há muita coisa.

E contou o incidente com o velho Lula. O velho gritara para ele e mandara que se calasse. D. Amélia lhe pedira pelos santos do céu que não fizesse nada com o marido. Apareceram dois negros mal-encarados e nem tiveram coragem de chegar para perto.

— Porque, se um atrevido daqueles ousasse levantar a palavra, eu cosia de punhal.

Mandaram guardar a burra do capitão e ele ficaria para dormir. Quando foi de madrugada o capitão Vitorino mandou selar a burra e voltou para o Pilar. Tinha uma causa para defender e não deixaria o compadre no desamparo. O dia ainda estava escuro. Na fonte do riacho do Corredor viu-se cercado por uma tropa. Era o tenente Maurício que vinha descendo para o Pilar. O oficial perguntou de onde vinha, e se não sabia notícias de Antônio Silvino. Vitorino falou para o homem, num tom agressivo.

— Tenente, por aqui é que o senhor não encontra o bandido. Era por aqui que andava o major Jesuíno, atrás dos cangaceiros, e nunca disparou um tiro.

— Não estou pedindo a sua opinião, velho.

— Sou o capitão Vitorino Carneiro da Cunha.

— Não estou perguntando o seu nome.

— Mas eu lhe digo.

— Então passe de largo e siga o seu caminho.

— Não me faz favor, tenente.

— Cala a boca, velho besta.

— Só quando a terra comer, tenente. Vitorino Carneiro da Cunha diz o que sente.

— Pois não diz agora.

— Quem me empata? O senhor? Ainda não nasceu este.

— O que é que este velho quer?

— O que eu quero é que o senhor acabe com Antônio Silvino.

— Cabo, pega este velho.

— Vá pegar os cangaceiros.

Vitorino saltou da burra e se fez no punhal. Mas já estava dominado pelos soldados. E gritava:

— Tenente de merda.

Uma bofetada na cara do capitão fez correr sangue da testa larga.

— Amarre este velho, e vamos com ele para a cadeia do Pilar.

A tropa saiu com o capitão Vitorino Carneiro da Cunha todo amarrado de corda, montado na burra velha que os soldados chicoteavam sem pena. Corria sangue da testa ferida do capitão. A luz vermelha da madrugada banhava o canavial que o vento brando tocava de leve. Marchava o capitão na frente da tropa, como uma fera perigosa que tivessem domado com tremendo esforço. Os moradores vinham olhar e os homens se espantavam de ver o velho que todos sabiam tão manso, amarrado daquele jeito. Vitorino falava alto:
— Estes bandidos me pagam.
Os meninos que gritavam para ele aquele "Papa-Rabo" não podiam imaginar o que fosse aquilo tudo. Quando chegaram na passagem do Santa Rosa, o velho José Paulino desceu para a estrada para ver o que era aquilo. E vendo o primo naquele estado exasperou-se:
— Então o que é isto, seu tenente? O que está pensando que é isto aqui?
— Coronel, este velho me insultou sem precisão. Tenho ordens do chefe de polícia para não tolerar intromissão de chefe político na perseguição aos cangaceiros.
— Pois que vá perseguir os cangaceiros. O meu primo Vitorino é um homem que não faz mal a ninguém.
— Coronel, eu vou levá-lo para o Pilar. Lá o delegado que faça o que quiser.
— Tenente, este homem é um nosso parente.
— Eu já sei, doutor Juca, o coronel já me disse. Mas eu tenho que botar ele na cadeia do Pilar.
— Juca, vá com Vitorino. Isto é um absurdo.
Vitorino gritava:
— Não é preciso. Não quero proteção de ninguém.

Acompanhado pelo primo lá se foi o capitão Vitorino Carneiro da Cunha. Já estava sem as cordas que lhe prendiam os braços. O povo vinha para a beira da estrada para olhar. Falavam que era uma tropa que tinha prendido o velho por causa de Antônio Silvino. Na porta do mestre José Amaro havia um comboio de aguardente, com ancoretas vazias. O mestre chegou-se para perto para ver o que se passava com o compadre. Vitorino não deu tempo porque abriu logo a boca no mundo:

— É isto, meu compadre. Para me levar preso só mesmo um batalhão.

A burra velha se arrastava. E quando se sumiram na volta, Alípio falou para o mestre:

— Vou me encontrar com o bando no Crumataú. Esta história com o velho pode dar com o tenente Maurício no chão.

— O homem está com muita força.

— É, mestre, mas o povo do Santa Rosa manda um pedaço. Eles levam o velho na brincadeira, mas sangue é sangue.

— Não fazem nada. Se fosse com o doutor Quinca do Engenho Novo a coisa era dura. Mas este coronel José Paulino não tem calibre para brigar com o governo. O compadre fica apanhado, e não sucede nada. Você vai ver.

Havia chegado gente para conversar. Alípio retirou-se com o comboio, e os filhos do velho Lucindo e outros moradores já sabiam de tudo. O capitão Vitorino tinha desfeiteado o tenente. E o coronel José Paulino mandara o filho para tomar as dores do capitão.

— Mestre, em que está a questão com o coronel Lula? – perguntou um dos rapazes.

— Eu não tenho questão. O homem me botou para fora. E eu não saio. É só isto. Agora que me venha arrancar daqui. Ainda há força neste mundo que pode mais que uma vontade de senhor de engenho.

— Botou advogado, mestre?

— Não tenho posses para isto. Tenho o meu direito e quem tem direito não teme.

— O coronel Lula, me disse o Floripes, anda muito doente. Está dizendo que é de raiva. Parece que o homem mandou uma ordem para lá.

— Que homem, menino?

— Ainda pergunta mestre? O capitão Antônio Silvino. Me disse o negro que é pedido de dinheiro. Foram dizer a ele que o velho tinha ouro enterrado.

— E por que não vai pegar o capitão?

— Senhor de engenho só é mesmo homem para gente assim como eu e você.

— É, mestre, mas com o tenente do jeito em que anda, o negócio não está para que digamos. O capitão que abra o olho.

Apareceu a velha Adriana. Tinha sabido no Oiteiro da briga do marido.

— Ele está ferido, meu compadre?

— Comadre, eu não posso lhe dizer. Não pararam aqui não. Mas pelo que estão dizendo, deram muito no compadre.

— Que miséria. Dar num homem como Vitorino! Tenho fé em Deus que o capitão Antônio Silvino me lava os peitos.

Chorava a velha Adriana. Mas refazendo-se da mágoa, despediu-se para sair.

— Vou para o Pilar, compadre. A comadre ficou em casa tomando conta das coisas. Agora, com Vitorino preso, vou pedir para ela ficar mais tempo.

No Pilar houve rebuliço com a prisão de Vitorino. O juiz municipal, dr. Samuel, protestou contra aquilo. O tenente queixou-se das palavras desaforadas de Vitorino. O dr. Juca fora à estação telegrafar para a Paraíba em nome do pai, protestando. A força aquartelara-se no mercado e o tenente não cedia. Teria de passar vinte e quatro horas preso. Tinha ordem para agir com toda a energia contra os bandidos. Não podia ficar assim desmoralizado. Nunca ordem de *habeas corpus* fora requerida. O juiz tomaria as providências da lei. Então o tenente exasperou-se. Levaria o velho para Itabaiana. Já havia na vila muitos senhores de engenho que tinham vindo para livrar Vitorino. Todos queriam bem ao velho desbocado, mas cheio de tanta bondade. Sem juízo, dizendo o que lhe vinha à boca, tudo com a mais cândida inocência. Era um absurdo fazer aquilo com Vitorino. Lá para a tarde chegou um aviso para o tenente, pelo telégrafo da estação. O chefe de polícia pedia para remeter o preso para a capital. No trem das duas Vitorino seguiria. Com ele foram o dr. Juca, Henrique e Augusto do Oiteiro. Todos queriam acompanhar o velho. Vitorino, na hora de embarcar, abraçou-se com a mulher que só fazia chorar.
— Acaba com isto, mulher. Cadeia foi feita para homem. Me matam mas não me dobram.
E quando o trem saiu com o velho Vitorino, a estação estava cheia de gente que viera ver a partida do prisioneiro. Todos se espantavam da coragem, do jeitão atrevido do velho. Era homem que ninguém dava nada por ele e não tinha medo de coisa nenhuma. A velha Adriana voltou para casa mais tranquila. Vira o marido com os parentes ao seu lado. Mas o tenente Maurício ficara na vila como um rei. Delegado e prefeito não valiam nada para ele. A força que ficara no

mercado enchia de pavor as ruas pobres do Pilar. Foram atrás dos restos das mercadorias do comendador Napoleão, numa diligência, na casa de um morador do Recreio e trouxeram o homem debaixo de peia para a cadeia. No outro dia arribaram para os lados de Itabaiana, deixando o povo aliviado de tantas violências.

 Saíra um artigo no *Norte* com queixa contra o tenente. O capitão Vitorino Carneiro da Cunha era apontado como um cidadão pacato que levara uma surra da força volante. No outro dia apareceu uma retificação. Era Vitorino que procurava o redator para contar tudo como se passara. Não levara surra nenhuma. Em luta com o tenente, que procurava humilhá-lo, fora ferido. Reagira à prisão. Toda esta perseguição só podia atribuir às suas atitudes políticas. Estava contra o governo. Era correligionário da candidatura Rego Barros. Pois ficasse o governo certo de que não havia força humana que o arredasse do seu caminho. Ele e todo o seu eleitorado iriam às urnas para salvar a Paraíba dos oligarcas. A resposta de Vitorino foi lida no Pilar, como mais uma do velho. Mas pelo estado correu a notícia da violência. Os jornais de Recife falaram no caso. Um homem de bem, proprietário na Paraíba, fora agredido pela força pública porque se mantinha contra a situação. Era tudo o que Vitorino mais queria na vida. Voltava assim da capital como um chefe. Agora falava por cima dos ombros. O coronel Rego Barros passara-lhe um telegrama do Rio com palavras de aplausos à sua atitude corajosa. Seria recompensado com a vitória da causa. Vitorino cabalava por toda parte. Pelos engenhos era recebido com gargalhadas. Todos lhe davam o seu voto. Pelos seus cálculos, o município era todo seu. Até o Juca do Santa Rosa estava com a sua chapa. O pai ia se desesperar. Desta vez o primo José Paulino passaria por vergonha, na boca das urnas. Mas havia o caso do compadre José Amaro a resolver. Falara com o juiz e o dr. Samuel não via um meio de garantir o morador no Santa Fé. Mas ele saberia arranjar tudo. Não mais iria conversar com aquele Lula de Holanda que o tratara como a camumbembe. Na conversa que tivera com o compadre Amaro, depois da sua volta da capital, dera-lhe a segurança de que ele não sairia do engenho.

— É, meu compadre, daqui eu não saio vivo. Há quem possa mais do que o velho Lula.

D. Sinhá havia voltado para casa. E tudo parecia ali na melhor paz. Os porcos do chiqueiro, as galinhas, os pés de bogari, o cardeiro da estrada, as cajazeiras, o bode manso, tudo na casa de seu compadre parecia mais seguro do que dantes. Se não fosse a doença da menina tudo estaria muito bem. Viu que o compadre confiava nele. Não era compadre de um camumbembe qualquer. Era seu eleitor, seria respeitado pelos grandes.

— E o Lula de Holanda, compadre? Está malucando?

— Lá isto não sei, compadre, mas que eu fico, não tenha dúvida. O velho pensava que me fazia correr com três gritos. Não sou mosca não. Sou homem para aguentar repuxo.

D. Sinhá apareceu para perguntar pela amiga.

— Vai bem, minha comadre. Adriana anda agora de dentes arreganhados por causa do filho. O menino escreveu para mandar notícias. Vem por aí qualquer dia deste. Está de patente na Marinha e até pensa em levar a gente para o Rio. A velha se quiser ir, que vá. Daqui eu não saio. Não corro da luta.

— Eu, se fosse o compadre, ia com o rapaz. Isto aqui, só mesmo para quem não pode sair. Se tivesse um filho já tinha voado deste calcanhar de judas.

Ao falar num filho, o mestre como que voltou a si. De repente uma ideia passou-lhe pela cabeça e mudou de conversa. O velho Vitorino parou um instante de falar e a casa ficou em silêncio. Só o bode berrava no quintal.

— O bicho está com fome. Ó Passarinho!

O negro chegou-se para perto.

— Bom dia, capitão Vitorino.

— Bom dia.

— Capitão, não tem um cigarrinho daquele do outro dia?

— Não tenho cigarro para vagabundo.

— Credo, que homem brabo!

— Vai dar milho ao bode, Passarinho.

— Já vou, seu mestre. Capitão, um cigarrinho para o negro.

— Toma lá.

E sacudiu um meio maço de cigarro no chão. E voltando para o mestre:

— Quando estive na capital, o doutor Lima Filho me deu uma caixa de charutos. Que charutos, meu compadre! Vinha eu fumando um no trem e um besta de Itabaiana, um tal de Meneses, me perguntou se era de Cuba. O carro ficou cheio de fumaça, cheirando que só frasco de extrato. Eu disse ao tal: "Olha, rapaz, fumo porque posso. Tenho amigo na praça." Esta gente ainda vai ver o estouro que o capitão Vitorino dá na política.

— E o tenente Maurício, compadre?

— Não me fale deste cachorro. Na capital eu soube que ele é pessoa do presidente. Mas que se dane. Comigo ele viu que homem é homem mesmo. O José Paulino anda de rabo entre as pernas com medo deste furriel. Não me assusta.

Fogo morto • 297

Ouviu-se a campainha do cabriolé.

— Lá vem o rei de sabugo de milho – disse Vitorino.

O cabriolé passou às carreiras pela porta do mestre. Os cavalos magros davam tudo no chicote do boleeiro. A família do Santa Fé ia para o mês de maio do Pilar.

— Aquele leseira pensa que pode comigo. José Paulino tem nove engenhos, tudo corrente e moente, e me respeita. Avalie esta gangorra do Santa Fé.

Ainda se ouviam as campainhas sonoras na paz da tarde tristonha. Calaram-se os dois. D. Sinhá tangia as galinhas para o poleiro e os cachorros do velho Lucindo latiam como se estivessem acuando uma caça.

— Está tarde, meu compadre. Ainda tenho que ir falar com o doutor Samuel sobre negócio de política. O Augusto do Oiteiro me prometeu votação cerrada no coronel Rego Barros. E se lhe acontecer alguma coisa aqui, mande-me chamar. O Lula de Holanda está acuado. Ele bem sabe o meu peso. Para onde Vitorino Carneiro da Cunha pende, a coisa vira.

— Está certo, compadre. E o rapaz, quando chega?

— Não sei nada. Isto é com a velha. Mas chegando, bate logo aqui para tomar a bênção ao padrinho. Boa tarde, comadre Sinhá!

A velha apareceu na janela para se despedir de Vitorino.

— Boa tarde, compadre, diga à comadre que estou esperando a visita prometida.

— Tem notícia da menina?

A velha encolheu-se como se tivesse recebido um golpe de ar, e quase que não respondeu ao capitão.

— Notícia nenhuma, compadre.

Na casa do mestre José Amaro a noite chegava cobrindo tudo de escuridão. A saparia chorava na lagoa, o rio tinha descido com água nova. O cheiro da sola era muito ativo na sala cheia de troços. Ninguém falava. José Passarinho, sentado por debaixo da pitombeira, cantava baixo:

> *O engenho de Maçangana*
> *Há três anos que não mói.*
> *Ainda ontem plantei cana*
> *Há três anos que não mói.*

O mestre sentia-se como se estivesse com toda a saúde. A velha para o seu lado não falava com ele. Desde que chegara da casa da comadre, que só fazia cuidar das coisas da casa. Era como se ele não vivesse. Mas a vida voltava para o mestre. Agora estava seguro de que não sairia mais de sua casa. Lá para as nove horas, ouviu as campainhas do cabriolé que voltava do Pilar. O toque encheu a noite de uma música macia. Até de longe ainda se ouvia o cabriolé na corrida para o Santa Fé. O engenho de Maçangana há três anos que não moía. Não era verdade. Lá estava senhor de engenho de força tocando tudo para a frente. Todos moíam. O Santa Fé não parara uma safra sequer. Todos viviam. Só lá para as bandas de Itambé tinham parado o Comissário e o Várzea de Cinza. O Santa Fé moía, moía pouco, mas as bestas rodavam as almanjarras para os poucos pães de açúcar. Estava vivo. O coronel Lula não tinha força para botá-lo para fora. Bem que Alípio lhe dissera: "Mestre, fique, não saia da terra." O compadre Vitorino imaginava que era por sua causa. Pensava que era ele que fizera medo ao coronel Lula. Havia uma força maior que as dos senhores de engenho. O sono não lhe chegava. Era mais forte que a vontade do velho Lula. O que poderia ele fazer contra uma ordem do capitão Antônio Silvino? Não tinha mais nada na vida, não tinha filho, não tinha mulher, mas ficaria ali, ficaria na terra que o seu pai plantara, que devia ser sua. Os bogaris, a pitombeira, as vazantes do rio não mais lhe seriam tomados. Não podia dormir. Abriu a porta da casa, e o cheiro da terra, das árvores, do mundo, lhe deu força para sair. Há dias que não saía assim, com vontade de andar, de bater os caminhos, de sentir a noite como um grande refúgio. A mulher já devia estar dormindo. O negro Passarinho teria saído para o coco da boca da rua. Sentia-se só, no meio do mundo que era como se fosse todo seu. Não havia senhor de engenho para aquele mundo que a noite cobria de seu mistério. Respirou forte. O ar da noite era para ele muito ativo, carregado de cheiros que lhe pareciam de um jardim que era a terra inteira. Tudo aquilo era seu. O partido verde de cana do Santa Rosa, a imensidão da lavoura crescendo no massapê molhado, não tinha dono. A noite lhe dava tudo. O mestre descera para o atalho que levava para a estrada de ferro. O rio rolava nas pedras com barulho abafado. O volume das águas cobria as ilhas de verdura. O junco se dobrava às fúrias da cheia. O mestre sentou-se no barranco, e deixou de pensar uns instantes. Tudo parara para ele naquele momento. Não havia o coronel Lula, não havia a mulher, não havia a doença. Um rumor de vozes no outro lado do rio o arrancou daquela distância. Viu que era um grupo. Pensou logo na força do tenente Maurício, mas pôde ouvir muito bem uma voz que dizia:

— Só tem canoa no Santa Rosa. Alípio já deve estar lá.

Sem se mexer, trêmulo de emoção, compreendeu que o bando do capitão ia atravessar o rio. Ficou, tomando até a respiração, com medo de ser pressentido pelos homens. Não sabiam quem ele era, podiam atirar. Com pouco subiam outra vez para a catinga. Podia voltar para casa. O capitão andava pela Várzea. Sem dúvida estaria pensando em atravessar o rio para ganhar o Crumataú. E sem olhar para nada, envolto na escuridão, não sentiu que uma pessoa parara na sua frente:

— Quem vem lá? – gritaram.

— É de paz. Sou o mestre José Amaro.

— Boa noite, mestre.

— Com quem tenho a honra de falar?

— Sou Tiago.

— Me desculpe, com este breu na noite não podia conhecer.

— O cego Torquato esteve em Santa Rita e soube da surra do capitão Vitorino. Parece que o tenente Maurício foi chamado. Ontem em Itabaiana a tropa desceu do trem com destino para a cidade. O capitão anda aqui por perto. Eu até tinha um recado para ele. É que o coronel Nô Borges quer falar com ele sobre este velho aqui do engenho.

— Seu Tiago, a briga do velho é comigo. O capitão está me protegendo na questão. Mas pelo que vejo estou perdido. O coronel Nô é do peito do capitão.

— Seu mestre, então vamos dar um jeito na coisa. Eu não dou o recado não.

O mestre José Amaro calou-se. Tiago lhe adiantou:

— Estou de rota batida para o Crumataú. Vou encontrar o grupo na fazenda do velho Malheiros. Estou levando uma quantia que o comércio de Ingá está mandando para o homem. Os cabras quiseram tirar o corpo fora. Mas com a notícia do sucedido no Pilar, amansaram. Vim sem montaria. Alípio anda por aqui. Mestre, fique no manso. Eu não digo nada ao capitão. E saiu. O mestre José Amaro abalou-se com o encontro. Não era mais o homem firme, de minutos antes. O senhor de engenho podia até tomar a proteção do homem que imaginara como salvação dos pequenos. Bastava um pedido do coronel Nô do Mogeiro e ele estaria perdido. Na porta do velho Lucindo um cachorro partiu para ele com uma fúria de danado. Pegou de um pedaço de pau e sacudiu na cabeça do animal com toda a força. Estava com tanta raiva de tudo, que era como se batesse num inimigo mortal. Ouviu o grunhido do cachorro, um grunhido abafado de morte. Teria matado o cachorro? Apressou o passo e quase que roçando por ele passou a negra Margarida. A bicha, quando o viu, disparou a correr desembestada. Um clarão mortiço da lua começara a clarear as coisas. A negra o reconhecera e fugira com medo. Lobisomem. A mágoa que se sumira voltava outra vez terrível, como um castigo. Era um homem de sua casa, e o povo o pegara para fazer sofrer daquele jeito. O diabo da negra pensara que estaria ele àquela hora atrás de sangue para beber. Se pudesse pegar aquele negro Floripes, tomaria a sua vingança contra todos.

Quando foi se aproximando de casa viu que havia luz acesa. Espantou-se com a coisa. Que teria acontecido? Encontrou a comadre Adriana aflita. Tinham chegado em sua casa duas praças do Pilar atrás do marido. Vitorino tinha agredido o delegado José Medeiros, na porta do juiz. E depois desaparecera. Dizia o dr. Samuel que ele saíra pelos fundos da casa, com destino ao Engenho Velho. O delegado, brigado com o juiz, acusara-o de proteger o agressor. Vitorino fugira em tempo. O destacamento procurara-o por toda a parte. Disseram os soldados que o major José Medeiros fazia questão fechada de prender o velho. O mestre José Amaro procurou acalmar a comadre, mas não tinha palavras. Estava como um sonâmbulo, queria ficar só. Não queria ouvir, não queria ver ninguém. As duas mulheres conversaram até tarde. De madrugada, bateram na porta. Era o capitão Vitorino.

— Não quero saber de latomias, não vim aqui para aguentar choradeira de mulher. Onde está o compadre?

— O que houve, compadre Vitorino?

— Nada. Tudo mais é sobrosso. Eu estava em conversa com o doutor Samuel quando me passa pela calçada o José Medeiros. Eu nada tinha que ver com malquerença de ninguém. Passou por mim e não falou. Aí fui a ele: "Então, seu José Medeiros, por que não me cumprimenta?" E o bicho achou de me responder como não devia. "Comigo não, José Medeiros. Primeiro vá lavar as ceroulas que sujou com a visita dos cangaceiros." Ele veio para mim de mão aberta e eu me fiz na tabica. Dei-lhe na cara. Lá isto dei. Quando eu me vi, estava com o cabo do destacamento armado de revólver para me atacar. Gritei para o praça: "Praça, se errar eu lhe furo." Estava de punhal desembainhado. Foi quando o doutor Samuel me empurrou para dentro da casa dele. Ainda quis sair para dar um ensino no canalha. Mas a mulher do juiz me pediu muito. Quando foi com a noite me retirei. No Engenho Velho o meu primo José de Melo me quis dar dois cabras no rifle para me guardar. E eu lhe disse: "Primo, Vitorino Carneiro da Cunha não precisa de guarda-costas." E aqui estou. Soube que andou soldado em minha casa.

— É o que a comadre me disse.

— Eu só queria estar lá para receber estes cachorros a chicote.

— Tu não cria juízo, Vitorino – gritou a mulher.

— Cala a tua boca, vaca velha. Tenho juízo e tenho vergonha. Tu queria que o teu marido chegasse em casa desfeiteado? Queria? Pois não chegará este dia.

— Mas, Vitorino, o teu filho está para chegar. Por que tu não te aquieta, homem?

— O meu filho não queria saber de um pai covarde. Amanhã volto ao Pilar. Quando um José Medeiros chegar a fazer medo a Vitorino Carneiro da Cunha, é porque o mundo está para se acabar. Bem, mulher, eu vim te buscar. Da minha casa ninguém foge com medo de José Medeiros. Vamos embora.

— A comadre fica para dormir.

— Pode ficar. Ela não é menina para ser mandada. Eu me vou.

— Eu vou também, comadre Sinhá. Ninguém pode com este homem.

E se foram. A casa do mestre voltou ao silêncio. A manhã não tardaria. Ouvia-se o gemer do rio nos barrancos. Pela estrada começava a passar gente porque era domingo de feira em São Miguel. Passarinho vinha chegando, cantando, com voz arrastada de bêbado:

*O engenho de Maçangana*
*Há três anos que não mói.*
*Ainda ontem plantei cana*
*Há três anos que não mói.*

O mestre chegou à porta para ver a fria madrugada que tingia as barras de vermelho.

— Bom dia, mestre José – falou o negro, com a fala bamba. — O capitão virou brabo no Pilar e deu até no delegado.

## 3

O JORNAL DA OPOSIÇÃO falou nas perseguições da polícia ao capitão Vitorino Carneiro da Cunha. Enquanto os cangaceiros infestavam o estado, permitia o governo que se abusasse da tranquilidade de um cidadão pacatíssimo, homem de convicções firmes, que punha os interesses de sua terra acima de sua conveniência de família. O artigo exaltava a bravura cívica do político pilarense, correligionário da candidatura da salvação. Com isto Vitorino encheu-se de mais importância. O juiz dr. Samuel fornecia-lhe notas escritas que ele mandava ao Norte, críticas ao prefeito, aos abusos do delegado, às regalias do coronel José Paulino. O chefe da nova política do Pilar era o ex-delegado Ambrósio, velho do Partido Liberal, que fora procurado para movimentar no município governista a candidatura do coronel Rego Barros. Mas o homem de ação do movimento era o capitão Vitorino. Ele mesmo dizia por toda a parte que não tinha chefe. Só se entendia com os homens da capital diretamente. Ninguém como ele conhecia de política. Vinha da monarquia. Nos dias de feira, ficava nos grupos falando dos adversários. Cabalava a seu jeito. Os impostos que a Câmara cobrava só davam mesmo para encher a pança dos fiscais. O povo do Pilar era uma besta de carga. As ruas viviam esburacadas, a iluminação em petição de miséria, enquanto o prefeito Quinca Napoleão vivia comprando casa em Recife.

Aquilo tudo era por culpa do coronel José Paulino, que queria fazer da vila uma bagaceira de engenho. O Pilar precisava de um homem que lhe desse mais atenção. O general Dantas Barreto, em Pernambuco, botara abaixo os goelas. Não havia mais por lá os ladrões de feira como eram os fiscais do Pilar.

Mas uma notícia viera abalar os ardores políticos do capitão. O seu filho Luís escrevera que chegaria na Paraíba, para uma visita à família. Vinha como suboficial da Armada. A velha Adriana se encheu de alegria como árvore seca que reverdecesse com as primeiras chuvas de inverno. Ia ter em sua casa o filho que voltava homem feito, com uma patente que era uma glória. O capitão preparava-se para ir recebê-lo na capital. O filho não era um camumbembe qualquer. É verdade que não trazia anel de doutor. Mas de que valia uma carta de formado para um homem como Juca do Santa Rosa? E o que valia o dr. João Lins do Itaipu, homem que alisara os bancos da academia e parecia um matuto bisonho? Eram uns doutores de porcaria. Luís tinha patente, tinha comando. Todo mundo sabia que o seu filho era da Armada. E o Norte noticiara a chegada do rapaz. Fora um sucesso a volta do filho de sinhá Adriana ao sítio muito pobre do pai. Vitorino esquecera-se de política para só cuidar do rapaz. Quando o viu, na farda azul, com os botões dourados, as divisas, o quepe com galões, era como se toda a grandeza do mundo lhe aparecesse de súbito. Era o seu filho. O primo Augusto do Oiteiro lhe emprestara um cavalo de sela, todo arreado, para o rapaz passear, enquanto estivesse na terra. A casa de Vitorino criara vida nova. O filho trouxera muitas novidades. Um gramofone tirava dobrados, valsas, cantorias. Vinha gente de longe para ouvir a máquina se esgoelando na paz do sítio. Vitorino saía com o filho, de engenho em engenho, exibindo-o com orgulho desmedido. Calava-se para ouvir o rapaz na conversa. Parecia outro homem. Os moleques, os meninos dos engenhos, não gritavam mais para ele. Lá vinha ele na burra velha, e todos olhavam para o filho, na farda de casimira, e se pasmavam de vê-lo, na elegância, no porte, na maneira enérgica de falar. Era o filho do velho que eles tanto aperreavam. Na casa do mestre José Amaro, logo no primeiro dia chegou Luís para tomar a bênção ao padrinho. Levava um presente que o mestre agradeceu comovido. Era um terno de casimira escura.

— É para o senhor ir para o júri, meu padrinho.

— Muito obrigado, menino. Vai servir para o meu enterro.

E lágrimas lhe vieram aos olhos.

Luís animara o velho como pôde, e contou de sua vida, das viagens no mar, das terras que conhecera. A primeira semana fora como uma descoberta para ele. Depois foi-se aborrecendo. O pai queria mostrá-lo como um bicho raro. Soubera da luta do velho com o delegado. Sofreu com as mágoas de sua mãe. E lá um dia falou com ela de seus planos. Teria que levá-la para o Rio. Podiam viver muito bem com o que ganhava. Não pensava em casar-se. Pelo contrário, a vida de embarcado, de homem largado por este mundo, não era para casamento. Lembrara-se de levar a sua mãe. O velho iria também. Vitorino, quando soube, desgostou-se. Não deixaria a sua terra por outra qualquer. Nem que fosse por um reino. Adriana, se quisesse, que fosse. Ela só tinha aquele filho. Ele, porém, não podia abandonar os seus correligionários. Era isto o que mais desejava o José Paulino. Era vê-lo pelas costas. Zangou-se com o filho. Em casa fechou a cara e voltou para a vida que era a sua maneira de existir. Sempre vivera sem filho. A velha, que o parira, que o suportasse. Não sairia da várzea por força nenhuma. E começou a comentar com os amigos as propostas que tivera para ir com Luís para o Rio. Luís pensava em fazê-lo de sócio, num negócio no Rio. Não deixaria a política de Pilar entregue aos "máscaras": O safado do José Medeiros não ficaria sem um homem que o fizesse correr de medo. E uma tarde em que o filho saíra para uma visita ao Santa Rosa, tivera com a mulher um pega de arrancar rabo. Ele havia chegado da rua e Adriana apareceu-lhe com uma cara aborrecida. Ele já conhecia aquele jeito dela.

— Que diabo é o que tens, minha velha?

— Não estou para deboche.

— Se é ciúme, pode te aquietar, estou de tempos acabados.

— Vitorino – gritou-lhe a mulher —, acaba com estas marmotas. Tu tens um filho de posição, deixa de estar fazendo vergonha a Luís.

— Quem é que está fazendo vergonha, quem é que tem vergonha de mim? Então tu estás pensando que uma patente da Marinha representa mais do que a minha? Se é por posição, eu tenho a minha. Em tempo de guerra comando tropa.

— Cria juízo, homem.

— Cala esta tua boca, vaca velha. Dana-te com o teu filho. Aqui nesta casa manda o galo.

E foi preparar a burra para sair. Antes de partir, porém, chegou-se para a mulher.

— Olha, vou para uma viagem no Itambé. Se estás aborrecida disto aqui, arruma as tuas trouxas e não me mande notícias.

A velha Adriana ficou pensando na raiva do marido. Arrependeu-se, sentiu que fizera mal em ter falado em viagem a Vitorino. Era uma criança, tudo que fazia era como um menino de pouca idade. Tinha prometido passar no Santa Fé a chamado de d. Amélia. Iria naquela manhã. Luís apareceu para dizer-lhe que tinha de ir à capital tratar das passagens, ela aproveitou para atender ao chamado do Santa Fé. Há mais de três meses que não punha os pés por lá. Achou a casa-grande mais triste ainda. D. Amélia falou-lhe no caso do compadre José Amaro, e ela defendeu o mestre. Mas a velha não se conformava. Era assim que o mundo era. Ali botara o pai dele corrido dos homens de Goiana e fora recebido no Santa Fé de braços abertos. Agora um filho fazia aquilo. Ela só não tomava uma providência para não desgostar o Lula. Tinha parentes no Ingá, gente braba. Pensara em procurá-los para acabar com aquele atrevimento. Lula se sentiria. Era ele que tinha que fazer o que devia e, no estado em que estava, não tinha saúde para a coisa. Era um caso virgem na várzea. Um senhor de engenho não ter força para mandar na sua terra. E d. Amélia falou na carta do capitão Antônio Silvino. Lula procurara os vizinhos e todos acharam que ele devia esperar. Não era bom aborrecer o capitão. E o mestre José Amaro sem querer arredar o pé do engenho. Soubera até que enjeitara um oferecimento do coronel José Paulino para ir morar numa propriedade do Itambé. Não saía do Santa Fé para machucar o senhor de engenho. Depois d. Amélia se foi, e a velha Adriana começara no seu trabalho. D. Olívia aparecia para olhar, como se estivesse à procura de alguém. Olhava fixamente para um canto, e voltava, batendo com os beiços. A negra da cozinha, uma estranha que sinhá Adriana nunca vira por aquela banda, apareceu para falar. Estava com medo de ficar ali por mais tempo. Nunca vira tanto mistério. Era uma casa que só vivia cheirando a incenso, com o povo na reza. O velho dava para ter uns ataques de bate-bate, a moça não abria a boca para ninguém. Só mesmo d. Amélia parecia gente de verdade naquele mundo. Nunca vira coisa igual. Tinha vindo do Itambé para o Oiteiro, mas a negra da cozinha de lá, uma tal de Agostinha, bebia uma cachaça dos diabos. E terminou sem ter para onde ir. Estava ali há dois meses e qualquer dia ganharia o mundo. Não podia mais com aquela esquisitice. O negro Floripes vivia de sala como gente. O velho dava importância àquela peste. Até com ela o negro viera com conversa de querer mandar. Não podia ficar ali. E queria saber se a sinhá Adriana não conhecia uma casa para onde pudesse ir.

— O povo desta casa não come, minha senhora. Nunca vi tanta miséria assim. Dizem que é para fazer guarda. Não sei não, mas isto não é casa-grande de engenho.

À tarde, com o serviço terminado, sinhá Adriana foi saindo. D. Amélia pediu para ela levar as duas frangas e ainda lhe falou do caso do compadre. Aquilo terminava matando o marido de desgosto. Lembrava-se que fora aquele negro Domingos que matara o seu pai. Agora era o mestre José Amaro. A sinhá Adriana falou-lhe da comadre Sinhá. Era uma velha tão boa, com a infelicidade da filha, doente, longe dos seus cuidados. Mas d. Amélia não culpava a mulher. O mestre José Amaro era homem de maus instintos. Dissera-lhe Floripes que o povo tinha medo dele. Não queria passar por ignorante, mas chegava a acreditar nas suspeitas do povo. Era filho de assassino. Lula fizera o possível para aguentá-lo no engenho.

Se não fosse a história de andar ele falando mal de sua filha, nunca teria pedido a casa ao mestre. O miserável tivera o atrevimento de falar de Neném.

— Não é possível, dona Amélia, só pode ser fuxicada. O meu compadre não tinha coragem para uma coisa desta.

— É verdade, sinhá Adriana. Floripes me contou e me deu até os nomes das pessoas. Todo o mundo no Pilar sabe disto. Se não fosse a doença de Lula este cabra já tinha saído do engenho. Não havia proteção de Antônio Silvino que o salvasse.

D. Olívia agora descompunha uma negra:

— Negra safada, traz água para lavar os meus pés. Vem, negra preguiçosa.

D. Amélia calou-se. E a velha Adriana despediu-se. Era já de tarde. A casa-grande do Santa Fé tinha o sol em cima da cal encardida de suas paredes. A luz do dia ainda ficava pelo portão sujo, iluminando as cornijas azuis. 1850. O capitão Tomás... Depois a grande seca, toda a família de sinhá Adriana morrendo de fome. D. Amélia, muito moça, entrando pela casa do engenho para levar comida para os retirantes. O piano tocava nas tardes como aquela. A boa música de d. Amélia lavava mágoas e dores. Tudo se fora na enchente do tempo. Luís queria levá-la para o Rio. Não podia ficar por ali para ver a desgraça de tudo. Vitorino não tinha consciência para sofrer. Não sofria, não era capaz de sentir que tudo se acabara, que eles em breve veriam o fim da família que fora tão grande, tão cheia de riqueza. Gostava do povo do Santa Fé. Por mais que falassem de seu Lula, por mais que contassem histórias de negros morrendo de apanhar, não podia se esquecer de d. Amélia descendo da casa-grande, tão bonita, tão moça, para vir ajudar a sua família na pior desgraça. Era verdade, o que estava fazendo o seu compadre José Amaro era muito errado. E com este pensamento chegou na porta do mestre. A luz do dia ainda clareava as coisas. Ela vira que havia gente em conversa, quis passar, mas uma coisa lhe dizia que devia falar sobre a conversa de d. Amélia com a sua comadre. E parou. O compadre chamou a mulher.

— Sinhá, a comadre Adriana está aqui. Então, comadre, é verdade que vai embora?

— Nada, meu compadre, tudo ainda está em conversa.

O homem que estava com o mestre disse:

— É verdade. Eu estava hoje no Santa Rosa e o capitão Vitorino estava falando nisto. Estava brabo, dizendo que o filho queria levar a família para o Rio. Pelo que falava o capitão, tudo já estava determinado. Ele é que não ia. Morreria por aqui mesmo. O doutor Juca até brincando disse para ele: "Vitorino, lá no Rio você podia fazer carreira na política." Vi o velho dizer o diabo ao doutor. O doutor se ria com as palavras do capitão Vitorino. Não é por estar na frente da senhora, mas o velho é um coração de ouro. Só tem mesmo aquele falar de brabo.

Sinhá Adriana retirou-se para conversar com a amiga. E o mestre continuou na conversa. Era Tiago. O cego Torquato, naquela tarde, passara com a notícia de que soubera em Santa Rita que vinha força de linha para atacar o capitão. Tiago não acreditava. O exército não se abaixaria a tomar o lugar de mata-cachorros. O mestre José Amaro falava do catorze, dos tempos do Quebra-Quilos. A força de linha, quando tomava a peito uma coisa, levava até o fim. Tiago viera com a notícia de um ataque do capitão a um comerciante de Figueiras. O capitão se inimizara com o homem por causa de uma nota falsa, e voltara lá para fazer uma desgraça. Ficou tudo em cinzas. O homem chorava como menino, mas o capitão não perdoou. O safado tinha mandado uma nota de quinhentos mil-réis que não corria.

— O capitão é homem sério, seu mestre. Com ele a gente tem que andar no direito. O velho aí do Santa Fé que ande no correto, senão a coisa fica ruim para ele.

— É, Tiago, eu fico pensando: o melhor é sair daqui de uma vez. Porque estes senhores de engenho têm uma maçonaria. Outro dia eu recebi um chamado do coronel do Santa Rosa, e ele me ofereceu um sítio em Itambé, para eu deixar isto. Eu disse que não saía porque tinha ordem para não sair. Não disse de quem era a ordem, mas o velho sabe de quem é.

— O capitão, se deu ordem, é para o senhor não sair. Alípio me disse que ele fazia questão para o senhor não ir embora. O velho Vitorino estava falando no Santa Rosa que a sua questão estava com ele. Disse o diabo do coronel Lula.

— É conversa do compadre. Eu, para lhe falar a verdade, não estou fazendo muita questão de ficar. Qualquer dia deste arrumo os meus troços e me mudo. Estou perto da morte. E mesmo a minha mulher está querendo ir morar lá para as bandas da Paulista, para ficar mais perto da filha. Mulher quando quer uma coisa, ninguém pode.

Passou por entre os dois a velha Adriana.

— Bem, compadre, eu vou indo. Luís deve chegar da cidade e eu preciso fazer a janta dele.

A noite chegara de repente e a escuridão cobria a estrada. Sinhá Adriana se despediu da comadre.

— Está um breu. A lua só vai sair lá para as oito.

No céu só havia as estrelas, e o vento frio entrava pelo vestido de chita de sinhá Adriana. Foi andando com o pensamento no marido.

Já estava no Santa Rosa contando história sobre a viagem. Todo o mundo, sem dúvida, que lhe daria razão. Como era que se abandonava a sua terra, os conhecidos, para ir morar distante, longe das coisas que eram suas? Não podia viver sem o seu filho. Muito sofrera na retirada de 1877, muito sofrera com a vida do seu marido, com o jeito de menino de Vitorino. Agora que lhe aparecia o filho, homem de bem, de posição, todo cheio de amor pela mãe, não ia abandoná-lo para sofrer mais ainda. Deus lhe dera aquele consolo na velhice. Na escuridão da estrada, os seus pensamentos eram mais claros que o dia. As duas frangas piavam. D. Amélia lhe falara com tanto sentimento que não se contivera com a comadre Sinhá. E soube que o mestre ficava no Engenho, contra a vontade do coronel Lula, porque o capitão Antônio Silvino dera ordem. Aquilo terminaria mal. A comadre não falava mais com o marido. Era uma vida pior que a sua. Viver uma criatura dentro de casa, com raiva, com nojo da outra. A comadre por mais de uma vez lhe confessara os seus sentimentos. Não podia olhar para o marido que não visse a filha, naquela noite da surra, a filha apanhando como um cachorro. Não estava na sua vontade. Via no marido a causa de tudo. Pobre de sua comadre. Perdera a filha. Ela tinha o seu Luís, que o povo do Pilar, que os parentes da Várzea tanto admiravam. Até lhe falavam que uma filha do major Manuel Viana andara de namoro com o seu filho. Luís não se casaria. O que ele queria, o que ele mais desejava era que a sua mãe estivesse ao seu lado. Não havia dúvida, seguiria com ele. Podia parecer ingratidão, mas Vitorino não sofreria com a sua ausência. Por que não abandonava aquela vida de judeu errante e não criava juízo? Quando chegou em casa, Luís já havia chegado. A viagem para o Rio tinha que ser no menor tempo possível. Fora chamado. Na capitania do porto conversara com o comandante. Já havia encomendado as passagens.

— A senhora precisa fazer um vestido mais resguardado. Está frio no Rio, por este tempo.

Passou o resto do dia sem pensar em outra coisa. Uma alegria como nunca sentira tomou conta dela. Faria tudo para que o filho fosse mais feliz do que foram os pais. Às vezes imaginava que tudo aquilo fosse um sonho. Aquele Luís, que via em casa, que lhe parecia tão bonito, tão correto, não era de verdade. Era sonho. Mas era de verdade o seu filho. Tudo lhe dizia que os seus últimos anos de vida seriam um mar de rosas. Tomaria conta das coisas da casa, seria uma criada, seria tudo para que Luís não precisasse de mais ninguém para servi-lo. O gramofone abria a boca no mundo.

Vinham os meninos de frente pedir para botar as marchas. E o filho parecia aquele dos tempos de criança, ficava com os moleques, fazendo o que eles lhe pediam. Luís gostava de agradar os pequenos. Era um oficial, e não dava importância à patente, parecia um soldado raso na conversa com os outros. Não tinha orgulho. Não puxava aquela gabolice do pai. Vitorino se zangara com a notícia de que o filho pretendia levar a família para o Rio. Seria para todos uma salvação. Mas ele não deixaria a vida que levava. Era uma criança, sempre o mesmo, com as manias, a preocupação de parecer o que não era. Deus o fizera assim e ninguém desmanchava aquele destino. Mas como poderia abandonar o marido? Como deixá-lo só, entregue à sua extravagância? Ir com o filho era a sua maior alegria, o seu desejo. Mas Vitorino? Naquela tarde apareceu em sua casa a comadre Sinhá. Viu que havia alguma coisa com a amiga.

— Que é que há, comadre?

— Eu não posso mais.

E caiu nos seus braços, aos soluços. Deixou que ela se acalmasse.

— O que aconteceu?

— Comadre, eu prefiro a morte a viver mais tempo naquela casa. Uma coisa me diz que ele tem parte com o diabo. Eu nem sei dizer o que sinto. É uma coisa lá dentro me dizendo isto. É uma voz que escuto, de dia, de noite, até dormindo. Fico até imaginando que estou variando. Ele me olha como uma fera. Agora que brigou com o coronel só fala em matar, em briga, no diabo. A filha lá longe sofrendo, e o monstro sem se importar. Coitada da bichinha!

E outra vez o pranto abafou a sua voz estrangulada.

— É triste, comadre Sinhá. Mas Deus dá jeito a tudo. Essa briga do compadre vai dar em desgraça. O povo do Santa Rosa vai ficar do lado do coronel Lula. O compadre está pensando que a proteção do capitão dura sempre. No fim, quem vai aguentar o repuxo é ele só. Não sei como um homem de juízo, como o compadre José Amaro, se mete nisto.

A velha Sinhá se calara. A tarde bonita, de vento brando, de cajazeiras cheirosas, cobria a casa do capitão Vitorino de uma paz de remanso. O gramofone na sala, com os meninos em redor, cantava com voz estridente.

— Luís, anda, toma a bênção à tua madrinha.

Veio chegando pela estrada o negro José Passarinho, em passo banzeiro:

— Muito boa tarde para todos. Estou chegando do Pilar, minha gente. Não estou bebo, não. Até vi lá o capitão. Está brabo. Fui pedir um cigarro a ele e quase me dá uma surra.

Estava ele na companhia de um freguês que eu não conheço. Me disseram que é um grande da capital. É coisa de eleição. Eu só sei é que o capitão estava dizendo o diabo do major José Medeiros! O velho não tem medo mesmo não.

Luís voltou para a sala e sinhá Adriana entristeceu. Passarinho foi deitar-se por debaixo do pé de juá. O gramofone continuava a cantar. As duas amigas ficaram caladas. Sinhá Adriana saiu para tanger a criação para o poleiro. A noite vinha chegando.

— Bem, comadre, eu já me vou. Amanhã de madrugada passa um cargueiro que vai para Goiana e eu quero ver se mando umas galinhas para Marta. Ele entrega a um barqueiro que tem um filho também na Tamarineira. Isto para mim foi um achado.

Quando a comadre se sumiu na estrada, a noite já cercava a casa do capitão com as suas trevas. Só com Luís, sinhá Adriana queria falar do marido, queria abrir-se com o filho sobre a vida de Vitorino.

— Minha mãe, o velho parece que não quer ir. Ele gosta mesmo desta vida.

— É, menino, a natureza de teu pai é esta mesma.

E calou-se. Luís escovava as botinas. Teria que no outro dia fazer as despedidas no Pilar.

— O que tem a madrinha, minha mãe?

— Sofrimento, menino. Desde que Marta adoeceu que a comadre não para de sofrer. E agora esta briga do compadre com o coronel Lula.

— Eu soube. Também o coronel não devia ter feito o que fez. O meu padrinho é homem de respeito, de seu trabalho.

— Mas a terra é do homem, menino. Quem manda na terra é o coronel.

— Isto é um absurdo.

O negro José Passarinho apareceu para pedir um prato de pirão:

— O negro está morto de fome, sinhá Adriana.

E enquanto a velha saiu para trazer a comida, Passarinho largou a língua bamba:

— Quem houvera de dizer que este pedaço de homem era aquele Luís que andava por aí fazendo arte.

— É isto, Passarinho.

— Marinheiro briga muito, seu Luís? Ouvi dizer que anda de navalha para cortar barriga de paisano. O capitão Vitorino estava contando que o senhor já botou para correr mais de trinta praças no Recife.

— É brincadeira do velho, Passarinho.

— O velho teu pai não respeita cara. O major José Medeiros foi brincar com o capitão e levou tabica.

Sinhá Adriana chegou com o prato.

— Vai comer na cozinha, Passarinho.

E quando o negro saiu, ela perguntou ao filho o que dissera o negro.

— Nada não, minha mãe. Estava contando uma coisa do velho. Ele brigou mesmo com o delegado?

— Eu nem te conto. Vitorino para se esquentar é um instante.

E contou a história. Viu que o filho gostara.

— O velho não tem medo de nada.

Sinhá Adriana já vinha notando aquela admiração de Luís pelas coisas do pai. Imaginara que ele voltasse para se humilhar com as loucuras de Vitorino e verificara o contrário. Por mais de uma vez escutara o marido contando ao filho das suas lutas, da sua importância. Seria que Luís acreditava nas histórias do pai?

— Minha mãe, a senhora precisa se preparar para a viagem. O velho termina aceitando.

— Menino, quer que eu te diga uma coisa? Eu acho que tu fazes melhor indo só. Para que levar traste velho para casa nova?

— Não diga isto, minha mãe. A senhora está assim porque o velho não quer. Ele vai. A senhora fique certa que na hora ele chega.

— Nada, menino, Vitorino gosta desta vida. Saindo disto ele morre. Felizmente tu tens saúde. Mais desgraçada é a comadre Sinhá.

Lágrimas correram de seus olhos. O filho chegou-se para consolá-la.

— Minha mãe, vamos todos para o Rio.

— Nada, menino. Ninguém pode com Vitorino.

## 4

Nunca mais que o cabriolé de seu Lula enchesse as estradas com a música de suas campainhas. A família do Santa Fé não ia mais à missa aos domingos. A princípio correra que era doença no velho. Depois inventaram que o carro não podia mais rodar, de podre que estava. Os cavalos não aguentavam mais com o peso do corpo. Na casa-grande do engenho do capitão Tomás a tristeza e o desânimo haviam tomado conta até de d. Amélia. Não tinha coragem de sair de casa com aquela afronta, ali a dois passos, com um morador atrevido sem levar em conta as ordens do senhor de engenho. Todos na várzea se acovardavam com as ordens do cangaceiro.

O governo mandava tropa que maltratava o povo, e a força do bandido não se abalava. Pobre de seu marido, que não pudera contar com a ajuda dos outros proprietários. Estivera no Santa Rosa e o conselho que lhe deram fora para que não tomasse providência nenhuma perante as autoridades. Todos temiam as represálias. Lula não lhe dizia nada, mas só aquilo de não querer mais botar a cabeça de fora, de fugir até das obrigações de sua devoção, dizia da mágoa que lhe andava na alma. Não lhe tocara no assunto, mas teve vontade de tomar o trem e ir valer-se do presidente. Não faria isto para não humilhá-lo. Era o fim que ela não esperava que chegasse assim. O engenho se arrastava na safra de quase nada. Mas ainda moía. O marido um dia chamou-a:

— Amélia, tenho ainda umas moedas, hein? Vai à Paraíba e troca isto com o Mendes.

Era o resto do ouro do seu pai. Há anos que viviam trocando aquelas moedas que o velho Tomás guardara, com tanta usura. Ouro que seria para a educação dos filhos. Às vezes imaginava que estavam no mundo pagando os pecados de sua gente. Quantas ocasiões não ouvira falar na crueldade do seu povo do Ingá. O velho Cabral, dono de centenas de negros, mandando na vida de seus escravos como em bichos. Seria uma determinação de Deus? Via Lula tão cheio de fé, tão crente na proteção divina, que se sentia mais segura dos seus destinos. Mas a vergonha que devia existir no velho orgulhoso não tinha tamanho. A terra era sua, senhor de terra que ele não podia ordenar como quisesse. O negro Floripes não saía dos pés do senhor. Era uma dedicação de cachorro fiel. Algumas vezes, quando o negro chegava do Pilar, ouvia-o a falar com o marido. Era uma conversa, em voz baixa, que a deixava intranquila. Depois, toda a noite nas orações do oratório, a voz de Lula puxava a reza num tom de humildade que não era o seu. Mas, de repente, aquela voz mansa crescia, subia, tornava-se agressiva, e era outra vez o dono de negros mandando surrar, a áspera voz do senhor que ela não tolerava. O negro Floripes acompanhava tudo, mansinho, dócil, de olhos no chão, de mãos nos peitos. D. Amélia via que o marido se acabava, destruía-se. Como naqueles dias que chegavam após os ataques, ficava ele, no quarto, numa sonolência de caduco. Não tinha idade para isto. De súbito, porém, tudo aquilo se mudava num furacão que não durava cinco minutos. Seu Lula gritava dentro de casa como se estivesse em luta com inimigos que lhe enchessem o quarto. D. Olívia, naqueles dias, largava as suas gargalhadas. E gritava também. Por um instante a silenciosa casa-grande do Santa Fé parecia agitada de paixões de gente desesperada. Passava tudo, e outra vez o silêncio tomava conta dos quatro cantos da sala e dos corredores. Seu Lula refugiava-se na rede. D. Olívia continuava a andar de um lado para outro. E lá por fora Deus dava força à terra parada, aos matos que cobriam as várzeas, à vegetação grossa das capoeiras. O povo que passava por ali lamentava tamanho paradeiro. Um dia apareceu um sujeito bem montado, com arreios finos, e vestido de grande. Era um catingueiro de Caldeirão que soubera que o engenho estava à venda, e vinha saber das condições. Seu Lula quase que não ouvia o que o homem falava. D. Amélia apareceu, então, para conversar. Não havia engenho nenhum à venda. Foi quando o marido perguntou como se tivesse acordado:

— Como? O que foi, hein, Amélia?

— Este senhor está aí porque soube que o Santa Fé estava à venda.

— Como! Quem lhe disse isto?

O homem desculpou-se, e continuou a falar. Tinha vontade de comprar terra na várzea. Aquilo é que era terra! E havia sabido que o Santa Fé estava quase sem safrejar e por isto se botara para falar do assunto. Pedia desculpa, e ia se retirar, quando seu Lula lhe falou em voz alta:

— Sim senhor, vou sair daqui para o cemitério, hein, pode dizer por toda parte.

— Não estou aqui, coronel, para aborrecer.

— Hein, Amélia, veio aqui comprar o engenho do teu pai.

Lá dentro d. Olívia gritava:

— Velho, estou cosendo a tua mortalha.

O homem parecia assustado. Levantou-se. Seu Lula trêmulo:

— Pode dizer ao José Paulino que não vendo coisa nenhuma.

— Coronel, não estou aqui para levar recado.

D. Amélia conciliava:

— É verdade. O senhor não leve a mal.

— Hein, Amélia, quer comprar o engenho do teu pai.

O homem já estava na calçada, e seu Lula ainda falava aos berros:

— Estão enganados. Fico no engenho. Não é, Amélia?

— Cala a boca, velho – gritava d. Olívia —, cala a boca, velho.

Tudo se calara e d. Amélia parecia que havia saído de um sonho. Agora, a casa silenciava. Neném estava no jardim, e na cozinha a cozinheira cantarolava baixo. D. Olívia conversava em surdina. O velho recolhera-se ao quarto. A senhora de engenho botou a cabeça na janela do oitão, e viu a filha cortando os galhos das roseiras. A tarde macia, com céu azul, e o sol morno cobrindo a verdura da várzea. O gado do engenho vinha chegando para o curral. Pobre gado, meia dúzia de reses. O moleque que o pastoreava gritava para os bois velhos. Naquele silêncio, naquela tarde tão calma, d. Amélia via que nada mais podia fazer. Ficou ali até que as sombras fossem tomando conta das coisas. A noite começava a cobrir tudo. Bom que tudo nunca mais voltasse a lhe aparecer com aquelas cores que foram de outros tempos. No colégio, lembrava-se do Santa Fé, e vinham lágrimas aos seus olhos de menina saudosa de seus cantos queridos. Tudo de lá tinha tanto agrado para ela! A mãe, o pai, Olívia menina. Aquelas saudades doíam-lhe. Foi acender o candeeiro da sala de jantar. E quando trepou na cadeira para cortar o pavio, viu na porta de frente uns homens parados na calçada. Acendeu a luz e saiu para saber o que era aquilo. Ouviu então o grito de Floripes, um grito de desespero. Seu Lula levantou-se para ver o que era.

— O que é isto, hein? O que é isto, hein?

Uma voz forte respondeu lá de fora:

— Não é nada, coronel. O negro está assombrado.

Era o capitão Antônio Silvino no Santa Fé. Os cangaceiros cercaram a casa e o negro Floripes, amarrado, chorava de medo.

— Cala a boca, negro mofino – gritou o chefe.

— Hein, Amélia, quem é que está aí?

— Não é o tenente Maurício não, coronel, pode ficar sem susto. Mande acender as luzes da casa, coronel.

Seu Lula abriu a porta da frente, e d. Amélia acendeu o candeeiro da sala de visitas. Entrou na sala o capitão Antônio Silvino, de peito coberto de medalhas, de anéis nos dedos, de rifle pequeno na mão, e o punhal atravessado na cintura. Os cabras ficaram na porta.

— Meninos, vigiem isto por aí.

O capitão olhou para a sala bonita, para os quadros da parede, para o piano estendido como morto.

— O coronel tem uma casa de primeira.

O velho acordara para sentir o perigo. O negro Floripes chorava.

— Manda este negro parar com isto, senão vai se calar de uma vez.

— Capitão, eu peço ao senhor para não matar o negro – falou d. Amélia.

— Minha senhora, eu não ando acabando com o mundo não. Não sou o tenente Maurício.

— Eu sei, capitão.

— Como foi, Amélia, hein, o que quer ele?

— Tenho nome, coronel, tenho nome. Estou aqui para fazer boa paz.

Já estava sentado no marquesão. O piano ficava bem defronte do chefe. D. Olívia começou a gritar.

— O que há lá dentro?

— Não é nada não, capitão. É uma irmã doente.

Alguns dos cangaceiros estavam aboletados nas cadeiras da sala. E o capitão falou:

— Coronel, como eu disse, estou em boa paz. Não ando matando e esfolando como os mata-cachorros. Agora quero também que me ajude. Eu mandei uma carta ao senhor para lhe pedir proteção para um morador seu. Vejo que o senhor deixou o homem onde estava! Nele não se bole. Homem que merece a minha proteção eu protejo mesmo. Protejo na ponta do punhal, na boca do rifle. Isto, felizmente, o coronel sabe.

Seu Lula ouvia a fala pausada do homem, branco, de bigodes pretos, de cara rude.

— Tenho estes meninos comigo. É uma rapaziada de bom proceder. Só dou fogo onde é preciso dar fogo. Agora, inimigo é inimigo.

D. Amélia, pálida:

— O capitão não come nada?

— Eu agradeço, minha senhora.

E voltando-se para o velho:

— Coronel, eu sei que o senhor tem muito dinheiro.

— Como?

— Não é preciso esconder leite, coronel. O dinheiro é seu. Mas para que esconder?

— Capitão, aqui nesta casa não há riqueza.

— Minha senhora, eu sei que tem. Soube até que muita moeda de ouro. Eu vim buscar um pedaço para mim. É verdade, tenho aí estes meninos que preciso contentar.

— Capitão, não há ouro nenhum.

— O velho sabe onde tem a botija.

— Como?

— Como o quê?

Os cangaceiros se riram.

— Velho, eu não sou homem para marmota. Estou aqui na boa paz. Faço tudo no manso.

— Mas capitão...

— Minha senhora, mulher velha eu sempre respeito. Minha mãe sempre me dizia: "Toma cuidado com mulher velha." Eu estou falando com o coronel. E ele parece que não me dá ouvido.

Seu Lula, abatido, olhava para o capitão como se quisesse dizer alguma coisa e não atinasse:

— Capitão, nada tenho.

— Eu sei que tem. Ouro há nesta casa. Eu até quero sair daqui amigo de todos. Lá em Vitória tinha um senhor de engenho com botija, e eu dei um jeito que fez gosto. O bicho, na primeira cipoada, contou tudo.

— Capitão, eu lhe peço pela Virgem Nossa Senhora. Não temos ouro enterrado.

— Minha senhora, eu já disse, o meu negócio é com o velho. Eu não faço mal a ninguém. Agora, ninguém me engana.

— Como?

— Velho, não me venha com partes de doido que não me pega. Eu quero o dinheiro de ouro.

— Capitão, eu já lhe disse, isto tudo é invenção do povo.

— Minha senhora, eu sei como é tudo isto. A dona Inês do safado do Quinca Napoleão também dizia a mesma coisa, e eu soube que me enganaram. Daqui desta casa eu saio hoje com o ouro enterrado.

O velho Lula continuava parado, indiferente à arrogância do homem. D. Amélia avaliava o perigo que corriam. Neném escondida no quarto e d. Olívia, aos gritos, falando para o pai:

— Velho, vai para o inferno.

O capitão, então, gritou:

— Meninos, o povo desta casa está mesmo escondendo leite. Aqui a coisa tem que sair à força. Godói, pega o velho.

D. Amélia correu para os pés do capitão:

— Pela Santa Virgem, não faça uma coisa desta.

— Pega o velho, Godói.

Levaram seu Lula que começou a tremer, os olhos vidrados. O cangaceiro soltou-o, e o corpo do coronel estendeu-se no chão, batendo com uma fúria desesperada. Os cangaceiros cercaram para ver o ataque. D. Amélia abraçou-se com o marido. Durava o acesso. Os homens ficaram um instante sérios. Depois o chefe deu as ordens.

— Vamos cascavilhar tudo isso.

Estendido no marquesão, o senhor do engenho arquejava. A mulher perto dele chorava, enquanto os cabras já estavam no quarto rebulindo em tudo. Foi quando se ouviu um grito que vinha de fora. Apareceu o velho Vitorino, acompanhado de um cangaceiro:

— Capitão, este velho apareceu na estrada, dizendo que queria falar com o senhor.

— Quem é você, velho?

— Vitorino Carneiro da Cunha, um criado às ordens.

— E o que quer de mim?

— Que respeite os homens de bem.

— Não estou aqui para ouvir lorotas.

— Não sou loroteiro. O capitão Vitorino Carneiro da Cunha não tem medo de ninguém. Isto que estou dizendo ao senhor disse na focinheira do tenente Maurício.

— O que é que quer este velho?

— Tenho nome, capitão, fui batizado.

— Deixa de prosa.

— Estou falando como homem. Isto que o senhor está fazendo com o coronel Lula de Holanda é uma miséria.

— Cala a boca, velho.
Um cangaceiro chegou-se para perto de Vitorino.
— Olha, menino, estou falando com o teu chefe. Ainda não cheguei na cozinha.
— Deixa ele comigo, Beija-Flor.
— O que eu lhe digo, capitão Antônio Silvino, é o que digo a todo mundo. Eu, Vitorino Carneiro da Cunha, não me assusto com ninguém.
— Para com isto, senão eu te mando dar um ensino, velho besta.
— Tenho nome. Sou inimigo político do coronel Lula, mas estou com ele.
— Está com ele? Pega este velho, Cobra Verde.
Vitorino vez sinal de puxar o punhal, encostou-se na parede e gritou para o cangaceiro:
— Venha devagar.
Uma coronhada de rifle na cabeça botou-o no chão, como um fardo.
— Puxa este bicho lá para fora.
Seu Lula parecia morto, estendido no marquesão. Os cabras cascavilhavam pelos quatro cantos da casa.
— É capaz de estar aí dentro.
E apontou para o piano.
— Velha, como é que se abre este bicho?
D. Amélia levantou-se para erguer a tampa do piano. O chefe olhou para o marfim encardido, olhou para as teclas.
— Este bicho ainda toca? Toca uma coisinha para a gente ouvir. Onde está a moça da casa para tocar? Velha, toca um baiano.
D. Amélia sentou-se no tamborete.
— Velha, toca um baiano.

As mãos finas de d. Amélia bateram no teclado. Um som rouco encheu a casa. E uma valsa triste começou a sair dos dedos nervosos de d. Amélia. Os cangaceiros pararam para ouvir. A música triste, dolente, tropeçava de quando em vez na memória de d. Amélia, mas rompia a dificuldade e espalhava-se pela sala. Vitorino, lá de fora, gritava:

— Estes bandidos me pagam.

A valsa continuava, entretendo o bando que olhava o piano. Quando parou, o capitão disse:

— Cobra Verde, manda aquele velho se calar.

Com pouco ouviu-se um gemido de dor.

— Para, Cobra Verde. Deixe este peste gemer.

Tinham arrancado os tijolos do quarto de seu Lula. E nada de aparecer o ouro enterrado. O velho, estendido, acordara do seu torpor e o capitão chegou-se para perto:

— Velho, acaba com esta história de ataque. Eu não estou para perder meu tempo.

Era como se não falasse com ninguém. Um silêncio de morte encheu a sala.

— Esta desgraça só fala mesmo na ponta do punhal.

Outra vez d. Amélia ajoelhou-se aos pés do cangaceiro.

— Pela Virgem Maria, capitão, eu lhe dou as minhas joias e as de minha filha.

— Nada, velha, eu quero é a botija enterrada. Este velho está pensando que eu sou de brincadeira.

Lá fora Vitorino parou de gemer. D. Olívia cantava:

— "Serra, serra, serrador, serra a madeira de nosso Senhor."

— Capitão, é capaz de o dinheiro estar escondido no instrumento.

— É verdade. Vire o bicho de papo para cima.

Estenderam no meio da sala o piano de cauda que o capitão Tomás trouxera do Recife. Parecia um grande animal morto, com os pés para o ar. Um cangaceiro de rifle quebrou a madeira seca, como se arrebentasse um esqueleto.

Tiraram os quadros das paredes.

— É capaz de ter dinheiro guardado em quadros com segredos.

Mas quando ia mais adiantada a destruição das grandezas do Santa Fé, parou um cavaleiro na porta. Os cangaceiros pegaram os rifles. Era o coronel José Paulino, do Santa Rosa. O chefe chegou na porta.

— Boa noite, coronel.

— Boa noite, capitão. Soube que estava aqui no engenho do meu amigo Lula e vim até cá.

E olhando para o piano, os quadros, a desordem de tudo:

— Capitão, aqui estou para saber o que quer o senhor do Lula de Holanda.

E vendo d. Amélia aos soluços, e o velho estendido no marquesão:

— Quer dinheiro, capitão?

A figura do coronel José Paulino encheu a sala de respeito.

— Coronel, este velho se negou ao meu pedido. Eu sabia que ele guardava muito ouro velho, dos antigos, e vim pedir com todo o jeito. Negou tudo.

— Capitão, me desculpe, mas esta história de ouro é conversa do povo. O meu vizinho não tem nada. Soube que o senhor estava aqui e aqui estou para receber as suas ordens. Se é dinheiro que quer, eu tenho pouco, mas posso servir.

Vitorino apareceu na porta. Corria sangue de sua cabeça branca.

— Estes bandidos me pagam.

— Cala a boca, velho malcriado. Pega este velho, Cobra Verde.

— Capitão, o meu primo Vitorino não é homem de regular. O senhor não deve dar ouvido ao que ele diz.

— Não regula, coisa nenhuma. Vocês dão proteção a estes bandidos e é isto o que eles fazem com os homens de bem.

D. Olívia gritava:

— Oh, Madalena, traz água para lavar os meus pés.

— Coronel, eu me retiro. Aqui eu não vim com o intento de roubar a ninguém. Vim pedir. O velho negou o corpo.

— Pois eu lhe agradeço, capitão.

A noite já ia alta. Os cangaceiros se alinharam na porta. Vitorino, quase que se arrastando, chegou-se para o chefe e lhe disse:

— Capitão Antônio Silvino, o senhor sempre foi da estima do povo. Mas deste jeito se desgraça. Atacar um engenho como este do coronel Lula, é mesmo que dar surra num cego.

— Cala a boca, velho.

— Esta que está aqui só se cala com a morte.

Quase que não podia falar. E quando os cabras se foram, o coronel José Paulino voltou para a sala para confortar os vizinhos. D. Amélia chorava como uma menina. Toda a casa-grande do Santa Fé parecia revolvida por um furacão. Só o quarto dos santos estava como dantes. A lâmpada de azeite iluminava os santos quietos. O negro Floripes chegara-se para rezar. Seu Lula, como um defunto, tinha os braços cruzados no peito. Tudo era de fazer dó. Os galos começaram a cantar.

A madrugada insinuava-se no vermelho da barra. Um trem de carga apitou de muito longe. O bueiro surgia da névoa branca, e se podiam ver ainda no céu as últimas estrelas que se apagavam.

— Amélia, quem está aí?

O coronel José Paulino entrou para falar com o amigo. E Vitorino, sentado no batente da casa-grande, lavava, numa bacia que Neném lhe trouxera, a ferida da cabeça.

— Bandidos – dizia ele —, pensavam que me rebaixavam. Não há poder no mundo que me amedronte.

Agora já tinha chegado gente. O dia clareava a desgraça da sala revolta. O coronel José Paulino despediu-se dos amigos e preparava-se para sair.

— Vitorino, vamos para casa.

— Está muito enganado. Daqui saio para a estação. Vou telegrafar ao presidente para lhe contar esta miséria. O Rego Barros vai saber disto. Este merda do Antônio Silvino pensava que me fazia correr. De tudo isto, o culpado é você mesmo. Deram gás a este bandido. Está aí. Um homem como Lula de Holanda desfeiteado como um camumbembe. Eu não tenho dinheiro na burra, sou pobre, mas um cachorro deste não pisa nos meus calos.

Outros senhores de engenho foram chegando. O Santa Fé recebia visitas de todos os cantos da várzea. Correra a notícia. D. Amélia dava café aos vizinhos, e os móveis da sala, o piano, os quadros voltaram para os lugares antigos. Seu Lula, estendido no marquesão, não dava sinal de vida. Era como se dormisse um sono profundo. Vitorino falava pelos cotovelos. Não tinha medo de brabo. O bandido ouvira dele o que não esperava. A manhã espelhava-se nas terras verdes do Santa Fé. Aos poucos foi voltando a paz ao engenho ofendido. As visitas se foram. D. Amélia cuidava de arranjar as coisas.

— Amélia, quem está aí?

O marido voltava do sono, e depois caía outra vez na inconsciência. Chegaram mulheres dos moradores, pobres mulheres que não tinham palavras que consolassem. D. Olívia gritava. Vitorino, banhado em sangue, saíra de estrada afora, com destino à estação. Telegrafaria pedindo providências. Homem como Lula de Holanda não podia sofrer uma desfeita daquela. Ele, Vitorino, não faria como José Paulino, que viera pedir ao bandido um favor. Não, ele não se dobrava. E no passo bambo da burra foi andando. Agitava a tabica no ar. Falava sozinho. O filho se fora para o Rio. A velha ficara com ele. Não pedira para que ficasse. Ele não precisava de ninguém para ser o que era.

Se não quisera acompanhar o filho, não se queixasse dele. Ainda minavam de sua cabeça gotas de sangue que não estancara de todo. Molhara a sua camisa branca, sujara o seu paletó de alpaca. Os pássaros cantavam nas cajazeiras. O sol que cobria a estrada chegava coado pelas folhas verdes. Era um sol brando, amaciado pelas folhas que o vento agitava. O capitão Vitorino Carneiro da Cunha tinha cinco mil-réis no bolso. Daria para o seu telegrama de protesto. O que mandaria dizer ao presidente? O que mandaria dizer ao coronel Rego Barros? E as palavras se formavam na sua cabeça. Em nome do povo do Pilar, em nome dos cidadãos honestos do município, pediria garantia aos poderes públicos. O coronel lhe mandaria uma resposta que seria um brado de coragem. Vitorino Carneiro da Cunha não faria como o primo José Paulino que tolerava o bandido. Podia o seu sangue correr, podiam arrancar-lhe a vida. Era homem para sustentar as suas opiniões, para enfrentar os perigos. A burra tropeçara num pau na estrada e quase que dava com ele no chão. Chegou-lhe as esporas:

— Vamos, burra mofina. A minha égua arrudada nunca me fez uma coisa desta.

Nas estacas dos cercados, bandos de periquitos gritavam em festa. Os partidos do Santa Rosa eram um mar de verdura. Gemia o canavial com a ventania. Vitorino ia atravessar o rio para pegar o caminho da estação. O céu azul cobria o homem que não temia os perigos. Quando a sua burra cambou para a ladeira do rio, um grito estourou, quase que ao pé do seu ouvido:

— Papa-Rabo... Papa-Rabo...

Sacudiu a tabica no ar, mas não tinha força. A burra tropeçou na ladeira e deu com ele no chão. Uma gargalhada de moleques abafou o canto dos pássaros, a gritaria dos periquitos.

— Papa-Rabo... Papa-Rabo...

## 5

O ASSALTO AO SANTA FÉ ENCHEU o noticiário dos jornais. A figura de Vitorino, ferido, espancado, apareceu como de homem de coragem que não temia perigo de espécie alguma. Os protetores do bandido mereciam punição. O Norte agredia o governo que permitia chefes políticos que se cumpliciavam com o criminoso, acoitando bandidos em suas propriedades. A polícia se desmandava na repressão, visando os adversários da situação.

Há pouco o valente correligionário da candidatura Rego Barros, este mesmo capitão Vitorino Carneiro da Cunha, sofreu uma injusta prisão pelos esbirros, que só não se encontravam com os cangaceiros que agiam quase que nas proximidades da Capital.

    Ainda com a cabeça ferida Vitorino não parara, de porta em porta, enchendo o Pilar de importância. Queria ver era o José Medeiros ter o topete de impedir a cabala que fazia nas feiras. Insultava o prefeito Napoleão. Só mesmo José Paulino consentia que a vila do Pilar tivesse um ladrão tomando conta dos cofres públicos. Os matutos ouviam o capitão Vitorino, sem dar muita importância. Todos sabiam que aquilo que ele dizia era só dos dentes para fora. Vivia no Santa Rosa, era primo do homem, e falava daquele jeito e ninguém da casa-grande se importava. Mas a briga com Antônio Silvino fizera com que respeitassem o velho de língua solta. Fora o único homem da Ribeira que ousara rebelar-se contra o homem. Agora Vitorino podia dizer que furava de punhal, que eles acreditavam. Os moleques da feira, os meninos da rua, passavam de longe sem mais aquela graça, aqueles motejos. A princípio haviam parado por causa do tenente Luís, o filho de farda bonita. Fora-se e voltaram as impertinências com o velho. A briga com Antônio Silvino havia enchido os meninos de admiração. Só mesmo homem de muita coragem faria o que o velho fizera! Todos os homens corriam dos cangaceiros, não havia quem ousasse levantar a voz para o dono de tudo. E assim o velho já não era aquele Papa-Rabo que maltratavam impiedosamente. Vivia Vitorino na conversa, nos arrancos de desaforos, contra os homens da terra.

    O major José Medeiros fugia de se encontrar com ele.

    Lá um dia a força do tenente Maurício acampara outra vez no mercado. Vinha chegando do sertão e o tenente de barba grande, empoeirado, procurou logo o delegado para conversar. Vitorino fora chamado para conversar com o oficial. Queria ele saber de tudo que se passara no engenho Santa Fé. O governo mandara ordens para promover um inquérito rigoroso sobre o ataque.

— Tenente, eu nada tenho a dizer. Se é para me prender que me chama, está muito enganado.

— Não é isto, capitão. Não estou aqui para brincadeira.

— Brincadeira? Eu não sou homem de deboche, tenente.

— Estou cumprindo ordens de cima.

— Eu só queria saber é de uma coisa. Por que a sua tropa não enfrenta os bandidos, tenente?

— Olha, velho, eu mandei um chamado para ouvir o seu depoimento sobre o caso do Santa Fé. Não estou aqui para deboche.

— Eu só sei é de uma coisa, tenente, não há homem que me faça correr para debaixo da cama. Se vem com jeito, eu respondo com delicadeza, se vem com grito, grito com ele.

— Está certo, capitão. Eu não quero briga com o senhor.

— Eu também. O senhor é autoridade, eu também sou. Tenho patente, e morro com ela no campo da honra.

— Está certo, capitão. Eu só queria saber do senhor é uma coisa. O capitão sabe de algum vigia do bandido Antônio Silvino, aqui pela várzea?

— Tenente, eu só sei de um.

— Quem é, capitão?

— Quem é? Ora quem é... O governo, tenente. Se eu fosse governo não havia cangaço.

— Eu não admito. Cale a sua boca, velho atrevido.

— Estou aqui a seu chamado.

— Pois se dane.

— Muito obrigado. Quando precisar de mim estou às ordens, tenente.

Apareceu um soldado:

— Tenente, pegamos aquele cego do Mogeiro, ali na boca da rua.

— Traga ele cá.

— Já está dando em cego, tenente? - perguntou Vitorino, com uma gargalhada.

— Vá para o inferno, velho besta.

— De lá eu lhe escrevo.

O cego Torquato entrou para a cadeia e o povo da rua ficou no comentário. Era leva e traz do capitão. Já apanhara no Mogeiro para descobrir os segredos e não dissera nada. Sem dúvida que iam lhe meter a peia outra vez. Com pouco, os gritos do cego enchiam a vila de pavor. Chegavam mulheres para a janela. O tenente estava botando o cego Torquato em confissão. Vitorino, na porta da igreja, falava alto. Aquilo era uma miséria. Um soldado passou por ele e parou para ouvir:

— O que é que está dizendo, velho?

— Vocês todos são uns mofinos. Estão dando num cego.

— Velho, cala esta boca.

Chegou então o sargento:

— O que é isto?

— Este velho está insultando a força.

— Vá embora. Deixa esta bedegueba dizer bobagem.

— É comigo, sargento?

— E com quem deveria ser?

— Eu não dou em cego, sargento.

— Vá à merda.

— Não diga outra vez, sargento.

Ia passando o tenente e parou.

— O que é que há sargento?
— É o velho que está outra vez insultando.
— Eu já disse que este velho não regula. Deixa ele falar.

E saíram de rua abaixo. Vitorino ficou sozinho na porta da igreja. O tamarindo do meio da rua tomava a vista da casa da Câmara. Lá ele queria estar para ver se um tenente qualquer faria uma coisa desta no Pilar. O padre chegara para lhe falar:

— Capitão, eu queria lhe pedir uma coisa. Fique quieto. Não se meta com esta gente.

— Reverendo, não peça uma coisa desta. O reverendo devia fazer como o padre do Itambé, devia estar lá na cadeia protegendo este pobre cego. Mas isto não fica assim. Vou telegrafar para a Capital.

— É, capitão, mas este cego não está inocente. Disse-me o sacristão Policarpo que ele anda de conivência com o grupo.

— Eu não quero saber disto. Num cego não se dá, reverendo. Vá perguntar a padre Júlio.

E se foi para a casa do juiz Samuel. Do mercado, uns seis soldados, de carabina, saíram com o sargento, em direção a São Miguel. Não se ouvia mais a gritaria do cego. Era já tarde. O tenente estava na casa de comércio de Quinca Napoleão, e um grupo de pessoas da vila o cercava.

— Este velho Vitorino está se excedendo. Tive ordem de cima para deixar ele em paz. Mas o maluco não para. Eu ainda dou um estouro nele que vai ser o último. O sargento Zezinho quase que ia com o bicho na faca. Se eu não aparecesse, a coisa estava feia.

— O velho é assim mesmo, tenente. É primo do chefe, e a gente tem que aguentar.

— É, mas eu não estou para aguentar desaforo. Mandei fazer uma diligência no Santa Fé. Soube que há por lá um tal de José Amaro que está em luta com o senhor de engenho. É até protegido do bandido. O povo protege este bandido. Por onde me viro só encontro gente safada encobrindo as coisas. Mas eu dou cabo destes coiteiros. Tem gente grande no meio. Eu conheço os passos de todos. O coronel Nô Borges de Medeiros zangou-se porque dei um cerco na propriedade dele. O bandido vive na mesa com estes gravatas.

— Tenente, o que é que pode fazer um proprietário que não tem garantia?

— Garantia o governo dá, comendador Quinca.

— Eu sou autoridade, tenho amigos na cidade e tive a minha casa arrasada.

Pelo outro lado da rua passou Vitorino acompanhado do juiz.

Quando a força chegou à casa do mestre José Amaro já era de noite. Dado o cerco, o sargento gritou:

— Abra a porta.

O mestre estava sozinho. Naquele dia a velha arrumara os trastes e se fora para a casa do compadre Vitorino. Vendo-a sair de casa, quis lhe falar e teve medo. Havia em Sinhá um ódio que ele sabia maior que tudo. José Passarinho ficara ali, o dia inteiro. Quem visse o mestre, na quietude em que ficou, não podia imaginar o que andava por dentro dele. Estirou-se na rede, e não quis saber de nada. O negro Passarinho ainda procurou dizer-lhe alguma coisa e não lhe deu resposta. Tinha parado o mundo para o mestre. Viu a mulher com a trouxa na cabeça e não conseguiu uma palavra que o aproximasse de Sinhá. Ele bem sabia que era mais que morto para a sua mulher. Mas ficara triste. Ainda havia no seu coração uns restos de ternura que nunca pensara. Só, na casa que fora do pai, onde vivera e trabalhara a vida inteira, era agora mais desgraçado do que imaginara. Para ele, não havia outro remédio, devia desaparecer, fugir, não ficar um dia mais naquela terra que o desprezava. O negro Passarinho botava a criação para o poleiro. Fora-se Sinhá, que ele imaginava que fosse ligada àquela casa para a eternidade. Abandonava tudo porque, sem dúvida, preferia a solidão pelo mundo, a viver com ele. Lobisomem. O povo o odiava, via na sua cara a cara do monstro noturno que era obra do diabo. Era coisa de Floripes, era invenção de Laurentino, era perseguição daqueles infelizes. A sua casa se destruíra para sempre. Como naquela manhã da saída de Marta para o Recife, uma dor diferente doía-lhe na alma. Na sala escura a tenda parada. Nem o cheiro de sola nova enchia a casa com aquela catinga que era a sua vida. Olhou para os utensílios, para os seus instrumentos de trabalho, e, vendo-os para um canto, ainda mais se sentiu um inútil, perdido para sempre. Não tinha mais gosto de fazer o que sempre sonhara e amara fazer. Lembrou-se de Tiago, de Alípio, do capitão. Ele ainda podia dar uma ajuda de grande ao vingador dos pequenos. Soubera do ataque ao Santa Fé e, para que não confessar, enchera-se de satisfação. Pelo menos isto ainda lhe sobrara, aquela vingança de um homem poder mais que o senhor de engenho, que não tinha força de botá-lo para fora de sua propriedade. Nunca mais que aquele cabriolé passasse pela sua porta, tilintando as campainhas com o velho orgulhoso e a família importante, pensando que fossem donos da terra toda. Um raio de alegria luziu naquela noite escura que era a sua alma murcha. Sim, tinha um homem que podia dar ordem, que metia medo aos grandes. O coronel José Paulino se rebaixava a mandar-lhe recado de que fosse ao Santa Rosa para lhe pedir que abandonasse o Santa Fé. O capitão dera-lhe ordem para que ficasse, e não podia fazer outra coisa. Por que não vinham todos eles, os senhores de engenho, arrastá-lo dali? Era que o capitão Antônio Silvino tinha mais mando que todos juntos. A mulher o abandonara.

Aquele grito que viera de fora acordara-o de seus pensamentos. Passarinho já estava na sala quando ele chegou para abrir a porta.

— Não se mexa, velho.

A força entrou de casa adentro.

— Amarrem o negro.

— O que quer dizer isto, praça?

— Você vai saber direitinho lá com o tenente, no Pilar.

— Não sou um assassino, praça.

— Sargento, posso exemplar o negro?

— Não precisa. O tenente é que sabe fazer a coisa.

Passarinho gemia, com os braços amarrados. O mestre José Amaro quis vestir roupa melhor.

— Não precisa não, velho; para cipó de boi esta está boa demais.

Uma lua clara punha-se por cima da Várzea, pelas cajazeiras.

— Sargento, eu queria fechar a casa, tem muita coisa aí que são dos outros.

— Deixa assim mesmo.

Apareceu um filho do velho Lucindo e o mestre pediu que ele tomasse conta de tudo. Uns soldados empurraram Passarinho como se sacudissem um porco.

— O negro fede que só timbu.

— Esquenta o negro, Tomé.

Uma lapada de cipó de boi deu com Passarinho no chão.

— Sargento, não deixe fazer isto com o negro.

— O negro está com frio, velho.

Foram-se de estrada acima. O mestre meio tonto. Passaram pela casa do seu compadre Vitorino e havia luz acesa. Lá estaria a sua mulher, com ódio medonho contra ele. Ia para a cadeia como um assassino. Que fizera para merecer tudo aquilo? Não tinha quem o protegesse. Só esperava alguma coisa do capitão Antônio Silvino, que só ele era homem para ajudar um pobre em sua situação. Onde estava àquela hora? Os soldados andavam com uma velocidade incrível. Para acompanhá-los botava a alma pela boca.

De quando em vez o negro Passarinho soltava um grito.

— O diabo deste negro parece uma gata velha.

Chegaram na vila, e na cadeia encontraram o cego Torquato. Os presos já estavam agasalhados.

— É o mestre José Amaro – disse um.

— Mestre, fez alguma morte?

— Não fiz nada.

O tenente mandou que se recolhessem. No outro dia viria dar uma conversa com eles. A lua entrava pelas grades de madeira. Era uma lua de brancura de algodão.

— O diabo desta lua não deixa a gente dormir.

Fedia o quarto com os dez homens deitados em tábuas no chão. Aquela era a cadeia do Pilar, que o povo dizia que tinha lastro de sal por debaixo dos tijolos. O cego Torquato chegou-se para falar:

— Mestre, o tenente está de vista com a gente. Hoje me botaram para ver se eu sabia do paradeiro do grupo. Eu não sei de nada. Ninguém sabe de nada.

Passarinho deitara-se no chão e dormia como um bicho.

— Seu Torquato, eles me matam. Não sou homem para aguentar uma surra desta.

— Será como a Deus for servido, mestre.

Uns presos aproximaram-se para conversar.

— Mestre, eu conheço muito o senhor. Outro dia o senhor me deu ajuda quando eu passei com o comboio para o sertão. Me prenderam por causa do furto de um cavalo, no Crumataú. Eu só me aborreço por via disto. Não sou ladrão de cavalo.

A lua iluminava a miséria da sala nojenta. Uma cuba fedia num canto, minava urina das tábuas podres. Os outros presos chegavam-se para o grupo. Alguns deles tinham sido soltos pelo capitão, no ataque que dera ao comendador Quinca. Uns estavam de corpo tão destruído que não tiveram pernas para fugir. Ficaram por ali mesmo. O cego Torquato tinha uma voz macia como de acalento.

— E a obrigação, mestre, como vai?

— Eu nem sei, seu Torquato. Tudo para mim está nas últimas. Mas eu sei que tudo isto é obra daquele negro. Eu só quero é que Deus ainda me dê força para pegar numa faca. É só o que peço a Deus.

— E Deus escuta, mestre José. Aí está este meu guia. É um inocente. Deram no bichinho de cipó de boi. Deus deve dar um jeito neste mundo, seu mestre. O capitão terá anos de vida para vingar os pobres.

Passarinho acordou.

— Mestre! – gritou.

Tinha os olhos esbugalhados, parecia fora de si.

— Mestre!

E quando sentiu onde estava, arriou o corpo, que erguera de um ímpeto.

— Estava até sonhando.

No outro dia, de manhã, o tenente veio para o interrogatório. A vila soubera das prisões e era no que se falava. O capitão Vitorino, que fora ao Engenho Velho, voltara alvoroçado com a notícia. Agora era o seu compadre José Amaro quem sofria na unha do tenente, era o padrinho do seu filho. Na loja do comendador juntaram-se os graúdos da terra. Viera ordem da Capital para o tenente dar todo o prestígio ao coronel Lula. O mestre Amaro estava na propriedade desafiando o senhor de engenho, fiando-se na proteção dos cangaceiros. Na cadeia, o tenente levara os presos para os fundos que davam para o paredão do cemitério. Corria que o mestre Amaro era o homem que sabia de tudo que se passava com o capitão.

Vitorino não parava. Já estivera na estação, e o chefe lhe dissera que o tenente proibira que se mandasse qualquer telegrama para a Capital. Protestou, quis testemunhar a declaração do chefe e não houve quem quisesse se prestar a isso.

— Cambada de vacas. Nesta terra não há um homem.

Na casa do dr. Samuel encontrara a sua mulher.

— Vitorino, a comadre está lá em casa. E eu estou aqui para me valer do doutor. O compadre José Amaro está inocente.

— Mulher, não se meta nestas coisas. Isto é para homem. Deixa o tenente comigo.

E na porta da rua começou a falar alto. O dr. Samuel chegou para lhe pedir mais prudência.

— Quem tem a lei de seu lado, doutor, não deve temer. O senhor tem a Justiça.

— É, Vitorino, mas este tenente é um atrevido.

— Comigo é no duro.

Os soldados passavam de lenço no pescoço, de alpercatas, de punhal atravessado, como os cangaceiros. Os gritos de Passarinho encheram a vila de consternação.

— Isto é um absurdo – disse o juiz.

E saiu para a casa do prefeito. Vitorino acompanhava-o.

— Comendador, o senhor deve procurar este tenente. É preciso acabar com isto.

— Doutor, o homem trouxe ordem do presidente. Eu é que sei, tive a minha casa assaltada.

Vitorino, na porta da rua, gritou lá para dentro:

— Antônio Silvino devia era tocar fogo nesta merda. Doutor Samuel, vou requerer uma ordem de *habeas corpus*. Não tenho medo.

Os soldados, sentados por debaixo do tamarineiro, abriram na gargalhada.

— O homem é brabo mesmo – disse um. — É verdade, o tenente já foi com ele aos tabefes, mas viu que é um aluado.

Os gritos que vinham agora do fundo da cadeia eram um gemido rouco.

— Eles matam o velho.

— Quem manda ele estar dando guarida a cangaceiros?

A agitação de Vitorino não o fazia parar. E quando o juiz saiu para casa, acompanhou-o. Tinha que tomar uma providência. Ele, Vitorino Carneiro da Cunha, não podia se calar.

— Doutor, faça para mim o negócio da petição. Preciso tomar uma providência.

E na sala do juiz, com a sua letra trêmula, devagar, parando de quando em vez, como se estivesse numa caminhada de léguas, escrevia o capitão Vitorino as palavras que pediam liberdade para os pobres, para o compadre, para o cego, para o negro.

# 6

Os homens saíram da cadeia para serem ouvidos pelo juiz. Vieram acompanhados pelos soldados do destacamento. Vitorino acompanhava-os pelo meio da rua. A sala de audiência se encheu de toda a gente da vila. O juiz, na cadeira de espaldar, tomava os depoimentos, enquanto o escrivão Serafim anotava as falas dos pobres presos. A cara inchada, a barba crescida, os olhos amarelos do mestre José Amaro impressionavam. Quando o juiz interpelou-o, o velho falou com uma firmeza de aterrar. A voz grossa, como de doente do peito, de olhos fixos num ponto, dava a impressão de uma raiva concentrada. Atribuía a sua prisão à denúncia do negro Floripes, do Santa Fé. Estava em questão com o senhor de engenho e por isto sofrera aquela desgraça.

— Seu doutor, eu não estou pedindo nada. Posso morrer de uma hora para outra. Agora, eu não vejo é precisão de fazer esta desgraça com estes dois homens.

O cego Torquato, sentado ao lado do mestre, chorava pelos olhos cegos. O negro Passarinho tinha o rosto cortado de chicote, e minava sangue do talho aberto. Vitorino, em pé, ao lado dos presos, não dava uma palavra. Todos olhavam para a sua figura. Era um grande dia de sua vida. Estava ali, na defesa dos seus homens. Teria que haver justiça para a causa que defendia. Quando o juiz leu a petição do *habeas corpus*, e que pronunciou o seu nome, olhou para a assistência basbaque. Todos estavam sabendo que ele não era um qualquer. O tenente Maurício encontrava homem pela frente. O mestre José Amaro não se mexia. Tinha-se a impressão de que era feito de madeira, todo teso, falando áspero.

O cego Torquato, contando a sua história, arrancava lágrimas do sacristão Policarpo. A fala mansa do cego detalhou uma por uma as surras que levara. Era um pobre homem que vivia da bondade dos bons cristãos. E sem quê nem mais, faziam aquilo com ele. O que podia um cego fazer contra os grandes deste mundo? Passarinho quase nada pôde dizer. Era uma chaga. A roupa suja cobria o seu lombo ensanguentado. O tenente Maurício subira no trem para Itabaiana. Era o sargento Zezinho que ficara com o comando da força. Quando o juiz o viu no meio da assistência pediu para que se retirasse. Não permitia coação no exercício de suas funções.

Lá fora, por debaixo do tamarindo, o sargento falava em alta voz Só não acabava com aquilo porque o tenente não estava ali. Mas aquele velho Vitorino que se preparasse para uma boa sova. Viu os presos saírem da sala de audiência, e ficou uma fúria com o jeito do capitão Vitorino, afrontando a força com aquele sorriso de deboche. Quis pegá-lo, mas se conteve. No mercado, os soldados não se continham. Então deixaram que aquele velho gaiato se metesse a cavalo do cão? Aquilo estava pedindo um corretivo. Duas horas depois, o delegado Medeiros era procurado pelo oficial de Justiça com o alvará de soltura para os presos. Vitorino comprara fogos do ar e estava na porta do juiz soltando-os, aos gritos. O estampido das bombas arrastou a soldadesca para ver o que era. Quando viram o velho no meio da rua com o tição na mão, em regozijo pela vitória, foram a ele.

— Para com isto, velho cachorro.

E partiram para ele. Vitorino recuou para a porta do juiz e levou a mão ao punhal.

— O primeiro que partir eu derrubo.

Chegou o sargento e gritou para as praças:

— Recolham-se.

Depois aproximou-se da porta do juiz e o dr. Samuel já estava na janela.

— Doutor, o senhor deve dar cobro a este velho. O tenente, quando saiu, me disse: "Sargento Zezinho, não toque no velho." Eu sei que ele é parente dos homens da Várzea. Mas a tropa não pode ser debochada deste jeito.

— Não estou debochando de ninguém, sargento. Não sou homem de gaiatices. Estou soltando os meus fogos pela vitória no foro.

O juiz riu-se. E o sargento foi à procura do major José Medeiros que queria falar com ele. Recebera a ordem do juiz para soltar os presos, mas ele não havia prendido ninguém. O sargento pediu para esperar pelo tenente que voltaria no trem das duas.

E à tarde o tenente Maurício soube de tudo e procurou o juiz. Fizera aquelas prisões para averiguar acusações contra aqueles suspeitos. Não queria desrespeitar a Justiça mas era forçado a fazer uma violência. Respondeu-lhe o juiz que não fizera mais do que cumprir o seu dever. Fazia justiça para os grandes e os pequenos.

Espalhou-se que o tenente não soltaria os homens. Vitorino estava, por debaixo do tamarindo, em conversa animada. Já tomara todas as providências. Enviara despachos para o chefe do partido e se comunicara com o presidente da Relação para pedir garantias. Era homem livre, não era um Manuel Ferreira qualquer, advogado que tinha mais medo que gata velha. Era homem para morrer pelos seus constituintes. E vendo o tenente que vinha em direção do grupo não parou a fala.

— Velho, acaba com esta prosa. Eu não estou aqui para brincar não.

Houve um susto na assistência, que se dissolveu como por encanto. Ficou o capitão Vitorino, sozinho em frente do terror da polícia.

— Tenente, o senhor não me conhece. Sou homem de pouco falar, mas se digo uma coisa, eu faço.

— Mas não diga mais nada não, velho.

— Ninguém me faz calar, seu tenente.

— Pois eu faço.

E sacudiu a mão na cara do velho com tanta violência, que ele caiu no chão como morto. E gritou no meio da rua:

— Aqui nesta merda mando eu. Apareça juiz, apareça o diabo, para ver o que eu faço.

Os soldados saíram do mercado e encheram a sombra do tamarindo. O velho Vitorino levantou-se. O sargento Zezinho ainda lhe deu um empurrão que foi com ele outra vez ao chão.

— Eu não te dizia, velho, que o tenente não podia aguentar os teus deboches?

E sem que ninguém pudesse esperar viram o velho pular para trás e arrancar o punhal. A lâmina de aço brilhou aos olhos das praças, que tomaram posição. Vitorino, sem uma palavra, parecia um louco, com os olhos esbugalhados, e um fio de sangue correndo do nariz. O sargento botou-se para ele, outras praças foram se chegando e de súbito caíram em cima do velho, dominando-o aos murros.

— Bota este cachorro na cadeia. Ele vai tirar uma soneca com os outros.

E seguiu para a casa do comendador Quinca Napoleão, que, amedrontado com os fatos, não sabia o que fazer. Lá estava o padre. O juiz fora desrespeitado pelo tenente. Mas quando viram o oficial entrar de porta adentro, enfurecido, calaram-se.

— É isto, seu comendador Quinca. Eu vou mostrar que ninguém monta em cima de ruim. Este velho pode ser filho até do presidente, mas não brinca de esconder comigo. Vá para o inferno com as maluquices dele.

— Tenente, o senhor precisa ver que um juiz não pode sofrer uma desconsideração desta.

— Eu tenho carta branca do presidente. Não estou aqui para brincadeiras. Amanhã eu solto os homens. Hoje eles ainda têm de conversar comigo.

— Tenente – lhe disse o vigário —, num homem como o velho Vitorino não se bate. É um inocente.

— Só não é inocente para descompor, seu vigário. Eu sei o que estou fazendo.

Ouviam-se, de onde estavam, os gritos de Vitorino na cadeia.

— O senhor não está ouvindo? Viram insultar as autoridades. Eu vou fazer este velho se calar.

Mas, quando ia saindo, apareceu d. Inês:

— Seu tenente, eu queria lhe pedir um favor.

— Pois não, minha senhora. Estou aqui para servir.

— Eu pedia ao senhor para não fazer nada com o velho Vitorino. Quinca sofre o diabo na língua dele, mas tudo aquilo é de veneta.

— Dona Inês, eu já estava dizendo aqui que ia soltar os homens. Mas é preciso que o povo fique sabendo que uma autoridade é uma autoridade.

Os gritos de Vitorino aterravam a vila amedrontada.

— Tenente, eu lhe peço, solte o velho.

Na cadeia, o velho Vitorino parecia tocado pelo demônio. O compadre José Amaro, o cego Torquato, os outros presos cercavam o velho enfurecido, que gritava para fora das grades:

— Tenente de merda. Cambada de mofinos.

O olho inchado pelo tapa estava quase que fechado. Ainda se viam pelo rosto restos das feridas da luta com Antônio Silvino. O amigo procurou acomodar o compadre, porque sabia o que lhe podia acontecer. Um soldado do destacamento falou para ele:

— Capitão, é melhor o senhor se calar. Este povo da volante não tem pena não.

— Calar, por quê? Não tenho medo deste cachorro. Sou o capitão Vitorino Carneiro da Cunha, praça; não me amedronto com visagens.

Passarinho chegara-se para perto:

— Capitão, é bom calar.

— Sai de perto de mim, negro fedorento. Esses ladrões têm que me devolver o punhal.

Aí apareceu o tenente.

— Está ainda muito zangado, velho?

— Vá para a puta que o pariu.

— Zezinho – gritou o tenente —, tire este safado daí.

O sargento entrou para pegar Vitorino. O mestre José Amaro atravessou-se na frente, mas com um empurrão violento foi jogado no chão. Arrastaram Vitorino para o outro quarto. E de lá os gritos não diminuíram.

— Passe-lhe o cipó de boi.

As lapadas soavam no silêncio da cadeia estarrecida. Para cada lapada um grito, um desaforo.

— Nunca vi um homem com este calibre – disse um preso para o velho José Amaro, que arfava como se subisse uma ladeira. Passarinho chorava como um menino. E o cego Torquato, de joelhos, rezava em voz alta como numa ladainha. Depois pararam de bater no velho. Voltou o silêncio à cadeia. Era quase de noite na Vila do Pilar. Os lampiões se acendiam. E de lá do fundo do quarto, na masmorra onde se botavam os doidos, Vitorino não parava de falar. Os companheiros, no outro lado, ouviam as suas palavras e tremiam. O tenente saíra e o cego Torquato em voz mansa falou:

— É isto mesmo. Ele faz isto com os pequenos, com os pobres. Por que não pegou o coronel Nô Borges? É por isto que só confio no capitão. Ele há de acabar com ele.

Passarinho dera para tremer.

— Mestre José Amaro, estou com um formigueiro no corpo.

E tremia da cabeça aos pés.

— Mestre – gritou ele —, estou morrendo.

Os olhos quase que pulando das órbitas, o corpo inteiro agitado, em convulsões.

— Isto é ataque de bebedeira – disse um preso. — O negro está com o bute.

E foi assim até de manhã. Aos poucos foi caindo numa sonolência, enquanto o velho Vitorino rosnava no quarto. A cela fedia. Mas a luz da manhã entrava no cubículo imundo para iluminar as caras trágicas dos homens. Entraram uns soldados para amarrar as correntes aos pés do preso que ia levar a cuba para a beira do rio. A bicha saiu fedendo, na aurora que entrava pelas grades. Um passarinho chegou-se para pousar no peitoril da janela. Ficou por ali cantando.

— É minha patativa – disse o preso de cabelos louros —, ela vem todo dia cantar para a gente. Eu boto xerém de milho todo o dia para a bichinha.

A patativa estalava na manhã feliz o seu canto de alegria para os infelizes da cadeia do Pilar. Via-se de lá o céu muito azul, e o verde dos altos, de toda a terra na sua força livre. O negro Passarinho ressonava alto. O mestre José Amaro estava para um lado, com o pensamento no compadre.

Depois chegou gente falando alto.

— Coronel, eu não fiz mais que a minha obrigação.

Era o tenente Maurício acompanhado do coronel José Paulino.

— Ponha Vitorino na rua. Agora mesmo Juca foi para a estação. Vai à Paraíba conversar com o presidente. Isto não pode ficar assim.

— Já lhe disse, coronel, que o velho me desconsiderou. Eu perco a farda, mas ninguém me desmoraliza.

A conversa era na entrada da cadeia. Vitorino gritava, batendo na porta do quarto escuro.

— Zezinho, solta o velho.

Abriram a porta, e o velho, de olho inchado, com a cara sangrando, apareceu.

— Vitorino, estou aqui.

— Não quero proteção de ninguém. Tenho o meu direito, e não é este furriel de merda que me bota pra correr.

E quando olhou para a porta da rua e viu que a sua mulher lá fora chorava, ainda teve força para gritar:

— Não quero choro perto de mim. Não sou defunto.

E, trôpego, com o andar de quem não podia caminhar, dirigiu-se para a calçada. Segurou-se na porta e pálido, como um fardo, caiu sem sentidos. A mulher e o coronel José Paulino, ajudado por um soldado do destacamento, levaram o velho para a casa do escrivão Serafim que ficava defronte da cadeia. E quando voltou a si, olhou para os quatro cantos da sala, fixou em cada pessoa os seus olhos miúdos e apalpando-se, com a voz sumida:

— E o meu punhal?

A velha Adriana passava vinagre nas feridas que corriam sangue.

— Estes cabras safados me pagam.

O coronel José Paulino saíra para a casa do comendador Napoleão. Estava uma fúria. Mandara o filho entregar a chefia política ao presidente. Os outros presos tinham sido soltos.

— Este José Amaro estava mesmo precisando de cadeia. É um malcriado de marca maior. Mas fazer isto com o pobre do Vitorino!

Ouviu-se o toque de corneta.

— Este tenente não pode continuar.

A força deixava a vila em pânico e de rua afora passara com o tenente de rifle atravessado nas costas e os homens de alpercatas, de lenço ao pescoço.

— Juca foi com ordem minha para liquidar este assunto. Aqui não me pega mais este tenente.

O juiz apareceu para mostrar a representação que fizera à Capital. Não era político, mas tudo aquilo só acontecia porque o governo não respeitava a Justiça. Todos se calaram.

— Vou agora mesmo mandar fazer corpo de delito no capitão Vitorino. Isto não vai ficar assim.

Na casa do escrivão Serafim, Vitorino se reanimara. Tinha readquirido o seu poder agressivo. Já falava como se estivesse com o inimigo ao alcance de sua mão. Vendo o juiz, quis levantar-se e não pôde.

— Bom dia, capitão, não precisa levantar-se. Agora mesmo estive em conversa com o coronel José Paulino.

— O que foi que este mofino lhe disse, doutor?

— O coronel está providenciando. O doutor Juca foi à cidade pedir garantias.

— Garantias para quem? Eu não preciso de garantias do governo, doutor Samuel.

— Vitorino, deixa o doutor falar.

— Cala a tua boca, mulher.

O escrivão Serafim ajudava a sinhá Adriana.

— Capitão Vitorino, não há quem não precise de garantia.

— Eu sei. Mas eu não quero pedir nada a este governo de goelas.

— Capitão, eu vim também aqui para tomar as providências para o inquérito. Já que a polícia não se mexe, vou eu mesmo cuidar disto. Precisamos quanto antes de um corpo de delito muito bem-feito.

— Corpo de delito? Em quem, doutor Samuel?

— No senhor.

— Em mim? Está muito enganado. Capitão Vitorino Carneiro da Cunha não é homem para corpo de delito. Eu só quero que me devolvam o meu punhal. Foi uma arma que me deu o velho doutor Joaquim Lins do Pau Amarelo. É de muita estimação.

— Pois se há recusa de sua parte para se submeter ao exame legal, nada posso fazer, capitão.

— Eu não estou pedindo nada não. Não pense o José Paulino que me engana. O Lula de Holanda manda arrancar um homem como o meu compadre José Amaro de casa para ser surrado como um ladrão de galinha. Vou com este compadre até o fim. Não tenho medo de tenente, de delegado, de juiz.

— Vitorino, toma uma xícara de café, tu está muito fraco.

Pegou na xícara e as mãos tremiam. Quase que não pudera levá-la à boca.

— Eu sou homem sem recurso, não disponho de burra abarrotada, mas tenho vergonha.

A fala do capitão estava sem aquela força de há pouco. A fraqueza cansara-o. O juiz se despedira, e o velho parou de conversar. Uma dormência de sono dominou a energia gasta. Roncava no sofá com a mulher sentada a seu lado. Chorava a velha Adriana. Se Luís estivesse ali, ninguém ousaria tocar no pai que era a bondade em pessoa. Na porta parava gente para ver o capitão Vitorino.

— Está muito ferido, sinhá Adriana?

— Deram muito nele.

O padre Severino chegou à janela e chamou a mulher para conversar. Todos se mostravam consternados com o acontecido. A velha Adriana só pensava no filho. Ele, que gostava tanto de ouvir o pai nas gabolices, nas histórias de valentia, lá de longe nada poderia fazer por ele, espancado, esmurrado como um cão sem dono. Não, ela imaginara em abandonar o marido, em deixá-lo sozinho para que ele sofresse sem amparo, sem um coração amigo que velasse por ele. Quisera abandonar o pobre Vitorino. Era ruim, era ingrata, sem préstimo. Se tivesse feito o que desejara seria a pior das criaturas. Mas sofria ainda em pensar naquilo. A mulher do escrivão chamara-a para comer qualquer coisa. Não tinha vontade. O seu marido dormia como um justo. Ela, que fora uma retirante da seca, que se casara sem amor, somente para fugir da miséria, só porque tivera um convite para fugir para longe, pensara em abandonar o seu Vitorino que só tinha palavras na boca, que era tão bom para os outros. Já era de tarde, e ele ainda dormia. O coronel José Paulino viera de seu engenho para tomar as dores pelo seu marido. Eram parentes. Mas Vitorino não precisava de ninguém. Ele era homem para aguentar os perigos. Bem que o filho acreditava no pai. Pela primeira vez em sua vida, ela via a grandeza de Vitorino Carneiro da Cunha.

# 7

— Mestre, e o meu guia?
— Ninguém sabe. É capaz de estar aí escondido.
— Ele não tem tino para nada, é uma leseira.

Os três homens estavam parados na porta da igreja, como todos, sem saber para onde se dirigir: José Passarinho, o cego Torquato, o mestre José Amaro. A força havia deixado o Pilar no sossego de sua paz de brejo morto. A rua direita vazia de gente, só com a intensidade do sol da manhã que fazia mais verde o pé do tamarindo.

— Mestre, temos que descer; sem o menino estou desarvorado.

— A gente acha o bichinho, seu Torquato.

Quase que não podiam andar. Tinham os corpos moídos de pancadas e dores mais fortes, mais fundas na alma. Só Passarinho parecia quieto, sem nada que o preocupasse. Não falava, mas olhava para a terra, para os matos, para o sol que ele via, que ele podia sentir como seu. Os pés cambados pisavam na terra que era mais poderosa que o tenente, que a força miserável.

— Mestre José, vamos para o seu sítio.

— Não, Passarinho, não quero mais ver a minha casa. Sinhá deve ter deixado tudo.

E quando saíram para o fim da rua, a velha Adriana apareceu, vindo justamente do outro lado. O mestre Amaro baixou a cabeça como se estivesse em falta, coberto de vergonha.

— Bom dia, meu compadre.

— Bom dia, comadre.

— Vim aqui mesmo, a mandado de Vitorino. Ele me disse lá em casa: "Adriana, vai à vila ver o compadre."

— Ele está muito apanhado, comadre?

— Está que nem se pode virar na rede. Deram muito nele. Lá esteve o doutor Quinca do Engenho Novo, quando soube de tudo. Ele queria até saber se o compadre faz gosto de ir morar no Engenho Novo.

— É, comadre, morar para mim não adianta mais. O que vale um caco como eu?

— Qual nada, mestre José, um homem como o senhor não se perde.

— Eu sou um pobre cego, e não desgosto da vida. Deus há de me dar alento para ir até o fim.

Passarinho ria-se com o tempo. A velha Adriana queria dizer mais alguma coisa.

— Compadre, a comadre se foi. Fiz tudo para ela não fazer aquela besteira. Mas estava com determinação. Ela tomou o trem para o Recife e, pelo que me disse, vai procurar uma irmã que está morando em Paulista.

— Era vontade dela: está direito. A comadre não soube do paradeiro do guia do seu Torquato?

— Está lá em casa. O bichinho ia descendo com os tangerinos e eu conheci logo que era guia do seu Torquato. Então chamei para falar com ele. Ia com os tangerinos sem saber para onde se botava. O negro Cachimbo me contou que tinha achado ele na estrada, lesando, e vinham trazendo para deixar numa casa qualquer. Ficou comigo, seu Torquato.

— Deus do céu que lhe pague.

Passarinho ia andando no passo trôpego, com os pés espalhados como de pato. Pegava nas folhas das árvores, sentava-se no chão, na terra úmida, metia-se na lama, espalhando a água barrenta dos poços. Tudo era dele. Era dono de tudo. Cantava baixo, numa voz, numa latomia de canto de igreja. Iam calados, com Passarinho quase correndo na frente.

— Pobre negro – disse o mestre —, nunca pensei que tivesse alma tão grande. O compadre se meteu a tomar o nosso partido e sofreu o diabo.

— Mestre, não tenho a luz dos olhos, mas eu vejo a desgraça daquele tenente. O capitão tem poderes de Deus, seu mestre.

A luz do dia brilhava na várzea abandonada do Santa Fé. Mas floriam as trepadeiras pelas estacas, cobrindo a terra inculta, subindo pelas cajazeiras. Passarinho via tudo, e cantava baixo, soturno. Era a sua alegria que não tinha força para soltar a voz como um canário, como um galo-de-campina.

— O negro não para de cantar.

Já estavam na porta do capitão Vitorino. Vitorino levantou-se para falar com os seus protegidos. Tinha o rosto ferido e o olho direito inflamado, com uma mancha azulada.

— Eu sabia que o safado teria de ceder. Eu sabia que uma petição tem força de verdade.

O mestre José Amaro não deu uma palavra. Só o cego falava para agradecer. Deus daria muitos anos de vida ao capitão Vitorino. Mas o capitão queria falar. Ali viera o Quinca do Engenho Novo, o homem mais orgulhoso da Várzea, para oferecer-lhe o seu apoio. Estava com o município nas suas mãos. O governo fazia arbitrariedades de todo o jeito, mas ele não temia a força do governo. Ia para as urnas para derrotá-lo.

O mestre, calado, parecia não ouvir coisa alguma. Só falava o capitão. Ninguém no mundo poderia com ele. O mestre sentia-se cada vez mais um traste.

— Compadre, eu vou até a minha casa para ver aquilo como vai.

— Não, compadre José Amaro, o senhor vai comer qualquer coisa.

— Não é preciso, comadre. Seu Torquato e Passarinho podem querer.

— Eu não. Não tenho fome.

O cego conversava com o guia, e Passarinho comia umas goiabas que tirara no pé do fundo da casa.

— Passarinho, eu vou saindo.

— Pere aí, mestre.

E saíram os dois, enquanto o cego Torquato comia e o velho Vitorino falava. Ali em sua casa viriam todos eles para lhe pedir perdão. Era homem que não temia, que não fugia. Quinca do Engenho Novo dera-lhe toda a razão. Então José Paulino era chefe político para um tenente qualquer reduzir o município a merda? Só mesmo um banana como ele permitia uma coisa daquela. Pois ficasse certo: nas urnas ensinaria ao governo que tenente de polícia não ganhava eleição. O cego ouvia-o em silêncio. Quando o sol quebrou, despediu-se.

— Capitão, eu nada tenho para dar. Sou um pobre cego apanhado como um cachorro. Nada tenho. Mas Deus tem muito. Deus pode dar o que quer. O senhor e a sua mulher fizeram de mim um grande deste mundo. Deus vos pague.

E se foi, na tarde que chegava, com o vento macio gemendo nas cajazeiras. A casa do capitão ficou outra vez no silêncio. Uma guiné começou a cantar.

— Adriana, tange esta peste.

E voltou para a rede. Era o capitão Vitorino Carneiro da Cunha. À sua casa vinham os grandes e os pequenos da terra. Quinca do Engenho Novo e o negro José Passarinho.

— Vitorino, vamos passar arnica nas tuas costas.

— Não precisa mais. Já não tenho nada. O compadre José Amaro vai precisar de ajuda na casa dele. O diabo da mulher se foi. Mulher é bicho esquisito.

— Nada, Vitorino, a comadre está acabada com a doença da filha. Parece que nem regula mais.

— São todas umas vacas.

A mulher se riu e começou a passar o pano molhado pelas costas em chaga viva de Vitorino. Doía-lhe o remédio ardente.

— A peste desta guiné não para! – gritava. — Vai tanger aquela peste.

— Não tem guiné cantando não, Vitorino.

— Mata aquele diabo.

A dor da arnica enfurecera o capitão.

— Estes cachorros me pagam.

Passou pela estrada o cabriolé de seu Lula. Há muito que não se escutava o tinir daquelas campainhas.

— Quem passou no carro, Adriana?
— Não vi ninguém.
— Você está cega, vaca velha?
— Não olhei para a estrada, Vitorino.
— Este cachorro não para aqui para saber como estou passando. Devia ter deixado o bandido Antônio Silvino dar conta dele.
— Não fala alto, Vitorino.
— Não fala alto, por quê? Até você, querendo fazer pouco de mim. Chamo de bandido na focinheira dele.
— Você é que sofre com isto.
— Pois me deixe sofrer. Ninguém tem nada que ver.

A velha deixou o quarto e saiu para o fundo da casa. Vitorino fechou os olhos, mas estava muito bem acordado com os pensamentos voltados para a vida dos outros. Ele muito tinha que fazer ainda. Ele tinha o Pilar para tomar conta, ele tinha o seu eleitorado, os seus adversários. Tudo isto precisava de seus cuidados, da força do seu braço, de seu tino. Lá se fora o seu compadre José Amaro, o negro Passarinho, o cego Torquato. Todos necessitavam de Vitorino Carneiro da Cunha. Fora à barra do tribunal para arrastá-los da cadeia. Que lhe importava a violência do tenente Maurício? O que valia era a petição que, com a sua letra, com a sua assinatura, botara para a rua três homens inocentes. Ele era homem que não se entregava aos grandes. Que lhe importava a riqueza de José Paulino? Tinha o seu voto e não dava ao primo rico, tinha eleitores que não votavam nas chapas do governo. O governo não podia com a sua determinação. Ele sabia que havia muitos outros tenentes Maurícios na dependência e às ordens do governo. Todos seriam capangas, guarda-costas do presidente. Mas Vitorino Carneiro da Cunha mandava no que era seu, na sua vida. As feridas que lhe abriam no corpo nada queriam dizer. Não havia força que pudesse com ele. Os parentes se riam de seus rompantes, de suas franquezas. Eram todos uns pobres ignorantes, verdadeiros bichos que não sabiam onde tinham as ventas. Quando parava no engenho, quando conversava com um Manuel Gomes do Riachão, via que era melhor ser como ele, homem sem um palmo de terra, mas sabendo que era capaz de viver conforme os seus desejos. Todos tinham medo do governo, todos iam atrás de José Paulino e de Quinca do Engenho Novo, como se fossem carneiros de rebanho. Não possuía nada e se sentia como se fosse senhor do mundo. A sua velha Adriana quisera abandoná-lo para correr atrás do filho. Desistiu para ficar ali como uma pobre. Podia ter ido. Ele, Vitorino Carneiro da Cunha, não precisava de ninguém para viver. Se lhe tomassem a casa onde morava, armaria a sua rede por debaixo dum pé de pau. Não temia a desgraça, não queria a riqueza. Lá se foram os três homens que libertara, a quem dera toda a sua ajuda. O tenente se enfurecera com o seu poder. Nunca pensara que existisse um homem que fosse capaz de enfrentá-lo como fizera. A sua letra, o papel que assinara com o seu nome, dera com a força do miserável no chão. Era Vitorino Carneiro da Cunha. Tudo podia fazer, e nada temia. Um dia tomaria conta do município. E tudo faria para que aquele calcanhar de judas fosse mais alguma coisa. Então Vitorino se via no dia do seu triunfo. Haveria muita festa, haveria tocata de música, discurso do dr. Samuel, e dança na casa da Câmara. Viriam todos os chaleiras do Pilar falar com ele. Era o chefe, era o mais homem da terra. E não teria as besteiras de José Paulino, aquela tolerância para com sujeitos safados, que só queriam comer no cocho da municipalidade. Com Vitorino Carneiro da Cunha não haveria ladrões, fiscais de feira roubando o povo. Tudo andaria na correta, na decência. Delegado não seria um mole como José Medeiros. Quem seria o seu delegado? Que homem iria encontrar na vila para ser o seu homem de confiança? O escrivão Serafim era muito mole, o capitão Costa apanhava da mulher, Salu da venda era capaz de roubar a ração dos presos, Chico Frade bebia demais. E ele precisava de um homem para delegado.

Onde encontrar este homem que lhe faltava? Havia o Augusto do Oiteiro. Morava fora da vila, mas lhe servia. Até lhe falara uma vez sobre isto. Augusto era rapaz enérgico, e merecia confiança. Com ele na chefia, e Augusto como delegado, não haveria tenente Maurício que fizesse arruaça. E o prefeito? Ele mesmo seria o prefeito. Tinha os seus planos de administração para botar o Pilar num brinco. Primeiro que tudo Quinca Napoleão seria chamado para prestar as suas contas. Teria que dizer onde gastara, onde pregara todos os pregos. O ladrão daria conta de tudo que ganhara nas costas do povo. Mas Vitorino não encontrava um tesoureiro para a Câmara. Que homem no Pilar podia merecer a sua confiança, e guardar dinheiro do município, ter as chaves da burra sem correr perigo de cair na tentação? Chico Xavier era homem para isto. Merecia a sua confiança. É verdade que era homem de José Paulino. Não fazia mal. O que ele desejava era correção, cumprimento do dever. Daria a tesouraria a Chico Xavier. O safado do Manuel Viana não ficaria como tabelião. Com ele não ficaria um sujeito com aquela língua de cobra, cortando a vida de todo o mundo. Chamaria o Rózeo de São Miguel, para tomar conta do cartório. Conhecia a vida de Rózeo. Era homem de sua família, de boa letra, com estudos. Agora, como encontrar fiscais de feira, os cobradores do dízimo? Teria que botar na cadeia aquela súcia do Quinca Napoleão. Todos eram uns ladrões. Alfredo comia tudo que cobrava, Zé Lopes vivia nas cozinhas dos engenhos, deixando as feiras sem fiscalização. José Paulino não pagava imposto. Com ele o bicho ia ver. Com ele não haveria mandachuva querendo passar as pernas nos cofres públicos. Pagaria todos os impostos. A vila do Pilar teria calçamento, cemitério novo, jardim, tudo que Itabaiana tinha com o novo prefeito. Ele era o chefe político, o homem que nomeava amigos, que prendia e soltava. Não cederia, na boca das urnas não havia quem pudesse com ele. E se quisessem na ponta do punhal, não enjeitaria parada. Aí levantou-se. Tinham-lhe tomado o punhal. Era uma arma de bom aço de Pasmado, presente do dr. Joaquim Lins do Pau Amarelo. Ele, chefe político do Pilar, não teria inveja do dr. Heráclito de Itabaiana. Todos pagariam impostos. Por que José Paulino não queria pagar impostos? Ele próprio iria com os fiscais cobrar os dízimos no Santa Rosa. Queria ver o ricaço espernear. Ah! Daria gritos.

— Tem que pagar, primo José Paulino, tem que pagar, sou eu o prefeito Vitorino que estou aqui para cumprir a lei. Tem que pagar!

E gritou na sala com toda a força.

Apareceu a velha Adriana, assustada.

— O que há, Vitorino?

E quando viu que não havia ninguém na sala:

— Estavas sonhando?

— Que sonhando, que coisa nenhuma. Vai para a tua cozinha e me deixa na sala.

A noite chegara com uma lua muito clara. Vitorino foi até a porta, e o rumor das campainhas do cabriolé aproximava-se.

— Lá vem o merda do Lula.

A luz das lanternas sujava a brancura do luar. Passou a carruagem na porta do capitão Vitorino, com os cavalos arrastando-se num passo de cansados. Vitorino viu no carro o velho sentado com a família. O senhor de engenho não lhe tirou o chapéu, mas ouviu bem a voz de d. Amélia, dando-lhe boa-noite. O cachorro do Lula pensava que ele fosse um camumbembe qualquer. Botara-o uma vez fora de sua casa. Aquilo era uma leseira de marca. Trepado naquele carro, e com o cercado vazio, as várzeas no mato, o engenho parado. A lua cobria os arvoredos que o vento brando sacudia de leve. Naquele silêncio, ouvia as campainhas do cabriolé, de longe, tinindo, enquanto os cachorros começavam a latir para a lua. Cantavam os galos no poleiro de sinhá Adriana.

— Está uma noite bonita – disse Vitorino para a mulher.

— Estou com pena do compadre José Amaro. Como é que vai ele se arrumar naquela casa abandonada?

— É, mas eu dei a Passarinho um bocado de mantimento.

— Negro sujo.

— Mas tem sido muito dedicado ao compadre.

— Minha velha, amanhã tenho que ganhar os campos. Não sou marica para ficar assim dentro de casa. As eleições estão aí e nestes últimos dias nada tenho feito. Vou dar uma queda no José Paulino que vai ser um estouro.

— Vitorino, eu te acho ainda muito machucado.

— Não tenho mais nada. Você não viu o compadre e o cego como estavam andando? Apanharam muito e não ficaram de papo pro ar numa rede como mulher parida. Um homem que se preza não deve se entregar. Vou para a cabala, amanhã, na feira de Serrinha. Quero olhar para a cara de Manuel Ferreira. Este cachorro vive na Serrinha roubando o povo com parte de que é deputado. É outra safadeza de José Paulino, deixar que vá para a Assembleia do estado um tipo como Manuel Ferreira. Boto abaixo tudo isto.

— É, Vitorino, mas tu vai sofrer outra desfeita.

— Que desfeita? Um homem que luta não é desfeiteado. Cala esta boca. Peguei-me com a força e botei três réus na rua. Isto é ser desfeiteado? Por que você não se danou com o filho? Era melhor. Pelo menos não me vinha com estas palavras de ofensa. O seu marido, mulher, não traz desfeita para casa. Não me diga mais uma coisa desta.

Levantou-se outra vez, e saiu para a frente de casa.

— Vitorino, tem cuidado com o sereno, tu podes apanhar um resfriado. Ontem levaste a noite tossindo. Bota o chapéu na cabeça.

O velho não respondeu. Os cachorros latiam desesperadamente.

— Estes pestes não param. Parece que querem morder a lua.

— Entra para dentro, Vitorino, está muito frio. A friagem da lua te faz mal.

Ele não respondeu. No outro dia sairia pelo mundo para trabalhar pelo povo. Para ele, Antônio Silvino e o tenente Maurício, José Paulino e Quinca do Engenho Novo, todos valiam a mesma coisa. Quando entrasse na casa da Câmara sacudiriam flores em cima dele. Dariam vivas, gritando pelo chefe que tomava a direção do município. Mandaria abrir as portas da cadeia. Todos ficariam contentes com o seu triunfo. A queda de José Paulino seria de estrondo. Ah, com ele não havia grandes mandando em pequenos. Ele de cima quebraria a goga dos parentes que pensavam que a vila fosse bagaceira de engenho.

— Vitorino, vem dormir.

— Já vou.

E, escorado no portal da casa de taipa, de chão de barro, de paredes pretas, Vitorino era dono do mundo que via, da terra que a lua branqueava, do povo que precisava de sua proteção.

— Tem cuidado com o sereno.

— Cala esta boca, vaca velha. Já ouvi.

Depois, com as portas fechadas, estirado na rede, com o corpo doído, continuou a fazer e a desfazer as coisas, a comprar, a levantar, a destruir com as suas mãos trêmulas, com o seu coração puro.

De manhã, apareceu José Passarinho, às carreiras. Quase que não podia falar, com os olhos esbugalhados. Deram água para ele beber e contou tudo. Tinha saído com o mestre José Amaro, na tarde do outro dia. O mestre ia calado, pisando no chão como se estivesse com o corpo quebrado. Andaram até a casa, sem acontecer nada. Já era quase de noite quando chegaram. O mestre parou por debaixo do pé de pitomba. E ali ficou uma porção de tempo. Tudo estava vazio, o poleiro, o chiqueiro de porcos. Empurrou a porta, e veio lá de dentro um bafo de coisa podre. Devia ser rato. Passarinho acendeu a luz da sala e tudo estava como o mestre deixara. A tenda no seu lugar, a sola pelo chão. O mestre entrou para a cozinha e abriu a porta do fundo. Entrou um ar bom de mato verde. O mestre não dava uma palavra. Foi quando ouviram o cabriolé passar pela estrada. Teve receio que o mestre corresse para fazer uma desgraça no coronel Lula. Mas não, como estava ficou, sem dizer uma palavra.

— Mestre, não quer que vá buscar água?

Fez sinal com a cabeça e Passarinho saiu com o pote para a beira do rio. Quando voltou ele estava deitado na rede. Estava dormindo. Fechou a porta e ficou no quarto que fora da menina Marta. Quando foi mais tarde ouviu uma coisa como de choro. Não quis se levantar, mas acertou bem os ouvidos. Era o mestre José Amaro chorando. Deu-lhe um nó na garganta e também chorou. De madrugada saiu para tomar a fresca da aurora. Andou pela beira do rio e lá para as seis horas voltou para ver o mestre. Entrou de sala adentro e viu a coisa mais triste deste mundo. O mestre estava caído, perto da tenda, com a faca de cortar sola enterrada no peito.

— Estava morto, capitão.

— Morto? – gritou Vitorino. — O meu compadre José Amaro morto?

A velha Adriana, como uma lesa, não sabia o que dizer. Vitorino abraçou-se com ela:

— Minha velha, o compadre se matou.

E dos olhos do velho correram lágrimas. Chorava com José Passarinho, com a sua mulher Adriana. E fazendo uma força tremenda, enxugando as lágrimas com a manga do paletó velho, foi dizendo:

— Vou cuidar do defunto, Adriana; eu vou na frente com Passarinho. Vê se tem uma roupa nova minha para vestir o compadre que deve estar desprevenido.

— Não precisa não, ele não tem aquele terno que Luís trouxe do Rio?

— É verdade.

E saíram. Lá da estrada, quando deram a volta, viram a fumaça do bueiro do Santa Rosa melando o céu azul.

— O Santa Rosa botou hoje?

— É, capitão.

Foram andando.

— Me esqueci de dizer a Adriana para ela trazer umas botinas novas que o Augusto do Oiteiro me deu, para calçar no compadre.

— É, capitão.

Agora viam o bueiro do Santa Fé. Um galho de jitirana subia por ele. Flores azuis cobriam-lhe a boca suja.

— E o Santa Fé quando bota, Passarinho?

— Capitão, não bota mais, está de fogo morto.

# Fogo morto[1]

*Mário de Andrade*

Eu hoje vou saudar *Fogo morto*, gostei muitíssimo. Acho mesmo que o novo romance de Lins do Rego deixou em mim o ressaibo da obra-prima. A crítica profissional tem se mostrado bastante desatenta diante de *Fogo morto*.
[...] Felizmente que já não sou mais crítico profissional de literatura, basta! Hoje eu sobrenado na calmaria virtuosa da crítica apologética, que tanto enquizila a crítica profissional.[2] Me passei para a equipe dos críticos mais ou menos amadorísticos que esse outro amigo seu, Sérgio Milliet, numa bem mal lançada autodefesa, "Fui bulir em Vespeira", achou que

---

[1] Estão reproduzidos aqui alguns trechos do estudo redigido por Mário de Andrade em 25 de janeiro de 1944 e que integra seu livro *O empalhador de passarinho*, 2. ed., São Paulo: Martins, p. 291-5.

[2] Má ideia eu tive o dia em que, aproveitando uma deixa de José Osório de Oliveira, afirmei que me passara pra crítica "apologética". Principiaram falando por aí que eu era um louvaminheiro leviano, sem método (ah! os que se preocupam em proclamar o método que têm, sem se preocupar de ter modestamente um método...), com todas as consequências, úteis pra mim, de sempre louvar os outros. Isso é burrice. Crítica apologética significa, como esta crítica prova, que eu escolho pra estudar apenas os que eu admiro e amo. "Posso" fazer isso porque não sou profissional de crítica mais, embora me atribua sempre responsabilidade. E escolhendo pra estudar e louvar, apenas os que admiro, posso dar sim expressões apaixonadas, mas sempre generosas, de amor, mas me isento de dar manifestações espetaculares de incompreensão. Afinal das contas, depois de cinquenta anos de lutas e imodéstia brutal, é justo que eu escolha as lutas que deva ainda ter. E que aceito de coração.

não tinham muita responsabilidade. Eu acho que têm sim. Não é a responsabilidade que aumenta ou diminui, aparece e desaparece. O que distingue a atitude profissional da amadorística é a noção artesanal de continuidade. Continuidade não tanto de ação como de direção. Toda atitude profissional se determina por essa noção de continuidade artesanal, e, necessariamente, pela consciência moralizadora do artesanato.

O defeito da repetição tem sido o mais acentuado do estilo de Lins do Rego; e na verdade nunca ele "musicou" com mais ganância. *Fogo morto* chega a ter exatamente a forma e o espírito da sonata, pois não passa dum dado psicológico único, dum "assunto" só, a mania de superioridade, tratado em três temas, três melodias, três partes. E estas três partes correspondem ainda ao movimento rítmico da sonata: um alegro inicial que é a zanga destabocada de mestre José Amaro, um andante central que é o mais repousado Lula de Holanda na sua pasmaceira cheia de interioridade não dita, e finalmente o presto brilhante e genial do capitão Vitorino Carneiro da Cunha.

Mas não é só como repetição conceptiva que Lins do Rego... musicaliza. É assombroso de audácia (ou de fatalidade...) como ele repete tudo neste livro! Repete situações, repete personagens, repete fatos. E enfim, repetindo o processo construtivo de todos os seus livros, repete análises psicológicas e repete ideias e repete imagens, tudo! Mas desta vez ele não consegue, nem pretendeu, aquele envultamento musical alcançado nas grandes páginas praieiras de *Riacho Doce*, livro a que ainda há de se fazer justiça neste país, dono das leviandades do mundo.

Em compensação, na análise magistral do mestre José Amaro, Lins do Rego nos dá um personagem popular e analfabeto, sem o primarismo falso, este sim, primarismo analfabeto, com que os nossos romancistas "sociais" concebem e expõem o homem do povo como um ser de psicologia fácil, precária e lógica. Precários são eles! O homem do povo é o indivíduo de psicologia mais complexa e mais delicada que há. Um personagem de Proust diante de mestre José Amaro é café-pequeno. Não quero dizer com isto, Deus me livre!, que a análise psicológica de Lins do Rego seja mais rica e vertical que a de Proust, são processos diferentes; digo é que o celeiro do Santa Fé é muito mais inesperado, mais irregular e cem vezes mais surrealista e misterioso que um personagem cultivado e educado, cujas reações são lógicas e orientadas por um cultivo estereotipado que vem de fora pra dentro. Eu sempre sou capaz de acertar as reações psicológicas que possa ter um indivíduo cultivado diante dum acontecimento qualquer, ao passo que jamais terei qualquer certeza diante do homem do povo.

Daí, de resto, uma consequência aparentemente paradoxal. É que se respira uma bem maior fatalidade dramática nos personagens de Proust, analista de psicologias cultivadas, de um Octavio de Faria, esse carrasco de bons, esse capitão do mato dos escravos do Mal, do que nestes três personagens formidáveis que Lins do Rego acaba de criar. Os seres de Lins do Rego não reagem pela inteligência lógica, nem mesmo os aparentemente cultivados, como é o caso de Lula de Holanda. Neste, o cultivo intelectual funciona apenas como o daqueles advogadinhos e médicos que, ainda faz pouco, nem bem formados se jogavam pra juízes de Direito, delegados e curandeiros de cidadinhas analfabetas e longínquas. Pouco tempo passado esses ex-estudantes da brilhante capital eram encontrados descalços, braguilhas desabotoadas, barbilongamente sujos e boçais, na mais conformada e identificada da complacência com a irracionalidade. De maneira que o drama deles não é propriamente deles, mas nosso. Nós é que lhes damos, pelas nossas reações intelectuais, cultivadas e lógicas, um sentido dramático que eles nem de longe supõem ter.

Com efeito, Lins do Rego, retomando o "ciclo da cana-de-açúcar", nos descreve, nos dá mesmo um exemplo singularmente provante, duma sociedade que, boa ou má, estava perfeitamente assentada e sedimentada no seu jeito de ser, em sua "cultura": De forma que os indivíduos condicionados e movimentados por ela, por mais que a desgraça os maltrate, são estranhamente sem drama nenhum. E mesmo quando pessoalmente irrealizados como o imponente Lula de Holanda (mais outro fracassado que repete com maior silêncio mas menor presença o Carlos do "ciclo da cana-de-açúcar"), mesmo quando pessoalmente irrealizados, não têm problemas e lutas de realização do ser. Como no entanto é o caso do fracassado de *Angústia* e do romance de Oswaldo Alves.

É mesmo curiosíssimo verificar que, justo por isso, os personagens eficientemente dramáticos de *Fogo morto* são os no entanto realizados como personalidade e ideais, os que de alguma forma foram obrigados a se completar num todo inteiriço e insolúvel, porque aquela sociedade medonha em que viviam os expulsou de si e eles vivem em luta contra ela. Há muito menos eficiência dramática num Lula que não foi, num mesmo José Amaro que aspira a ser do que nesse impagável e magistral capitão Vitorino, completado porque não tem lugar possível pra ele naquela sociedade. A não ser o manicômio. E, com efeito, além do manicômio, é só a cadeia e os asilos que essa sociedade pode propor aos personagens de eficiência dramática e integralmente realizados do livro: além do genial capitão Vitorino, o cangaceiro Antônio Silvino e seu grupo, o comboieiro Alípio e o cego Torquato. São estes os personagens que congregam drama dentro de si e espelham em torno a nossa insatisfação revoltada. São mesmo trágicos em sua fatalidade. É o destino, é o *fatum* (social) que os determina e move.

E não será difícil constatar que o romance, em sua constância de criação admirável, tem no entanto um interesse excessivamente estético. Nos encanta, o admiramos com fervor, porém o sofrimento de cada personagem, mesmo do silencioso Lula de Holanda, mesmo do ainda mais forte José Amaro, nós não consofremos. Ficam muito como objeto da nossa contemplação espetacular. Sofrimento que não chega a comover, nem muito menos nos empolga. Porém todos os aparecimentos de Alípio com seus recados de socorro, do cego Torquato com o que sabe e não diz, a cena formidável do Antônio Silvino no Santa Fé, e todo o capitão Vitorino são um drama de intensidade enorme que nos empolga totalmente. Não sei como se pode resistir a uma força assim.

Mas é certo que nem estes personagens libertam Lins do Rego de uma tal ou qual gratuidade neste livro. Mas por que não fica em mim a ressonância permanente de significação vital, deixada por um Morgan, por um Malraux? E mesmo por um Huxley ou por um Silone, no entanto muito inferiores a Lins do Rego como imaginação e força criadora?... Eu creio que isto deriva sempre da gratuidade total, da disponibilidade filosófica, sociológica, política e mesmo de concepção estética, do grande romancista brasileiro. Bem, mas este defeito não impede que Lins do Rego tenha criado um dos mais admiráveis romances da literatura contemporânea.

# Dois livros[3]

*Gilberto Freyre*

O ano de 1943 pode ter começado medíocre ou cinzento para as letras brasileiras: para as belas letras, quero dizer, admitida a convenção de podermos dividir rigidamente a literatura em bela e forte, como os sexos. Mas terminou um ano grandioso. Terminou dando ao Brasil dois livros verdadeiramente extraordinários: *Fogo morto*, de José Lins do Rego, e *Terras do sem-fim*, de Jorge Amado. Obras de belas letras, mas também de letras fortes. Donde me animar a comentá-las.

Há em cada uma delas uma densidade, uma veracidade dramática, uma ausência de dós-de-peito em que os leitores mais sagazes surpreendam artifícios dos autores para comoverem o público, que as tornam romances muito acima daqueles que apenas se fazem notar pela excelência da composição, pelos primores de técnica, pela pureza da gramática, pela ortodoxa fidelidade ao gênero "ficção" ou "romance".

Nenhum dos dois é ficção pura. Nenhum dos dois é ortodoxamente romance ou novela. Ambos são híbridos. Ambos têm no sangue muita impureza – alguma coisa de letras fortes e não apenas belas; e são também crônicas, memórias, história social, folclore.

Mas que diminuição haverá para José Lins do Rego em ser o memorialista do Nordeste que sabe extrair da história

---

[3] Artigo publicado em 30 de janeiro de 1944 no *Diário de Pernambuco*.

social da região paraibana do açúcar o que há nela de naturalmente dramático e dar-lhe forma e sabor de romance? Ou para Jorge Amado em tornar seus romances cada vez mais reflexos da história e não apenas da atualidade baiana, sem que seu sentido brasileiro, americano, universal do drama humano se amesquinhe?

A verdade é que nem Jorge Amado nem o paraibano de *Fogo morto* resvalam para aquele regionalismo estreito ou historicismo rígido que matam nas criações literárias o melhor viço humano, para se requintarem em exata reprodução da fala dos caipiras e em descrição exaustiva dos fatos e das paisagens com todas as suas datas e todos os seus nomes de árvores.

Não há dúvida, porém, que são ambos, nestes dois últimos livros, cronistas, memorialistas, quase historiadores sociais disfarçados em romancistas; e não ficcionistas puros dominados pela vaidade de não sacrificarem nunca o poder ou o dom de invenção à capacidade, geralmente considerada rasteira mas que em certos homens se apresenta quase divinamente aguda, de lembrar-se um escritor de fatos, incidentes, pormenores impregnados de significação social e de substância poética. Fatos, incidentes e pormenores do passado individual e do passado regional – aquele passado regional com que tantas vezes a memória da pessoa se confunde, fecundada desde a meninice pela vasta memória dos avós, dos antepassados, dos velhos da região; enriquecida pelas sugestões das lendas e dos mal-assombrados, das cantigas populares e das histórias de bichos. Dessas histórias de bichos em que vão freudiamente refugiar-se fatos da história humana, expulsos por censores invisíveis e sutis das regiões mais nobres do passado oficial e até do folclórico das regiões.

Foi com esse feitio de memorialista impregnado das sugestões do passado de sua região que José Lins do Rego apareceu há dez ou onze anos com seu *Menino de engenho*, seguido de *Doidinho, Banguê, Usina*, pequenas obras-primas a formarem uma obra de interesse singular e encanto único em nossa literatura e a que se junta agora *Fogo morto*, já sem o poder de surpresa dos primeiros, é certo, porém talvez superior a todos em qualidade de pureza, de narrativa e, ao mesmo tempo, de observação e às vezes até de introspecção. Pureza no sentido da narrativa, da observação e da introspecção se apresentarem agora livres de qualquer preocupação de artifício ou do chamado "efeito literário", sem que essa liberdade, ou antes superação, importe em sacrifício ou ausência de virtudes artísticas ou de qualidades literárias.

Ao contrário: precisamente por não serem prejudicadas por excesso nenhum, nem de intenção, nem de técnica, essas virtudes dão a *Fogo morto* o relevo de uma obra verdadeiramente de mestre. Mestre de romance que é, ao mesmo tempo, e sem "caipirismo" nenhum de linguagem, intérprete do passado de uma área caracteristicamente brasileira, do mesmo modo que Machado de Assis do Rio de Janeiro no século XIX e Jorge Amado, da Bahia, dos últimos cinquenta anos.

A Jorge Amado, dez anos mais moço do que José Lins, falta ainda, a meu ver, essa pureza de José Lins do Rego; essa superação de quase tudo que é intencional e tecnicamente literário. Jorge Amado é, porém, mais rico de dramaticidade do que o autor de *Fogo morto*. Mais rico de dramaticidade, isto é, de visão, de sentido, de "instinto" dramático da vida e do Brasil. E não apenas mais rico de poder de dramatização, que, aliás, perde às vezes – raras vezes, acentue-se com inteira justiça – no romancista de *Terras do sem-fim*, sua admirável nobreza, para tornar-se talento meramente teatralesco ou cenográfico. Por exemplo: quando o autor insiste em fazer uma lua que lembra a de *Salomé* de Oscar Wilde projetar-se sobre o drama – drama em potencial – do promíscuo grupo de homens e mulheres que viajam de Salvador para Ilhéus.

O José Lins do Rego de hoje resguarda-se mais do que o autor mais jovem do *Cacau* desses apelos à lua para efeitos sobre a narrativa que recordam os efeitos teatrais. Pode-se fazer, a propósito, um trocadilho fácil: José Lins do Rego prefere nos fazer sentir a força ou a presença da lua nos seus romances, através dos lunáticos que somos, mais ou menos, todos os homens, no Nordeste como em toda a parte. Uns mais, outros menos. E aos romances de José Lins nunca faltam os mais: desde o menino *Doidinho* ao velho Carneiro da Cunha de *Fogo morto* – figura esplêndida de Dom Quixote dos canaviais.

Em *Terras do sem-fim* Jorge Amado nos põe em contato com um grande drama brasileiro, americano, humano e não apenas baiano: o da conquista de terras. O cacau dá a esse drama sabor local sem comprometer-lhe a universidade de sentido.

Talvez não se encontrem em nossa literatura, nem mesmo na do continente inteiro, páginas mais vigorosamente dramáticas, do que as que acaba de publicar o autor de *Jubiabá*. Seu extraordinário poder dramático parece ter encontrado o assunto que lhe faltava para afirmar-se de modo definitivo.

Por sua vez, José Lins do Rego, voltando ao Nordeste com *Fogo morto*, acaba de nos dar um livro que é outra afirmação definitiva: a de sua plena força poética de narrador a serviço de um poder de observação, de recordação e de evocação que está longe de significar ausência ou fraqueza de criatividade. Ao contrário: é uma das expressões mais altas e raras de criatividade nas letras brasileiras.

Quem escreve como José Lins do Rego um livro do vigor, do equilíbrio, da maturidade de *Fogo morto* pode confessar que tem mais de quarenta anos. Não precisa nem de negar a idade nem de pintar o cabelo, que, aliás, na imperecível *columin* que é o autor de *Banguê* conserva-se quase tão romanticamente preto como na adolescência.

# Cronologia

**1901**

A 3 de junho nasce no Engenho Corredor, propriedade de seu avô materno, em Pilar, Paraíba. Filho de João do Rego Cavalcanti e Amélia Lins Cavalcanti.

Falecimento de sua mãe, nove meses após seu nascimento. Com o afastamento do pai, passa a viver sob os cuidados de sua tia Maria Lins.

**1904**

Visita o Recife pela primeira vez, ficando na companhia de seus primos e de seu tio João Lins.

**1909**

É matriculado no Internato Nossa Senhora do Carmo, em Itabaiana, Paraíba.

**1912**

Muda-se para a capital paraibana, ingressando no Colégio Diocesano Pio X, administrado pelos irmãos maristas.

**1915**

Muda-se para o Recife, passando pelo Instituto Carneiro Leão e pelo Colégio Osvaldo Cruz. Conclui o secundário no Ginásio Pernambucano, prestigioso estabelecimento escolar recifense, que teve em seu corpo de alunos outros escritores de primeira cepa como Ariano Suassuna, Clarice Lispector e Joaquim Cardozo.

**1916**

Lê o romance *O ateneu*, de Raul Pompeia, livro que o marcaria imensamente.

**1918**

Aos 17 anos, lê *Dom Casmurro*, de Machado de Assis, escritor por quem devotaria grande admiração.

**1919**

Inicia colaboração para o *Diário do Estado da Paraíba*. Matricula-se na Faculdade de Direito do Recife. Neste período de estudante na capital pernambucana, conhece e torna-se amigo de escritores de destaque como José Américo de Almeida, Osório Borba, Luís Delgado e Aníbal Fernandes.

**1922**

Funda, no Recife, o semanário *Dom Casmurro*.

**1923**

Conhece o sociólogo Gilberto Freyre, que havia regressado ao Brasil e com quem travaria uma fraterna amizade ao longo de sua vida.
Publica crônicas no *Jornal do Recife*.
Conclui o curso de Direito.

**1924**

Casa-se com Filomena Massa, com quem tem três filhas: Maria Elizabeth, Maria da Glória e Maria Christina.

**1925**

É nomeado promotor público em Manhuaçu, pequeno município situado na Zona da Mata Mineira. Não permanece muito tempo no cargo e na cidade.

**1926**

Estabelece-se em Maceió, Alagoas, onde passa a trabalhar como fiscal de bancos. Neste período, trava contato com escritores importantes como Aurélio Buarque de Holanda, Graciliano Ramos, Jorge de Lima, Rachel de Queiroz e Valdemar Cavalcanti.

**1928**

Como correspondente de Alagoas, inicia colaboração para o jornal *A Província* numa nova fase do jornal pernambucano, dirigido então por Gilberto Freyre.

**1932**

Publica *Menino de engenho* pela Andersen Editores. O livro recebe avaliações elogiosas de críticos, dentre eles João Ribeiro. Em 1965, o romance ganharia uma adaptação para o cinema, produzida por Glauber Rocha e dirigida por Walter Lima Júnior.

**1933**

Publica *Doidinho*.
A Fundação Graça Aranha concede prêmio ao autor pela publicação de *Menino de engenho*.

**1934**

Publica *Banguê* pela Livraria José Olympio Editora que, a partir de então, passa a ser a casa a editar a maioria de seus livros.
Toma parte no Congresso Afro-brasileiro realizado em novembro no Recife, organizado por Gilberto Freyre.

**1935**

Publica *O moleque Ricardo*.
Muda-se para o Rio de Janeiro, após ser nomeado para o cargo de fiscal do imposto de consumo.

**1936**

Publica *Usina*.
Sai o livro infantil *Histórias da velha Totônia*, com ilustrações do pintor paraibano Tomás Santa Rosa, artista que seria responsável pela capa de vários de seus livros publicados pela José Olympio. O livro é dedicado às três filhas do escritor.

**1937**

Publica *Pureza*.

**1938**

Publica *Pedra Bonita*.

**1939**

Publica *Riacho doce*.

Torna-se sócio do Clube de Regatas Flamengo, agremiação cujo time de futebol acompanharia com ardorosa paixão.

**1940**

Inicia colaboração no Suplemento Letras e Artes do jornal *A Manhã*, caderno dirigido à época por Cassiano Ricardo. A Livraria José Olympio Editora publica o livro *A vida de Eleonora Duse*, de E. A. Rheinhardt, traduzido pelo escritor.

**1941**

Publica *Água-mãe*, seu primeiro romance a não ter o Nordeste como pano de fundo, tendo como cenário Cabo Frio, cidade litorânea do Rio de Janeiro. O livro é premiado no mesmo ano pela Sociedade Felipe de Oliveira.

**1942**

Publica *Gordos e magros*, antologia de ensaios e artigos pela Casa do Estudante do Brasil.

**1943**

Em fevereiro, é publicado *Fogo morto*, livro que seria apontado por muitos como seu melhor romance, com prefácio de Otto Maria Carpeaux.

Inicia colaboração diária para o jornal *O Globo* e para *O Jornal*, de Assis Chateaubriand. Para este periódico, concentra-se na escrita da série de crônicas "Homens, seres e coisas", muitas das quais seriam publicadas em livro de mesmo título, em 1952.
Elege-se secretário-geral da Confederação Brasileira de Desportos (CBD).

**1944**

Parte em viagem ao exterior, integrando missão cultural no Ministério das Relações Exteriores do Brasil, visitando o Uruguai e a Argentina.

**1945**

Inicia colaboração para o *Jornal dos Sports*.
Publica o livro *Poesia e vida*, reunindo crônicas e ensaios.

**1946**

A Casa do Estudante do Brasil publica *Conferências no Prata: tendências do romance brasileiro, Raul Pompeia e Machado de Assis*.

**1947**

Publica *Eurídice*, pelo qual recebe o prêmio Fábio Prado, concedido pela União Brasileira dos Escritores.

**1950**

A convite do governo francês, viaja a Paris.

Assume interinamente a presidência da Confederação Brasileira de Desportos (CBD).

**1951**

Nova viagem à Europa, integrando a delegação de futebol do Flamengo, cujo time disputa partidas na Suécia, Dinamarca, França e Portugal.

**1952**

Pela editora do jornal *A Noite* publica *Bota de sete léguas*, livro de viagens.

**1953**

Na revista *O Cruzeiro*, publica semanalmente capítulos de um folhetim intitulado *Cangaceiros*, os quais acabam integrando um livro de mesmo nome, publicado no ano seguinte, com ilustrações de Cândido Portinari.
Na França, sai a tradução de *Menino de engenho* ("L'enfant de la plantation"), com prefácio de Blaise Cendrars.

**1954**

Publica o livro de ensaios *A casa e o homem*.

**1955**

Publica *Roteiro de Israel*, livro de crônicas feitas por ocasião de sua viagem ao Oriente Médio para o jornal *O Globo*.

O escritor candidata-se a uma vaga na Academia Brasileira de Letras e vence a eleição destinada à sucessão de Ataulfo de Paiva, ocorrida em 15 de setembro.

**1956**

Publica *Meus verdes anos*, livro de memórias.
Em 15 de dezembro, toma posse na Academia Brasileira de Letras, passando a ocupar a cadeira no 25. É recebido pelo acadêmico Austregésilo de Athayde.

**1957**

Publica *Gregos e troianos*, livro que reúne suas impressões sobre viagens que fez à Grécia e outras nações europeias. Falece em 12 de setembro no Rio de Janeiro, vítima de hepatopatia. É sepultado no mausoléu da Academia Brasileira de Letras, no cemitério São João Batista, situado na capital carioca.

# Conheça outras obras de
# José Lins do Rego

*Água-mãe**
*Banguê**
*Cangaceiros**
*Correspondência de José Lins do Rego I e II**
*Crônicas inéditas I e II**
*Doidinho*
*Eurídice**
*Histórias da velha Totônia**
*José Lins do Rego – Crônicas para jovens**
*O macaco mágico**
*Melhores crônicas de José Lins do Rego**
*Menino de engenho*
*Meus verdes anos**
*O moleque Ricardo**
*Pedra bonita**
*O príncipe pequeno**
*Pureza**
*Riacho doce**
*O sargento verde**
*Usina**

*Prelo